COLLECTION

COMPLETTE

DES

ŒUVRES

de Mr. de **VOLTAIRE,**

PREMIERE EDITION.

TOME TROISIEME.

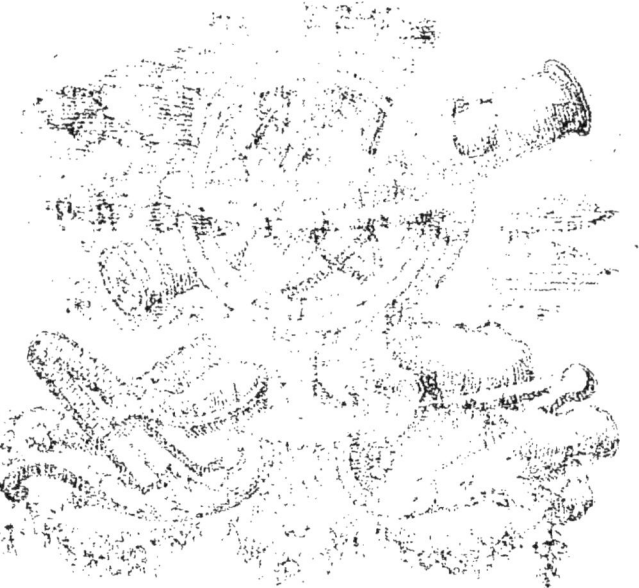

MELANGES

DE

PHILOSOPHIE.

AVEC

DES FIGURES.

MDCCLVI.

SONGE
DE PLATON.

LATON rêvait beaucoup, & on n'a pas moins rêvé depuis. Il avait songé que la Nature humaine était autrefois double, & qu'en punition de ses fautes, elle fut divisée en mâle & femelle.

Il avait prouvé qu'il ne peut y avoir que cinq Mondes parfaits, parce qu'il n'y a que cinq Corps réguliers en Mathématiques. Sa *République* fut un de ses grands rêves. Il avait rêvé encor que le dormir naît de la veille, & la veille du dormir, & qu'on perd sûrement la vue en regardant une éclipse ailleurs que dans un bassin d'eau. Les rêves alors donnaient une grande réputation.

Voici un de ses songes, qui n'est pas un des moins intéressants. Il lui sembla que le grand *Démiurgos*, l'éternel Géomètre, ayant peuplé l'espace infini de globes innombrables, voulut éprouver la science des Génies qui avaient été témoins de ses ouvrages. Il donna à chacun d'entre eux un petit morceau de matière à arrauger, à peu près comme *Phidias* & *Zeuxis* au-raient donné dés statuës & des tableaux à faire à leurs disciples, s'il est permis de comparer les petites choses aux grandes.

Dèmogorgon eut en partage le morceau de boüe qu'on appelle la Terre ; & l'ayant arrangé de la maniére qu'on le voit aujourdhui, il préten-dait avoir fait un chef-d'œuvre. Il pensait avoir subjugué l'envie, & attendait des éloges, même de ses confréres ; il fut bien surpris d'être reçu d'eux avec des huées.

L'un d'eux qui était un fort mauvais plaisant, lui dit : „ Vraiment vous avez bien opéré : vous „ avez séparé vôtre Monde en deux, & vous „ avez mis un grand espace d'eau entre les „ deux Hémisphères, afin qu'il n'y eût point „ de communication de l'un à l'autre. On gé-„ lera de froid sous vos deux Poles, on mour-„ ra de chaud sous vôtre ligne équinoctiale. Vous „ avez prudemment établi de grands déserts de „ sable, pour que les passans y mourussent de „ faim & de soif. Je suis assez content de vos „ moutons, de vos vaches, & de vos poules; „ mais franchement je ne le suis pas trop de vos „ serpents & de vos araignées. Vos oignons & „ vos artichaux sont de très bonnes choses, mais „ je ne vois pas quelle a été vôtre idée en cou-„ vrant la Terre de tant de plantes venimeuses, „ à moins que vous n'ayez eu le dessein d'empoi-„ sonner ses habitants. Il me parait d'ailleurs „ que vous avez formé une trentaine d'espèces de „ singes, beaucoup plus d'espèces de chiens, & „ seulement quatre ou cinq espèces d'hommes:

„ il

„ il est vrai que vous avez donné à ce dernier
„ animal ce que vous appellez la *raison* ; mais
„ en conscience cette raison-là est trop ridicule,
„ & aproche trop de la folie ; il me parait d'ail-
„ leurs que vous ne faites pas grand cas de cet
„ animal à deux pieds, puisque vous lui avez
„ donné tant d'ennemis, & si peu de défense ;
„ tant de maladies, & si peu de remèdes ; tant de
„ passions, & si peu de sagesse. Vous ne voulez
„ pas apparemment qu'il reste beaucoup de ces a-
„ nimaux-là sur Terre ; car sans compter les dan-
„ gers auxquels vous les exposez, vous avez si
„ bien fait vôtre compte, qu'un jour la petite vé-
„ role emportera tous les ans réguliérement la di-
„ xiéme partie de cette espèce, & que la sœur de
„ cette petite verole empoisonnera la source de la
„ vie dans les neuf parties qui resteront ; &
„ comme si ce n'était pas encor assez, vous avez
„ tellement disposé les choses, que la moitié des
„ survivants sera occupée à plaider, & l'autre à
„ se tuer ; ils vous auront sans doute beaucoup
„ d'obligation, & vous avez fait là un beau chef-
„ d'œuvre.

  Démogorgon rougit ; il sentait bien qu'il y avait
du mal moral & du mal physique dans son affaire ; mais il soutenait qu'il y avait plus de bien
que de mal. „ Il est aisé de critiquer, dit-il ;
„ mais pensez-vous qu'il soit si facile de faire
„ un animal qui soit toûjours raisonnable, qui
„ soit libre, & qui n'abuse jamais de sa liber-
„ té ? Pensez-vous que quand on a neuf à dix-
„ mille plantes à faire provigner, on puisse si
„ aisément empêcher que quelques-unes de ces

„ plantes n'ayent des qualités nuisibles ? Vous
„ imaginez-vous qu'avec une certaine quantité
„ d'eau, de sable, de fange, & de feu, on puis-
„ se n'avoir ni mer ni déserts ? Vous venez,
„ Monsieur le rieur, d'arranger la Planète de
„ *Mars* : nous verrons comment vous vous en
„ êtes tiré, avec vos deux grandes bandes, &
„ quel bel effet font vos nuits sans Lune. Nous
„ verrons s'il n'y a chez vos gens ni folie ni
„ maladie.

En effet les Génies examinèrent *Mars*, & on
tomba rudement sur le railleur. Le furieux Génie, qui avait pâtri *Saturne*, ne fut pas épargné ;
ses confrères les fabricateurs de *Jupiter*, de *Mercure*, de *Vénus*, eurent chacun des reproches à
essuyer.

On écrivit de gros volumes & des brochures ;
on dit des bons mots ; on fit des chansons ; on
se donna des ridicules : les partis s'aigrirent :
enfin l'éternel *Démiurgos* leur imposa silence à
tous : „ Vous avez fait, leur dit-il, du bon &
„ du mauvais, parce que vous avez beaucoup
„ d'intelligence, & que vous êtes imparfaits :
„ vos œuvres dureront seulement quelques cen-
„ taines de millions d'années ; après quoi étant
„ plus instruits, vous ferez mieux : il n'apartient
„ qu'à moi de faire des choses parfaites & im-
„ mortelles.

Voila ce que *Platon* enseignait à ses disciples.
Quand il eut cessé de parler, l'un d'eux lui
dit, *Et puis vous vous réveillâtes !*

L E T-

LETTRE
DE L'AUTEUR

A Mr. DE SGRAVESENDE,

PROFESSEUR DE MATHEMATIQUE.

JE vous remercie, Monfieur, de la figure, que
vous avez bien voulu m'envoyer, de la machine, dont vous vous fervez pour fixer l'image du Soleil. J'en ferai faire une fur votre deffein, & je ferai délivré d'un grand embarras ;
car moi qui fuis fort mal-adroit, j'ai toutes les
peines du monde dans ma chambre obfcure a-
vec mes miroirs. A mefure que le Soleil avance, les couleurs s'en vont, & reffemblent aux
affaires de ce Monde, qui ne font pas un moment de fuite dans la même fituation. J'appelle votre machine un *Sta Sol.* Depuis *Jofué,*
perfonne avant vous n'avait arrêté le Soleil.

J'ai reçu dans le même paquet l'ouvrage, que
je vous avais demandé, dans lequel mon adver-
faire, & celui de tous les Philofophes, employe
environ trois cent pages au fujet de quelques
penfées de *Pafcal,* que j'avais examinées dans
moins d'une feuille. Je fuis toujours pour ce
que j'ai dit. Le défaut de la plûpart des livres
eft d'être trop longs. Si on avait la raifon pour

foi, on ferait court ; mais peu de raifon & beaucoup d'injures ont fait les trois cent pages.

J'ai toujours cru, que *Pafcal* n'avait jetté fes
idées fur le papier, que pour les revoir & en
rejetter une partie. Le Critique n'en veut rien
croire. Il foutient, que *Pafcal* aimait toutes fes
idées, & qu'il n'en eût retranché aucune ; mais
s'il favait, que les éditeurs eux - mêmes en fu-
primèrent la moitié, il ferait bien furpris. Il n'a
qu'à voir celles que le Pére *des Mollefts* a re-
couvrées depuis quelques années, écrites de la
main de *Pafcal* même ; il fera bien plus furpris
encore. Elles font imprimées dans le *Recueil de
Littérature*.

Les hommes d'une imagination forte, comme
Pafcal, parlent avec une autorité defpotique ;
les ignorans & les faibles écoutent avec une admiration fervile ; les bons efprits examinent.

Pafcal croyait toujours, pendant la derniére
année de fa vie, voir un abîme à côté de fa
chaife. Faudrait-il pour cela que nous en imagi-
naffions autant ? Pour moi, je vois auffi un abîme ; mais c'eft dans les chofes, qu'il a cru expliquer. Vous trouverez dans les mélanges de
Leibnitz, que la mélancolie égara fur la fin la
raifon de *Pafcal* ; il le dit même un peu durement. Il n'eft pas étonnant, après tout, qu'un
homme d'un tempérament délicat, d'une imagination trifte, comme *Pafcal*, foit, à force de
mauvais régime, parvenu à déranger les organes de fon cerveau. Cette maladie n'eft ni plus
furprenante, ni plus humiliante, que la fiévre
& la migraine. Si le grand *Pafcal* en a été attaqué,

taqué, c'eft *Samfon* qui perd fa force. Je ne fçai
de quelle maladie était affligé le Docteur qui ar-
gumente fi amérement contre moi ; mais il prend
le change en tout , & principalement fur l'état
de la queſtion.

Le fonds de mes petites remarques fur les *Pen-*
fées de Pafcal, c'eſt qu'il faut croire fans doute
au péché originel, puifque la foi l'ordonne ; &
qu'il faut y croire d'autant plus que la raifon
eſt abſolument impuiſſante à nous montrer que
la Nature humaine eſt déchuë. La révélation
feule peut nous l'aprendre ; *Platon* s'y était ja-
dis caffé le nez. Comment pouvait-il favoir, que
les hommes avaient été autrefois plus beaux,
plus grands , plus forts, plus heureux ? qu'ils
avaient eu de belles ailes , & qu'ils avaient fait
des enfans fans femmes ?

Tous ceux qui fe font fervis de la Phyſique
pour prouver la décadence de ce petit globe de
notre Monde ; n'ont pas eu meilleure fortune
que *Platon*. Voyez-vous ces vilaines montagnes ,
difaient-ils , ces mers qui entrent dans les terres ,
ces lacs fans iſſuë ? Ce font des débris d'un Globe maudit. Mais quand on y a regardé de plus
près , on a vu que ces montagnes étaient néceſſaires pour nous donner des riviéres & des
mines, & que ce font les perfections d'un Monde béni. De même mon cenſeur aſſûre, que
notre vie eſt fort racourcie en comparaifon de
celle des corbeaux & des cerfs ; il a entendu dire
à fa nourrice, que les cerfs vivent trois cent ans,
& les corbeaux neuf cent. La nourrice d'*Héfio-*
de lui avait fait auſſi aparemment le même con-
te.

te. Mais mon Docteur n'a qu'à interroger quelque chasseur ; il saura, que les cerfs ne vont jamais à vingt ans. Il a beau faire, l'homme est de tous les animaux celui à qui Dieu accorde la plus longue vie ; & quand mon Critique me montrera un corbeau, qui aura cent-deux ans, comme Mr. de *St. Aulaire* & Madame de *Chanclos*, il me fera plaisir.

C'est une étrange rage que celle de quelques Messieurs, qui veulent absolument que nous soyons misérables. Je n'aime point un Charlatan, qui veut me faire accroire que je suis malade, pour me vendre ses pillules. Garde ta drogue, mon ami, & laisse-moi ma santé. Mais pourquoi me dis-tu des injures parce que je me porte bien, & que je ne veux point de ton orviétan ? Cet homme m'en dit de très-grossiéres, selon la louable coûtume des gens pour qui les rieurs ne sont pas. Il a été déterrer dans je ne sçai quel journal, je ne sçai quelles lettres sur la nature de l'ame, que je n'ai jamais écrites, & qu'un Libraire a toujours mises sous mon nom à bon compte, aussi-bien que beaucoup d'autres choses, que je ne lis point. Mais puisque cet homme les lit, il devait voir, qu'il est évident, que ces lettres sur la nature de l'ame ne sont point de moi, & qu'il y a des pages entiéres copiées mot à mot de ce que j'ai autrefois écrit sur *Locke*. Il est clair, qu'elles sont de quelqu'un qui m'a volé ; mais je ne vole point ainsi, quelque pauvre que je puisse être.

Mon Docteur se tue à prouver, que l'ame est

eft fpirituelle. Je veux croire, que la fienne l'eft; mais en vérité fes raifonnemens le font fort peu. Il veut donner des foufflets à *Locke* fur ma joue, parce que *Locke* a dit, que Dieu était affez puiffant pour faire penfer un élément de la matiére. Plus je relis ce *Locke*, & plus je voudrais que tous ces Meffieurs l'étudiaffent. Il me femble, qu'il a fait comme *Augufte*, qui donna un édit *de coercendo intra fines Imperio*. *Locke* a refferré l'Empire de la Science pour l'affermir. Qu'eft-ce que l'ame? Je n'en fçai rien. Qu'eft-ce que la matiére? Je n'en fçai rien. Voilà *Jofeph Godefroy Leibnitz*, qui a découvert, que la matiére eft un affemblage de monades. Soit. Je ne le comprens pas, ni lui non plus. Eh bien! mon ame fera une monade; ne me voilà-t-il pas bien inftruit? Je vai vous prouver, que vous êtes immortel, me dit mon Docteur. Mais vraiment il me fera plaifir; j'ai tout auffi grande envie que lui d'être immortel. Je n'ai fait la HENRIADE que pour cela. Mais mon homme fe croit bien plus fûr de l'immortalité par fes argumens, que moi par ma *Henriade*.

Vanitas vanitatum, & Metaphyfica vanitas!

Nous fommes faits pour compter, mefurer, pefer; voilà ce qu'a fait *Newton*; voila ce que vous faites, avec *Monfieur Mushembroek*. Mais pour les premiers principes des chofes, nous n'en fçavons pas plus qu'*Epiftémon* & Maître *Editue*.

Les Philofophes qui font des fyftèmes fur la
fecret-

fecrette conftruction de l'Univers, font comme nos voyageurs, qui vont à Conftantinople, & qui parlent du Serrail ; ils n'en ont vu que les dehors, & ils prétendent fçavoir ce que fait le Sultan avec fes Favorites. Adieu, Monfieur ; fi quelqu'un voit un peu, c'eft vous ; mais je tiens mon cenfeur aveugle. J'ai l'honneur de l'être auffi ; mais je fuis un *Quinze-vingt* de Paris, & lui un aveugle de Province. Je ne fuis pas affez aveugle pourtant pour ne pas voir tout votre mérite, & vous fçavez combien mon cœur eft fenfible à votre amitié. Je fuis, &c.

A Cirey le 1. *de Juin*
1741.

REPON-

RÉPONSE

A MONSIEUR

MARTIN KAHLE,

PROFESSEUR ET DOYEN DES PHILO-SOPHES DE GOETTINGEN,

Au sujet des Questions Métaphysiques ci-dessus.

MONSIEUR LE DOYEN,

JE suis bien-aise d'aprendre au public, que vous avez écrit contre moi un petit livre. Vous m'avez fait beaucoup d'honneur. Vous rejettez page 17. la preuve de l'existence de Dieu tirée des causes finales. Si vous aviez raisonné ainsi à Rome, le Révérend Pére Jacobin, Maître du Sacré Palais, vous aurait mis à l'Inquisition : Si vous aviez écrit contre un Théologien de Paris, il aurait fait censurer votre proposition par la Sacrée Faculté : Si contre un enthousiaste, il vous eût dit des injures, &c. &c. mais je n'ai l'honneur d'être ni Jacobin, ni Théologien, ni entousiaste. Je vous laisse dans votre opinion, & je demeure dans la mienne. Je serai toujours persuadé, qu'une horloge prouve un horloger, & que l'Univers prouve un Dieu. Je souhaite, que vous vous entendiez vous-même sur

ce

ce que vous dites de l'espace & de la durée, & de la nécessité de la matiére, & des monades, & de l'harmonie préétablie ; & je vous renvoye à ce que j'en ai dit en dernier lieu dans cette nouvelle édition, où je voudrais bien m'etre entendu, ce qui n'est pas une petite affaire en Métaphysique.

Vous citez à propos de l'espace, & de l'infini, la *Medée* de *Séneque*, les *Philippiques* de *Ciceron*, les *Métamorphoses* d'*Ovide*, des vers du Duc de *Buckingham*, de *Gombaud*, de *Régnier*, de *Rapin*, &c. J'ai à vous dire, Monsieur, que je sai bien autant de vers que vous, que je les aime autant que vous, & que s'il s'agissait de vers, nous verrions beau jeu ; mais je les crois peu propres à éclaircir une question métaphysique, fussent-ils de *Lucréce*, ou du Cardinal de *Polignac*. Au reste, si jamais vous comprenez quelque chose aux monades, à l'harmonie préétablie, & pour citer des vers :

Si Monsieur le Doyen peut jamais concevoir,
Comment tout étant plein tout a pû se mouvoir ;

Si vous découvrez aussi comment, tout étant nécessaire, l'homme est libre, vous me ferez plaisir de m'en avertir. Quand vous aurez aussi démontré, en vers ou autrement, pourquoi tant d'hommes s'égorgent dans le meilleur des Mondes possibles, je vous serai très-obligé.

J'attens vos raisonnemens, vos vers, vos invectives, & je vous proteste du meilleur de mon cœur, que ni vous ni moi ne savons rien de cette question. J'ai d'ailleurs l'honneur d'être &c.

COUR-

COURTE REPONSE

AUX

LONGS DISCOURS

D'UN

DOCTEUR ALLEMAND.

JE m'étais donné à la Philosophie, croyant y trouver le repos, que *Newton* appelle *rem prorsus substantialem*; mais je vis, que la racine quarrée du cube des révolutions des Planètes, & les quarrés de leurs distances, faisaient encor des ennemis. Je m'aperçois, que j'ai encouru l'indignation de quelques Docteurs Allemans. J'ai osé mesurer toujours la force des corps en mouvement par $m \times v$. J'ai eu l'insolence de douter des monades, de l'harmonie préétablie, & même du grand principe des indiscernables. Malgré le respect sincère que j'ai pour le beau génie de *Leibnitz*, pouvais-je espérer du repos après avoir voulu ébranler ces fondemens de la Nature? On a employé, pour me convaincre, de longs sophismes & de grosses injures, selon la respectable coutume introduite depuis long-tems dans cette Science, qu'on appelle *Philosophie*, c'est-à-dire, *Amour de la Sagesse*.

Ii

Il est vrai, qu'une personne infiniment respectable à tous égards, & qui a beaucoup de sortes d'esprits, a daigné en employer une à éclaircir & à orner le système de *Leibnitz*; elle s'est amusée à décorer d'un beau portique ce bâtiment vaste & confus. J'ai été étonné de ne pouvoir la croire en l'admirant; mais j'en ai vû enfin la raison : c'est qu'elle-même n'y croyait guères; & c'est ce qui arrive souvent entre ceux qui s'imaginent vouloit persuader, & ceux qui s'efforcent de se laisser persuader.

Plus je vai en avant, & plus je suis confirmé dans l'idée, que les systèmes de Métaphysique sont pour les Philosophes, ce que les Romans sont pour les femmes. Ils ont tous la vogue les uns après les autres, & finissent tous par être oubliés. Une vérité mathématique reste pour l'éternité, & les fantômes métaphysiques passent comme des rêves de malades.

Lorsque j'étais en Angleterre, je ne pus avoir la consolation de voir le grand *Newton*, qui touchait à sa fin. Le fameux Curé de *St. James*, *Samuel Clarke*, l'ami, le disciple & le commentateur de *Newton*, daigna me donner quelques instructions sur cette partie de la Philosophie, qui veut s'élever au-dessus du calcul & des sens. Je ne trouvai pas à la vérité cette anatomie circonspecte de l'entendement humain, ce bâton d'aveugle, avec lequel marchait le modeste *Locke*, cherchant son chemin & le trouvant; enfin cette timidité savante, qui arrêtait *Locke* sur le bord des abimes. *Clarke* sautait dans l'a-
bime,

bîme, & j'ofai croire l'y fuivre. Un jour, plein
de ces grandes recherches, qui charment l'efprit
par leur immenfité, je dis à un membre très-
éclairé de la Société Royale : *Monfieur Clarke eft
un bien plus grand Métaphyficien que Mr. Newton.* Cela peut être, me répondit-il froidement ;
c'eft comme fi vous difiez, que l'un joue mieux
au balon que l'autre. Cette réponfe me fit rentrer en moi-même. J'ai depuis ofé percer quelques-uns de ces balons de la Métaphyfique, &
j'ai vû, qu'il n'en eft forti que du vent. Auffi, quand je dis à Mr. *de St Gravefende* ; *Vanitas vanitatum, & Metaphyfica vanitas* : il me
répondit, *Je fuis bien fâché, que vous ayez raifon.*

Le Père *Mallebranche*, dans fa *Recherche de
la Vérité*, ne concevant rien de beau, rien d'u-
tile, que fon fyftème, s'exprime ainfi ; „ Les
„ hommes ne font pas faits pour confidérer des
„ moucherons ; & on n'aprouve pas la peine,
„ que quelques perfonnes fe font donnée de
„ nous aprendre, comment font faits certains
„ infectes, les transformations des vers, &c. Il
„ eft permis de s'amufer à cela, quand on n'a
„ rien à faire, & pour fe divertir. Cependant
cet amufement à cela pour fe divertir, nous a fait
connaitre les reffources inépuifables de la Nature, qui rendent à des animaux les membres
qu'ils ont perdus, qui reproduifent des têtes a-
près qu'on les a coupées, qui donnent à tel infecte le pouvoir de s'accoupler l'inftant d'après
que fa tête eft féparée de fon corps, qui per-
mettent à d'autres de multiplier leur efpèce fans
le

le fecours des deux fexes. Cet *amufement à ce-*
la a dévelopé un nouvel Univers en petit , &
des varietés infinies de fageffe & de puiffance ;
tandis qu'en quarante ans d'étude le Pére *Mal-*
lebranche a trouvé *que la lumière eft une vibra-*
tion de preffion fur de petits tourbillons mous , &
que nous voyons tout en Dieu.

J'ai dit que *Newton* favait douter , & là - deffus on s'écrie ; Oh ! nous autres nous ne dou-
tons pas ; nous favons de fcience certaine , que
l'ame eft , je ne fai quoi, deftiné néceffairement
à recevoir je ne fai quelles idées, dans le tems
que le corps fait néceffairement certains mouvemens , fans que l'un ait la moindre influence
fur l'autre ; comme lorfqu'un homme prêche ,
& que l'autre fait des geftes ; & cela s'appelle
l'harmonie préétablie. Nous favons , que la matiére eft compofée d'êtres , qui ne font pas matiére , & que dans la patte d'un ciron il y a une
infinité de fubftances fans étendue , dont chacune a des idées confufes , qui compofent un miroir concentré de tout l'Univers ; & cela s'apelle
le fyftème des Monades. Nous concevons auffi
parfaitement l'accord de la liberté & de la néceffité ; nous entendons très - bien, *comment tout*
étant plein , tout a pu fe mouvoir. Heureux ceux
qui peuvent comprendre des chofes fi peu com-
préhenfibles , & qui voyent un autre Univers
que celui où nous vivons !

J'aime à voir un Docteur, qui vous dit d'un
ton magiftral & ironique : „ Vous errez , vous
„ ne favez pas , qu'on a découvert depuis peu
„ que *ce qui eft, eft poffible, & que tout ce qui*
„ *eft*

„ est possible, n'est pas actuel ; & que tout ce
„ qui est actuel, est possible ; & que les essences
„ des choses ne changent pas. " Ah! plût à Dieu
que l'essence des Docteurs changeât! Eh bien,
vous nous aprenez donc, qu'il y a des essences ; & moi je vous aprens que ni vous ni moi
n'avons l'honneur de les connaître ; je vous
aprens, que jamais homme sur la Terre n'a
sçu & ne saura ce que c'est que la matiére, ce
que c'est que le principe de la vie & du sentiment ; ce que c'est que l'ame humaine, s'il y
a des ames dont la nature soit seulement de
sentir sans raisonner, ou de raisonner en ne
sentant point, ou de ne faire ni l'un ni l'autre ;
si ce qu'on appelle matiére a des sensations,
comme elle a la gravitation ; si, &c.

Quant à la dispute sur la mesure de la force
des corps en mouvement, il me paraît, que ce
n'est qu'une dispute de mots ; & je suis fâché,
qu'il y en ait de telles en Mathématique. Que
l'on compte comme l'on voudra $m \times v$, ou bien
$m \times v^2$, rien ne changera dans la Mécanique ;
il faudra toûjours la même quantité de chevaux
pour tirer les fardeaux, la même charge de
poudre pour les canons ; & cette querelle est
le scandale de la Géometrie.

Plût au Ciel encor, qu'il n'y eût point d'autre querelle entre les hommes! nous serions
des Anges sur la Terre. Mais ne ressemble-
t-on pas quelquefois à ces Diables, que *Milton*
nous représente dévorés d'ennuis, de rage,
d'inquiétude, de douleurs, & raisonnans encor

Mélanges &c.   *b*   sur

sur la Métaphysique au milieu de leurs tour-
mens ?

„ Tel dans l'amas brillant des rêves de Milton ;
„ On voit les habitans du brûlant Flégéton ;
„ Entourés de torrens de bitume & de flâme ,
„ Raisonner sur l'essence, argumenter sur l'ame,
„ Sonder les profondeurs de la fatalité,
„ Et de la prévoyance , & de la liberté.
„ Ils creusent vainement dans cet abîme immense.

— — — — — *and reason'd high*
Of providence fore knowledge will, and fate:
Fix't fate, free will, fore knowledge absolute:
And found no end, &c.

LETTRE
SUR
ROGER BACON.

Vous croyez, Monſieur, que *Roger Ba-con*, ce fameux Moine du treizième ſié-cle, était un très-grand homme, & qu'il a-vait la vraye Science, parce qu'il fut perſécuté & condamné dans Rome à la priſon par des ignorans. C'eſt un grand préjugé en ſa faveur, je l'avoue. Mais n'arrive-t-il pas tous les jours, que des Charlatans condamnent gra-vement d'autres Charlatans, & que des fous font payer l'amende à d'autres fous? Ce mon-de-ci a été longtems ſemblable aux petites mai-ſons, dans leſquelles celui qui ſe croit le Pére éternel anathématiſe celui qui ſe croit le St. Eſ-prit; & ces avantures ne ſont pas même au-jourdhui extrémement rares.

Parmi les choſes, qui le rendirent recomman-dable, il faut premiérement compter ſa priſon, enſuite la noble hardieſſe avec laquelle il dit, que tous les livres d'*Ariſtote* n'étaient bons qu'à bruler; & cela dans un tems, où les Scholaſti-ques reſpectaient *Ariſtote*, beaucoup plus que les Janſéniſtes ne reſpectent *St: Auguſtin*. Cepen-dant

b 2

dant *Roger Bacon* a-t-il fait quelque chose de mieux que la Poëtique, la Rhétorique & la Logique d'*Ariſtote* ? Ces trois ouvrages immortels prouvent aſſurément, qu'*Ariſtote* était un très-grand & très-beau génie, pénétrant, profond, méthodique ; & qu'il n'était mauvais Phyſicien que parce qu'il était impoſſible de fouiller dans les carriéres de la Phyſique, lorſqu'on manquait d'inſtrumens.

    Roger Bacon dans ſon meilleur ouvrage, où il traite de la lumiére & de la viſion, s'exprime-t-il beaucoup plus clairement qu'*Ariſtote* ? quand il dit : *La lumiére fait par voie de multiplication ſon eſpéce lumineuſe, & cette aĉtion eſt appellée univoque & conforme à l'agent.* Il y a une autre multiplication équivoque, par laquelle la lumiére engendre la chaleur ; & la chaleur la putréfaĉtion.

    Ce *Roger* d'ailleurs vous dit, qu'on peut prolonger ſa vie avec du ſperma ceti, de l'aloes, & de la chair de dragon ; mais qu'on peut ſe rendre immortel avec la pierre philoſophale. Vous penſez bien, qu'avec ces beaux ſecrets il poſſédait encor tous ceux de l'Aſtrologie judiciaire ſans exception : auſſi aſſure-t-il bien poſitivement dans ſon *Opus majus*, que la tête de l'homme eſt ſoumiſe aux influences du Bélier ; ſon cou à celles du Taureau, & ſes bras au pouvoir des Gemeaux, &c. Il prouve même ces belles choſes par l'expérience ; & il louë beaucoup un grand Aſtrologue de Paris, qui empêcha, dit-il, un Médecin de mettre un emplâtre ſur la jambe

d'un

d'un malade, parce que le Soleil était alors dans le figne du Verfeau, & que le Verfeau eft mortel pour les jambes, fur lefquelles on applique des emplâtres.

C'eft une opinion affez généralement répanduë, que notre *Roger* fut l'inventeur de la poudre à canon. Il eft certain, que de fon tems on était fur la voie de cette horrible découverte: car je remarque toujours que l'efprit d'invention eft de tous les tems, & que les Docteurs, les gens qui gouvernent les efprits & les corps, ont beau être d'une ignorance profonde, ont beau faire régner les plus infenfés préjugés, ont beau n'avoir pas le fens commun; il fe trouve toujours des hommes obfcurs, des Artiftes animés d'un inftinct fupérieur, qui inventent des chofes admirables, fur lefquelles enfuite les favans raifonnent.

Voici mot-à-mot ce fameux paffage de *Roger Bacon* touchant la poudre à canon; il fe trouve dans fon *Opus majus* page 474. édition de Londres : *Le feu Grégeois peut difficilement s'éteindre, car l'eau ne l'éteint pas. Et il y a de certains feux, dont l'explofion fait tant de bruit, que fi on les allumait fubitement & de nuit, une ville & une armée ne pouraient le foutenir. Les éclats du tonnerre ne pouraient leur être comparés. Il y en a qui effrayent tellement la vûe, que les éclairs des nuës la troublent moins. on croit, que c'eft par de tels artifices, que Gédéon jetta la terreur dans l'armée des Madianites. Et nous en avons une preuve dans ce jeu d'enfans, qu'on fait par*

b 3 tous

tout le monde. On enfonce du salpêtre avec force dans une petite balle de la grosseur d'un pouce. On la fait crever avec un bruit si violent, qu'il surpasse le rugissement du tonnerre; & il en sort une plus grande exhalaison de feu que celle de la foudre. Il parait évidemment, que *Roger Bacon* ne connaissait que cette expérience commune d'une petite boule pleine de salpêtre mise sur le feu. Il y a encor bien loin de-là à la poudre à canon, dont *Roger* ne parle en aucun endroit, mais qui fut bientôt après inventée.

Une chose me surprend davantage, c'est qu'il ne connût pas la direction de l'aiguille aimantée, qui de son tems commençait à être connuë en Italie; mais en récompense il savait très-bien le secret de la baguette de coudrier, & beaucoup d'autres choses semblables, dont il traite dans sa *Dignité de l'Art expérimental.*

Cependant malgré ce nombre effroyable d'absurdités & de chimères, il faut avouer que ce *Bacon* était un homme admirable pour son siécle. Quel siécle? me direz-vous; c'était celui du Gouvernement féodal, & des Scholastiques. Figurez-vous les *Samoyedes* & les *Ostiaques*, qui auraient lû *Aristote* & *Avicène*; voilà ce que nous étions.

Roger savait un peu de Géométrie & d'Optique, & c'est ce qui le fit passer à Rome & à Paris pour un sorcier. Il ne savait pourtant, que ce qui est dans l'Arabe *Alazen.* Car dans ces tems-là on ne savait encor rien que par les Arabes. Ils étaient les Médecins & les Astrologues
gues

gues de tous les Rois Chrètiens. Le fou du Roi était toujours de la nation : mais le Docteur était Arabe ou Juif.

Tranfportez ce *Bacon* au tems où nous vivons, il ferait fans doute un très - grand homme. C'était de l'or encrouté de toutes les ordures du tems où il vivait : Cet or aujourdhui ferait épuré.

Pauvres humains que nous fommes ! que de fiécles il a falu pour acquérir un peu de traifon !

S U R

L'ANTI-LUCRECE

DE MONSIEUR.

L E

CARDINAL DE POLIGNAC.

L A lecture de tout le Poëme de feu Mr. le Cardinal de *Polignac* m'a confirmé dans l'idée, que j'en avais conçue, lorsqu'il m'en lut le premier chant. Je suis encor étonné, qu'au milieu des diffipations du monde, & des épines des affaires, il ait pû écrire un fi long ouvrage en vers dans une langue étrangère, lui qui aurait à peine fait quatre bons vers dans fa propre langue. Il me femble, qu'il réunit fouvent la force de *Lucrèce* & l'élégance de *Virgile.* Je l'admire, furtout, dans cette facilité avec laquelle il exprime toujours des chofes fi difficiles.

Il eft vrai, que fon *Anti-Lucrèce* eft peut-être trop diffus & trop peu varié; mais ce n'eft pas en qualité de Poëte, que je l'examine ici, c'eft comme Philofophe. Il me paraît, qu'une auffi belle ame que la fienne devait rendre plus de

justi-

justice aux mœurs d'*Epicure*, qui étant à la vérité un très-mauvais Physicien, n'en était pas moins un très-honnête homme, & qui n'enseigna jamais, que la douceur, la tempérance, la modération, la justice; vertus, que son exemple enseignait encor mieux.

Voici comme ce grand homme est apostrophé dans l'*Anti-Lucrèce.*

Si virtutis eras avidus, rectique bonique
Tam sitiens, quid religio tibi sancta nocebat?
Aspera quippe nimis visa est. Asperrima certe;
Gaudenti vitiis, sed non virtutis amanti.
Ergo perfugium culpæ, solisque benignus
Perjuris ac fœdifragis, Epicure, parabas:
Solam hominum faecem poteras devotaque furcis
Corpora &c.

On peut rendre ainsi ce morceau en Français, en lui prêtant, si je l'ose dire, un peu de force :

Ah ! si par toi le vice eût été combattu,
Si ton cœur pur & droit eût chéri la vertu ;
Pourquoi donc rejetter au sein de l'innocence
Un Dieu, qui nous la donne, & qui la récompense?
Tu le craignais ce Dieu; son régne redouté
Mettait un frein trop dur à ton impiété.
Précepteur des méchans, & Professeur du crime,
Ta main de l'injustice ouvrit le vaste abîme,
Y fit tomber la Terre, & la couvrit de fleurs.

Mais

Mais *Epicure* pouvait répondre au Cardinal : Si j'avais eu le bonheur de connaître comme vous le vrai Dieu, d'être né comme vous dans une Religion pure & fainte, je n'aurais pas certainement rejetté ce Dieu revelé, dont les dogmes étaient nécessairement inconnus à mon esprit, mais dont la morale était dans mon cœur. Je n'ai pû admettre des Dieux tels qu'ils m'étaient annoncés dans le Paganisme. J'étais trop raisonnable, pour adorer des Divinités, qu'on faisait naître d'un pére & d'une mére comme les mortels, & qui comme eux se faisaient la guerre. J'étais trop ami de la vertu, pour ne pas haïr une Religion, qui tantôt invitait au crime par l'exemple de ces Dieux mêmes, & tantôt vendait à prix d'argent la remission des plus horribles forfaits. D'un côté je voyais partout des hommes insensés souillés de vices, qui cherchaient à se rendre purs devant des Dieux impurs, & de l'autre des fourbes, qui se vantaient de justifier les plus pervers, soit en les initiant à des mystères, soit en faisant couler sur eux goute à goute le sang des taureaux, soit en les plongeant dans les eaux du Gange. Je voyais les guerres les plus injustes entreprises faintement dès qu'on avait trouvé sans tache le foie d'un bélier, ou qu'une femme les cheveux épars & l'œil troublé avait prononcé des paroles, dont ni elle ni personne ne comprenaient le sens. Enfin je voyais toutes les contrées de la Terre souillées du sang des victimes humaines que des Pontifes barbares sacrifiaient à des Dieux barbares ; je me sai

bon

bon gré d'avoir détesté de telles Religions. La mienne est la vertu. J'ai invité mes disciples à ne se point mêler des affaires de ce monde, parce qu'elles étaient horriblement gouvernées. Un véritable Epicurien était un homme doux, modéré, juste, aimable, duquel aucune societé n'avait à se plaindre, & qui ne payait pas des boureaux pour assassiner en public ceux qui ne pensaient pas comme lui. De ce terme à celui de la Religion sainte, qui vous a nouri, il n'y a qu'un pas à faire. J'ai détruit les faux Dieux, & si j'avais vécu avec vous, j'aurais connu le véritable.

C'est ainsi qu'*Epicure* pourait se justifier sur son erreur; il pourait même mériter sa grace sur le dogme de l'immortalité de l'ame, en disant : Plaignez-moi d'avoir combattu une vérité, que Dieu a révelée cinq cent ans après ma naissance. J'ai pensé comme tous les premiers Législateurs Payens du Monde, qui tous ignoraient cette vérité.

J'aurais donc voulu que le Cardinal de *Polignac* eût plaint *Epicure* en le condamnant, & ce tour n'en eût pas été moins favorable à la belle Poësie.

A l'égard de la Physique, il me paraît, que l'Auteur a perdu beaucoup de tems & beaucoup de vers à réfuter la déclinaison des atomes, & les autres absurdités, dont le Poëme de *Lucrèce* fourmille. C'est employer de l'artillerie pour détruire une chaumiére. Pourquoi encor vouloir mettre à la place des rèveries de *Lucrèce* les rèveries de *Descartes ?*   Le

Le Cardinal de *Polignac* a inféré dans fon Poëme de très-beaux vers fur les découvertes de *Newton* ; mais il y combat, malheureufement pour lui, des vérités démontrées. La Philofophie de *Newton* ne fouffre guères qu'on la difcute en vers ; à peine peut-on la traiter en profe ; elle eft toute fondée fur la Géomètrie. Le génie poëtique ne trouve point là de prife. On peut orner de beaux vers l'écorce de ces vérités ; mais pour les aprofondir, il faut du calcul, & point de vers.

DIS.

DISSERTATION,

ENVOYÉE PAR L'AUTEUR,
en Italien, à l'Académie de Bologne, & tra-
duite par lui-même en Français;

SUR

LES CHANGEMENS ARRIVÉS

DANS NOTRE GLOBE,

ET SUR LES PÉTRIFICATIONS
QU'ON PRÉTEND EN ÊTRE ENCOR
LES TÉMOIGNAGES.

IL y a des erreurs qui ne font que pour le peuple. Il y en a qui ne font que pour les Philofophes. Peut-être en eft-ce une de ce genre, que l'idée où font tant de Phyficiens, qu'on voit par toute la Terre des témoignages d'un bouleverfement général. On a trouvé dans les montagnes de la Heffe une pierre qui paraiffait porter l'empreinte d'un turbot, & fur les Alpes un brochet pétrifié : on en conclut, que la mer & les riviéres ont coulé tour-à-tour fur les montagnes. Il était plus naturel de foupçonner,

ner,

ner, que ces poiſſons, aportés par un voyageur, s'étant-gâtés, furent jettés, & ſe pétriſierent dans la ſuite des tems ; mais cette idée était trop ſimple & trop peu ſiſtématique. On dit, qu'on a découvert un ancre de vaiſſeau ſur une montagne de la Suiſſe : on ne fait pas réflexion qu'on y a ſouvent tranſporté à bras de grands fardeaux, & ſurtout du canon ; qu'on s'eſt pû ſervir d'un ancre pour arrêter les fardeaux à quelque fente de rochers ; qu'il eſt très-vraiſemblable qu'on aura pris cet ancre dans les petits ports du Lac de Genève ; que peut-être enfin l'hiſtoire de l'ancre eſt fabuleuſe ; & on aime mieux affirmer que c'eſt l'ancre d'un vaiſſeau, qui fut amarré en Suiſſe avant le Déluge.

La langue d'un chien marin a quelque raport avec une pierre qu'on nomme *Gloſſopètre* : c'en eſt aſſez pour que des Phyſiciens ayent aſſuré que ces pierres ſont autant de langues que les chiens marins laiſſèrent dans les Apennins du tems de *Noé* ; que n'ont-ils dit auſſi, que les coquilles que l'on appelle *Conque de Vénus*, ſont en effet la choſe même dont elles portent le nom.

Les reptiles forment preſque toujours une ſpirale, lorſqu'ils ne ſont pas en mouvement ; & il n'eſt pas ſurprenant, que quand ils ſe pétrifient, la pierre prenne la figure informe d'une volute. Il eſt encor plus naturel qu'il y ait des pierres formées d'elles-mêmes en ſpirales : les Alpes, les Vauges en ſont pleines. Il a plu aux
Natu-

Naturalistes d'appeller ces pierres des *cornés d'Ammon*. On veut y reconnaître le poisson qu'on nomme *Nautilus*, qu'on n'a jamais vû, & qui était produit, dit-on, dans les Mers des Indes. Sans trop examiner, si ce poisson pétrifié est un *Nautilus* ou une anguille, on conclut que la Mer des Indes a inondé long-tems les montagnes de l'Europe.

On a vû aussi dans des Provinces d'Italie, de France &c. de petits coquillages, qu'on assure être originaires de la Mer de Sirie. Je ne veux pas contester leur origine; mais ne pourait-on pas se souvenir que cette foule innombrable de Pélerins & de Croisés, qui porta son argent dans la Terre sainte, en raporta des coquilles? & aimera-t-on mieux croire que la Mer de Joppé & de Sidon est venue couvrir la Bourgogne & le Milanez?

On pourait encor se dispenser de croire l'une & l'autre de ces hypothèses, & penser avec beaucoup de Physiciens, que ces coquilles qu'on croit venues de si loin, sont des fossiles que produit notre Terre. On pourait encor, avec bien plus de vraisemblance, conjecturer qu'il y a eu autrefois des Lacs dans les endroits, où l'on voit aujourdhui des coquilles. Mais quelque opinion, ou quelque erreur qu'on embrasse, ces coquilles prouvent-elles que tout l'Univers a été bouleversé de fond en comble?

Les montagnes vers Calais & vers Douvres sont des roches de craye; donc autrefois

fois ces montagnes n'étaient point féparées par les eaux. Le terrain vers Gibraltar & vers Tanger est à peu près de la même nature; donc l'Afrique & l'Europe fe touchaient, & il n'y avait point de Mer Méditerranée. Les Pirénées, les Alpes, l'Apennin, ont paru à plufieurs Philofophes des débris d'un Monde, qui a changé plufieurs fois de forme. Cette opinion a été longtems foutenue par toute l'école de *Pythagore*, & par plufieurs autres. Elles affirmaient, que toute la Terre habitable avait été Mer autrefois, & que la Mer avait longtems été Terre.

On fait qu'*Ovide* ne fait que raporter le fentiment des Phyficiens de l'Orient, quand il met dans la bouche de *Pythagore* ces vers Latins, dont voici le fens.

Le tems qui donne à tout le mouvement & l'être,
Produit, accroît, détruit, fait mourir, fait renaître,
Change tout dans les Cieux, fur la Terre & dans l'air;
L'âge d'or à fon tour fuivra l'âge de fer.
Flore embellit des champs l'aridité fauvage.
La Mer change fon lit, fon flux & fon rivage.
Le limon qui nous porte eft né du fein des eaux.
Le Caucafe eft femé du débris des vaiffeaux.
La main lente du Tems applanit les montagnes;
Il creufe les vallons, il étend les campagnes;
Tandis que l'Eternel, le Souverain des tems,
Demeure inébranlable en ces grands changemens.

Voi-

Voila quelle était l'opinion des Indiens & de *Pythagore*, & ce n'eſt pas lui faire tort de la raporter en vers. Cette opinion a été plus que jamais accréditée par l'inſpection de ces lits de coquillages qu'on trouve amoncelés par couches dans la Calabre, en Touraine & ailleurs, dans des terrains placés à une aſſez grande diſtance de la Mer. Il y a en effet aparence qu'elles y ont été dépoſées dans une longue ſuite d'années.

La Mer, qui s'eſt retirée à quelques lieues de ſes anciens rivages, a regagné peu à peu ſur quelques autres terrains. De cette perte preſque inſenſible, on s'eſt crû en droit de conclure, qu'elle a longtems couvert le reſte du Globe. Frejus, Narbonne, Ferrare, &c. ne ſont plus des ports de mer; la moitié du petit pays de l'Oſtfriſe a été ſubmergée par l'Océan; donc autrefois les baleines ont nagé pendant des ſiécles ſur le mont Taurus & ſur les Alpes, & le fond de la mer a été peuplé d'hommes.

Ce ſiſtême des révolutions phyſiques de ce Monde a été fortifié dans l'eſprit de quelques Philoſophes, par la découverte du Chevalier *de Louville*. On ſait, que cet Aſtronome en 1714. alla exprès à Marſeille, pour obſerver ſi l'obliquité de l'Ecliptique était encor telle qu'elle y avait été fixée par *Pitéas* environ deux-mille ans auparavant. Il la trouva moindre de vingt minutes, c'eſt-à-dire, qu'en deux-mille ans l'Ecliptique, ſelon lui, s'était aproché de l'Equateur d'un tiers de degré, ce qui prouve qu'en

Mélanges &c.   c   ſix-

six - mille ans il s'aprocherait d'un degré entier. Cela suppofé, il eft évident que la Terre, outre les mouvemens qu'on lui connait, en aurait encor un, qui la ferait tourner fur elle-même d'un Pôle à l'autre. Il fe trouverait que dans vingt-trois-mille ans le Soleil ferait pour la Terre très-longtems dans l'Equateur, & que dans une période d'environ deux millions d'années, tous les climats du Monde auraient été tour-à-tour dans la Zone torride, & dans la Zone glaciale. Pourquoi, difait-on, s'effrayer d'une période de deux millions d'années? il y en a probablement de plus longues entre les pofitions réciproques des Aftres; nous connaiffons déja un mouvement à la Terre, lequel s'accomplit en plus de vingt-cinq-mille ans; c'eft la préceffion des Equinoxes. Des révolutions de mille millions d'années font infiniment moindres aux yeux de l'Architecte éternel de l'Univers, que n'eft pour nous celle d'une roue, qui achève fon tour en un clin d'œil. Cette nouvelle période imaginée par le Chevalier *de Louville*, foutenue & corrigée par plufieurs Aftronomes, fit rechercher les anciennes obfervations de Babylone tranfmifes aux Grecs par *Alexandre*, & confervées à la poftérité par *Ptolomée* dans fon *Almagefte*.

Les Babyloniens prétendaient au tems d'*Alexandre* avoir des obfervations aftronomiques de quatre-cent-mille-trois-cent années. On tâcha de concilier ces calculs des Babyloniens avec l'hypothèfe de la révolution de deux millions

lions d'années. Enfin quelques Philofophes conclurent que chaque climat ayant été à fon tour,
tantôt Pole, tantôt Ligne équinoxiale, toutes
les Mers avaient changé de place.

L'extraordinaire, le vafte, les grandes mu-
tations, font des objets qui plaifent quelquefois
à l'imagination des plus fages. Les Philofophes
veulent de grands changemens dans la fcène du
Monde, comme le peuple en veut aux fpecta-
cles. Du point de notre exiftence & de notre
durée, notre imagination s'élance dans des milliers de fiécles, pour voir avec plaifir le Cana-
da fous l'Equateur, & la Mer de la nouvelle
Zemble fur le mont Atlas.

Un Auteur, qui s'eft rendu plus célèbre qu'u-
tile par fa théorie de la Terre, a prétendu que
le déluge bouleverfa tout notre Globe, forma
les débris du Monde, les rochers & les montagnes, & mit tout dans une confufion irrépa-
rable; il ne voit dans l'Univers que des ruï-
nes. L'Auteur d'une autre théorie non moins
célèbre, n'y voit que de l'arrangement, & il
affure que fans le déluge cette harmonie ne
fubfifterait pas; tous deux n'admettent les montagnes que comme une fuite de l'inondation
univerfelle.

Burnet en fon cinquiéme chapitre affure, que
la Terre avant le déluge était unie, réguliére,
uniforme, fans montagnes, fans vallées, & fans
mers; le déluge fit tout cela felon lui, & voilà pourquoi on trouve des cornes d'*Ammon*
dans l'Apennin.

Vou-

Voudouard veut bien avouer qu'il y avait des montagnes ; mais il eſt perſuadé que le déluge vint à bout de les diſſoudre avec tous les métaux, qu'il s'en forma d'autres, & que c'eſt dans cette nouvelle Terre qu'on trouve ces cailloux autrefois amollis par les eaux, & remplis aujourdhui d'animaux pétrifiés. *Voudouard* aurait pû à la vérité s'apercevoir que le marbre, le caillou, &c. ne ſe diſſolvent point dans l'eau, & que les écueils de la mer ſont encor fort durs. N'importe ; il falait pour ſon ſyſtème que l'eau eût diſſous, en cent-cinquante jours, toutes les pierres & tous les mineraux de l'Univers, pour y loger des huitres & des pétoncles.

Il faudrait plus de tems que le déluge n'a duré, pour lire tous les Auteurs qui en ont fait de beaux ſiſtèmes. Chacun d'eux détruit & renouvelle la Terre à ſa mode, ainſi que *Deſcartes* l'a formée ; car la plupart des Philoſophes ſe ſont mis ſans façon à la place de Dieu ; ils penſent créer un Univers avec la parole.

Mon deſſein n'eſt pas de les imiter : & je n'ai point du tout l'eſpérance de découvrir les moyens dont Dieu s'eſt ſervi pour former le Monde, pour le noyer, pour le conſerver. Je m'en tiens à la parole de l'Ecriture, ſans prétendre l'expliquer, & ſans oſer admettre ce qu'elle ne dit point. Qu'il me ſoit permis d'examiner ſeulement, ſelon les régles de la probabilité, ſi ce Globe a été & doit être un jour ſi abſolument

folument différent de ce qu'il eft. Il ne s'agit
ici que d'avoir des yeux.

J'examine d'abord ces montagnes, que le Docteur *Burnet* & tant d'autres regardent comme
les ruines d'un ancien Monde difperfé çà & là
fans ordre, fans deffein, femblable aux débris
d'une ville que le canon a foudroyée. Je les vois
au contraire arrangées avec un ordre infini d'un
bout de l'Univers à l'autre. C'eft en effet une
chaine de hauts aquéducs continuels, qui en s'ouvrant en plufieurs endroits laiffent aux fleuves
& aux bras de mer l'efpace dont ils ont befoin
pour humecter la Terre.

Du Cap de Bonne Efpérance naît une fuite
de rochers, qui s'abaiffent pour laiffer paffer le
Niger & le Zair, & qui fe relèvent enfuite
fous le nom du mont Atlas, tandis que le Nil
coule d'une autre branche de ces montagnes.
Un bras de mer étroit fépare l'Atlas du Pro-
montoire de Gibraltar, qui fe rejoint à la Sie-
ra Morena ; celle-ci touche aux Pirénées, les
Pirénées aux Sevènes, les Sevènes aux Alpes,
les Alpes à l'Apennin, qui ne finit qu'au bout
du Royaume de Naples ; vis-à-vis font les
montagnes d'Epire & de la Theffalie. A peine
avez-vous paffé le détroit de Gallipoli, que
vous trouvez le mont Taurus, dont les bran-
ches, fous le nom de Caucafe, de l'Immaüs
&c. s'étendent aux extrémités du Globe ; c'eft
ainfi que la Terre eft couronnée en tous fens
de ces réfervoirs d'eau, d'où partent fans excep-
tion toutes les riviéres qui l'arrofent & qui la

c 3 fécon-

fécondent. Et il n'y a aucun rivage à qui la Mer fourniffe un feul ruiffeau de fon eau falée.

Burnet fit graver une carte de la Terre divifée en montagnes, au lieu de Provinces; il s'efforce, par cette repréfentation & par fes paroles, de mettre fous les yeux l'image du plus horrible défordre; mais de fes propres paroles, comme de fa carte, on ne peut conclure qu'harmonie & utilité. *Les Andés*, dit-il, *dans l'Amérique ont mille lieues de long; le Taurus divife l'Afie en deux parties &c. Un homme qui pourait embraffer tout cela d'un coup d'œil verrait que le Globe de la Terre eft plus informe encor qu'on ne l'imagine.* Il paraît tout au contraire, qu'un homme raifonnable, qui verrait d'un coup d'œil l'un & l'autre Hémifphère traverfé par une fuite de montagnes, qui fervent de réfervoirs aux pluyes, & de fources aux fleuves, ne pourait s'empêcher de reconnaître dans cette prétendue confufion toute la fageffe & la bienfaifance de Dieu même.

Il n'y a pas un feul climat fur la Terre fans montagnes, & fans rivière qui en forte. Cette chaîne de rochers eft une pièce effentielle à la machine du Monde. Sans elle les animaux terreftres ne pouraient vivre; car point de vie fans eau; l'eau eft élevée des mers, & purifiée par l'évaporation continuelle; les vents la portent fur les fommets des rochers, d'où elle fe précipite en rivières; & il eft prouvé que cette évaporation eft affez grande pour qu'elle fuffi-

fe

fe à former les fleuves & à répandre les
pluyes.

L'autre opinion, qui prétend que dans la période de deux millions d'années l'axe de la Terre fe relevant continuellement & tournant fur
lui - même, a forcé l'Océan de changer fon lit.
Cette opinion, dis-je, n'eft pas moins contraire à la Phyfique. Un mouvement qui relève
l'axe de la Terre de dix minutes en mille ans,
ne paraît pas affez violent pour fracaffer le
Globe ; ce mouvement s'il exiftait, laifferait
affûrément les montagnes à leurs places ; &
franchement il n'y a pas d'aparence que les
Alpes & le Gaucafe ayent été portées où elles
font, ni petit - à - petit, ni tout - à - coup, des
côtes de la Cafrerie.

L'infpection feule de l'Océan fert autant que
celle des montagnes à détruire ce fiftème. Le
lit de l'Océan eft creufé ; plus ce vafte baffin
s'éloigne des côtes, plus il eft profond. Il n'y
a pas un rocher en pleine mer, fi vous en exceptez quelques iffes. Or s'il avait été un tems
où l'Océan eût été fur nos montagnes ; fi les
hommes & les animaux euffent alors vécu dans
ce fond qui fert de bafe à la mer, euffent-ils
pu fubfifter ? De quelles montagnes alors auraient - ils reçu des riviéres ? il eût falu un
Globe d'une nature toute différente. Et comment ce Globe eût - il tourné alors fur lui - même, ayant une moitié creufe & une autre moitié élevée, furchargée encor de tout l'Océan ?
Les loix de la gravitation, & celles des fluides,

des, n'euffent jamais été accomplies ; comment cet Océan fe fût - il tenu fur les montagnes fans couler dans ce lit immenfe que la Nature lui a crenfé ? Les Philofophes qui font un Monde ne font guères qu'un Monde ridicule.

Je fuppofe un moment, avec ceux qui admettent la période de deux millions d'années, que nous fommes parvenus au point, où l'Ecliptique coïncidera avec l'Equateur ; je fuppofe qu'alors l'Italie, la France & l'Allemagne feront dans la Zone torride ; il ne faut pas s'imaginer qu'alors, ni dans aucun tems , l'Océan pût changer de place ; aucun mouvement de la Terre ne peut s'oppofer aux loix de la pefanteur ; en quelque fens que notre Globe foit tourné, tout preffera également le centre. La Mécanique univerfelle eft toujours la même.

Il n'y a donc aucun fiftème qui puiffe donner la moindre vraifemblance à cette idée fi généralement répandue, que notre Globe a changé de face, que l'Océan a été très longtems fur la Terre habitée, & que les hommes ont vécu autrefois où font aujourdhui les marfouins & les baleines. Rien de ce qui végète & de ce qui eft animé n'a changé ; toutes les efpéces font demeurées invariablement les mêmes ; il ferait bien étrange que la graine de millet confervât éternellement fa nature , & que le Globe entier variât la fienne.

Ce qu'on dit ici de l'Océan, il faut le di-

re

re de la Méditerranée, & du grand Lac qu'on
appelle Mer Caspienne. Si ces Lacs n'ont pas
toujours été où ils font, il faut absolument
que la nature de ce Globe ait été toute autre
qu'elle n'est aujourdhui.

Une foule d'Auteurs a écrit, qu'un trem-
blement de terre ayant englouti un jour les
montagnes qui joignaient l'Afrique & l'Europe,
l'Océan se fit un passage entre Calpé & Abila, &
alla former la Méditerranée, qui finit à cinq cent
lieues de là aux Palus Méotides ; c'est-à-dire que
cinq-cent lieues de pays se creusèrent tout-d'un-
coup pour recevoir l'Océan. On remarque encor que la Mer n'a point de fond vis-à-vis
Gibraltar, & qu'ainsi l'avanture de la montagne est encor plus merveilleuse.

Si on voulait bien seulement faire attention
à tous les fleuves de l'Europe & de l'Afie qui
tombent dans la Méditerranée, on verrait,
qu'il faut nécessairement qu'ils y forment un
grand Lac. Le Tanaïs, le Boristhène, le Da-
nube, le Po, le Rhone &c. ne pouvaient
avoir d'embouchure dans l'Océan, à moins
qu'on ne se donnât encor le plaisir d'imaginer
un tems où le Tanaïs & le Boristhène venaient
par les Pirenées se rendre en Biscaye.

Les Philosophes disaient, qu'il falait bien
cependant que la Méditerranée eût été produi-
te par quelque accident. On demandait encor
ce que devenaient les eaux de tant de fleuves,
reçus continuellement dans son sein, que faire des eaux de la Mer Caspienne ? On ima-
giнait

ginait un vafte fouterrain formé dans le bouleverfement qui donna naiffance à ces Mers;
on difait que ces Mers communiquaient entre elles & avec l'Océan par ce goufre fuppofé; on affurait même que les poiffons qu'on
avait jettés dans la Mer Cafpienne avec un
anneau au mufeau, avaient été repêchés dans
la Méditerranée. C'eft ainfi qu'on a traité
longtems l'Hiftoire & la Philofophie; mais depuis qu'on a fubftitué la véritable Hiftoire à
la Fable, & la véritable Phyfique aux fyftêmes, on ne doit plus croire de pareils con-
tes; il eft affez prouvé que l'évaporation feule fuffit à expliquer comment ces Mers ne fe
débordent pas & qu'elles n'ont pas befoin de donner leurs eaux à l'Océan. Et il eft bien vraifemblable que la Mer Méditerranée a été toujours à fa place, & que la conftitution fon-
damentale de cet Univers n'a point changé.

Je fai bien qu'il fe trouvera toujours des
gens, fur l'efprit defquels un brochet pétrifié
fur le mont Cenis, & un turbot trouvé
dans le pays de Heffe, auront plus de pouvoir que tous les raifonnemens de la faine
Phyfique; ils fe plairont toujours à imaginer
que la cime des montagnes a été autrefois
le lit d'une rivière, ou de l'Océan, quoique la chofe paraiffe incompatible; & d'autres
penferont, en voyant des prétendues coquilles
de Sirie en Allemagne, que la Mer de Sirie
eft venue à Francfort. Le goût du merveil-
leux enfante les fyftêmes; mais la Nature paraît

raît fe plaire dans l'uniformité & dans la conftance, autant que notre imagination aime les grands changemens ; & , comme dit le grand *Newton* , *Natura eft fibi confona.* L'Ecriture nous dit qu'il y a eu un Déluge , mais il n'en eft refté (ce femble) d'autre monument fur la Terre que la mémoire d'un prodige terrible qui nous avertit en vain d'être juftes.

DIGRES-

DIGRESSION

SUR

LA MANIERE

DONT NOTRE GLOBE A PU ETRE

INONDE'.

Quand je dis que le Déluge universel, qui éléva les eaux quinze coudées au-deſſus des plus hautes montagnes, eſt un miracle inexécutable par les loix de la Nature que nous connaiſſons, je ne dis rien que de très-véritable. Ceux qui ont voulu trouver des raiſons phyſiques de ce prodige ſingulier, n'ont pas été plus heureux que ceux qui voudraient expliquer, par les loix de la Mécanique, comment quatre-mille perſonnes furent nouries a-vec cinq pains & trois poiſſons. La Phyſique n'a rien de commun avec les Miracles; la Religion ordonne de les croire, & la raiſon défend de les expliquer.

Quelques-uns ont imaginé que les nuages ſeuls peuvent ſuffire à inonder la Terre; mais ces nuages ne font que les eaux de la Mer

même

même élevées continuellement de fa furface, & atténuées, & purifiées. Plus l'air en eft chargé, plus les eaux de notre Globe en ont perdu. Ainfi la même quantité d'eau fubfifte toujours ; fi les nuages fe fondent également fur tout le Globe, il n'y a pas un pouce de terre inondé. S'ils font amoncelés par le vent dans un climat, & qu'ils retombent fur une lieue quarrée de terrain aux dépens des autres terres qui reftent fans pluye, il n'y a que cette lieue quarrée de fubmergée.

D'autres ont fait fortir tout l'Océan de fon lit , & l'ont envoyé couvrir toute la Terre. On compte aujourdhui que la Mer , en prenant enfemble les fonds qu'on a fondés & ceux qui font inacceffibles à la fonde , peut avoir environ mille pieds de profondeur. Elle n'a que cinquante pieds en beaucoup d'endroits , & fur les côtes bien moins. En fuppofant partout fa profondeur de mille pieds, on ne s'éloigne pas beaucoup de la vérité.

Or les montagnes vers Quito s'élèvent au-deffus du niveau de la Mer de plus de dix-mille pieds. Il aurait donc falu dix Océans l'un fur l'autre élevés, fur la moitié aqueufe du Globe, & dix autres Océans fur l'autre moitié ; & comme la fphère aurait alors plus de circonférence, il faudrait encor quatre Océans pour en couvrir la furface agrandie ; ainfi il faudrait néceffairement vingt-quatre Océans au moins pour inonder le fommet des montagnes de Quito ; & quand il
n'en

n'en faudrait que quatre, comme le prétend
le Docteur *Burnet*; un Physicien ferait encor
bien embarraffé avec ces quatre Océans. Qui
croirait que *Burnet* imagine de les faire bouillir pour en augmenter le volume. Mais l'eau
en bouillant ne le gonfle jamais un quart feulement au-delà de fon volume ordinaire. A
quoi eft-on réduit, quand on veut aprofondir ce qu'il ne faut que refpecter ?

MICRO.

MICROMEGAS,

HISTOIRE
PHILOSOPHIQUE.

MICROMÉGAS,

HISTOIRE

PHILOSOPHIQUE.

CHAPITRE I.

Voyage d'un habitant du Monde de l'Etoile Sirius dans la Planète de Saturne.

Ans une de ces Planètes qui tournent autour de l'étoile nommée *Sirius*, il y avait un jeune homme de beaucoup d'esprit, que j'ai eu l'honneur de connaître dans le dernier voyage qu'il fit sur notre petite fourmilière ; il s'appellait *Micromégas*, nom qui convient fort à tous les Grands. Il avait huit lieues de haut : J'entens par huit lieues ;

vingt-quatre-mille pas géométriques de cinq
pieds chacun.

Quelques Algébriftes, gens toujours utiles
au public, prendront fur le champ la plume,
& trouveront, que puifque Monfieur *Micromégas*, habitant du pays de *Sirius*, a de la tête
aux pieds vingt-quatre-mille pas, qui font
cent-vingt-mille pieds de roi, & que nous
autres citoyens de la Terre nous n'avons guères que cinq pieds, & que notre Globe a neuf-
mille lieues de tour ; ils trouveront, dis-je,
qu'il faut abfolument que le Globe qui l'a produit ait au jufte vingt & un millions fix-cent-
mille fois plus de circonférence que notre petite Terre. Rien n'eft plus fimple & plus ordinaire dans la Nature. Les Etats de quelques
Souverains d'Allemagne ou d'Italie, dont on
peut faire le tour en une demi-heure, comparés à l'Empire de Turquie, de Mofcovie ou
de la Chine, ne font qu'une très-faible image
des prodigieufes différences que la Nature a mi-
fes dans tous les êtres.

La taille de Son Excellence étant de la hauteur que j'ai dite, tous nos Sculpteurs & tous
nos Peintres conviendront fans peine, que fa
ceinture peut avoir cinquante-mille pieds de
roi de tour ; ce qui fait une très jolie proportion.

Quant à fon efprit, c'eft un des plus culti-
vés que nous ayons ; il fait beaucoup de chofes, il en a inventé quelques-unes : il n'avait
pas encor deux-cent-cinquante ans, & il é-
tudiait

tudiait felon la coutume au Collège des Jéfuites de fa Planète, lorfqu'il devina, par la force de fon efprit, plus de cinquante propofitions d'*Euclide*. C'eft dix-huit de plus que
Blaife Pafcal, lequel après en avoir deviné trente-deux en fe jouant, à ce que dit fa fœur,
devint depuis un Géomètre affez médiocre, &
un fort mauvais Métaphyficien. Vers les qua-
tre-cent-cinquante ans au fortir de l'enfance,
il diffequa beaucoup de ces petits infectes qui
n'ont pas cent pieds de diamètre, & qui fe dé-
robent aux microfcopes ordinaires; il en compofa un livre fort curieux, mais qui lui fit
quelques affaires. Le Muphti de fon pays,
grand vetillard & fort ignorant, trouva dans
fon livre des propofitions fufpectes, mal-fonan-
tes, téméraires, hérétiques, fentant l'héréfie,
& le pourfuivit vivement: il s'agiffait de favoir fi la forme fubftancielle des puces de *Sirius* était de même nature que celle des coli-
maçons. *Micromégas* fe défendit avec efprit; il
mit les femmes de fon côté; le procès dura
deux-cent-vingt ans. Enfin le Muphti fit con-
damner le livre par des Jurifconfultes qui ne
l'avaient pas lu, & l'Auteur eut ordre de ne
paraître à la Cour de huit-cent années.

Il ne fut que médiocrement affligé d'être ban-
ni d'une Cour qui n'était remplie que de tra-
caffèries & de petiteffes. Il fit une chanfon fort
plaifante contre le Muphti, dont celui-ci ne
s'embarraffa guères; & il fe mit à voyager de
Planète en Planète, pour achever de fe former

l'esprit & le cœur, comme l'on dit. Ceux qui
ne voyagent qu'en chaise de poste ou en ber-
line, seront sans doute étonnés des équipages
de là-haut : car nous autres, sur notre petit
tas de boue, nous ne concevons rien au-delà
de nos usages. Notre Voyageur connaissait
merveilleusement les loix de la gravitation, &
toutes les forces attractives & répulsives. Il
s'en servait si à propos, que tantôt à l'aide
d'un rayon du Soleil, tantôt par la commodité d'une Comète, il allait de Globe en Globe
lui & les siens, comme un oiseau voltige de
branche en branche. Il parcourut la voie lac-
tée en peu de tems ; & je suis obligé d'avouer
qu'il ne vit jamais, à travers les étoiles dont
elle est semée, ce beau Ciel empirée que l'illustre Vicaire *Derham* se vante d'avoir vu au
bout de sa lunette. Ce n'est pas que je prétende que Monsieur *Derham* ait mal vu, à
Dieu ne plaise ; mais *Micromégas* était sur les
lieux, c'est un bon observateur, & je ne veux
contredire personne. *Micromégas* après avoir
bien tourné arriva dans le globe de *Saturne*.
Quelque accoutumé qu'il fût à voir des choses
nouvelles, il ne put d'abord, en voyant la petitesse du globe & de ses habitans, se défendre
de ce sourire de supériorité qui échape quelquefois aux plus sages. Car enfin *Saturne* n'est
guères que neuf-cent fois plus gros que la
Terre, & les citoyens de ce pays-là sont des
nains qui n'ont que mille toises de haut ou environ. Il s'en moqua un peu d'abord avec ses

gens,

gens, à peu près comme un Muſicien Italien ſe met à rire de la Muſique de *Lully*, quand il vient en France. Mais comme le *Sirien* avait un bon eſprit, il comprit bien vite qu'un être penſant peut fort bien n'être pas ridicule pour n'avoir que ſix-mille pieds de haut. Il ſe familiariſa avec les *Saturniens*, après les avoir étonnés. Il lia une étroite amitié avec le Sécretaire de l'Académie de *Saturne*, homme de beaucoup d'eſprit, qui n'avait à la vérité rien inventé, mais qui rendait un fort bon compte des inventions des autres, & qui faiſait paſſablement de petits vers & de grands calculs. Je raporterai ici, pour la ſatisfaction des lecteurs, une converſation ſinguliére que *Micromégas* eut un jour avec Monſieur le Sécretaire.

CHAPITRE II.

Converſation de l'habitant de Sirius *avec celui de* Saturne.

APrès que Son Excellence ſe fut couchée, & que le Secretaire ſe fut aproché de ſon viſage, Il faut avouer, dit *Micromégas*, que la Nature eſt bien variée. Oui, dit le *Saturnien*, la Nature eſt comme un parterre, dont les fleurs... Ah, dit l'autre, laiſſez là votre parterre. Elle eſt, reprit le Secretaire, comme une aſſemblée de blondes & de brunes, dont les parures... Et qu'ai-je affaire de vos brunes? dit l'autre. Elle eſt donc comme une galerie de peintures, dont les traits... Et non, dit le voyageur, encor une fois la Nature eſt comme la Nature. Pourquoi lui chercher des comparaiſons? Pour vous plaire, répondit le Secretaire. Je ne veux point qu'on me plaiſe, répondit le voyageur; je veux qu'on m'inſtruiſe; commencez d'abord par me dire combien les hommes de votre Globe ont de ſens. Nous en avons ſoixante & douze, dit l'Académicien; & nous nous plaignons tous les jours du peu. Notre imagination va au-delà de nos beſoins; nous trouvons qu'avec nos ſoixante & douze ſens, notre anneau, nos cinq Lunes, nous ſommes trop bornés; & malgré toute nôtre curioſité, & le nombre aſſez grand de paſſions qui réſultent de nos ſoixante & douze ſens,

nous

nous avons tout le tems de nous ennuyer. Je
le crois bien, dit *Micromégas* : car dans notre
Globe nous avons près de mille fens ; & il
nous refte encor je ne fai quel défir vague, je
ne fai quelle inquiétude, qui nous avertit fans
ceffe, que nous fommes peu de chofe, & qu'il
y a des êtres beaucoup plus parfaits. J'ai un
peu voyagé ; j'ai vu des mortels fort au-deffous
de nous ; j'en ai vu de fort fupérieurs ; mais je
n'en ai vu aucuns qui n'ayent plus de défirs que
de vrais befoins, & plus de befoins que de fatis-
factions. J'arriverai peut-être un jour au pays
où il ne manque rien ; mais jufques à préfent
perfonne ne m'a donné des nouvelles pofitives
de ce pays-là. Le *Saturnien* & le *Sirien* s'épui-
férent alors en conjectures ; mais après beaucoup de raifonnemens fort ingénieux & fort in-
certains, il en falut revenir aux faits. Combien
de tems vivez-vous ? dit le *Sirien*. Ah ! bien peu,
repliqua le petit homme de *Saturne*. C'eft tout
comme chez nous, dit le *Sirien* : nous nous
plaignons toujours du peu. Il faut que ce foit
une loi univerfelle de la Nature. Hélas ! nous
ne vivons, dit le *Saturnien*, que cinq-cent grandes révolutions du Soleil. (Cela revient à quinze mille ans, ou environ, à compter à notre
manière.) Vous voyez bien que c'eft mourir
prefque au moment que l'on eft né ; notre exiftence eft un point, notre durée un inftant, notre Globe un atone. A peine a-t-on commencé
à s'inftruire un peu, que la mort arrive avant
qu'on ait de l'expérience. Pour moi je n'ofe faire aucuns projets ; je me trouve comme une

goute d'eau dans un Océan immense. Je suis honteux surtout devant vous de la figure ridicule que je fais dans ce Monde.

Micromégas lui repartit : Si vous n'étiez pas Philosophe, je craindrais de vous affliger, en vous aprenant que notre vie est sept-cent fois plus longue que la vôtre; mais vous savez trop bien que quand il faut rendre son corps aux élémens, & ranimer la Nature sous une autre forme, ce qui s'appelle mourir; quand ce moment de métamorphose est venu, avoir vécu une éternité, ou avoir vécu un jour, c'est précisément la même chose. J'ai été dans des pays où l'on vit mille fois plus longtems que chez moi, & j'ai trouvé qu'on y murmurait encore. Mais il y a partout des gens de bon sens qui savent prendre leur parti & remercier l'Auteur de la Nature. Il a répandu sur cet Univers une profusion de variétés, avec une espèce d'uniformité admirable. Par exemple, tous les êtres pensans sont différens, & tous se ressemblent au fonds par le don de la pensée & des désirs. La matiére est partout étendue; mais elle a dans chaque Globe des propriétés diverses. Combien comptez-vous de ces propriétés diverses dans votre matiére? Si vous parlez de ces propriétés, dit le *Saturnien*, sans lesquelles nous croyons que ce Globe ne pourait subsister tel qu'il est, nous en comptons trois-cent, comme l'étendue, l'impénétrabilité, la mobilité, la gravitation, la divisibilité, & le reste. Aparemment, repliqua le Voyageur, que ce petit nombre suffit aux vues que le Créateur avait sur votre petit

tite habitation. J'admire en tout fa fageffe, je vois partout des différences, mais auffi partout des proportions. Votre Globe eft petit, vos habitans le font auffi ; vous avez peu de fenfations ; votre matiére a peu de proprietés ; tout cela eft l'ouvrage de la Providence. De quelle couleur eft votre Soleil bien examiné ? D'un blanc fort jaunâtre, dit le *Saturnien*; & quand nous divifons un de fes rayons, nous trouvons qu'il contient fept couleurs. Notre Soleil tire fur le rouge, dit le *Sirien*, & nous avons trente-neuf couleurs primitives. Il n'y a pas un Soleil, parmi tous ceux dont j'ai aproché, qui fe reffemble, comme chez vous il n'y a pas un vifage qui ne foit différent de tous les autres.

Après plufieurs queftions de cette nature, il s'informa, combien de fubftances effentiellement différentes on comptait dans *Saturne*. Il aprit qu'on n'en comptait qu'une trentaine, comme Dieu, l'efpace, la matiére, les êtres étendus qui fentent, les êtres étendus qui fentent & qui penfent, les êtres penfans qui n'ont point d'étendue, ceux qui fe pénètrent, ceux qui ne fe pénètrent pas, & le refte. Le *Sirien*, chez qui on en comptait trois-cent, & qui en avait découvert trois-mille autres dans fes voyages, étonna prodigieufement le Philofophe de *Saturne*. Enfin après s'être communiqué l'un & l'autre un peu de ce qu'ils favaient, & beaucoup de ce qu'ils ne favaient pas, après avoir raifonné pendant une révolution du Soleil, ils réfolurent de faire enfemble un petit voyage philofophique.

C H A-

CHAPITRE III.

Voyage des deux habitans de Sirius *, &*
de Saturne.

NOs deux Philosophes étaient prêts à s'em-
barquer dans l'atmosphère de *Saturne* avec
une fort jolie provision d'instrumens mathématiques, lorsque la maitresse du *Saturnien* qui en
eut des nouvelles, vint en larmes faire ses re-
montrances. C'était une jolie petite brune qui
n'avait que six-cent-soixante toises, mais qui ré-
parait par bien des agrémens la petitesse de sa taille.
Ah cruel ! s'écria-t-elle, après t'avoir résisté
quinze-cent ans, lorsqu'enfin je commençais à
me rendre, quand j'ai à peine passé deux-cent ans
entre tes bras, tu me quittes pour aller voyager
avec un géant d'un autre monde ; va tu n'ès qu'un
curieux, tu n'as jamais eu d'amour ; si tu étais
un vrai *Saturnien*, tu serais fidèle. Où vas-tu cou-
rir ? que veux-tu ? nos cinq lunes sont moins er-
rantes que toi, notre anneau est moins changeant ;
voilà qui est fait, je n'aimerai jamais plus personne. Le Philosophe l'embrassa, pleura avec elle,
tout Philosophe qu'il était, & la Dame après
s'être pâmée, alla se consoler avec un petit-maî-
tre du pays.

Cependant nos deux curieux partirent ; ils sau-
tèrent d'abord sur l'anneau, qu'ils trouvèrent
assez

affez plàt, comme l'a fort bien deviné un illuftre
habitant de notre petit Globe; de là ils allèrent aifément de Lune en Lune. Une Co-
méte paffait tout auprès de la derniére; ils s'é-
lancèrent fur elle avec leurs domeftiques & leurs
inftrumens. Quand ils eurent fait environ cent-
cinquante - millions de lieuës, ils rencontrèrent
les fatellites de *Jupiter.* Ils paffèrent dans *Jupiter* mème, & y reftèrent une année, pendant
laquelle ils aprirent de fort beaux fecrets, qui
feraient actuellement fous preffe fans Meffieurs
les Inquifiteurs, qui ont trouvé quelques propofitions un peu dures. Mais j'en ai lu le ma-
nufcrit dans la bibliothèque de l'illuftre Arche-
vèque de . . . qui m'a laiffé voir fes livres avec
cette générofité & cette bonté qu'on ne faurait
affez louer.

Mais revenons à nos Voyageurs. En fortant
de *Jupiter*, ils traverfèrent un efpace d'environ
cent-millions de lieuës, & ils cotoyèrent la Planète de *Mars,* qui, comme on fait, eft cinq
fois plus petite que notre petit Globe; ils virent
deux Lunes, qui fervent à cette Planète, & qui
ont échapé aux regards de nos Aftronomes. Je
fai bien que le Pére *Caftel* écrira, & mème affez plaifamment, contre l'exiftence de ces deux
Lunes; mais je m'en raporte à ceux qui raifonnent par analogie. Ces bons Philofophes - là favent combien il ferait difficile que *Mars,* qui eft
fi loin du Soleil, fe paffàt à moins de deux Lunes. Quoi qu'il en foit, nos gens trouvèrent
cela fi petit, qu'ils craignirent de n'y pas trouver de quoi coucher, & ils paffèrent leur chemin,

min, comme deux voyageurs qui dédaignent un mauvais cabaret de village, & pouſſent juſqu'à la ville voiſine. Mais le *Sirien* & ſon compagnon ſe repentirent bientôt. Ils allèrent longtems, & ne trouvèrent rien. Enfin ils aperçurent une petite lueur, c'était la Terre ; cela fit pitié à des gens qui venaient de *Jupiter*. Cependant de peur de ſe repentir une ſeconde fois, ils réſolurent de débarquer. Ils paſſèrent ſur la queue de la Comète, & trouvant une aurore boréale toute prête, ils ſe mirent dedans, & arrivèrent à terre ſur le bord ſeptentrional de la Mer Baltique, le cinq Juillet mil-ſept-cent-trente-ſept nouveau ſtile.

C HA-

CHAPITRE IV.

Ce qui leur arrive fur le Globe de la Terre.

APrès s'être repofés quelque tems, ils man-gèrent à leur déjeuné deux montagnes que leurs gens leur apprêtèrent affez proprement. En-fuite ils voulurent reconnaître le petit pays où ils étaient. Ils allèrent d'abord du Nord au Sud. Les pas ordinaires du *Sirien* & de fes gens étaient d'environ trente-mille pieds de Roi ; le nain de *Saturne* fuivait de loin en haletant ; or il falait qu'il fit environ douze pas, quand l'autre faifait une enjambée ; figurez-vous, (s'il eft permis de faire de telles comparaifons) un très petit chien de manchon qui fuivrait un Capitaine des Gar-des du Roi de Pruffe.

Comme ces étrangers-là vont affez vite, ils eurent fait le tour du Globe en trente-fix heu-res ; le Soleil à la vérité, ou plûtôt la Terre, fait un pareil voyage en une journée ; mais il faut fonger qu'on va bien plus à fon aife, quand on tourne fur fon axe, que quand on marche fur fes pieds. Les voilà donc revenus d'où ils étaient partis, après avoir vu cette mâre pref-que imperceptible pour eux qu'on nomme la Méditerranée, & cet autre petit étang, qui fous le nom du grand Océan entoure la taupinière.

Le

Le nain n'en avait eu jamais qu'à mi-jambe, &
à peine l'autre avait-il mouillé fon talon. Ils firent tout ce qu'ils purent en allant & en revenant deffus & deffous, pour tâcher d'apercevoir
fi ce Globe était habité ou non. Ils fe baiffèrent,
ils fe couchèrent, ils tâtèrent partout; mais leurs
yeux & leurs mains n'étant point proportionnés
aux petits êtres qui rempent ici, ils ne reçurent
pas la moindre fenfation qui pût leur faire foupçonner, que nous & nos confréres les autres habitans de ce Globe avons l'honneur d'exifter.

  Le nain qui jugeait quelquefois un peu trop
vite, décida d'abord qu'il n'y avait perfonne fur
la Terre. Sa premiére raifon était qu'il n'avait
vû perfonne. *Micromégas* lui fit fentir poliment
que c'était raifonner affez mal : car, difait-il,
vous ne voyez pas avec vos petits yeux certaines étoiles de la cinquantiéme grandeur, que
j'aperçois très diftinctement; concluez-vous de-
là que ces étoiles n'exiftent pas? mais, dit le
nain, j'ai bien tâté. Mais, répondit l'autre,
vous avez mal fenti. Mais, dit le nain, ce
Globe-ci eft fi mal conftruit, cela eft fi irrégulier
& d'une forme qui me parait fi ridicule! tout
femble être ici dans le cahos; voyez-vous ces
petits ruiffeaux dont aucun ne va de droit fil,
ces étangs qui ne font ni ronds, ni quarrés, ni
ovales, ni fous aucune forme réguliére; tous
ces petits grains pointus dont ce globe eft hé-
riffé & qui m'ont écorché les pieds? (il voulait parler des montagnes.) Remarquez-vous
encor la forme de tout le Globe, comme il eft
plat aux poles, comme il tourne autour du Soleil

leil d'une manière gauche, de façon que les climats des poles sont nécessairement incultes ? En vérité ce qui fait que je pense qu'il n'y a ici personne, c'est qu'il me paraît que des gens de bon sens ne voudraient pas y demeurer. Eh bien, dit *Micromégas*, ce ne sont peut-être pas non plus des gens de bon sens qui l'habitent. Mais enfin il y a quelque aparence que ceci n'est pas fait pour rien. Tout vous paraît irrégulier ici, dites-vous, parce que tout est tiré au cordeau dans *Saturne* & dans *Jupiter*. Eh, c'est peut-être par cette raison-là même qu'il y a ici un peu de confusion. Ne vous ai-je pas dit que dans mes voyages, j'avais toujours remarqué de la variété ? Le *Saturnien* répliqua à toutes ces raisons. La dispute n'eût jamais fini, si par bonheur *Micromégas*, en s'échauffant à parler, n'eût cassé le fil de son collier de diamans. Les diamans tombèrent ; c'étaient de jolis petits karats assez inégaux, dont les plus gros pesaient quatre-cent livres, & les plus petits cinquante. Le nain en ramassa quelques-uns ; il s'aperçut en les approchant de ses yeux, que ces diamans, de la façon dont ils étaient taillés, étaient d'excellens microscopes. Il prit donc un petit microscope de cent-soixante pieds de diamètre, qu'il appliqua à sa prunelle, & *Micromégas* en choisit un de deux-mille-cinq-cent pieds. Ils étaient excellens, mais d'abord on ne vit rien par leur secours, il falait s'ajuster. Enfin l'habitant de *Saturne* vit quelque chose d'imperceptible qui remuait entre deux eaux dans la Mer Baltique : c'était une
balei-

baleine. Il la prit avec le petit doigt fort adroitement, & la mettant fur l'ongle de fon pouce, il la fit voir au *Sirien*, qui fe mit à rire pour la feconde fois de l'excès de petiteffe dont étaient les habitans de notre Globe. Le *Saturnien* convaincu que notre Monde eft habité, s'imagina bien vite qu'il ne l'était que par des baleines; & comme il était grand raifonneur, il voulut deviner d'où un fi petit atome tirait fon mouvement, s'il avait des idées, une volonté, une liberté. *Micromégas* y fut fort embarraffé; il examina l'animal fort patiemment, & le réfultat de l'examen fut, qu'il n'y avait pas moyen de croire qu'une ame fût logée là. Les deux voyageurs inclinaient donc à penfer, qu'il n'y a point d'efprit dans notre habitation; lorfqu'à l'aide du microfcope, ils aperçurent quelque chofe de plus gros qu'une baleine qui flotait fur la Mer Baltique. On fait que dans ce tems-là même une volée de Philofophes revenait du cercle polaire, fous lequel ils avaient été faire des obfervations dont perfonne ne s'était avifé jufques alors. Les gazettes dirent que leur vaiffeau échoua aux côtes de Bofnie, & qu'ils eurent bien de la peine à fe fauver. Mais on ne fait jamais dans ce monde le deffous des cartes. Je vais raconter ingénument comme la chofe fe paffa, fans y rien mettre du mien, ce qui n'eft pas un petit effort pour un Hiftorien.

C H A-

CHAPITRE V.

Expériences & raisonnemens des deux Voyageurs.

Micromégas étendit la main tout doucement vers l'endroit où l'objet paraissait, & avançant deux doigts & les retirant par la crainte de se tromper, puis les ouvrant & les serrant, il saisit fort adroitement le vaisseau qui portait ces Messieurs, & le mit encor sur son ongle, sans le trop presser de peur de l'écraser. Voici un animal bien différent du premier, dit le nain de *Saturne*; le *Sirien* mit le prétendu animal dans le creux de sa main. Les passagers & les gens de l'équipage, qui s'étaient crus enlevés par un ouragan, & qui se croyaient sur une espèce de rocher, se mettent tous en mouvement; les matelots prennent des tonneaux de vin, les jettent sur la main de *Micromegas*, & se précipitent après. Les Géomètres prennent leurs quarts de cercle, leurs secteurs, & des filles Laponnes, & descendent sur les doigts du *Sirien*. Ils en firent tant, qu'il sentit enfin remuer quelque chose qui lui chatouillait les doigts : c'était un bâton ferré qu'on lui enfonçait d'un pié dans l'index; il jugea par ce picotement qu'il était sorti quelque chose du pe-

Mélanges &c.   e   tit

tit animal qu'il tenait. Mais il n'en soupçonna
pas d'abord davantage. Le microscope qui faisait à peine discerner une baleine & un vaisseau, n'avait point de prise sur un être aussi
imperceptible que des hommes. Je ne prétens
choquer ici la vanité de personne; mais je suis
obligé de prier les importans de faire ici une petite remarque avec moi. C'est qu'en prenant la
taille des hommes d'environ cinq pieds, nous
ne faisons pas sur la Terre une plus grande
figure, qu'en ferait sur une boule de dix pieds
de tour, un animal qui aurait à peu près la
six-cent-milliéme partie d'un pouce en hauteur. Figurez-vous une substance qui pourait
tenir la Terre dans sa main, & qui aurait des
organes en proportion des nôtres, & il se peut
très bien faire qu'il y ait un grand nombre de
ces substances. Or concevez, je vous prie, ce
qu'elles penseraient de ces batailles qui nous
ont valu deux villages qu'il a falu rendre.

Je ne doute pas que si quelque Capitaine
des grands grenadiers lit jamais cet ouvrage, il ne hausse de deux grands pieds au
moins les bonnets de sa troupe; mais je l'a-
vertis qu'il aura beau faire, & que lui &
les siens ne seront jamais que des infiniment
petits.

Quelle adresse merveilleuse ne falut-il donc
pas à notre Philosophe de *Sirius* pour apercevoir les atomes dont je viens de parler!
Quand *Leuwenhoeck* & *Hartsoeker* virent les
premiers, ou crurent voir, la graine dont nous
sommes formés, ils ne firent pas à beaucoup

près

près une fi étonnante découverte. Quel plaifir fentit *Micromégas* en voyant remuer ces
petites machines, en examinant tous leurs
tours, en les fuivant dans toutes leurs opérations ! comme il s'écria ! comme il mit avec
joye un de fes microfcopes dans les mains de
fon compagnon de voyage ! Je les vois, difaient - ils tous deux à la fois ; ne les voyez-vous
pas qui portent des fardeaux, qui fe baiffent,
qui fe relèvent ? En parlant ainfi, les mains
leur tremblaient, par le plaifir de voir des objets fi nouveaux, & par la crainte de les perdre. Le *Saturnien* paffant d'un excès de dé-
fiance à un excès de crédulité, crut apercevoir
qu'ils travaillaient à la propagation. *Ah !* difait - il, *j'ai pris la Nature fur le fait.* Mais il
fe trompait fur les aparences, ce qui n'arrive
que trop, foit qu'on fe ferve ou non de microfcopes.

CHAPITRE VI.

Ce qui leur arriva avec des hommes.

Micromégas bien meilleur observateur que son nain, vit clairement que les atomes se parlaient : & il le fit remarquer à son compagnon, qui honteux de s'être mépris sur l'article de la génération, ne voulut point croire que de pareilles espèces pussent se communiquer des idées. Il avait le don des langues, aussi-bien que le *Sirien* : Il n'entendait point parler nos atomes, & il supposait qu'ils ne parlaient pas. D'ailleurs comment ces êtres imperceptibles auraient-ils les organes de la voix, & qu'auraient-ils à dire ? Pour parler, il faut penser, ou à peu près ; mais s'ils pensaient, ils auraient donc l'équivalent d'une ame. Or attribuer l'équivalent d'une ame à cette espèce, cela lui paraissait absurde. Mais, dit le *Sirien*, vous avez cru tout-à-l'heure qu'ils faisaient l'amour. Est-ce que vous croyez qu'on puisse faire l'amour sans penser & sans proférer quelque parole, ou du moins sans se faire entendre ? Supposez-vous d'ailleurs qu'il soit plus difficile de produire un argument qu'un enfant ? Pour moi l'un & l'autre me paraissent de grands mistères. Je n'ose plus ni croire ni
nier,

nier, dit le nain, je n'ai plus d'opinion. Il
faut tâcher d'examiner ces infectes, nous rai-
fonnerons après. C'eft fort bien dit, reprit *Mi-*
cromégas : & auffi-tôt il tira une paire de ci-
feaux dont il fe coupa les ongles, & d'une
rognure de l'ongle de fon pouce il fit fur le
champ une efpèce de grande trompette par-
lante comme un vafte entonnoir, dont il mit
le tuyau dans fon oreille. La circonférence de
l'entonnoir envelopait le vaiffeau & tout l'é-
quipage. La voix la plus faible entrait dans les
fibres circulaires de l'ongle, de forte que grace à fon induftrie le Philofophe de là-haut en-
tendit parfaitement le bourdonnement de nos
infectes de là-bas. En peu d'heures il parvint
à diftinguer les paroles, & enfin à entendre le
Français. Le nain en fit autant, quoiqu'avec
plus de difficulté. L'étonnement des Voyageurs
redoublait à chaque inftant. Ils entendaient des
mites parler d'affez bon fens: ce jeu de la Nature leur paraiffait inexplicable. Vous croyez
bien que le *Sirien* & fon nain brulaient d'im-
patience de lier converfation avec les atomes;
il craignait que fa voix de tonnerre, & furtout celle de *Micromégas*, n'affourdît les mites
fans en être entendue. Il falait en diminuer
la force. Ils fe mirent dans la bouche des efpèces de petits cure-dents, dont le bout fort
effilé venait donner auprès du vaiffeau. Le *Si-*
rien tenait le nain fur fes genoux, & le vaiffeau avec l'équipage fur un ongle. Il baif-
fait la tête, & parlait bas. Enfin moyennant

e 3   tou-

toutes ces précautions, & bien d'autres encore, il commença ainsi son discours.

Insectes invisibles, que la main du Créateur
s'est plu à faire naître dans l'abîme de l'infiniment petit, je le remercie de ce qu'il a daigné me découvrir des secrets qui semblaient
impénétrables. Peut-être ne daignerait-on pas
vous regarder à ma Cour, mais je ne méprise personne, & je vous offre ma protec-
tion.

Si jamais il y a eu quelqu'un d'étonné, ce
furent les gens qui entendirent ces paroles. Ils
ne pouvaient deviner d'où elles partaient. L'Au-
monier du vaisseau recita les prières des exor-
cismes, les matelots jurèrent, & les Philosophes du vaisseau firent un système; mais quelque système qu'ils fissent, il ne purent jamais
deviner qui leur parlait. Le nain de *Saturne*
qui avait la voix plus douce que *Micromégas*,
leur apprit alors en peu de mots à quelles espèces ils avaient à faire. Il leur conta le voyage de *Saturne*, les mit au fait de ce qu'était
Monsieur *Micromégas*, & après les avoir plaint
d'être si petits, il leur demanda s'ils avaient
toujours été dans ce misérable état si voisin
de l'anéantissement, ce qu'ils faisaient dans un
Globe qui paraissait appartenir à des baleines,
s'ils étaient heureux, s'ils multipliaient, s'ils
avaient une ame, & cent autres questions de
cette nature.

Un raisonneur de la troupe plus hardi que
les autres, & choqué de ce qu'on doutait de son
ame, observa l'interlocuteur avec des pinnules

bra-

braquées fur un quart de cercle, fit deux fta-
tions, & à la troifiéme il parla ainfi.   Vous
croyez donc, Monfieur, parce que vous avez
mille toifes depuis la tète jufqu'aux pieds, que
vous êtes un . . . Mille toifes ! s'écria le nain ;
Jufte Ciel ! d'où peut-il favoir ma hauteur ? mille toifes ! il ne fe trompe pas d'un pouce ; quoi !
cet atome m'a mefuré ! il eft Géomètre, il connaît ma grandeur ; & moi qui ne le vois qu'à
travers un microfcope, je ne connais pas encor
la fienne ! Oui, je vous ai mefuré, dit le Phyficien, & je mefurerai bien encor votre grand
compagnon.   La propofition fut acceptée ; Son
Excellence fe coucha de fon long, car s'il fe fût
tenu debout, fa tète eût été trop au - deffus des
nuages.   Nos Philofophes lui plantèrent un grand
arbre dans un endroit que le Doêteur *Swift*
nommerait, mais que je me garderai bien d'appeller par fon nom à caufe de mon grand ref-
peêt pour les Dames.   Puis par une fuite de
triangles liés enfemble, ils conclurent que ce
qu'ils voyaient était en effet un jeune homme
de cent - vingt - mille pieds de roi.

Alors *Micromégas* prononça ces paroles : Je
vois plus que jamais qu'il ne faut juger de rien
fur fa grandeur aparente.   O Dieu, qui avez donné une intelligence à des fubftánces qui paraiffent fi méprifables, l'infiniment petit vous cou-
te auffi peu que l'infiniment grand ; & s'il eft
poffible qu'il y ait des ètres plus petits que ceux-
ci, ils peuvent encor avoir un efprit fupérieur
à ccux de ces fuperbes animaux que j'ai vus

dans le Ciel, dont le pied feul couvrirait le Globe où je fuis defcendu.

Un des Philofophes lui répondit, qu'il pouvait en toute fûreté croire qu'il eft en effet des êtres intelligens beaucoup plus petits que l'homme. Il lui conta, non pas tout ce que *Virgile* a dit de fabuleux fur les abeilles, mais ce que *Swammerdam* a découvert, & ce que *Réaumur* à diffequé. Il lui aprit enfin qu'il y a des animaux qui font pour les abeilles, ce que les abeilles font pour l'homme, ce que le *Sirien* lui-même était pour ces animaux fi vaftes dont il parlait, & ce que ces grands animaux font pour d'autres fubftances devant lefquelles ils ne paraiffent que comme des atomes. Peu à peu la converfation devint intéreffante, & *Micromégas* parla ainfi.

C H A-

CHAPITRE VII.

Conversation avec les hommes.

O Atomes intelligens, dans qui l'Etre éternel s'est plû à manifester son adresse & sa
puissance ; vous devez sans doute gouter des
joies bien pures sur votre Globe ; car ayant si
peu de matiére, & paraissant tout esprit, vous
devez passer votre vie à aimer & à penser ;
c'est la véritable vie des esprits. Je n'ai vu nulle part le vrai bonheur, mais il est ici sans doute. A ce discours tous les Philosophes secouèrent
la tète, & l'un d'eux plus franc que les autres
avoua de bonne foi, que si l'on en excepte un
petit nombre d'habitans fort peu considérés, tout
le reste est un assemblage de fous, de méchans
& de malheureux. Nous avons plus de matiére
qu'il ne nous en faut, dit-il, pour faire beaucoup de mal, si le mal vient de la matiére, &
trop d'esprit, si le mal vient de l'esprit. Savez-
vous bien, par exemple, qu'à l'heure que je
vous parle, il y a cent-mille fous de notre espèce
couverts de chapeaux, qui tuent cent-mille autres animaux couverts d'un turban, ou qui sont
massacrés par eux, & que presque par toute la
Terre, c'est ainsi qu'on en use de tems immé-
morial. Le *Sirien* frémit, & demanda quel pouvait ètre le sujet de ces horribles querelles entre de si chétifs animaux. Il s'agit, dit le Philosophe, de quelques tas de boue grands comme

me votre talon. Ce n'eft pas qu'aucun de ces millions d'hommes, qui fe font égorger, prétende un fétu fur ces tas de boue. Il ne s'agit que de favoir s'il apartiendra à un certain homme qu'on nomme *Sultan*, ou à un autre qu'on nomme je ne fai pourquoi *Céfar*. Ni l'un ni l'autre n'a jamais vu ni ne verra jamais le petit coin de Terre dont il s'agit : & prefqu'aucun de ces animaux qui s'égorgent mutuellement, n'a jamais vû l'animal pour lequel ils s'égorgent. Ah malheureux ! s'écria le *Sirien* avec indignation, peut - on concevoir cet excès de rage forcenée ? Il me prend envie de faire trois pas, & d'écrafer de trois coups de pied toute cette fourmilliére d'affaffins ridicules. Ne vous en donnez pas la peine, lui répondit - on ; ils travaillent affez à leur ruine. Sachez qu'au bout de dix ans, il ne refte jamais la centiéme partie de ces miférables ; fachez que quand même ils n'auraient pas tiré l'épée, la faim, la fatigue ou l'intempérance les emportent prefque tous. D'ailleurs ce n'eft pas eux qu'il faut punir ; ce font ces barbares fédentaires, qui du fond de leur cabinet ordonnent, dans le tems de leur digeftion, le maffacre d'un million d'hommes, & qui enfuite en font remercier Dieu folemnellement. Le voyageur fe fentait ému de pitié pour la petite race humaine, dans laquelle il découvrait de fi étonnans contraftes. Puifque vous êtes du petit nombre des fages, dit-il à ces Meffieurs, & qu'aparemment vous ne tuez perfonne pour de l'argent, dites - moi, je vous en prie, à quoi vous vous occupez ? Nous difféquons des mouches,

dit

dit le Philosophe, nous mesurons des lignes,
nous assemblons des nombres, nous sommes d'accord sur deux ou trois points que nous entendons ; & nous disputons sur deux ou trois - mille
que nous n'entendons pas. Il prit aussi-tôt fantai-
sie au *Sirien* & au *Saturnien* d'interroger ces atomes pensans, pour voir les choses dont ils con-
venaient. Combien comptez-vous, dit-il, de l'é-
toile de la canicule à la grande étoile des gemeaux ?
Ils répondirent tous à la fois trente-deux degrés
& demi. Combien comptez-vous d'ici à la Lune ?
soixante demi-diamètres de la Terre en nombres
ronds. Combien pése votre air ? (il croyait les at-
traper) mais tous lui dirent que l'air pése environ
neuf-cent fois moins qu'un pareil volume de l'eau
la plus légère, & dix-neuf-cent fois moins que
l'or Ducat. Le petit nain de *Saturne* étonné de
leurs réponses, fut tenté de prendre pour des sorciers ces mêmes gens auxquels il avait refusé une
ame un quart d'heure auparavant.

Enfin *Micromégas* leur dit : Puisque vous savez
si bien ce qui est hors de vous, sans doute vous savez encor mieux ce qui est en dedans. Dites-moi ce
que c'est que votre ame, & comment vous formez
vos idées. Les Philosophes parlèrent tous à la fois
comme auparavant : mais ils furent tous de différens avis. Le plus vieux citait *Aristote* ; l'autre prononçait le nom de *Descartes* ; celui-ci de
Mallebranche, cet autre de *Leibnitz*, cet autre
de *Locke*. Un vieux Péripatéticien dit tout haut
avec confiance, L'ame est une *entelechie* & une
raison par qui elle a la puissance d'être ce qu'elle est. C'est ce que déclare expressément *Aris-*
tote

tote page 633. de l'édition du Louvre.

Ἐντελεχεία ἐςι. &c.

Je n'entens pas trop bien le Grec, dit le Géant. Ni moi non plus, dit la mite philosophique. Pourquoi donc, reprit le *Sirien*, citez-vous un certain *Ariſtote* en Grec ? C'eſt, repliqua le ſavant, qu'il faut bien citer ce qu'on ne comprend point du tout dans la langue qu'on entend le moins.

Le *Carteſien* prit la parole, & dit : L'ame eſt un eſprit pur, qui a reçu dans le ventre de ſa mére toutes les Idées métaphyſiques, & qui en ſortant de là eſt obligée d'aller à l'école, & d'aprendre tout de nouveau ce qu'elle a ſi bien ſu, & qu'elle ne ſaura plus. Ce n'était donc pas la peine, répondit l'animal de huit lieues, que ton ame fût ſi ſavante dans le ventre de ta mére, pour être ſi ignorante quand tu aurais de la barbe au menton. Mais qu'entens-tu par eſprit ? Que me demandez-vous là ? dit le raiſonneur, je n'en ai point d'idée ; on dit que ce n'eſt pas de la matiére. Mais ſais-tu au moins ce que c'eſt que de la matiére ? Très bien, répondit l'homme. Par exemple, cette pierre eſt griſe, eſt d'une telle forme, elle a ſes trois dimenſions, elle eſt peſante & diviſible. Eh bien, dit le *Sirien*, cette choſe qui te paraît être diviſible, peſante & griſe, me dirais-tu bien ce que c'eſt ? tu vois quelques attributs, mais le fonds de la choſe, le connais-tu ? Non, dit l'autre. Tu ne ſais donc point ce que c'eſt que la matiére.

Alors Monſieur *Micromégas* adreſſant la parole à un autre ſage qu'il tenait ſur ſon pouce, lui demanda ce que c'était que ſon ame, & ce qu'elle le faifait. Rien du tout, répondit le Philofophe *Mallebranchifte*, c'eft Dieu qui fait tout pour moi; je vois tout en lui, je fais tout en lui : c'eft lui qui fait tout fans que je m'en mêle. Autant vau-drait ne pas être, reprit le fage de *Sirius*. Et toi, mon ami, dit-il à un *Leibnitien* qui était là, qu'eft-ce que ton ame ? C'eft, répondit le *Leibnitien*, une aiguille qui montre les heures pendant que mon corps carillonne; ou bien, fi vous voulez, c'eft elle qui carillonne, pendant que mon corps montre l'heure; ou bien, mon ame eft le miroir de l'Univers, & mon corps eft la bordure du mi-roir : cela eft clair.

Un petit partifan de *Locke* était là tout auprès; & quand on lui eut enfin adreffé la parole, Je ne fai pas, dit-il, comment je penfe; mais je fai que je n'ai jamais penfé qu'à l'occafion de mes fens. Qu'il y ait des fubftances immatérielles & intel-ligentes, c'eft de quoi je ne doute pas; mais qu'il foit impoffible à Dieu de communiquer la pen-fée à la matiére, c'eft de quoi je doute fort. Je révère la puiffance éternelle, il ne m'apartient pas de la borner; je n'affirme rien, je me con-tente de croire qu'il y a plus de chofes poffibles qu'on ne penfe.

L'animal de *Sirius* fourit : il ne trouva pas celui-là le moins fage, & le nain de *Saturne* aurait embraffé le fectateur de *Locke* fans l'extrême dif-proportion. Mais il y avait là par malheur un petit animalcule en bonnet quarré, qui coupa la pa-role à tous les animalcules Philofophes; il dit qu'il favait tout le fecret, que tout cela fe trou-vait dans la Somme de *St. Thomas*; il regarda

de

de haut en bas les deux habitans céleftes ; il leur
foutint que leurs perfonnes, leurs Mondes, leurs
Soleils, leurs étoiles, tout était fait uniquement
pour l'homme. A ce difcours nos deux Voyageurs fe laiffèrent aller l'un fur l'autre en étouf-
fant de ce rire inextinguible qui felon *Homére* eft
le partage des Dieux ; leurs épaules & leurs ven-
tres allaient & venaient, & dans ces convulfions,
le vaiffeau que le *Sirien* avait fur fon ongle tomba dans une poche de la culotte du *Saturnien*.
Ces deux bonnes gens le cherchèrent longtems ;
enfin ils retrouvèrent l'équipage, & le rajuftè-
rent fort proprement. Le *Sirien* reprit les petites mites ; il leur parla encor avec beaucoup de
bonté, quoiqu'il fût un peu fâché dans le fond
du cœur de voir que des infiniment petits euffent un orgueil prefque infiniment grand. Il leur
promit de leur faire un beau livre de Philofophie
écrit fort menu pour leur ufage, & que dans ce
livre ils verraient le bout des chofes. Effectivement il leur donna ce volume avant fon départ.
on le porta à Paris à l'Académie des Sciences ;
mais quand le Secretaire l'eut ouvert, il ne vit
rien qu'un livre tout blanc. *Ah*, dit-il, *je m'en
étais bien douté.*

MELAN.

MELANGES

DE

PHILOSOPHIE.

EPITRE

SUR LA PHILOSOPHIE

DE NEWTON *a.*

A MADAME LA MARQUISE

DU CHASTELET.

TU m'appelles à toi, vafte & puiffant génie,
  Minerve de la France, immortelle *Emilie;*
Je m'éveille à ta voix, je marche à ta clarté,

Mélanges. &c.   A   Sur

a Cette lettre eft imprimée au-devant des Elémens
                                   de

Sur les pas des vertus & de la vérité.
Je quitte *Melpomène* & les jeux du Théâtre,
Ces combats, ces lauriers, dont je fus idolâtre:
De ces triomphes vains mon cœur n'est plus touché.
Que le jaloux *Rufus*, à la terre attaché,
Traîne au bord du tombeau la fureur insensée,
D'enfermer dans un vers une fausse pensée;
Qu'il arme contre moi ses languissantes mains,
Des traits qu'il destinait au reste des humains.
Que quatre fois par mois un ignorant *Zoïle*
Elève en frémissant une voix imbécile:
Je n'entens point leurs cris que la haine a formés;
Je ne vois point leurs pas, dans la fange imprimés.
Le charme tout-puissant de la Philosophie
Elève un esprit sage au-dessus de l'envie.
Tranquille au haut des Cieux, que *Newton* s'est soumis,
Il ignore en effet s'il a des ennemis.
Je ne les connais plus. Déjà de la carrière
L'auguste vérité vient m'ouvrir la barrière;
Déjà ces tourbillons, l'un par l'autre pressés,
Se mouvant sans espace, & sans régle entassés,
Ces fantômes savans à mes yeux disparaissent.
Un jour plus pur me luit; les mouvemens renaissent:
L'espace, qui de DIEU contient l'immensité,
Voit rouler dans son sein l'Univers limité,
Cet Univers si vaste à notre faible vuë,

Et

de *Newton*, donnés au public par Mr. *de Voltaire en* 1738.
& 1742.

Et qui n'eft qu'un atôme, un point dans l'étendue.
  Dieu parle, & le cahos fe diffipe à fa voix:
Vers un centre commun tout gravite à la fois.
Ce reffort fi puiffant, l'ame de la nature,
Etait enfeveli dans une nuit obfcure:
Le compas de *Newton*, mefurant l'Univers;
Léve enfin ce grand voile, & les Cieux font ouverts.
  Il découvre à mes yeux, par une main favante,
De l'Aftre des faifons la robe étincelante:
L'émeraude, l'azur, le pourpre, le rubis,
Sont l'immortel tiffu dont brillent fes habits.
Chacun de fes rayons dans fa fubftance pure,
Porte en foi les couleurs dont fe peint la nature;
Et confondus enfemble ils éclairent nos yeux,
Ils animent le monde, ils empliffent les Cieux.
  Confidens du Très-haut, fubftances éternelles,
Qui brûlez de fes feux, qui couvrez de vos aîles
Le trône où votre Maître eft affis parmi vous,
Parlez, du grand *Newton* n'étiez-vous point jaloux?
  La Mer entend fa voix. Je vois l'humide Empire
S'élever, s'avancer vers le Ciel qui l'attire;
Mais un pouvoir central arrête fes efforts;
La Mer tombe, s'affaiffe, & roule vers fes bords.
  Cométes que l'on craint à l'égal du tonnerre,
Ceffez d'épouvanter les peuples de la terre;
Dans une ellipfe immenfe achevez votre cours;
Remontez, defcendez près de l'Aftre des jours;
Lancez vos feux, volez; & revenant fans ceffe,
Des mondes épuifés ranimez la vieilleffe.
                    A 2   Et

Et toi, fœur du Soleil, Aftre qui dans les Cieux;
Des fages éblouïs trompais les faibles yeux,
Newton de ta carrière a marqué les limites;
Marche, éclaire les nuits, tes bornes font prefcrites.

Terre, change de forme, & que la pefanteur,
En abaiffant le Pôle élève l'Equateur.
Pôle, immobile aux yeux; fi lent dans votre courfe;
Fuyez le char glacé des fept aftres de l'Ourfe *b;*
Embraffez dans le cours de vos longs mouvemens,
Deux cent fiécles entiers par-de-là fix mille ans.

Que ces objets font beaux ! Que notre ame épurée
Vole à ces vérités dont elle eft éclairée!
Oui, dans le fein de DIEU, loin de ce corps mortel;
L'efprit femble écouter la voix de l'Eternel.

Vous, à qui cette voix fe fait fi bien entendre,
Comment avez-vous pû, dans un âge encor tendre,
Malgré les vains plaifirs, ces écueils des beaux jours,
Prendre un vol fi hardi, fuivre un fi vafte cours?
Marcher après *Newton* dans cette route obfcure
Du labyrinthe immenfe où fe perd la nature?
Puiffai-je auprès de vous, dans ce Temple écarté,
Aux regards des Français montrer la vérité !
Tandis *c* qu'*Algaroti*, fûr d'inftruire & de plaire;

Vers

---

b C'eft la période de la précefîion des équinoxes, laquelle s'accomplit en vingt-fix-mille neuf cent ans ou environ.

c Mr. *Algaroti*, jeune Vénitien, faifait imprimer alors à Venife un traité fur la lumiére, dans lequel il expliquait l'attraction. Mr.

de

Vers le Tybre étonné, conduit cette étrangère ;
Que de nouvelles fleurs ils orne ses attraits,
Le compas à la main, j'en tracerai les traits ;
De mes crayons grossiers je peindrai l'immortelle ;
Cherchant à l'embellir je la rendrais moins belle.
Elle est, ainsi que vous, noble, simple & sans fard,
Au-dessus de l'éloge, au-dessus de mon art.

de Voltaire fut le premier en France qui expliqua les découvertes de ce grand homme.

NOUVELLE
EPITRE DEDICATOIRE

A

MADAME LA MARQUISE

DU CHASTELET,

De l'édition de 1745.

MADAME,

 Orſque je mis pour la premiére fois votre nom reſpectable à la tête de ces Elémens de Philoſophie, je m'inſtruiſais avec vous. Mais vous avez pris depuis un vol que je ne peux plus ſuivre. Je me trouve à préſent dans le cas d'un Grammarien qui aurait préſenté un eſſai de Rhétorique ou à *Démoſthènes* ou à *Ciceron*. J'offre de ſimples Elémens à celle qui a pé-

nétré

nétré toutes les profondeurs de la Géométrie
tranfcendante, & qui feule parmi nous a traduit
& commené le grand *Newton.*

Ce Philofophe recueillit pendant fa vie toute
la gloire qu'il méritait ; il n'excita point l'envie,
parce qu'il ne put avoir de rival. Le monde
favant fut fon difciple ; le refte l'admira fans
ofer prétendre à le concevoir. Mais l'honneur
que vous lui faites aujourdhui, eft fans doute
le plus grand qu'il ait jamais reçu. Je ne faî
qui des deux je dois admirer davantage, ou
Newton, l'inventeur du calcul de l'infini, qui
découvrit de nouvelles loix de la nature, & qui
anatomifa la lumiére ; ou vous, Madame, qui
au milieu des diffipations attachées à votre état
poffedez fi bien tout ce qu'il a inventé. Ceux
qui vous voyent à la Cour, ne vous prendraient
affûrément pas pour un Commentateur de Philofophie : & les favants, qui font affez favants
pour vous lire, fe douteront encor moins que
vous defcendiez aux amufemens de ce monde,
avec la même facilité que vous vous élevez aux
vérités les plus fublimes. Ce naturel & cette
fimplicité, toujours fi eftimables, mais fi rares,
avec des talens & avec la fcience, feront au

A 4   moins

moins qu'on vous pardonnera votre mérite.
C'eſt en général tout ce qu'on peut eſpérer des
perſonnes avec leſquelles on paſſe ſa vie ; mais
le petit nombre d'eſprits ſupérieurs, qui ſe ſont
appliqués aux mêmes études que vous, aura
pour vous la plus grande vénération, & la poſ-
térité vous regardera avec étonnement. Je ne
ſuis pas ſurpris que des perſonnes de votre ſexe
ayent régné glorieuſement ſur de grands Empi-
res. Une femme avec un bon Conſeil peut gouverner comme *Auguſte* ; mais pénétrer par un
travail infatigable dans des vérités dont l'aproche intimide la plupart des hommes, aprofondir dans ſes heures de loiſir ce que des Philo-
les plus inſtruits étudient ſans relâche, c'eſt ce
qui n'a été donné qu'à vous, Madame, & c'eſt
un exemple qui ſera bien peu imité, &c.

E L E.

ELEMENS

DE

PHILOSOPHIE

DE NEWTON.

DIVISE'S EN TROIS PARTIES.

PREMIERE PARTIE.

CHAPITRE PREMIER.

DE DIEU.

*Raiſons que tous les eſprits ne goûtent pas. Rai-
ſons des Matérialiſtes.*

*Ewton* était intimément perſuadé de
l'exiſtence d'un DIEU, & il enten-
dait par ce mot, non ſeulement un
Etre Infini, Tout-Puiſſant, Eternel
& Créateur, mais un Maître qui a
mis une rélation entre lui & ſes créatures ; car
ſans cette rélation, la connaiſſance d'un DIEU
n'eſt qu'une idée ſtérile qui ſemblerait inviter
au crime, par l'eſpoir de l'impunité, tout raiſonneur né pervers.

Auſſi ce grand Philoſophe fait une remarque
ſinguliére à la fin de ſes Principes. C'eſt qu'on
ne dit point, *mon éternel, mon infini*, parce que
ces attributs n'ont rien de rélatif à notre nature ; mais on dit, & on doit dire, mon DIEU,

&

& par-là il faut entendre le Maitre & le Confer-
vateur de notre vie, & l'objet de nos penfées.
Je me fouviens que dans plufieurs conférences
que j'eus en 1726. avec le Docteur *Clarke*, jamais ce Philofophe ne prononçait le nom de
Dieu qu'avec un air de recueillement & de ref-
pect très-remarquable. Je lui avouai l'impreffion
que cela faifait fur moi, & il me dit, que c'é-
tait de *Newton* qu'il avait pris infenfiblement
cette coutume, laquelle doit être en effet celle de
tous les hommes.

Toute la Philofophie de *Newton* conduit néceffairement à la connaiffance d'un Etre Suprême, qui a tout créé, tout arrangé librement.
Car fi le Monde eft fini, s'il y a du vuide, la
matiére n'exifte donc pas néceffairement, elle a
donc reçu l'exiftence d'une caufe libre. Si la
matiére gravite, comme cela eft démontré, elle ne
paraît pas graviter de fa nature, ainfi qu'elle eft
étenduë de fa nature : elle a donc reçu de Dieu
la gravitation. Si les Planètes tournent en un
fens, plûtôt qu'en un autre, dans un efpace
non réfiftant, la main de leur Créateur a donc
dirigé leur cours en ce fens avec une liberté
abfoluë.

Il s'en faut bien que les prétendus principes
Phyfiques de *Defcartes* conduifent ainfi l'efprit
à la connaiffance de fon Créateur. A Dieu ne
plaife que par une calomnie horrible j'accufe ce
Grand-Homme d'avoir méconnu la Suprême Intelligence à laquelle il devait tant, & qui l'avait
élevé au-deffus de prefque tous les hommes de
fon fiécle. Je dis feulement, que l'abus qu'il a
fait

fait quelquefois de fon efprit, a conduit fes dif-
ciples à des précipices, dont le Maître était fort
éloigné; je dis, que le fyftème *Cartéfien* a produit celui de *Spinofa;* je dis, que j'ai connu
beaucoup de perfonnes que le Cartéfianifme a
conduites à n'admettre d'autre Dieu que l'immenfité des chofes, & que je n'ai vû au contraire
aucun *Newtonien* qui ne fût Théifte dans le fens
le plus rigoureux.

Dès qu'on s'eft perfuadé avec *Defcartes*, qu'il
eft impoffible que le Monde foit fini, que le mouvement eft toujours dans la même quantité; dès
qu'on ofe dire, Donnez-moi du mouvement &
de la matiére, & je vai faire un Monde; alors,
il le faut avouer, ces idées femblent exclure,
par des conféquences trop juftes, l'idée d'un Etre
feul Infini, feul auteur du mouvement, feul auteur de l'organifation des fubftances.

Plufieurs perfonnes s'étonneront ici peut-être,
que de toutes les preuves de l'exiftence d'un
Dieu, celle des caufes finales fut la plus forte
aux yeux de *Newton*. Le deffein, ou plûtôt les
deffeins variés à l'infini, qui éclatent dans les
plus vaftes & les plus petites parties de l'Univers, font une démonftration, qui à force d'ê-
tre fenfible, en eft prefque méprifée par quelques Philofophes; mais enfin *Newton* penfait
que ces raports infinis, qu'il apercevait plus
qu'un autre, étaient l'ouvrage d'un Artifan infiniment habile.

Il ne goûtait pas beaucoup la grande preuve
qui fe tire de la fucceffion des Etres. On dit
communément, que fi les hommes, les animaux,

les

les végétaux, tout ce qui compofe le Monde, était Éternel, on ferait forcé d'admettre une fuite de générations fans caufe. Ces ètres, dit-on, n'auraient point d'origine de leur exiftence ; ils n'en auraient point d'extérieure, puifqu'ils font fuppofés remonter de génération en génération, fans commencement. Ils n'en auraient point d'intérieure, puifqu'aucun d'eux n'exifterait par foi-même. Ainfi tout ferait effet, & rien ne ferait caufe.

Il trouvait que cet argument n'était fondé que fur l'équivoque de *générations* & d'*ètres formés les uns par les autres* ; car les Athées, qui admettent le plein, répondent, qu'à proprement parler, il n'y a point de générations ; il n'y a point d'ètres produits ; il n'y a point plufieurs fubftances. L'Univers eft un tout, exiftant néceffairement, qui fe dévelope fans ceffe ; c'eft un même ètre, dont la nature eft d'ètre immuable dans fa fubftance, & éternellement varié dans fes modifications ; ainfi l'argument tiré feulement des ètres qui fe fuccèdent, prouverait peut-ètre peu contre l'Athée, qui nierait la pluralité des ètres.

Les Athées appelleraient à leur fecours ces anciens axiomes, que rien ne nait de rien, qu'une fubftance n'en peut produire une autre, que tout eft éternel & néceffaire.

La matiére eft néceffaire, difent-ils, puifqu'elle exifte ; le mouvement eft néceffaire, & rien n'eft en repos ; & le mouvement eft fi néceffaire, qu'il ne fe perd jamais de forces motrices dans la Nature.

Ce

Ce qui est aujourdhui était hier, donc il était avant-hier, & ainsi en remontant sans cesse. Il n'y a personne d'assez hardi pour dire que les choses retourneront à rien, comment peut-on être assez hardi pour dire qu'elles viennent de rien?

Il ne faut pas moins que tout le livre de *Clarke* pour répondre à ces objections.

En un mot, je ne sai s'il y a une preuve Métaphysique plus frapante, & qui parle plus fortement à l'homme, que cet ordre admirable qui régne dans le monde ; & si jamais il y a eu un plus bel argument que ce verset: *Cœli enarrant gloriam Dei.* Aussi vous voyez, que *Newton* n'en aporte point d'autre à la fin de son Optique & de ses Principes. Il ne trouvait point de raisonnement plus convainquant & plus beau en faveur de la Divinité que celui de *Platon*, qui fait dire à un de ses interlocuteurs, Vous jugez que j'ai une ame intelligente, parce que vous apercevez de l'ordre dans mes paroles & dans mes actions, jugez donc en voyant l'ordre de ce Monde, qu'il y a une ame souverainement intelligente.

S'il est prouvé qu'il existe un Etre éternel, Infini, Tout-Puissant, il n'est pas prouvé de même que cet Etre soit infiniment Bienfaisant, dans le sens que nous donnons à ce terme.

C'est là le grand refuge de l'Athée : si j'admets un DIEU, dit-il, ce DIEU doit être la bonté même ; qui m'a donné l'être, me doit le bien-être : or je ne vois dans le Genre-humain que désor-

désordre & calamité : la néceffité d'une matiére
Éternelle me répugne moins qu'un Créateur qui
traite fi mal fes créatures.   On ne peut fatis-
faire , continue-t-il , à mes juftes plaintes & à
mes doutes cruels , en me difant, qu'un premier
homme compofé d'un corps & d'une ame irrita
le Créateur , & que le Genre-humain en porte
la peine ; car premiérement , fi nos corps viennent de ce premier homme , nos ames n'en viennent point ; & quand même elles en pouraient
venir , la punition du pére dans tous les enfans paraît la plus horrible de toutes les injuf-
tices.   Secondement , il femble évident , que
les Amériquains & les peuples de l'Ancien Monde , les Négres & les Lapons , ne font point
defcendus du même homme.   La conftitution
intérieure des organes des Négres en eft une
démonftration palpable ; nulle raifon ne peut
donc apaifer les murmures qui s'élévent dans
mon cœur contre les maux dont ce Globe eft
inondé.   Je fuis donc forcé de rejetter l'idée
d'un Etre Suprème , d'un Créateur , que je
concevrais infiniment bon , & qui aurait fait
des maux infinis ; & j'aime mieux admettre
la néceffité de la matiére , & des générations ,
& des viciffitudes éternelles , qu'un DIEU ,
qui aurait fait librement des malheureux.

On répond à cet Athée ; le mot de Bon , de
bien-être , eft équivoque.   Ce qui eft mauvais
par raport à vous eft bon dans l'arrangement
général. L'idée d'un Etre Infini , Tout-Puiffant,
Tout-Intelligent & Préfent par-tout , ne révolte
point votre raifon. Nierez-vous un DIEU , parce

ce que vous aurez eu un accès de fiévre ? Il
vous devait le *bien-être* , dites-vous ; quelle
raison avez-vous de penser ainsi ? Pourquoi
vous devait-il ce bien-être ? Quel traité avait-
il avec vous ? Il ne vous manque donc que
d'être toujours heureux dans la vie pour reconnaître un Dieu ? Vous , qui ne pouvez
être parfait en rien , pourquoi prétendriez-
vous être parfaitement heureux ? Mais je suppose que dans un bonheur continu de cent
années , vous ayez un mal de tête ; ce moment
de peine vous fera-t-il nier un Créateur ? Il
n'y a pas d'aparence. Or si un quart-d'heure
de souffrance ne vous arrête pas , pourquoi
deux heures ? pourquoi un jour ? pourquoi une année de tourment vous feront-ils
rejetter l'idée d'un Artisan suprême & universel ?

Il est prouvé, qu'il y a plus de bien que de
mal dans ce monde , puisqu'en effet peu d'hommes souhaitent la mort ; vous avez donc tort de
porter des plaintes au nom du Genre-humain ,
& plus grand tort encore de renier votre Souverain , sous prétexte que quelques-uns de ses su-
jets sont malheureux.

On aime à murmurer ; il y a du plaisir à se
plaindre , mais il y en a plus à vivre. On se
plaît à ne jetter la vue que sur le mal & à l'é-
xagérer. Lisez les Histoires , nous dit-on : ce
n'est qu'un tissu de crimes & de malheurs.
D'accord ; mais les Histoires ne sont que le
tableau des grands événements. On ne conserve
que la mémoire des tempêtes ; on ne prend point

Mélanges , &c.　　　　B　　　　garde

garde au calme. On ne songe pas que depuis cent ans, il n'y ait pas eu une sédition dans Péquin, dans Rome, dans Venise, dans Paris, dans Londres ; qu'en général il y a plus d'années tranquilles dans toutes les grandes villes, que d'années orageuses ; qu'il y a plus de jours innocents & fereins, que de jours marqués par de grands crimes & par de grands défaîtres.

Lorfque vous avez examiné les raports, qui se trouvent dans les ressorts d'un animal, & les desseins qui éclatent de toutes parts dans la manière dont cet animal reçoit la vie, dont il la soutient, & dont il la donne, vous reconnaissez sans peine cet Artisan souverain. Changerez-vous de sentiment, parce que les loups mangent les moutons, & que les araignées prennent des mouches ? Ne voyez-vous pas au contraire, que ces générations continuelles, toujours dévorées & toujours reproduites, entrent dans le plan de l'Univers ? J'y vois de l'habileté & de la puissance, répondez-vous, & je n'y vois point de bonté. Mais quoi ? lorfque dans une Ménagerie vous élevez des animaux que vous égorgez, vous ne voulez pas qu'on vous appelle méchant, & vous accusez de cruauté le Maitre de tous les animaux, qui les a faits pour être mangés dans leur tems ? Enfin, si vous pouvez être heureux dans toute l'éternité, quelques douleurs dans cet instant passager qu'on nomme la vie, valent-elles la peine qu'on en parle ? Et si cette éternité n'est pas votre partage,

tage, contentez-vous de cette vie, puifque vous l'aimez.

Vous ne trouvez pas que le Créateur foit *bon*, parce qu'il y a du *mal* fur la Terre. Mais la néceſſité, qui tiendrait lieu d'un Etre fuprème, ferait-elle quelque chofe de meilleur? Dans le fyftème, qui admet un DIEU, on n'a que des difficultés à furmonter, & dans tous les autres fyftèmes on a des abfurdités à dévorer.

La Philofophie nous montre bien qu'il y a un DIEU ; mais elle eft impuiffante à nous aprendre ce qu'il eft, ce qu'il fait, comment & pourquoi il le fait ; s'il eft dans le tems, s'il eft dans l'efpace, s'il a commandé une fois, ou s'il agit toujours, s'il eft dans la matiére, s'il n'y eft pas &c. &c. Il faudrait être lui-même pour le favoir.

CHA-

CHAPITRE II.

DE L'ESPACE ET DE LA DURE'E
COMME PROPRIETE'S DE DIEU.

Sentimens de Leibnitz. *Sentimens & raison de* Newton. *Matière infinie impossible.* Epicure *devait admettre un* DIEU *Créateur & Gouverneur. Propriétés de l'espace pur & de la durée.*

NEwton regarde l'espace & la durée comme deux êtres, dont l'existence suit nécessairement de DIEU même ; car l'Etre infini est en tout lieu, donc tout lieu existe : l'Etre éternel dure de toute éternité, donc une éternelle durée est réelle.

Il était échapé à *Newton* de dire à la fin de ses questions d'Optique : Ces *phénomènes de la Nature ne font-ils pas voir, qu'il y a un Etre incorporel vivant, intelligent, présent partout, qui dans l'espace infini, comme dans son* Sensorium, *voit, discerne, & comprend tout de la manière la plus intime & la plus parfaite?*

Le célèbre Philosophe *Leibnitz*, qui avait auparavant reconnu avec *Newton* la réalité de l'espace pur, & de la durée, mais qui depuis long-

tems

tems n'était plus d'aucun avis de *Newton*, & qui s'était mis en Allemagne à la tête d'une école opofée, attaqua ces expreffions du Philofophe Anglais, dans une lettre qu'il écrivit en 1715. à la feue Reine d'Angleterre, époufe de *George II.* Cette Princeffe digne d'être en commerce avec *Leibnitz* & *Newton*, engagea une difpute réglée par lettres entre les deux parties. Mais *Newton*, ennemi de toute difpute, & avare de fon tems, laiffa le Docteur *Clarke* fon difciple en Phyfique, & pour le moins fon égal en Métaphyfique, entrer pour lui dans la lice. La difpute roula fur prefque toutes les idées métaphyfiques de *Newton*, & c'eft peut-être le plus beau monument que nous ayons des combats littéraires.

Clarke commença par juftifier la comparaifon prife du *Senforium*, dont *Newton* s'était fervi; il établit que nul être ne peut agir, connaître, voir où il n'eft pas; or DIEU agiffant, voyant partout, agit & voit dans tous les points de l'efpace, qui en ce fens feul peut être confidéré comme fon *Senforium*, attendu l'impoffibilité où l'on eft en toute langue de s'exprimer quand on ofe parler de DIEU. *Leibnitz* foutient que l'efpace n'eft rien, finon la rélation que nous concevons entre les êtres coëxiftants, rien, finon l'ordre des corps, leur arrangement, leurs diftances, &c. *Clarke*, après *Newton*, foutient que fi l'efpace n'eft pas réel, il s'enfuit une abfurdité; car fi DIEU avait mis la Terre, la Lune & le Soleil à la place où fon les étoiles fixes, pourvû que la Terre, la Lune & le Soleil

B 3   fuffuſſent entre eux dans le même ordre où ils ſont, il ſuivrait de-là que la Terre, la Lune & le Soleil ſeraient dans le même lieu où ils ſont aujourdhui; ce qui eſt une contradiction dans les termes.

Il faut, ſelon *Newton*, penſer de la durée comme de l'eſpace, que c'eſt une choſe très-réelle; car ſi la durée n'était qu'un ordre de ſucceſſion entre les créatures, il s'enſuivrait que ce qui ſe faiſait aujourdhui, & ce qui ſe fit il y a des milliers d'années, ſeraient réellement faits dans le même inſtant; ce qui eſt encor contradictoire. Enfin, l'eſpace & la durée ſont des quantités; c'eſt donc quelque choſe de très-poſitif.

Il eſt bon de faire attention à cet ancien argument, auquel on n'a jamais répondu : Qu'un homme aux bornes de l'Univers étende ſon bras, ce bras doit être dans l'eſpace pur; car il n'eſt pas dans le rien; & ſi l'on répond qu'il eſt encore dans la matière, le monde en ce cas eſt donc réellement infini, le monde eſt donc Dieu en ce ſens.

L'eſpace pur, le vuide exiſte donc, auſſi-bien que la matiére, & il exiſte même néceſſairement; au lieu que la matiére ſelon *Clarke*, n'exiſte que par la libre volonté du Créateur.

Mais, dit-on, vous admettez un eſpace immenſe infini; pourquoi n'en ferez-vous pas autant de la matiére, comme tant d'anciens Philoſophes? *Clarke* répond : L'eſpace exiſte néceſſairement, parce que Dieu exiſte néceſſaire-

ment,

ment; il eft immenfe; il eft, comme la durée, un mode, une proprieté infinie d'un être néceffaire infini. La matiére n'eft rien de tout cela; elle n'exifte point néceffairement; & fi cette fubftance était infinie, elle ferait, ou une proprieté effentielle de DIEU, ou DIEU même; or elle n'eft ni l'un ni l'autre; elle n'eft donc pas infinie, & ne faurait l'être.

On peut répondre à *Clarke*: La matiére exifte néceffairement, fans être pour cela infinie, fans être DIEU: elle exifte, parce qu'elle exifte: elle eft éternelle, parce qu'elle exifte aujourdui. Il n'apartient pas à un Philofophe d'admettre ce qu'il ne peut concevoir. Or vous ne pouvez concevoir la matiére ni créée ni anéantie: elle peut très-bien être éternelle par fa nature; & DIEU peut très-bien, par fa nature, avoir le pouvoir immenfe de la modifier, & non pas celui de la tirer du néant: car tirer l'être du néant, éft une contradiction; mais il n'y a point de contradiction à croire la matiére néceffaire & éternelle, & DIEU néceffaire & éternel. Si l'efpace exifte par néceffité, la matiére exifte de même par néceffité. Vous devriez donc admettre trois êtres; l'efpace, dont l'exiftence ferait réelle, quand même il n'y aurait ni matiére ni DIEU; la matiére, qui ne pouvant avoir été formée de rien, eft néceffairement dans l'efpace; & DIEU, fans lequel la matiére ne pourait être organifée & animée.

Newton lui-même, à la fin de fon Optique, a femblé prévenir ces difficultés. Il foutient que l'efpace eft une fuite néceffaire de l'exiftence

B 4

de

de DIEU. DIEU n'eft, à proprement parler, ni dans l'efpace, ni dans un lieu ; mais DIEU étant néceſſairement partout, conſtitue par cela ſeul l'efpace immenſe & le lieu. De même la durée, la permanence éternelle, eſt une ſuite indifpenſable de l'exiſtence de DIEU. Il n'eſt ni dans la durée infinie, ni dans un tems, mais exiſtant éternelle-ment ; il conſtitue par-là l'éternité & le tems. Voila comme *Newton* s'explique ; mais il n'a point du tout réſolu le problême ; il ſemble qu'il n'ait oſé convenir que DIEU eſt dans l'ef-pace : il a craint les difputes.

L'efpace immenſe étendu, inféparable, peut être conçu en pluſieurs portions ; par exem-ple, l'efpace où eſt *Saturne* n'eſt pas l'efpa-ce où eſt *Jupiter* ; mais on ne peut féparer ces parties conçûes ; on ne peut mettre l'u-ne à la place de l'autre, comme on peut mettre un corps à la place d'un autre. De même la du-rée infinie, inféparable & fans parties, peut être conçuë en pluſieurs portions, fans que jamais on puiſſe concevoir une portion de durée mi-fe à la place d'une autre. Les Etres exiſtent dans une certaine portion de la durée, qu'on nom-me tems, & peuvent exiſter dans tout autre tems ; mais une partie conçûe de la durée, un tems quelconque, ne peut être ailleurs qu'où il eſt ; le paſſé ne peut être avenir.

L'efpace & la durée font donc, felon *Newton*, deux attributs néceſſaires, immuables, de l'Etre éternel & immenſe. DIEU feul peut connaître tout l'efpace ; DIEU feul peut connaître toute la du-rée. Nous meſurons quelques parties impro-
pre-

prement dites de l'espace, par le moyen des corps étendus que nous touchons. Nous mesurons des parties improprement dites de la durée, par le moyen des mouvemens que nous apercevons.

On n'entre point ici dans le détail des preuves physiques réservées pour d'autres chapitres; il suffit de remarquer, qu'en tout ce qui regarde l'espace, la durée, les bornes du monde, *Newton* suivait les anciennes opinions de *Démocrite*, d'*Epicure*, & d'une foule de Philosophes, rectifiés par notre célèbre *Gassendi*. *Newton* a dit plusieurs fois à quelques Français qui vivent encore, qu'il regardait *Gassendi* comme un esprit très-juste & très-sage, & qu'il faisait gloire d'être entiérement de son avis dans toutes les choses dont on vient de parler.

C H A-

CHAPITRE III.

DE LA LIBERTE' DANS DIEU,
ET DU GRAND PRINCIPE DE
LA RAISON SUFFISANTE.

Principes de Leibnitz. *Pouſſés peut-être trop loin. Ses raiſonnemens très-ſéduiſans. Réponſe. Nouvelle inſtance contre le principe des indiſcernables.*

Newton ſoutenait que DIEU infiniment libre, comme infiniment puiſſant, a fait beaucoup de choſes, qui n'ont d'autre raiſon de leur exiſtence que ſa ſeule volonté. Par exemple, que les Planètes ſe meuvent d'Occident en Orient, plûtôt qu'autrement; qu'il y ait un tel nombre d'animaux, d'étoiles, de mondes, plûtôt qu'un autre; que l'Univers fini, ſoit dans un tel ou tel point de l'eſpace, &c. la volonté de l'Etre ſuprème en eſt la ſeule raiſon.

Le célèbre *Leibnitz* prétendait le contraire, & ſe fondait ſur un ancien axiome employé autrefois par *Archiméde; Rien ne ſe fait ſans cauſe ou ſans raiſon ſuffiſante*, diſait-il, & DIEU a fait en tout le meilleur, parce que s'il ne l'avait pas fait comme meilleur, il n'eût pas eu raiſon de le faire. Mais il n'y a point de meilleur dans

les

les chofes indifférentes, difaient les *Newtoniens*;
mais il n'y a point de chofes indifférentes, répondent les *Leibnitiens*. Votre idée méne à la fatalité abfolue, difait *Clarke*; vous faites de DIEU
un Etre qui agit par néceffité, & par conféquent un Etre purement paffif: ce n'eft plus
DIEU. Votre DIEU, répondait *Leibnitz*, eft un
ouvrier capricieux, qui fe détermine fans raifon fuffifante. La volonté de DIEU eft la raifon, répondait l'Anglais. *Leibnitz* infiftait &
faifait des attaques très-fortes en cette manière.

Nous ne connaiffons point deux corps entiérement femblables dans la nature, & il ne peut
en être; car s'ils étaient femblables, premiérement cela marquerait dans DIEU tout-puiffant
& tout fécond, un manque de fécondité & de
puiffance. En fecond lieu, il n'y aurait nulle
raifon pourquoi l'un ferait à cette place, plûtôt
que l'autre.

Les *Newtoniens* répondaient: Premiérement,
il eft faux que plufieurs Etres femblables mar-
quent de la ftérilité dans la puiffance du Créateur; car fi les élémens des chofes doivent être
abfolument femblables pour produire des effets femblables; fi, par exemple, les élémens
des rayons éternellement rouges de lumiére,
doivent être les mêmes pour donner ces rayons rouges; fi les élémens de l'eau doivent
êtres les mêmes pour former l'eau; cette parfaite reffemblance, cette identité, loin de déroger à la grandeur de DIEU, m'eft un des
plus

plus beaux témoignages de fa puiffance & de fa fageffe.

Si j'ofais ajoûter ici quelque chofe aux argu-mens d'un *Clarke* & d'un *Newton*, & prendre la liberté de difputer contre un *Leibnitz*, je di-rais qu'il n'y a qu'un Etre infiniment puiffant qui puiffe faire des chofes parfaitement fembla-bles. Quelque peine que prenne un homme à faire de tels ouvrages, il ne poura jamais y par-venir, parce que fa vuë ne fera jamais affez fi-ne pour difcerner les inégalités des deux corps; il faut donc voir jufques dans l'infinie petiteffe, pour faire toutes les parties d'un corps fembla-bles à celles d'un autre. C'eft donc le partage unique de l'Etre infini.

Secondement, peuvent dire encore les *New-toniens*, nous combattons *Leibnitz* par fes pro-pres armes. Si les élémens des chofes font tous différens, fi les premiéres parties d'un rayon rouge ne font pas entiérement femblables, il n'y a point alors de raifon fuffifante, pourquoi des parties différentes font toujours un effet inva-riable.

En troifiéme lieu, pouraient dire les *New-toniens*, fi vous demandez la raifon fuffifante, pourquoi cet atome, A, eft dans un lieu, & cet atome, B, entiérement femblable, eft dans un autre lieu? la raifon en eft dans le mouve-ment qui les pouffe; & fi vous demandez quelle eft la raifon de ce mouvement. Ou vous êtes forcé de dire que ce mouvement eft néceffaire, ou bien vous devez avouer que DIEU l'a com-

commencé. Si vous demandez enfin, pourquoi DIEU l'a commencé, quelle autre raiſon ſuffi-ſante en pouvez-vous trouver, ſinon qu'il fallait que DIEU ordonnât ce mouvement, pour exécuter les ouvrages qu'avait projettés ſa ſageſ-ſe? Mais pourquoi ce mouvement à droite, plûtôt qu'à gauche, vers l'Occident, plûtôt que vers l'Orient, en ce point de la durée, plûtôt qu'en un autre point? Ne faut-il pas alors re-courir à la volonté du Créateur? Mais y a-t-il une liberté d'indifférence? C'eſt ce qu'on laiſſe à examiner à tout lecteur ſage. Et il examinera longtems avant de pouvoir juger.

CHA-

CHAPITRE IV.

DE LA LIBERTÉ DANS L'HOMME.

Excellent ouvrage contre la liberté. Si bon, que le Docteur Clarke *y répondit par des injures. Liberté d'indifférence. Liberté de Spontanéité. Privation de liberté, chose très-commune. Objections puissantes contre la liberté.*

SElon *Newton* & *Clarke*, l'Etre infiniment libre a communiqué à l'homme sa créature une portion limitée de cette liberté, & on n'entend pas ici par liberté la simple puissance d'apliquer sa pensée à tel ou tel objet, & de commencer le mouvement. On n'entend pas seulement la faculté de vouloir, mais celle de vouloir très-librement, avec une volonté pleine & efficace, & de vouloir même quelquefois sans autre raison que sa volonté. Il n'y a aucun homme sur la Terre qui ne croye sentir quelquefois qu'il possède cette liberté. Plusieurs Philosophes pensent d'une manière oposée; ils croyent que toutes nos actions sont nécessitées, & que nous n'avons d'autre liberté que celle de porter quelquefois de bon gré les fers auxquels la fatalité nous attache.

De tous les Philosophes qui ont écrit hardiment contre la liberté, celui qui sans contredit l'a fait avec plus de méthode, de force & de

clar-

clarté, c'eſt *Collins*, Magiſtrat de Londres, auteur du livre de la liberté de penſer, & de pluſieurs autres ouvrages auſſi hardis que philoſo-
phiques.

Clarke, qui était entiérement dans le ſentiment de *Newton* ſur la liberté, & qui d'ailleurs
en ſoutenait les droits autant en Théologien d'u-
ne ſecte finguliére, qu'en Philoſophe, répondit
vivement à *Collins*, & mèla tant d'aigreur à ſes
raiſons, qu'il fit croire qu'au moins il ſentait
toute la force de ſon ennemi. Il lui reproche de
confondre toutes les idées, parce que *Collins*
appelle l'homme un agent néceſſaire. *Clarke* dit
qu'en ce cas l'homme n'eſt point agent; mais
qui ne voit que c'eſt-là une vraie chicane? *Col-*
lins appelle agent néceſſaire tout ce qui produit
des effets néceſſaires. Qu'on l'appelle agent ou
patient, qu'importe? Le point eſt de ſavoir s'il
eſt déterminé néceſſairement.

Il ſemble, que ſi l'on peut trouver un ſeul
cas où l'homme ſoit véritablement libre d'une
liberté d'indifférence, cela ſeul ſuffit pour décider la queſtion. Or quel cas prendrons-nous, ſinon celui où l'on voudra éprouver notre liberté? Par exemple, on me propoſe de me tourner à droite ou à gauche, ou de faire telle autre action, à laquelle aucun plaiſir ne m'entrai-
ne, & dont aucun dégoût ne me détourne. Je
choiſis alors, & je ne ſuis pas le *dictamen* de
mon entendement, qui me repréſente le meilleur; car il n'y a ici ni meilleur, ni pire. Que
fais-je donc? J'exerce le droit que m'a donné
le Créateur, de vouloir & d'agir en certains cas
ſans

fans autre raifon que ma volonté mème. J'ai le
droit & le pouvoir de commencer le mouvement, & de le commencer du côté que je veux.
Si on ne peut affigner en ce cas d'autre caufe
de ma volonté, pourquoi la chercher ailleurs
que dans ma volonté mème? Il paraît donc probable que nous avons la liberté d'indifférence
dans les chofes indifférentes. Car qui poura dire que DIEU ne nous a pas fait, ou n'a pas pú
nous faire ce préfent? Et s'il l'a pû, & fi nous
fentons en nous ce pouvoir, comment affurer
que nous ne l'avons pas?

On traite de chimère cette liberté d'indifférence; on dit que fe déterminer fans raifon, ne
ferait que le partage des infenfés; mais on ne
fonge pas que les infenfés font des malades,
qui n'ont aucune liberté. Ils font déterminés
néceffairement par le vice de leurs organes; ils
ne font point les maîtres d'eux-mèmes, ils ne
choififfent rien. Celui-là eft libre qui fe détermine foi-mème. Or pourquoi ne nous détermine-
rons-nous pas nous-mèmes par notre feule volonté dans les chofes indifférentes?

Nous poffédons la liberté qu'on appelle de *fpon-
tanéité* dans tous les autres cas; c'eft-à-dire, que
lorfque nous avons des motifs, notre volonté
fe détermine par eux : & ces motifs font toujours le dernier réfultat de l'entendement, ou
de l'inftinct; ainfi, quand mon entendement fe
repréfente, qu'il vaut mieux pour moi obéir à
la loi que la violer, j'obéis à la loi avec une
liberté fpontanée, je fais volontairement ce que
le dernier *dictamen* de mon entendement m'obli-

ge

ge de faire. On ne fent jamais mieux cette efpèce de liberté , que quand nôtre volonté
combat nos défirs. J'ai une paffion violente ;
mais mon entendement conclut que je dois réfifter à cette paffion ; il me repréfente un plus
grand bien dans la victoire, que dans l'affervif-
fement à mon goût. Ce dernier motif l'emporte
fur l'autre , & je combats mon défir par ma volonté ; j'obéis néceffairement, mais de bon gré, à
cet ordre de ma raifon ; je fais, non ce que je
défire, mais ce que je veux ; & en ce cas je fuis
libre de toute la liberté dont une telle circonftan-
ce peut me laiffer fufceptible.

Enfin je ne fuis libre en aucun fens, quand
ma paffion eft trop forte, & mon entendement
trop faible, ou quand mes organes font dé-
rangés ; & malheureufement c'eft le cas où
fe trouvent très-fouvent les hommes ; ainfi
il me paraît que la liberté fpontanée eft à l'a-
me ce que la fanté eft au corps ; quelques perfonnes l'ont toute entiére & durable ; plufieurs
la perdent fouvent, d'autres font malades toute
leur vie ; je vois, que toutes les autres facul-
tés de l'homme font fujettes aux mêmes inégalités. La vue, l'ouïe, le goût, la force, le don
de penfer, font tantôt plus forts, tantôt plus
faibles ; notre liberté eft comme tout le refte, limitée, variable, en un mot très-peu de chofe,
parce que l'homme eft très-peu de chofe.

La difficulté d'accorder la liberté de nos actions
avec la Préfcience éternelle de DIEU, n'arrêtait
point *Newton*, parce qu'il ne s'engageait pas dans
ce labyrinthe ; la liberté une fois établie, ce n'eft

Mélanges, &c.　　　　C　　　pas

pas à nous à déterminer comment DIEU pré-
voit ce que nous ferons librement. Nous ne favons pas de quelle manière DIEU voit actuellement ce qui fe paffe. Nous n'avons aucune
idée de fa façon de voir; pourquoi en aurions-
nous de fa façon de prévoir? Tous fes attributs nous doivent être également incompré-
henfibles.

Il faut avouer qu'il s'élève contre cette idée
de liberté des objections qui effrayent. D'abord
on voit que cette liberté d'indifférence ferait un
préfent bien frivole, fi elle ne s'étendait qu'à
cracher à droite & à gauche, & à choifir pair
ou impair. Ce qui importe, c'eft que *Cartouche*
& *Sha Nadir* ayent la liberté de ne pas répandre le fang humain. Il importe peu, que *Cartouche* & *Sha Nadir* foient libres d'avancer le pied
gauche ou le pied droit. Enfuite on trouve cette
liberté d'indifférence impoffible : car comment
fe déterminer fans raifon? Tu veux, mais pourquoi veux-tu? on te propofe pair ou non, tu
choifis pair, & tu n'en vois pas le motif; mais
ton motif eft que pair fe préfente à ton efprit
à l'inftant qu'il faut faire un choix.

Tout a fa caufe; ta volonté en a donc une.
On ne peut donc vouloir, qu'en conféquence
de la derniére idée qu'on a reçue. Perfonne ne
peut favoir quelle idée il aura dans un moment;
donc perfonne n'eft le maitre de fes idées, donc
perfonne n'eft le maitre de vouloir, & de ne pas
vouloir. Si on en était le maitre, on pourait
faire le contraire de ce que DIEU a arrangé dans
l'enchainement des chofes de ce Monde. Ainfi
cha-

chaque homme pourait changer & changerait
en effet à chaque inftant l'ordre éternel.

Voilà pourquoi le fage *Locke* n'ofe pas prononcer le nom de liberté ; une volonté libre ne
lui paraît qu'une chimère. Il ne connait d'autre liberté que la puiffance de faire ce qu'on veut.
Le gouteux n'a pas la liberté de marcher, le
prifonnier n'a pas celle de fortir. L'un eft libre quand il eft guéri, l'autre quand on lui ouvre la porte.

Pour mettre dans un plus grand jour ces
horribles difficultés, je fuppofe que *Cicéron* veut
prouver à *Catilina*, qu'il ne doit pas confpirer
contre fa Patrie. *Catilina* lui dit, qu'il n'en eft
pas le maître, que fes derniers entretiens avec
Cethegus lui ont imprimé dans la tête l'idée de
la confpiration ; que cette idée lui plait plus
qu'une autre ; & qu'on ne peut vouloir qu'en
conféquence de fon dernier jugement. Mais vous
pouriez, dirait *Cicéron*, prendre avec moi d'autres idées. Appliquez votre efprit à m'écouter,
& à voir qu'il faut être bon citoyen. J'ai beau
faire, répond *Catilina*. Vos idées me révoltent,
& l'envie de vous affaffiner l'emporte. Je plains
votre frénéfie, lui dit *Cicéron*, tâchez de prendre de mes remèdes. Si je fuis frénétique, re-
prend *Catilina*, je ne fuis pas le maître de tâcher de guérir. Mais, lui dit le Conful, les
hommes ont un fonds de raifon, qu'ils peuvent
confulter, & qui peut remédier à ce dérangement d'organes, qui fait de vous un pervers ;
furtout, quand ce dérangement n'eft pas trop
fort. Indiquez moi, répond *Catilina*, le point

où

où ce dérangement peut céder au remède. Pour moi, j'avoue que depuis le premier moment, où j'ai confpiré, toutes mes réflexions m'ont porté à la conjuration. Quand avez-vous commencé à prendre cette funefte réfolution? lui demande le Conful. Quand j'eus perdu mon argent au jeu. Eh bien! ne pouviez-vous pas vous empêcher de jouer? Non; car cette idée de jeu l'emporta dans moi ce jour-là fur toutes les autres idées; & fi je n'avais pas joué, j'aurais dérangé l'ordre de l'Univers, qui portait que *Quartilla* me gagnerait quatre cent mille Sefterces, qu'elle en achéterait une maifon & un amant, que de cet amant il naitrait un fils, que *Cethegus* & *Lentulus* viendraient chez moi, & que nous confpirerions contre la République. Le deftin m'a fait un loup, & il vous a fait un chien de berger; le deftin décidera qui des deux doit égorger l'autre. A cela *Cicéron* n'aurait répondu que par une *Catilinaire*. En effet, il faut convenir qu'on ne peut guères répondre que par une éloquence vague aux objections contre la liberté: trifte fujet fur lequel le plus fage craint même d'ofer penfer.

Une feule réflexion confole, c'eft que quelque fyftème qu'on embraffe, à quelque fatalité qu'on croye toutes nos actions attachées, on agira toujours comme fi on était libre.

C H A-

CHAPITRE V.

DOUTES SUR LA LIBERTE,
QU'ON NOMME D'INDIFFERENCE.

1. **L**Es plantes font des Etres organifés, dans lefquels tout fe fait néceffairement. Quelques plantes tiennent au régne animal, & font en effet des animaux attachés à la terre.

2. Ces animaux plantes, qui ont des racines, des feuilles & du fentiment, auraient-ils une liberté? Il n'y a pas grande aparence.

3. Les animaux n'ont-ils pas un fentiment, un inftinct, une raifon commencée, une mefure d'idées & de mémoire? Qu'eft-ce au fonds que cet inftinct? n'eft-il pas un de ces refforts fecrets que nous ne connaîtrons jamais? On ne peut rien connaître que par l'analife, ou par une fuite de ce qu'on appelle les premiers principes. Or quelle analife ou quelle fintéfe peut nous faire connaître la nature de l'inftinct? Nous voyons feulement que cet inftinct eft toujours néceffairement accompagné d'idées. Un ver à foie a la perception de la fange qui le nourit, la perdrix du ver qu'elle cherche & qu'elle avale, le renard de la perdrix qu'il mange, le loup du renard qu'il dévore. Il n'eft pas vraifemblable que ces Etres poffédent ce qu'on apelle la liberté. On peut donc avoir des idées fans être libre?

C 3   4. Les

4. Les hommes reçoivent & combinent des idées dans leur sommeil. On ne peut pas dire qu'ils soient libres alors. N'est-ce pas une nouvelle preuve qu'on peut avoir des idées sans être libre ?

5. L'homme a par-dessus les animaux le don d'une mémoire plus vaste. Cette mémoire est l'unique source de toutes les pensées. Cette source commune aux animaux & aux hommes, pouvait-elle produire la liberté ? Des idées réfléchies dans un cerveau seraient-elles absolument d'une autre nature que des idées non réfléchies dans un autre cerveau ?

6. Les hommes ne font-ils pas tous déterminés par leur instinct, & n'est-ce pas la raison pourquoi ils ne changent jamais de caractère ? cet instinct n'est-il pas ce qu'on appelle le naturel ?

7. Si l'on était libre, quel est l'homme qui ne changeât son naturel ? Mais a-t-on jamais vû sur la terre un homme se donner seulement un gout ? A-t-on jamais vû un homme né avec de l'aversion pour danser, se donner du goût pour la danse ? un homme sédentaire & paresseux rechercher le mouvement ? & l'âge & les aliments ne diminuent-ils pas les passions que la raison croit avoir domtées ?

8. La volonté n'est-elle pas toujours la suite des dernières idées qu'on a reçues ? Ces idées étant nécessaires, la volonté ne l'est-elle pas aussi ?

9. La liberté est-elle autre chose que le pouvoir d'agir, ou de n'agir pas ? & *Locke* n'a-t-il pas eu raison d'appeller la liberté *puissance* ?

10. Le

10. Le loup a la perception de quelques moutons paiffants dans une campagne ; fon inftinct le porte à les dévorer ; les chiens l'en empêchent. Un Conquérant a la perception d'une province que fon inftinct le porte à envahir ; il trouve des fortereffes & des armées qui lui barrent le paffage. Y a-t-il une grande différence entre ce loup & ce Prince ?

11. Cet Univers ne parait-il pas affujetti dans toutes fes parties à des loix immuables ? Si un homme pouvait diriger à fon gré fa volonté, n'eft-il pas clair qu'il pourait alors déranger ces loix immuables ?

12. Par quel privilège l'homme ne ferait-il pas foumis à la même néceffité que les aftres, les animaux, les plantes, & tout le refte de la nature ?

13. A-t on raifon de dire que dans le fiftème de cette fatalité univerfelle, les peines & les récompenfes feraient inutiles & abfurdes ? N'eft-ce pas plutôt évidemment dans le fiftème de la liberté que paraît l'inutilité & l'abfurdité des peines & des récompenfes ? En effet fi un voleur de grand chemin poffède une volonté libre, fe déterminant uniquement par elle-même, la crainte du fuplice peut fort bien ne le pas déterminer à renoncer au brigandage ; mais fi les caufes Phyfiques agiffent uniquement, fi l'afpect de la potence & de la roue fait une impreffion néceffaire & violente, elle corrige alors néceffairement le fcélerat, témoin du fuplice d'un autre fcélerat.

14. Pour favoir fi l'ame eft libre, ne faudrait-il

pas favoir ce que c'eft que l'ame ? Y a-t-il un homme qui puiffe fe vanter que fa raifon feule lui démontre la fpiritualité, l'immortalité de cette ame ? Prefque tous les Phyficiens conviennent que le principe du fentiment eft à l'endroit où les nerfs fe réuniffent dans le cerveau. Mais cet endroit n'eft pas un point mathématique. L'origine de chaque nerf eft étendue. Il y a là un timbre fur lequel frapent les cinq organes de nos fens. Quel eft l'homme qui concevra que ce timbre ne tienne point de place ? Ne fommes-nous pas des automates nés pour vouloir toujours, pour faire quelquefois ce que nous voulons, & quelquefois le contraire ? Des étoiles au centre de la terre, hors de nous, & dans nous, toute effence, toute fubftance nous eft inconnue. Nous ne voyons que des aparences. Nous fommes dans un fonge.

15. Que dans ce fonge on croye la volonté libre ou efclave, la fange organifée dont nous fommes paitris, douée d'une faculté immortelle, ou périffable; qu'on penfe comme *Epicure* ou comme *Socrate*, les roues qui font mouvoir la machine de l'Univers feront toujours les mêmes.

C H A.

CHAPITRE VI.

DE LA RELIGION NATURELLE.

Reproche de Leibnitz *à* Newton. *Peu fondé. Réfutation d'un sentiment de* Locke. *Le bien de la société, Religion naturelle, Humanité.*

L Eibnitz, dans sa dispute avec *Newton*, lui reproche de donner de DIEU des idées fort basses, & d'anéantir la Religion naturelle. Il prétendait que *Newton* faisait DIEU corporel; & cette imputation, comme nous l'avons vû, était fondée sur ce mot *Senforium organe*. Il ajoûtait, que le DIEU de *Newton* avait fait de ce Monde une fort mauvaise machine, qui a besoin d'être décraffée, (c'est le mot dont se sert *Leibnitz*.) *Newton* avait dit: *manum emendatricem desideraret*. Ce reproche est fondé sur ce que *Newton* dit, qu'avec le tems les mouvemens diminueront, les irrégularités des Planètes augmenteront, & l'Univers périra, ou sera remis en ordre par son Auteur.

Il est trop clair par l'expérience, que DIEU a fait des machines pour être détruites. Nous sommes l'ouvrage de sa sagesse, & nous périssons; pourquoi n'en serait-il pas de même du Monde? *Leibnitz* veut que ce Monde soit parfait; mais si DIEU ne l'a formé que pour durer

un

un certain tems, fa perfection confifte alors à
ne durer que jufqu'à l'inftant fixé pour fa
diffolution.

Quant à la Religion naturelle, jamais homme n'en a été plus partifan que *Newton*, fi ce
n'eft *Leibnitz* lui-même, fon rival en fcience &
en vertu. J'entens par Religion naturelle, les
principes de Morale communs au Genre-humain.
Newton n'admettait à la vérité aucune notion
innée avec nous, ni idées, ni fentimens, ni
principes. Il était perfuadé avec *Locke* que toutes les idées nous viennent par les fens, à mefure que les fens fe dévelopent; mais il croyait
que DIEU ayant donné les memes fens à tous
les hommes, il en réfulte chez eux les mêmes
befoins, les mêmes fentimens, par conféquent
les mêmes notions groffiéres, qui font partout
le fondement de la fociété. Il eft conftant,
que Dieu a donné aux abeilles & aux fourmis
quelque chofe pour les faire vivre en commun,
qu'il n'a donné ni aux loups, ni aux faucons;
il eft certain, puifque tous les hommes vivent
en fociété, qu'il y a dans leur être un lien fecret, par lequel DIEU a voulu les attacher les
uns aux autres. Or fi à un certain age les idées
venues par les mêmes fens à des hommes tous
organifés de la même maniere, ne leur donnaient
pas peu à peu les mêmes principes néceffaires
à toute fociété, il eft encore très-fûr, que
ces fociétés ne fubfifteraient pas. Voilà pourquoi de Siam jufqu'au Mexique, la vérité,
la reconnaiffance, l'amitié, &c. font en honneur.

                                          J'ai

J'ai toujours été étonné que le sage *Locke*, dans le commencement de son traité de l'Entendement humain, en réfutant, si bien *les idées innées*, ait prétendu qu'il n'y a aucune notion du bien & du mal qui soit commune à tous les hommes. Je crois qu'il est tombé là dans une erreur. Il se fonde sur des rélations de voyageurs, qui disent, que dans certains pays la coutume est de manger ses enfans, & de manger aussi les méres, quand elles ne peuvent plus enfanter : que dans d'autres on honore du nom de Saints certains enthousiastes, qui se servent d'ânesses au lieu de femmes; mais un homme comme le sage *Locke* ne devait-il pas tenir ces voyageurs pour suspects? Rien n'est si commun parmi eux que de mal voir, de mal raporter ce qu'on a vû, de prendre surtout dans une nation, dont on ignore la langue, l'abus d'une loi pour la loi même; & enfin de juger des mœurs de tout un peuple par un fait particulier, dont on ignore encore les circonstances.

Qu'un Persan passe à Lisbonne, à Madrid, où à Goa le jour d'un *Auto-da-fé*, il croira, non sans aparence de raison, que les Chrétiens sacrifient des hommes à DIEU; qu'il lise les almanacs qu'on débite dans toute l'Europe au petit peuple, il pensera, que nous croyons tous aux effets de la Lune, & cependant nous en sons loin d'y croire. Ainsi tout voyageur, qui me dira, par exemple, que des Sauvages mangent leur pére & leur mére par piété, me permettra de lui répondre, qu'on premier lieu le
fait

fait eſt fort douteux; ſecondement, ſi cela eſt
vrai, loin de détruire l'idée du reſpect qu'on
doit à ſes parens, c'eſt probablement une façon
barbare de marquer ſa tendreſſe; un abus horrible de la Loi naturelle; car aparemment qu'on
ne tue ſon pére & ſa mére par devoir, que
pour les délivrer, ou des incommodités de la
vieilleſſe, ou des fureurs de l'ennemi; & ſi alors
on lui donne un tombeau dans le ſein filial,
au lieu de le laiſſer manger par des vainqueurs,
cette coutume, toute effroyable qu'elle eſt à
l'imagination, vient pourtant néceſſairement
de la bonté du cœur. La Religion naturelle
n'eſt autre choſe que cette Loi qu'on connaît
dans tout l'Univers: *Fai ce que tu voudrais
qu'on te fît;* or le barbare, qui tue ſon pére
pour le ſauver de ſon ennemi, & qui l'enſeve-
lit dans ſon ſein, de peur qu'il n'ait ſon ennemi pour tombeau, ſouhaite que ſon fils le traite
de même en cas pareil. Cette Loi de traiter ſon
prochain comme ſoi-même découle naturellement des notions les plus groſſiéres, & ſe fait
entendre tôt ou tard au cœur de tous les hommes; car ayant tous la même raiſon, il faut bien
que tôt ou tard les fruits de cet arbre ſe reſſemblent, & ils ſe reſſemblent en effet, en ce que
dans toute ſociété on appelle du nom de vertu
ce qu'on croit utile à la ſociété.

Qu'on me trouve un pays, une compagnie de
dix perſonnes ſur la terre, où l'on n'eſtime pas
ce qui ſera utile au bien commun, & alors je
conviendrai qu'il n'y a point de régle naturelle.
Cette régle varie à l'infini ſans doute; mais qu'en
con-

conclure, finon qu'elle exifte? La matiére reçoit
partout des formes différentes, mais elle retient
partout fa nature. On a beau nous dire, par
exemple, qu'à Lacédémone le larcin était ordonné; ce n'eft là qu'un abus des mots. La même
chofe que nous appellons *larcin*, n'était point
commandée à Lacédémone; mais dans une ville,
où tout était en commun, la permiffion qu'on
donnait de prendre habilement ce que des particuliers s'apropriaient contre la loi, était une
manière de punir l'efprit de propriété défendu
chez ces Peuples. *Le tien & le mien*, était un
crime, dont ce que nous appellons *larcin* é-
tait la punition, & chez eux & chez nous il
y avait de la régle pour laquelle DIEU nous a
faits, comme il a fait les fourmis pour vivre
enfemble.

Newton penfait donc que cette difpofition que
nous avons tous à vivre en fociété, eft le fondement de la Loi naturelle.

Il y a furtout dans l'homme une difpofition
à la compaffion, auffi généralement répandue
que nos autres inftincts. *Newton* avait cultivé
ce fentiment d'humanité, & il l'étendait jufqu'aux animaux; il était fortement convaincu,
avec *Locke*, que DIEU a donné aux animaux
(qui femblent n'ètre que matiére) une mefure d'idées, & les mèmes fentimens qu'à nous.
Il ne pouvait penfer que DIEU, qui ne fait
rien en vain, eût donné aux bètes des organes
de fentiment, afin qu'elles n'euffent point de
fentiment.

Il trouvait une contradiction bien affreufe, à
croi-

croire, que les bètes fentent, & à les faire fouf-
frir. Sa Morale s'accordait en ce point avec fa
Philofophie; il ne cédait qu'avec répugnance à
l'ufage barbare de nous nourir du fang & de la
chair des êtres femblables à nous, que nous ca-
reffons tous les jours ; & il ne permit jamais
dans fa maifon qu'on les fît mourir par des morts
lentes & recherchées, pour en rendre la nouri-
ture plus délicieufe.

Cette compaffion qu'il avait pour les animaux
fe tournait en vraie charité pour les hommes.
En effet fans l'humanité, vertu qui comprend
toutes les vertus, on ne mériterait guères le
nom de Philofophe.

C HA-

CHAPITRE VII.

DE L'AME, ET DE LA MANIERE
DONT ELLE EST UNIE AU CORPS,
ET DONT ELLE A SES IDE'ES.

Quatre opinions sur la formation des idées. Celles des anciens Matérialistes. Celle de Mallebranche. Celle de Leibnitz. Opinion de Leibnitz combattue.

Newton était persuadé, comme presque tous les bons Philosophes, que l'ame est une substance incompréhensible; & plusieurs personnes, qui ont beaucoup vécu avec *Locke*, m'ont assuré que *Newton* avait avoué à *Locke*, *que nous n'avons pas assez de connaissance de la nature, pour oser prononcer qu'il soit impossible à* DIEU *d'ajouter le don de la pensée à un être étendu quelconque.* La grande difficulté est plutôt de savoir comment un être, quel qu'il soit, peut penser, que de savoir comment la matiére peut devenir pensante. La pensée, il est vrai, semble n'avoir rien de commun avec les attributs que nous connaissons dans l'être étendu qu'on appelle corps; mais connaissons-nous toutes les propriétés des corps? C'est une chose qui paraît bien hardie, que de dire à DIEU: Vous avez pû donner le mouvement,

ment, la gravitation, la végétation, la vie à un Être, & vous ne pouvez lui donner la pensée?

Ceux qui disent, que si la matière pouvait recevoir le don de la pensée, l'ame ne serait pas immortelle, raisonnent-ils *bien* conséquemment? Est-il plus difficile à DIEU de conserver que de faire? De plus si un atôme insécable dure éternellement, pourquoi le don de penser en lui ne durera-t-il pas comme lui? Si je ne me trompe, ceux qui refusent à DIEU le pouvoir de joindre des idées à la matière, sont obligés de dire, que ce qu'on appelle esprit est un Être, dont l'essence est de penser, à l'exclusion de tout être étendu. Or s'il est de la nature de l'esprit de penser essentiellement, il pense donc nécessairement, & il pense toujours, comme tout triangle a nécessairement & toujours trois angles, indépendamment de DIEU. Quoi? dès que DIEU crée quelque chose, qui n'est pas matière, il faut absolument que ce quelque chose pense? Faibles & hardis que nous sommes, savons-nous, si DIEU n'a pas formé des millions d'êtres, qui n'ont ni les propriétés de l'esprit ni celles de la matière à nous connues? Nous sommes dans le cas d'un pâtre, qui n'ayant jamais vu que des bœufs, dirait: Si DIEU *veut faire d'autres animaux, il faut qu'ils ayent des cornes & qu'ils ruminent.* Qu'on juge donc ce qui est plus respectueux pour la Divinité, ou d'affirmer qu'il y a des Êtres qui ont sans lui l'attribut divin de la pensée, ou de soupçonner que DIEU peut accorder cet attribut à l'être qu'il daigne choisir.

On

On voit, par cela feul, combien injuftes font
ceux qui ont voulu faire à *Locke* un crime de ce
fentiment, & combattre, par une malignité cruel-
le, avec les armes de la Religion, une idée purement philofophique.

Au refte *Newton* était bien loin de hazarder
une définition de l'ame, comme tant d'autres
ont ofé le faire; il croyait qu'il était poffible
qu'il y eût des millions d'autres fubftances pen-
fantes, dont la nature pouvait être abfolument
différente de la nature de nôtre ame. Ainfi la
divifion que quelques-uns ont faite de toute la
nature en corps & efprit, paraît la définition
d'un fourd & d'un aveugle, qui en définiffant
les fens, ne foupçonneraient ni la vue, ni l'ouie:
de quel droit, en effet, pourait-on dire que DIEU
n'a pas rempli l'efpace immenfe d'une infinité
de fubftances qui n'ont rien de commun avec
nous?

Newton ne s'était point fait de fyftème fur la
manière dont l'ame eft unie au corps, & fur la
formation des idées. Ennemi des fyftèmes, il
ne jugeait de rien que par analife; & lorfque ce
flambeau lui manquait, il favait s'arrêter.

Il y a eu jufqu'ici dans le monde quatre opinions fur la formation des idées; la première
eft celle de prefque toutes les anciennes Nations,
qui n'imaginant rien au-delà de la matière, ont
regardé nos idées dans nôtre entendement comme l'impreffion du cachet fur la cire. Cette opinion confufe était plutôt un inftinct groffier,
qu'un raifonnement. Les Philofophes, qui ont
voulu enfuite prouver que la matière penfe par

elle-même, ont erré bien davantage ; car le vulgaire se trompait sans raisonner, & ceux-ci er-
raient par principes ; aucun d'eux n'a pû jamais
rien trouver dans la matiére qui pût prouver
qu'elle a l'intelligence par elle-même. *Locke* parait le feul qui ait ôté la contradiction entre la
matiére & la penfée, en recourant tout d'un
coup au Créateur de toute penfée & de toute
matiére, & en difant modeftement, *Celui qui*
peut tout ne peut-il pas faire penfer un être maté-
riel, un atome, un élément de la matiére? Il s'en
eft tenu à cette poffibilité en homme fage. Affirmer que la matiére penfe en effet, parce que
DIEU a pû lui communiquer ce don, ferait le
comble de la témérité ; mais affirmer le contraire eft-il moins hardi?

Le fecond fentiment, & le plus généralement reçu, eft celui, qui établiffant l'ame & le
corps comme deux êtres qui n'ont rien de commun, affirme cependant que DIEU les a
créés pour agir l'un fur l'autre. La feule preuve qu'on ait de cette action eft l'expérience
que chacun croit en avoir ; nous éprouvons
que notre corps, tantôt obéit à notre volonté, tantôt la maîtrife ; nous imaginons qu'ils
agiffent l'un fur l'autre réellement, parce que
nous le fentons, & il nous eft impoffible de
pouffer la recherche plus loin. On fait à ce
fyftème une objection qui parait fans replique ;
c'eft que fi un objet extérieur, par exemple,
communique un ébranlement à nos nerfs, ce
mouvement va à notre ame, ou n'y va pas ;
s'il y va, il lui communique du mouvement,

ce

ce qui suppoferait l'ame corporelle ; s'il n'y va
point, en ce cas il n'y a plus d'action. Tout
ce qu'on peut répondre à cela, c'eft que cette
action eft du nombre des chofes dont le mécanifme fera toujours ignoré ; trifte manière de
conclure, mais prefque la feule qui convienne à l'homme en plus d'un point de Métaphyfique.

Le troifiéme fyftème eft celui des caufes oc-
cafionnelles de *Defcartes*, pouffé encor plus loin
par *Mallebranche*. Il commence par fuppofer que
l'ame ne peut avoir aucune influence fur le corps,
& dès-là il s'avance trop ; car de ce que l'influence de l'ame fur le corps ne peut être conçue, il ne s'enfuit point du tout qu'elle foit
impoffible ; il fuppofe enfuite que la matiére, comme caufe occafionnelle, fait impreff-
fion fur notre corps, & qu'alors DIEU produit
une idée dans notre ame, & que réciproquement l'homme produit un acte de volonté, &
DIEU agit immédiatement fur le corps en conféquence de cette volonté ; ainfi l'homme n'a-
git, ne penfe que dans DIEU : ce qui ne peut,
me femble, recevoir un fens clair, qu'en difant
que DIEU feul agit & penfe pour nous. On eft
accablé fous le poids des difficultés qui naiffent
de cette hypothèfe ; car comment dans ce fyftème
l'homme peut-il vouloir lui-même, & ne peut-il
pas penfer lui-même? Si DIEU ne nous a pas donné
la faculté de produire du mouvement, & des
idées, fi c'eft lui feul qui agit & penfe, c'eft
lui feul qui veut. Non-feulement nous ne fommes plus libres, mais nous ne fommes rien,

ou

ou bien nous sommes des modifications de DIEU
même. En ce cas il n'y a plus une ame, une
intelligence dans l'homme, & ce n'est pas la
peine d'expliquer l'union du corps & de l'a-
me, puisqu'elle n'existe pas, & que DIEU seul
existe.

Le quatriéme sentiment est celui de l'harmonie préétablie de *Leibnitz.* Dans son hypothé-
se l'ame n'a aucun commerce avec son corps ;
ce sont deux horloges que DIEU a faites, qui
ont chacune un ressort, & qui vont un certain
tems dans une correspondance parfaite ; l'une
montre les heures, l'autre sonne. L'horloge qui
montre l'heure, ne la montre pas, parce que
l'autre sonne ; mais DIEU a établi leur mouvement de façon, que l'éguille & la sonnerie se
raportent continuellement. Ainsi l'ame de *Virgile* produisait l'*Enéïde*, & sa main écrivait l'*E-
néïde*, sans que cette main obéit en aucune façon à l'intention de l'Auteur ; mais DIEU avait
réglé de tout tems que l'ame de *Virgile* ferait des
vers, & qu'une main attachée au corps de *Virgile* les mettrait par écrit. Sans parler de l'extrême embarras qu'on a encor à concilier la liberté avec cette harmonie préétablie, il y a une
objection bien forte à faire, c'est que si selon
Leibnitz rien ne se fait sans une raison suffisante, prise du fond des choses, quelle raison a
eu DIEU d'unir ensemble deux êtres incommen-
surables, deux êtres aussi hétérogènes, aussi infiniment différens que l'ame & le corps, & dont
l'un n'influe en rien sur l'autre ? Autant valait
placer mon ame dans *Saturne* que dans mon
corps ;

corps ; l'union de l'ame & du corps est ici une chose très-superflue ; mais le reste du système de *Leibnitz* est bien plus extraordinaire ; on en peut voir les fondemens dans le supplément aux Actes de Leipzik, Tom. VII. & on peut consulter les Commentaires que plusieurs Allemands en ont faits amplement avec une méthode toute géométrique.

Selon *Leibnitz*, il y a quatre sortes d'etres simples, qu'il nomme *monades*, comme on le verra au chapitre IX. On ne parle ici que de l'espece de *monade* qu'on appelle nôtre ame. L'ame, dit-il, est une concentration, *un miroir vivant de tout l'Univers*, qui a en soi toutes les idées confuses de toutes les modifications de ce monde, présentes, passées & futures. *Newton*, *Locke* & *Clarke*, quand ils entendirent parler d'une telle opinion, marquèrent pour elle un aussi grand mépris, que si *Leibnitz* n'en avait pas été l'auteur ; mais puisque de très-grands Philosophes Allemands se sont fait gloire d'expliquer ce qu'aucun Anglais n'a jamais voulu entendre, je suis obligé d'exposer avec clarté cette hypothèse du fameux *Leibnitz*, devenue pour moi plus respectable depuis que vous en avez fait l'objet de vos recherches.

Tout être simple, créé, dit-il, est sujet au changement, sans quoi il serait DIEU. L'ame est un être simple, créé, elle ne peut donc rester dans un même état ; mais les corps étant composés, ne peuvent faire aucune altération dans un être simple ; il faut donc que ses changemens prennent leur source dans sa propre na-

D 3   ture.

ture. Ses changemens font donc des idées fucceffives des chofes de cet Univers ; elle en a
quelques-unes de claires ; mais toutes les chofes
de cet Univers , dit *Leibnitz*, font tellement
dépendantes l'une de l'autre , tellement liées
entre elles à jamais, que fi l'ame a une idée
claire d'une de ces chofes, elle a néceffairement
des idées confufes & obfcures de tout le refte.
On pourait, pour éclaircir cette opinion, aporter l'exemple d'un homme, qui a une idée
claire d'un jeu ; il a en même tems plufieurs
idées confufes de plufieurs combinaifons de ce
jeu. Un homme qui a actuellement une idée
claire d'un triangle, a une idée de plufieurs
propriétés du triangle , lefquelles peuvent fe
préfenter à leur tour plus clairement à fon efprit. Voila en quel fens la *monade* de l'homme
eft *un miroir vivant de cet Univers.*

Il eft aifé de répondre à une telle hypothéfe,
que fi DIEU a fait de l'ame un miroir, il en a
fait un miroir bien terne ; & que fi on n'a d'autres raifons pour avancer des fuppofitions fi é-
tranges que cette liaifon prétendue indifpenfa-
ble de toutes les chofes de ce monde, on bâtit
cet édifice hardi fur des fondemens qu'on n'aper-
çoit guères ; car quand nous avons une idée claire
du triangle ; c'eft que nous avons une connaiffance des propriétés effentielles du triangle, & fi les
idées de toutes ces propriétés ne s'offrent pas tout
d'un coup lumineufement à notre efprit, elles
y font renfermées dans cette idée claire , parce
qu'elles ont un raport néceffaire l'une avec l'autre. Mais tout l'affemblage de l'Univers eft-il
dans

dans ce cas? Si vous ôtez une propriété au triangle, vous lui ôtez tout; mais si vous ôtez à l'Univers un grain de fable, le reste fera-t-il tout changé? Si de cent millions d'êtres qui fe fuivent deux à deux, les deux premiers changent entr'eux de place, les autres en changent-ils néceffairement? Ne confervent-ils pas entre eux les mêmes raports? De plus les idées d'un homme ont-elles entre elles la même chaîne que l'on fuppofe dans les chofes de ce monde? Quelle liaifon, quel milieu néceffaire y a-t-il entre l'idée de la nuit & des objets inconnus que je vois en m'éveillant? Quelle chaîne y a-t-il entre la mort paffagère de l'ame dans un profond fommeil, ou dans un évanouïffement, & les idées que l'on reçoit en reprenant fes efprits?

Tout être dans cet Univers tient à l'Univers fans doute, mais toute action de tout être n'eft pas caufe des événemens du monde. La mére de *Brutus* en accouchant de lui fut une des caufes de la mort de *Céfar*; mais qu'elle ait craché à droite ou à gauche, cela n'a rien fait à Rome. Il y a des événemens qui font effet & caufe à la fois. Il y a mille actions qui ne font que des effets fans fuite. Les aîles d'un moulin tournent & font brifer le grain qui nourit l'homme, voilà un effet qui eft caufe. Un peu de pouffiére s'en écarte, voilà un effet qui ne produit rien. Une pierre jettée dans la Mer Baltique, ne produit aucun événement dans la Mer des Indes; il y a mille effets qui s'anéantiffent comme le mouvement dans les fluides.

Quand

Quand même il ferait poffible que Dieu eût fait tout ce que *Leibnitz* imagine, faudrait-il le croire fur une fimple poffibilité ? Qu'a-t-il prouvé par tous ces nouveaux efforts ? qu'il avait un très-grand génie ; mais s'eft-il éclairé, & a-t-il éclairé les autres ? Chofe étrange, nous ne favons pas comment la terre produit un brin d'herbe, comment une femme fait un enfant, & on croit favoir comment nous faifons des idées ?

Si l'on veut favoir ce que *Newton* penfait fur l'ame, & fur la manière dont elle opère, & lequel de tous ces fentimens il embraffait, je répondrai, qu'il n'en fuivait aucun. Que favait donc fur cette matiére celui qui avait foumis l'infini au calcul, & qui avait découvert les loix de la pefanteur ? Il favait douter.

C H A-

CHAPITRE VIII.

DES PREMIERS PRINCIPES DE LA MATIERE.

Examen de la matière première. Méprise de New-
ton. Il n'y a point de transmutations véri-
tables. Newton admet des atomes.

IL ne s'agit pas ici d'examiner quel système
était plus ridicule, ou celui qui faisait l'eau
principe de tout, ou celui qui attribuait tout
au feu, ou celui qui suppose des dés mis sans
intervalle les uns auprès des autres, & tour-
nants je ne sai comment sur eux-mêmes.

Le système le plus plausible a toujours été,
qu'il y a une matière première indifférente à
tout, uniforme & capable de toutes les formes,
laquelle différemment combinée, constitue cet
Univers. Les élémens de cette matière sont les
mêmes ; elle se modifie selon les différens moules où elle passe, comme un métal en fusion devient tantôt une urne, tantôt une statue ; c'était
l'opinion de *Descartes*, & elle s'accorde très-bien
avec la chimère de ses trois élémens. *Newton*
pensait en ce point sur la matière comme *Des-*
cartes ; mais il était arrivé à cette conclusion
par une autre voie. Comme il ne formait presque jamais de jugement, qui ne fût fondé, ou

fur

fur l'évidence mathématique, ou fur l'expérience; il crut avoir l'expérience pour lui dans cet
examen. L'illuftre *Robert Boyle*, le fondateur
de la Phyfique en Angleterre, avait longtems
tenu de l'eau dans une cornué à un feu égal;
le Chymifte qui travaillait avec lui, crut que
l'eau s'était enfin changée en terre; le fait était
faux, comme l'a depuis prouvé *Boerhave*, Phyficien auffi exact que Médecin habile; l'eau s'é-
tait évaporée, & la terre qui avait paru en fa
place venait d'ailleurs.

A quel point faut-il fe défier de l'expérience, puifque celle-ci trompa *Boyle* & *Newton*?
Ces grands Philofophes n'ont pas fait difficulté
de croire, que puifque les parties primitives de
l'eau fe changeaient en parties primitives de terre, les élémens des chofes ne font que la même
matiére différemment arrangée. Si une fauffe expérience n'avait pas conduit *Newton* à cette con-
clufion, il eft à croire qu'il eût raifonné tout
autrement. Je fupplie qu'on life avec attention
ce qui fuit.

La feule manière qui apartienne à l'homme
de raifonner fur les objets, c'eft l'analife. Partir
tout d'un coup des premiers principes, n'apartient qu'à DIEU; & fi l'on peut fans blafphè-
me comparer DIEU à un Architecte, & l'Univers à un édifice, quel eft le voyageur, qui
en voyant une partie de l'extérieur d'un bâtiment, ofera tout d'un coup imaginer tout l'artifice du dedans? Voilà pourtant ce qu'ont ofé faire prefque tous les Philofophes, avec mille fois
plus de témérité? Examinons donc cet édifice
autant

autant que nous le pouvons, que trouvons-nous autour de nous? des animaux, des végé-taux, des minéraux, fous le genre defquels je comprens tous les fels, fouphres &c. du limon, du fable, de l'eau, du feu, de l'air, & rien autre chofe, du moins jufqu'à préfent.

Avant que d'examiner feulement fi ces corps font des mixtes ou non, je me demande à moi-même s'il eft poffible qu'une matiére prétendue uniforme, qui n'eft en elle-même rien de tout ce qui eft, produife cependant tout ce qui eft.

I. Qu'eft-ce qu'une matiére premiére, qui n'eft rien des chofes de ce monde, & qui les produit toutes? C'eft une chofe dont je ne puis avoir aucune idée, & que par conféquent je ne dois point admettre. Il eft bien vrai que je ne puis me former en général l'idée d'une fubftance éten-due impénétrable & figurable, fans détermi-ner ma penfée à du fable ou à du limon, ou à de l'or &c. mais cependant ou cette matiére eft réellement quelqu'une de ces chofes, ou elle n'eft rien du tout. De même je puis penfer à un triangle en général, fans m'arrêter au triangle équilateral, au fcalène, à l'ifocèle &c. mais il faut pourtant qu'un triangle qui exifte, foit l'un de ceux-là. Cette idée feule bien pefée fuffit peut-être pour détruire l'opinion d'une matiére premiére.

II. Si la matiére quelconque mife en mou-vement fuffifait pour produire ce que nous voyons fur la terre, il n'y aurait aucune rai-fon pour laquelle de la pouffiére bien remuée dans un tonneau ne pourait produire des hommes

mes & des arbres, ni pourquoi un champ femé de bled ne pourait pas produire des baleines & des écreviffes au lieu de froment. C'eſt en vain qu'on répondrait que les moules & les filiéres qui reçoivent les femences s'y oppofent; car il en faudra toujours revenir à cette queſtion, pourquoi ces moules, ces filiéres font-elles fi invariablement déterminées? Or fi aucun mouvement, aucun art ne peut faire venir des poiffons au lieu de bled dans un champ, ni des néffles au lieu d'un agneau dans le ventre d'une brebis, ni des rofes au haut d'un chêne, ni des foles dans une ruche d'abeilles, &c. fi toutes les efpèces font invariablement les mèmes, ne dois-je pas croire d'abord avec quelque raifon, que toutes les efpèces ont été déterminées par le Maître du Monde; qu'il y a autant de deſſeins différens qu'il y a d'efpèces différentes, & que de la matiére & du mouvement, il ne naîtrait qu'un cahos éternel fans ces deſſeins.

Toutes les expériences me confirment dáns ce fentiment. Si j'examine d'un côté un homme ou un ver à foie, & de l'autre un oiſeau & un poiſſon, je les vois tous formés dès le commencement des chofes; je ne vois en eux qu'un dévelòpement. Celui de l'homme & celui de l'infecte ont quelques ràports & quelques différences; celui du poiſſon & celui de l'oiſeau en ont d'autres; nous fommes un ver avant que d'être reçus dans la matrice de notre mére; nous devenons crifalides, nimphes dans l'uterus, lorfque nous fommes dans cette envelope qu'on nomme coëffe; nous en fortons avec des bras & des

jam-

jambes, comme le ver devenu moucheron fort
de fon tombeau avec des aîles & des pieds;
nous vivons quelques jours cômme lui, & notre corps fe diffout enfuite comme le fien. Parmi les reptiles les uns font ovipares, les autres
vivipares; chez les poiffons la femelle eft fécon-
de fans les aproches du mâle, qui ne fait que
paffer fur les œufs dépofés pour les faire éclore.
Les pucerons, les huitres &c. produifent leurs
femblables, eux feuls, & fans le mêlange de deux
fexes. Les polipes ont en eux de quoi faire renaître leurs têtes quand on les leur a coupées.
Il revient des pattes aux écreviffes. Les végétaux, les mineraux fe forment tout différemment. Chaque genre d'être eft un monde à part;
& bien loin qu'une matiére aveugle produife
tout par le fimple mouvement, il eft bien vraifemblable que Dieu a formé une infinité d'ê-
tres avec des moyens infinis, parce qu'il eft infini lui-mème.

Voilà d'abord ce que je foupçonne en confi-
dérant la nature. Mais fi j'entre dans le détail,
fi je fais des expériences de chaque chofe, voici
ce qui en réfulte. Je vois des mixtes tels que
les végétaux & les animaux, que je décompo-
fe, & dont je tire quelques élémens groffiers,
l'efprit, le phlegme, le fouphre, le fel, la tête
morte. Je vois d'autres corps, tels que des métaux, des mineraux, dont je ne peux jamais
tirer autre chofe que leurs propres parties plus
atténuées. Jamais de l'or pur n'a pû donner
que de l'or; jamais avec du mercure pur on
n'a pû avoir que du mercure. Du fable, de la
boue

boué fimple, de l'eau fimple, n'ont pû être
changés en aucune autre efpèce d'êtres. Que
puis-je en conclure, finon que les végétaux &
les animaux font compofés de ces autres êtres
primitifs qui ne fe décompofent jamais; ces êtres
primitifs inaltérables font les élémens des corps;
l'homme & le moucheron font donc un compofé des parties minérales, de fange, de fable, de
feu, d'air, d'eau, de fouphre, de fel; & toutes ces parties primitives, indécompofables à jamais, font des élémens dont chacun a fa nature propre & invariable.

Pour ofer affurer le contraire, il faudrait avoir
vû des tranfmutations; mais quelqu'un en a-t-il
jamais découvert par le fecours de la Chymie?
La pierre philofophale n'eft-elle pas regardée
comme impoffible par tous les efprits fages?
Eft-il plus poffible dans l'état préfent de ce monde, que du fel foit changé en fouphre, de l'eau
en terre, de l'air en feu, que de faire de l'or
avec de la poudre de projection?

Quand les hommes ont crû aux tranfmutations
proprement dites, n'ont-ils point en cela été trompés par l'aparence, comme ceux qui ont crû
que le Soleil marchait? Car à voir du bled & de
l'eau fe convertir dans les corps humains en fang
& en chair, qui n'aurait crû les tranfmutations?
Cependant tout cela eft-il autre chofe que des
fels, des fouphres, de la fange &c. différemment
arrangés dans le bled & dans notre corps? Plus
j'y fais réflexion, plus une métamorphofe prife
à la rigueur me femble n'être autre chofe qu'u-
ne contradiction dans les termes. Pour que les
par-

parties primitives de fel fe changent en parties primitives d'or, il faut, je crois, deux chofes, anéantir ces élémens de fel, & créer des élémens de l'or; voilà au fonds ce que c'eft que ces prétendues métamorphofes d'une matiére homogéne & uniforme, admife jufqu'ici par tant de Philofophes; & voici ma preuve.

Il eft impoffible de concevoir l'immutabilité des efpèces, fans qu'elles foient compofées de principes inaltérables. Pour que ces principes, ces premiéres parties conftituantes ne changent point, il faut qu'elles foient parfaitement folides, & par conféquent toujours de la même figure; fi elles font telles, elles ne peuvent pas devenir d'autres élémens; car il faudrait qu'elles reçuffent d'autres figures; donc il eft impoffible que dans la conftitution préfente de cet Univers, l'élément qui fert à faire du fel foit changé en l'élément du mercure. Je ne fai comment *Newton*, qui admettait des atomes, n'en avait pas tiré cette induction fi naturelle. Il reconnaiffait de vrais atomes, des corps indivifibles, comme *Gaffendi*; mais il était arrivé à cette affertion par fes Mathématiques; en même tems il croyait que ces atomes, ces élémens indivifés, fe changeaient continuellement les uns en les autres, *Newton* était homme; il pouvait fe tromper comme nous.

On demandera ici fans doute comment les germes des chofes étant durs, & indivifés, ils peuvent s'accroître & s'étendre; ils ne s'accroiffent probablement que par affemblage, par contiguité;

tiguité; plufieurs atomes d'eau forment une goute, & ainfi du refte.

Il reftera à favoir comment cette contiguité s'opère, comment les parties des corps font liées entre elles. Peut-être eft-ce un des fecrets du Créateur, lequel fera inconnu à jamais aux hommes. Pour favoir comment les parties conftituantes de l'or forment un morceau d'or, il femble qu'il faudrait voir ces parties.

S'il était permis de dire que l'attraction eft probablement caufe de cette adhéfion & de cette continuité de la matiére, c'eft ce qu'on pourait avancer de plus vraifemblable : car en vérité, s'il eft démontré, comme nous le verrons, que toutes les parties de la matiére gravitent les unes fur les autres, quelle qu'en foit la caufe, peut-on rien penfer de plus naturel, finon que les corps qui fe touchent en plus de points, font les plus unis enfemble par la force de cette gravitation? mais ce n'eft pas ici le lieu d'entrer dans ce détail phyfique.

CHA-

CHAPITRE IX.

DE LA NATURE DES ELEMENS DE LA MATIERE, OU DES MONADES.

Sentiment de Newton. *Sentiment de* Leibnitz.

S'Il on a jamais dû dire *audax Japeti genus*, c'est dans la recherche que les hommes ont osé faire de ces premiers élémens, qui semblent être placés à une distance infinie de la sphère de nos connoissances. Peut-être n'y a-t-il rien de plus modeste que l'opinion de *Newton*, qui s'est borné à croire que les élémens de la matière sont de la matière ; c'est-à-dire, un être étendu & impénétrable dans la nature intime, duquel l'entendement ne peut fouiller ; que Dieu peut le diviser à l'infini, comme il peut l'anéantir ; mais qu'il ne le fait pourtant pas, & qu'il tient les parties étendues & insécables, pour servir de base à toutes les productions de l'Univers.

Peut-être d'un autre côté n'y a-t-il rien de plus hardi que l'effort qu'a pris *Leibnitz* en partant de son principe de la *raison suffisante*, pour pénétrer s'il se peut jusques dans le sein des causes, & dans la nature inexplicable de ces élémens. Tout corps, dit-il, est composé de parties étendues ; mais ces parties étendues, de quoi sont-elles composées ?

Mélanges, &c.   E   Elles

Elles font actuellement, continue-t-il, divifi-
bles & divifées à l'infini ; vous ne trouvez donc
jamais que de l'étendue. Or dire que l'étendue eft la raifon fuffifante de l'étendue, c'eft
faire un cercle vicieux, c'eft ne rien dire ; il
faut donc trouver la raifon, la caufe des êtres
étendus, dans des êtres qui ne le font pas, dans
des êtres fimples, dans des *Monades* ; la matiére n'eft donc rien qu'un affemblage d'êtres fimples. On a vû au chapitre de l'ame, que felon
Leibnitz, chaque être fimple eft fujet au changement ; mais fes altérations, fes détermina-
tions fucceffives qu'il reçoit, ne peuvent venir
du dehors, par la raifon que cet être eft fimple, intangible, & n'occupe point de place ; il
a donc la fource de tous fes changemens en
lui-même à l'occafion des objets extérieurs ; il
a donc des idées. Mais il a un raport néceffaire avec toutes les parties de l'Univers ; il a
donc des idées rélatives à tout l'Univers. Les
élémens du plus vil excrément ont donc un
nombre infini d'idées. Leurs idées, à la vérité,
ne font pas bien claires ; elles n'ont pas *l'ap-
perception*, comme dit *Leibnitz* ; elles n'ont pas
en elles le témoignage intime de leurs penfées ;
mais elles ont des *perceptions* confufes du préfent, du paffé, & de l'avenir. Il admet quatre
efpèces de *monades* : I. les élémens de la matiére qui n'ont aucune penfée claire : II. les *monades* des bêtes, qui ont quelques idées claires
& aucune diftincte : III. les *monades* des efprits
finis, qui ont des idées confufes, des claires,
des

des diftinctes : IV. enfin la *monade* de DIEU, qui n'a que des idées adéquates.

Les Philofophes Anglais, je l'ai déja dit, qui ne refpectent point les noms, ont répondu à tout cela en riant ; mais il ne m'eft permis de réfuter *Leibnitz* qu'en raifonnant. Il me femble que je prendrais la liberté de dire à ceux qui ont accrédité de telles opinions ; Tout le mon- de convient avec vous du principe de la raifon fuffifante ; mais en tirez-vous ici une confé- quence bien jufte? I. Vous admettez la matiére actuellement divifible à l'infini ; la plus petite partie n'eft donc pas poffible à trouver. Il n'y en a point qui n'ait des côtés, qui n'occupe un lieu, qui n'ait une figure ; comment donc vou- lez-vous qu'elle ne foit formée que d'etres fans figure, fans lieu, & fans côtés? Ne heurtez- vous pas le grand principe de la *contradic- tion*, en voulant fuivre celui de la *raifon fuffi- fante?*

II. Eft-il bien fuffifamment raifonnable, qu'un compofé n'ait rien de femblable à ce qui le com- pofe? Que dis-je, rien de femblable? Il y a l'infini entre un être fimple & un être étendu : & vous voulez que l'un foit fait de l'autre! Ce- lui qui dirait que plufieurs élémens de fer for- ment de l'or, que les parties conftituantes du fucre font de la coloquinte, dirait-il quelque chofe de plus révoltant?

III. Pouvez-vous bien avancer qu'une goute d'urine foit une infinité de *monades*, & que chacune d'elles ait les idées, quoiqu'obfcures, de l'Univers entier; & cela, parce que, felon vous, tout eſt plein, parce que dans le plein tout eſt lié, parce que tout étant lié enſemble, & une *monade* ayant néceſſairement des idées, elle ne peut avoir une perception qui ne tienne à tout ce qui eſt dans le monde?

Voilà pourtant les choſes qu'on a cru expliquer par lemmes, théorèmes & corollaires. Qu'a-t-on prouvé par là? ce que *Ciceron* a dit, qu'il n'y a rien de ſi étrange qui ne ſoit ſoutenu par les Philoſophes. O Métaphyſique! nous ſommes auſſi avancés que du tems des premiers *Druides.*

C H A-

CHAPITRE X.

DE LA FORCE ACTIVE, QUI MET TOUT
EN MOUVEMENT DANS L'UNIVERS.

S'il y a toujours même quantité de forces dans le monde. Examen de la force. Manière de calculer la force. Conclusion des deux partis.

JE suppose d'abord que l'on convient que la matiére ne peut avoir le mouvement par elle-même; il faut donc qu'elle le reçoive d'ailleurs; mais elle ne peut le recevoir d'une autre matiére, car ce serait une contradiction; il faut donc qu'une cause immatérielle produise le mouvement. DIEU est cette cause immatérielle; & on doit ici bien prendre garde que cet axiome vulgaire, qu'il ne faut point recourir à DIEU en Philosophie, n'est bon que dans les choses que l'on doit expliquer par les causes prochaines physiques. Par exemple, je veux expliquer pourquoi un poids de quatre livres est contrepesé par un poids d'une livre; si je dis que DIEU l'a ainsi réglé, je suis un ignorant; mais je satisfais à la question, si je dis que c'est parce que le poids d'une livre est quatre fois autant éloigné du point d'appui que le poids de quatre livres. Il n'en est pas de même des premiers principes des choses; c'est alors que ne pas recourir à DIEU, est d'un ignorant; car ou il n'y a

E 3

point

point de DIEU, ou il n'y a de premiers principes que dans DIEU.

C'eſt lui qui a imprimé aux Planètes la force
avec laquelle elles vont d'Occident en Orient;
c'eſt lui qui fait mouvoir ces Planètes, & le
Soleil ſur leurs axes. Il a imprimé une loi à
tous les corps, par laquelle ils tendent tous également à leur centre. Enfin il a formé des animaux, auxquels il a donné une force active,
avec laquelle ils font naître du mouvement.

La grande queſtion eſt de ſavoir, ſi cette force donnée de DIEU pour commencer le mouvement eſt toujours la même dans la nature.

Deſcartes, ſans faire mention de la force, avan-
çait ſans preuve, qu'il y a toujours quantité égale de mouvement; & ſon opinion était d'autant
moins fondée, que les loix mêmes du mouvement lui étaient abſolument inconnues. *Leibnitz*,
venu dans un tems plus éclairé, a été obligé
d'avouer avec *Newton*, qu'il ſe perd du mouvement: mais il prétend que quoique la même
quantité de mouvement ne ſubſiſte pas, la force
ſubſiſte toujours la même. *Newton*, au contraire, était perſuadé qu'il implique contradiction,
que le mouvement ne ſoit pas proportionnel à
la force.

Avant que d'entrer ſur cela dans aucune diſcuſ-
ſion mécanique, il faut prendre les choſes dans
leur nature même; car le Métaphyſicien doit
ici conduire le Géomètre. Un homme a une
certaine quantité de force active; mais où était
cette force avant ſa naiſſance? Si on dit qu'elle était dans le germe de l'enfant, qu'eſt-ce qu'u-

ne

né force qu'on ne peut exercer? Mais quand il
elt devenu homme, n'elt-il pas libre d'agir?
Ne peut-il pas employer plus ou moins de fa.
force? Je fuppofe qu'il exerce une force de trois
cent livres pour mouvoir une machine; je fuppofe, comme il elt poffible, qu'il a exercé cette
force en baiffant un levier, & que la machine
attachée à ce levier èft dans le récipient du vuide; la machine peut acquerir aifément une force de deux mille livres. L'opération étant faite,
le bras retiré, le levier ôté, le poids immobile,
je demande, fi le peu de matiére qui était dans
le récipient, a reçû de la machine une force de
deux mille livres, toutes ces confidérations ne
font-elles pas voir, que la force active fe répare & fe perd continuellement dans la nature?
  Ecoutons maintenant *Newton* & l'expérience,
pour terminer cette difpute métaphyfique. Le
mouvement, dit-il, fe produit & fe perd: mais
à caufe de la ténacité des fluides & du peu d'é-
lafticité des folides, il fe perd beaucoup plus de
mouvement qu'il n'en renait dans la nature.
Cela pofé, fi on confidère cet axiome indubitable, que l'effet eft toujours proportionnel à la
caufe; là où le mouvement diminue, la force
diminue néceffairement auffi. Il faudrait donc,
pour conferver toujours la même quantité de
forces dans l'Univers, que ce principe *la
caufe eft proportionnelle à l'effet*, ceffàt d'ètre
vrai.
  On a crû que, pour conferver toujours cette même force dans la nature, il fuffifait de
changer la maniere ordinaire d'eftimer cette for-

ce: au lieu donc que *Merſenne, Deſcartes, New-ton, Mariotte, Varignon,* &c. ont toujours après *Archimède* meſuré le mouvement d'un corps en multipliant ſa maſſe par ſa viteſſe, les *Leibnitz,* les *Bernoullis,* les *Hermans,* les *Polenis,* les *s'Gra-veſande,* les *Wolffs,* &c. ont multiplié la maſſe par le quarré de la viteſſe.

Cette diſpute, qui eſt le ſcandale de la Géo-mètrie, a partagé l'Europe; mais enfin il me ſemble qu'on reconnaît que c'eſt au fonds une diſpute de mots. Il eſt impoſſible que ces grands Philoſophes, quoique diamétralement oppoſés, ſe trompent dans leurs calculs. Ils ſont également juſtes; les effets mécaniques répondent égale-ment à l'une & à l'autre manière de compter. Il y a donc indubitablement un ſens dans lequel ils ont tous raiſon. Or ce point où ils ont raiſon eſt celui qui doit les réunir, & le voici, com-me le Docteur *Clarke* l'a indiqué le premier, quoiqu'un peu durement.

Si vous conſidérez le tems dans lequel un mo-bile agit, ſa force eſt au bout de ce tems com-me le quarré de ſa viteſſe par ſa maſſe. Pour-quoi? parce que l'eſpace parcouru par la maſſe eſt comme le quarré du tems dans lequel il eſt parcouru. Or le tems eſt comme la viteſſe; donc alors le corps qui a parcouru cet eſpace dans ce tems, agit au bout de ce tems par ſa maſſe, multipliée par le quarré de ſa viteſſe; ainſi lorſ-que la maſſe 2. parcourt en deux tems un eſpa-ce quelconque avec deux degrés de viteſſe, au bout de ce tems ſa force eſt 2. multipliée par le quarré de ſa viteſſe 2. le tout fait 8. & le corps

fait

fait une impreſſion comme 8. En ce cas les *Leib-niitiens* n'ont pas tort. Mais auſſi les *Carteſiens* & les *Newtoniens* réunis ont grande raiſon, quand ils conſidèrent la choſe d'un autre ſens ; car ils diſent : En tems égal un corps de quatre livres, avec un degré de viteſſe, agit préciſément comme un poids d'une livre avec quatre degrés de viteſſe ; & les corps élaſtiques qui ſe choquent, rejailliſſent toujours en raiſon réciproque de leur viteſſe & de leur maſſe ; c'eſt-à-dire, qu'une boule double avec un mouvement comme un, & une boule ſous-double avec un mouvement comme deux, lancées l'une contre l'autre, arrivent en tems égal, & rejailliſſent à des hauteurs égales ; donc il ne faut pas conſidérer ce qui arrive à des mobiles dans des tems inégaux, mais dans des tems égaux ; & voilà la ſource du malentendu. Donc la nouvelle manière d'enviſager les forces eſt vraie en un ſens, & fauſſe en un autre ; donc elle ne ſert qu'à compliquer, qu'à embrouiller une idée ſimple ; donc il faut s'en tenir à l'ancienne régle. Que conclure de ces deux manières d'enviſager les choſes ? Il faut que tout le monde convienne, que l'effet eſt toujours proportionnel à la cauſe ; or s'il périt du mouvement dans l'Univers, donc la force qui en eſt cauſe périt auſſi. Voilà ce que penſait *Newton* ſur la plûpart des queſtions qui tiennent à la Métaphyſique ; c'eſt à vous à juger entre lui & *Leibnitz*.

Je vai paſſer à ſes découvertes en Phyſique.

SECON-

SECONDE PARTIE.

CHAPITRE PREMIER.

PREMIERES RECHERCHES SUR LA LUMIERE, ET COMMENT ELLE VIENT A NOUS. ERREURS DE DESCARTES A CE SUJET.

Définition singuliére par les Péripatéticiens. L'esprit systématique a égaré Descartes. Son système. Faux. Du mouvement progressif de la lumiére. Erreur du Spectacle de la Nature. Démonstration du mouvement de la lumiére, par Rômer. Expérience de Rômer contestée & combattue mal-à-propos. Preuves de la découverte de Rômer par les découvertes de Bradley. Histoire de ces découvertes. Explication & conclusion.

L Es Grecs, & ensuite tous les Peuples barbares, qui ont appris d'eux à raisonner & à se tromper, ont dit de siécle en siécle : „ La
„ lumié-

„ lumiére eft un accident, & cet accident eft
„ l'acte du tranfparent, entant que tranfparent ;
„ les couleurs font ce qui meut les corps tranfpa-
„ rens. Les corps lumineux & colorés ont des
„ qualités femblables à celles qu'ils excitent en
„ nous, par la grande raifon que rien ne don-
„ ne ce qu'il n'a pas. Enfin la lumiére & les
„ couleurs font un mèlange du chaud, du froid,
„ du fec & de l'humide ; car l'humide, le fec,
„ le froid, & le chaud étant les principes de tout,
„ il faut bien que les couleurs en foient un com-
„ pofé. "

C'eft cet abfurde galimatias que des Maîtres
d'ignorance, payés par le public, ont fait refpecter à la crédulité humaine pendant tant d'années : c'eft ainfi qu'on a raifonné prefque fur
tout jufqu'aux tems des *Galilées* & des *Defcar-*
tes. Longtems mème après eux, ce jargon qui
déshonore l'entendement humain, a fubfifté dans
plufieurs écoles. J'ofe dire, que la raifon de
l'homme, ainfi obfcurcie, eft bien au-deffous
de ces connaiffances fi bornées, mais fi fûres,
que nous appellons *inftinct* dans les brutes. Ainfi nous ne pouvons trop nous féliciter d'è-
tre nés dans un tems, & chez un peuple, où
l'on commence à ouvrir les yeux, & à jouir
du plus bel apanage de l'humanité, l'ufage de
la raifon.

Tous les prétendus Philofophes ayant donc
deviné au hazard, à travers le voile qui cou-
vrait la Nature, *Defcartes* eft venu, qui a levé
un coin de ce grand voile. Il a dit: „ La lu-
„ miére eft une matiére fine & déliée, & qui
„ fra-

„ frape nos yeux. Les couleurs font les fenfa-
„ tions que Dieu excite en nous, felon les di-
„ vers mouvemens qui portent cette matiére à
„ nos organes. " Jufques-là *Defcartes* a eu raifon; il fallait, ou qu'il s'en tint là, ou qu'en
allant plus loin, l'expérience fût fon guide.
Mais il était poffedé de l'envie d'établir un
fyftème. Cette paffion fit dans ce grand homme ce que font les paffions dans tous les
hommes; elles les entraînent au-delà de leurs
principes.

Il avait pofé pour premier fondement de la
Philofophie, qu'il ne fallait rien croire fans évidence; & cependant, au mépris de fa propre
régle, il imagine trois élémens formés des cubes prétendus, qu'il fuppofe avoir été faits par
le Créateur, & s'ètre brifés en tournant fur
eux-mèmes, lorfqu'ils fortirent des mains de
Dieu.

De ces prétendus dés brifés, atténués également de tous côtés, & enfin arrondis en boules, il lui plaît de faire la lumiére, qu'il répand
gratuitement dans l'Univers.

Plus ce fyftème était ingénieufement imaginé, plus vous fentez qu'il était indigne d'un
Philofophe; & puifque rien de tout cela n'eft
prouvé, autant valait adopter le froid & le chaud,
le fec & l'humide. Erreur pour erreur, qu'importe laquelle domine?

Selon *Defcartes*, la lumiére ne vient point à
nos yeux du Soleil; mais c'eft une matiére glo-
buleufe répanduë partout, que le Soleil pouffe,
& qui preffe nos yeux comme un bâton pouffé

par

par un bout preſſe à l'inſtant à l'autre bout. Il était tellement perſuadé de ce ſyſtème, que dans ſa dix-ſeptiéme lettre du troiſiéme tome, il dit & répète poſitivement : *J'avoue que je ne ſai rien en Philoſophie, ſi la lumiére du Soleil n'eſt pas tranſmiſe à nos yeux en un inſtant.*

En effet, il faut avouer que, tout grand génie qu'il était, il ſavait encore peu de choſe en vraie Philoſophie ; il lui manquait l'expérience du ſiécle qui l'a ſuivi. Ce ſiécle eſt autant ſupérieur à *Deſcartes*, que *Deſcartes* l'était à l'antiquité.

I. Si la lumiére était un fluide toujours répandu dans l'air, nous verrions clair la nuit ; puiſque le Soleil, ſous l'hémiſphère, pouſſerait toujours ce fluide de la lumiére en tout ſens, & que l'impreſſion en viendrait à nos yeux ; la lumiére circulerait comme le ſon ; nous verrions un objet au-delà d'une montagne ; enfin nous n'aurions jamais un ſi beau jour que dans une éclipſe centrale du Soleil ; car la Lune, en paſſant entre nous & cet Aſtre, preſſerait (au moins ſelon *Deſcartes*) les globules de la lumiére, & ne ferait qu'augmenter leur action.

II. Les rayons qu'on détourne par un priſme, & qu'on force de prendre un nouveau chemin, démontrent que la lumiére ſe meut effectivement, & n'eſt pas un amas de globules ſimplement preſſés. La lumiére ſuit trois chemins différens en entrant dans un priſme ; ſes trois routes dans l'air, dans le priſme, & au ſortir du priſme, ſont différentes ; bien plus, elle accélère

lère son mouvement dans le corps du prisme. N'est-il donc pas un peu étrange de dire, qu'un corps, qui change visiblement trois fois de place, & qui augmente son mouvement, ne se remue point? & cependant il vient de paraître un livre, dans lequel on ose dire, que la progreffion de la lumiére eft une abfurdité.

III. Si la lumiére était un amas de globules, un fluide exiftant dans l'air & en tout lieu, un petit trou qu'on pratique dans une chambre obfcure, devrait l'illuminer toute entiére; car la lumiére, pouffée alors en tout fens dans ce petit trou, agirait en tout fens, comme des boules d'yvoire rangées en rond ou en quarré s'écarteraient toutes, fi une feule d'elles était fortement preffée: mais il arrive tout le contraire; la lumiére reçue par un petit orifice, lequel ne laiffe paffer qu'un petit cone de rayons éclaire à peine un demi-pied de l'endroit qu'elle frape.

IV. On fait, que la lumiére, qui émane du Soleil jufqu'à nous, traverfe à peu près en huit minutes ce chemin immenfe, qu'un boulet de canon confervant fa viteffe ne ferait pas en vingt-cinq années.

L'Auteur du *Spectacle de la Nature*, ouvrage très-eftimable, eft tombé ici dans une méprife, qui peut égarer les commençans, pour lefquels fon livre eft fait. Il dit, que la lumiére vient en *fept minutes des étoiles*, felon *Newton*; il a pris les étoiles pour le Soleil. La lumiére émane des étoiles les plus prochaines en fix mois, felon un

cer-

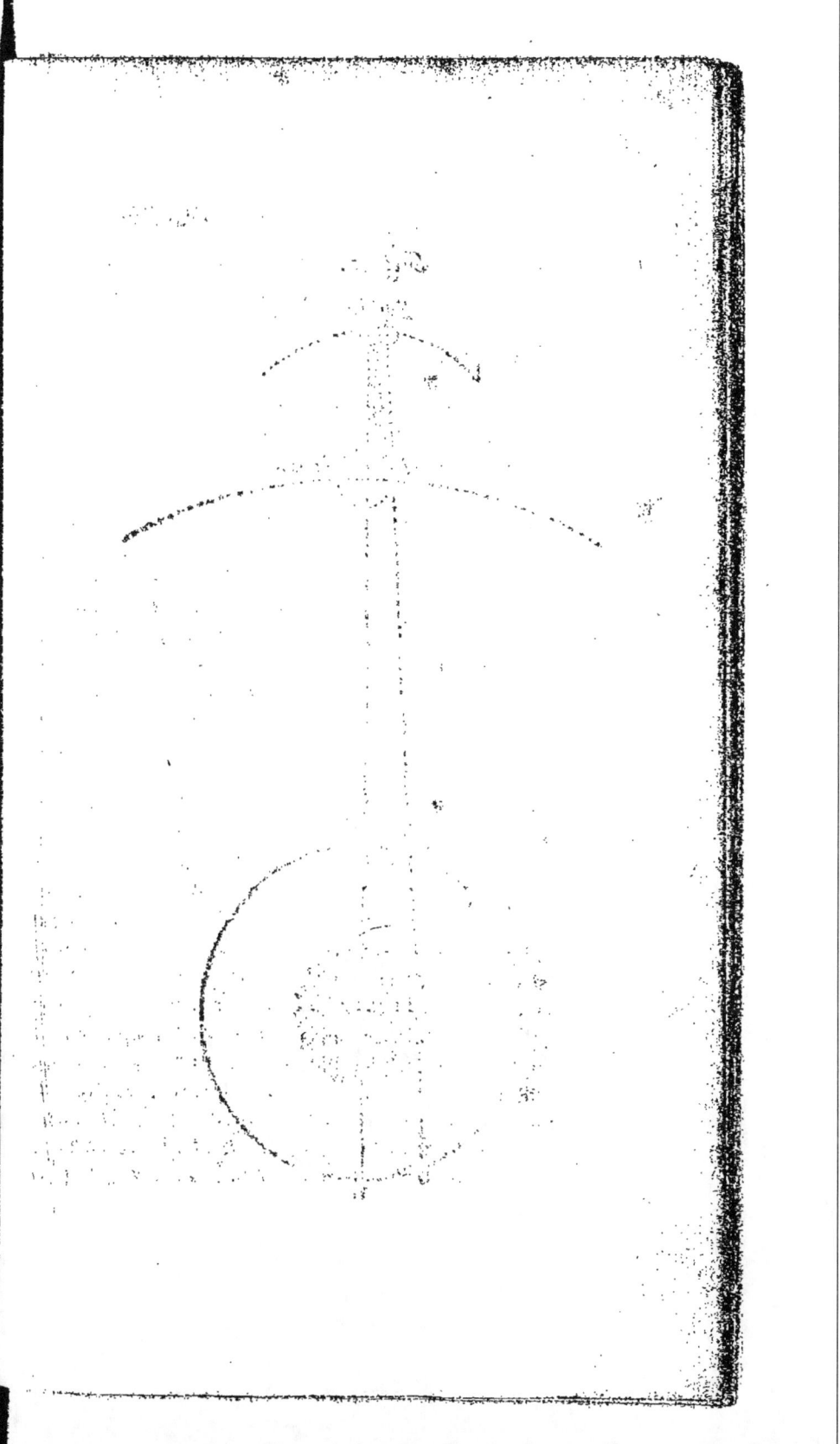

Fig. I.

Satellite

Jupiter

A

Grand orbe de la Terre

C   G

D   H

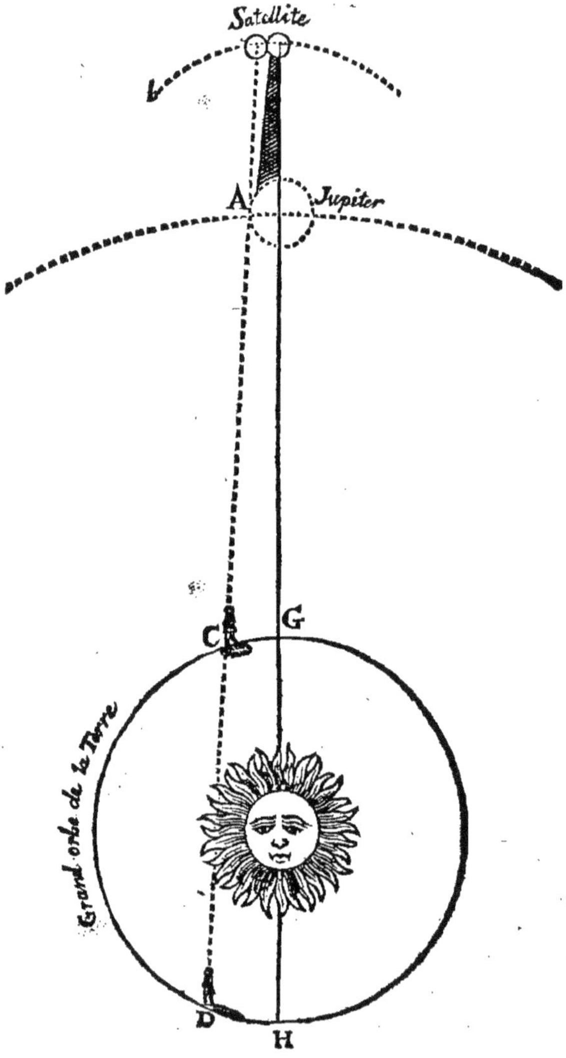

certain calcul fondé sur des expériences très délicates & très-fautives. Ce n'est point *Newton*,
c'est *Huygens* & *Hartsoeker*, qui ont fait cette
supposition. Il dit encore, pour prouver que
Dieu créa la lumiére avant le Soleil, *que la
lumiére est répanduë par toute la Nature, &
qu'elle se fait sentir, quand les Astres lumineux
la poussent*; mais il est démontré qu'elle arrive des étoiles fixes en un tems très-long:
or, si elle fait ce chemin, elle n'était donc point
répanduë auparavant. Il est bon de se précau-
tionner contre ces erreurs, que l'on répète tous
les jours dans beaucoup de livres qui font l'é-
cho les uns des autres.

Voici en peu de mots la substance de la démonstration sensible de *Rômer*, que la lumiére employe sept à huit minutes dans son chemin du
Soleil à la Terre.

On observe de la Terre en C ce satellite de
Jupiter, (*Figure* 1.) qui s'éclipse réguliérement
une fois en quarante-deux heures & demie. Si
la Terre était immobile, l'observateur en C verrait en trente fois quarante deux-heures & demie, trente émersions de ce satellite: mais au
bout de ce tems, la Terre se trouve en D, alors
l'observateur ne voit plus cette émersion précifément au bout de trente fois quarante-deux
heures & demie, mais il faut ajouter le tems
que la lumiére met à se mouvoir de C en D, &
ce tems est sensiblement considérable. Mais cet
espace C D est encor moins grand que l'espace
G H dans ce cercle. Or ce cercle est le grand orbe que décrit la Terre; le Soleil est au milieu;
la

la lumiére en venant du fatellite de *Jupiter*, traverfe C D en dix minutes, & G H en quinze
ou feize minutes. Le Soleil eft entre G & H,
donc la lumiére vient du Soleil en fept ou huit
minutes.

Cette belle obfervation fut longtems contef-
tée ; enfin on a été forcé de convenir de l'expérience, & le préjugé a tâché d'éluder l'expérience même. Elle prouve tout au plus, dit-on,
que la matiére de la lumiére exiftant dans l'efpace, & contiguë du Soleil à nos yeux, met
fept à huit minutes à nous tranfmettre l'impreffion du Soleil ; mais ne devrait-on pas voir
qu'une telle réponfe faite au hazard contredit
manifeftement tous les principes mécaniques ?
Defcartes favait bien, & il avait dit, que fi la
matiére lumineufe était, comme un long bâton, preffée par le Soleil à un bout, l'impreffion
s'en communiquerait à l'inftant à l'autre bout.
Donc fi un fatellite de *Jupiter* preffait une prétendue matiére lumineufe confidérée comme un
fil de globules, roide, étendu jufqu'à nos yeux,
nous ne verrions point l'émerfion de ce fatellite après plufieurs minutes, mais dans l'inftant
de l'émerfion même. Si pour dernier fubterfuge
on fe retranche à dire que la matiére lumineufe doit être regardée, non comme un corps roide, mais comme un fluide, on retombe alors
dans l'erreur indigne de tout Phyficien, laquelle fuppofe l'ignorance de l'action des fluides ; car
ce fluide agirait en tout fens, & il n'y aurait
jamais comme on l'a dit, de nuit ni d'éclipfe.
Le mouvement ferait bien autrement lent dans

cc

ce fluide, & il faudrait des fiécles, au lieu de fept minutes, pour nous faire fentir la lumié-re du Soleil.

La découverte de *Rômer* prouvait donc in-contestablement la propagation & la progreffion de la lumiére. Si l'ancien préjugé fe débat en-cor contre une telle vérité, qu'il céde du moins aux nouvelles découvertes de Mr. *Bradley*, qui la confirment d'une manière fi admirable. L'ex-périence de *Bradley* eft peut-être le plus bel ef-fort qu'on ait fait en Aftronomie.

On fait, que cent-quatre-vingt-dix-millions de nos lieuës, que parcourt au moins la Terre dans fon année, ne font qu'un point par ra-port à la diftance des étoiles fixes à la Terre. La vuë ne faurait apercevoir fi au bout du dia-mètre de cette orbite immenfe une étoile a changé de place à notre égard. Il eft pourtant bien certain qu'après fix mois il y a entre nous & une étoile fituée près du Pole, environ foi-xante & fix millions de lieuës de différence ; & ce chemin, qu'un boulet de canon ne fe-rait pas en cinquante ans en confervant fa viteffe, eft anéanti dans la prodigieufe diftan-ce de notre globe à la plus prochaine étoi-le. Car lorfque l'angle vifuel devient d'une certaine petiteffe, il n'eft plus mefurable, il devient nul.

Trouver le fecret de mefurer cet angle, en connaître la différence, lorfque la Terre eft au *Cancer*, & lorfqu'elle eft au *Capricorne*, avoir par ce moyen ce qu'on appelle la parallaxe de

Mélanges, &c.   F   la

la Terre, paraiffait un problème auffi difficile que celui des longitudes. Le fameux *Honk*, fi connu par fa Micrographie, entreprit de réfoudre le problème; il fut fuivi de l'Aftronome *Flamftead*, qui avait donné la pofition de trois mille étoiles; enfuite le Chevalier *Molineux*, avec l'aide du célèbre Mécanicien *Graham*, inventa une machine pour fervir à cette opération; il n'épargna ni peines, ni tems, ni dépenfes; enfin le Docteur *Bradley* mit la derniére main à ce grand ouvrage.

. Là machine qu'on employa fut appellée Télefcope parallactique. On en peut voir la defcription dans l'excellent traité d'Optique de Mr. *Smith*. Une longue lunette fufpendue, perpendiculaire à l'horizon, était tellement difpofée, qu'on pouvait avec facilité diriger l'axe de la vifion dans le plan du Méridien, foit un peu plus au Nord, foit un peu plus au Sud, & connaître par le moyen d'une roue & d'un indice, avec la plus grande exactitude, de combien on avait porté l'inftrument au Sud ou au Nord. On obferva plufieurs étoiles avec ce télefcope, & entr'autres on y fuivit une étoile du *Dragon* pendant une année entiére.

Que devait-il arriver de cette recherche affidue? Certainement fi la Terre depuis le commencement de l'Eté jufqu'au commencement de l'Hyver avait changé de place, fi elle s'était portée à ces foixante & fix millions de lieues, le rayon de lumiére, qui avait été dardé fix mois auparavant dans l'axe de vifion de ce télefcope, pe, devait s'en être détourné; il fallait donc imprimer un mouvement nouveau à ce tube pour recevoir ce rayon; & on savait, par le moyen de la roue & de l'indice, quelle quantité de mouvement on lui avait donné; & par une conséquence infaillible, de combien l'étoile était plus Septentrionale ou plus Méridionale que six mois auparavant.

Ces admirables opérations commencèrent le 3. Décembre 1725. La Terre alors s'aprochait du Solstice d'Hyver; il paraissait vraisemblable, que si l'étoile pouvait donner dès le mois de Décembre quelque marque d'aberration, elle paraîtrait jetter sa lumière plus vers le Nord, puisque la Terre vers le Solstice d'Hyver allait alors au Midi. Mais dès le 17. Décembre l'étoile observée parut être avancée dans le Méridien vers le Sud. On fut fort étonné. On avait précisément le contraire de ce qu'on espérait; mais par la suite constante des observations, on eut plus qu'on n'aurait jamais osé espérer. On connut sensiblement la parallaxe de cette étoile fixe, le mouvement annuel de la Terre, & la progression de la lumière.

Si la Terre tourne dans son orbite autour du Soleil, & que la lumière soit instantanée, il est clair, que l'étoile observée doit paraître aller toujours un peu vers le Nord, quand la Terre marche vers le côté opposé; mais si la lumière est envoyée de cette étoile, s'il lui faut un certain tems pour arriver, il faut comparer ce tems avec la vitesse dont marche la Terre;

il n'y a plus qu'à calculer. Par là on vit que la viteffe de la lumiére de cette étoile était dix-mille-deux-cent fois plus prompte que le moyen mouvement de la Terre. On vit par des obfer-vations fur d'autres étoiles, que non-feulement la lumiére fe meut avec cette énorme viteffe, mais qu'elle fe meut toujours uniformément, quoiqu'elle vienne d'étoiles fixes placées à des diftances très-inégales. On vit que la lumiére de chaque étoile parcourt en même tems l'ef-pace déterminé par *Rômer*, c'eft-à-dire, envi-ron trente-trois-millions de lieues en près de huit minutes. On vit en mefurant la parallaxe annuelle, que l'étoile obfervée dans le *Dragon* eft quatre-cent-mille fois plus éloignée de nous que le Soleil.

Maintenant je fupplie tout lecteur attentif, & qui aime la vérité, de confidérer, que fi la lumiére nous arrive du Soleil uniformément en près de huit minutes, elle arrive de cette étoi-le du *Dragon* en fix années & plus d'un mois; & que fi les étoiles fix fois moins grandes font fix fois plus éloignées de nous, elles nous en-voyent leurs rayons en plus de trente-fix an-nées & demie. Or le cours de ces rayons eft toujours uniforme. Qu'on juge maintenant fi cette marche uniforme eft compatible avec une prétendue matiére répandue partout. Qu'on fe demande à foi-même, fi cette matiére ne déran-gerait pas un peu cette progreffion uniforme des rayons; & enfin, quand on lira le chapitre des tourbillons, qu'on fe fouvienne de cette éten-

due

due énorme que franchit la lumiére en tant d'années, qu'on juge de bonne foi si un plein abso-
lu ne s'opposerait pas à son passage ; qu'on
voye enfin dans combien d'erreurs ce système a
dû entraîner *Descartes*. Il n'avait fait aucune
expérience, il imaginait, il n'examinait point
ce monde, il en créait un. *Newton*, au contraire, *Rômer*, *Bradley* &c. n'ont fait que
des expériences, & n'ont jugé que d'après
les faits.

Toutes ces vérités font aujourdhui reconnues : elles furent toutes combatues en 1738.
lorsque l'Auteur publia en France ces Elémens
de *Newton*. C'est ainsi que le vrai est toujours reçu par ceux qui font élevés dans l'erreur.

F 3   C H A-

CHAPITRE II.

SYSTEME DE MALLEBRANCHE

AUSSI ERRONE' QUE CELUI DE DESCAR-TES ; NATURE DE LA LUMIERE ; SES ROUTES ; SA RAPIDITE'.

Erreur du Pére Mallebranche. *Définition de la matiére de la lumiére. Feu & lumiére font le même être. Rapidité de la lumiére. Peti-teſſe de ſes atomes. Progreſſion de la lumiére. Preuve de l'impoſſibilité du plein. Obſtination contre ces vérités. Abus de la ſainte Ecriture contre ces vérités.*

LE Pére *Mallebranche*, qui en examinant les erreurs des ſens, ne fut pas exemt de celles que la ſubtilité du génie peut cauſer, a-dopta ſans preuve les trois élémens de *Deſcar-tes*, mais il changea beaucoup de choſes à ce château enchanté ; & faiſant moins d'expérien-ces encor que *Deſcartes*, il fit comme lui un ſyſtème.

Des vibrations du corps lumineux impriment, felon lui, des ſecouſſes à des petits tourbillons mous, capables de compreſſion, & tout com-poſés de matiére ſubtile. Mais ſi on avait de-mandé à *Mallebranche*, comment ces petits tour-billons mous auraient tranſmis à nos yeux la lumié-

lumiére? comment l'action du Soleil pourait
paffer en un inftant à travers tant de petits corps
comprimés les uns par les autres, & dont un
très-petit nombre fuffirait pour amortir cette
action? comment ces tourbillons mous ne feraient point mèlés en tournant les uns fur les
autres? comment ces tourbillons mous feraient
élaftiques? Enfin pourquoi il fuppofait des tourbillons? qu'aurait répondu le Pére *Mallebranche*? Sur quel fondement pofait-il cet édifice
imaginaire? Faut-il que des hommes, qui ne
parlaient que de vérité, n'ayent jamais écrit
que des Romans?

    Qu'eft-ce donc enfin que la matiére de la lu-
miére? *C'eft le feu lui-même*, lequel brûle à une
petite diftance lorfque fes parties font moins
ténuës, ou plus rapides, ou plus réunies, &
qui éclaire doucement nos yeux, quand il agit
de plus loin, quand fes particules font plus fines & moins rapides, & moins réunies. Ainfi
une bougie allumée brûlerait l'œil qui ne ferait
qu'à quelques lignes d'elle, & éclaire l'œil qui
en eft à quelques pouces; ainfi les rayons du
Soleil épars dans l'efpace de l'air illuminent les
objets, & réunis dans un verre ardent, fondent
le plomb & l'or.

    Si on demande ce que c'eft que le feu, je ré-
pondrai que c'eft un élément que je ne connais
que par fes effets, & je dirai ici, comme partout
ailleurs, que l'homme n'eft point fait pour connaître la nature intime des chofes, qu'il peut
feulement calculer, mefurer, pefer, & expéri-
menter.

F. 4

Le

Le feu n'éclaire pas toujours, & la lumiére ne brille pas toujours; mais il n'y a que l'élément du feu qui puiffe éclairer & bruler. Le feu qui n'eft pas dévelopé, foit dans une barre de fer, foit dans du bois, ne peut envoyer de rayons de la furface de ce bois ni de ce fer: par conféquent il ne peut ètre lumineux, il ne le devient que quand cette furface eft embrafée.

Les rayons de la pleine-Lune ne donnent aucune chaleur fenfible au foyer d'un verre ardent, quoiqu'ils donnent une affez grande lumiére. La raifon en eft palpable. Les degrés de chaleur font toujours en proportion de la denfité des rayons. Or il eft prouvé que le Soleil à pareille hauteur, darde quatre-vingt-dix-mille fois plus de rayons que la pleine-Lune ne nous en réfléchit fur l'horifon. Ainfi pour que les rayons de la Lune au foyer d'un verre ardent puffent donner feulement autant de chaleur, que les rayons du Soleil en donneraient fur un terrain de pareille grandeur que ce verre, il faudrait qu'il y eût à ce foyer quatre-vingt-dix-mille fois plus de rayons qu'il n'y en a.

Ceux qui ont voulu faire deux ètres de la lumiére & du feu, fe font donc trompés, en fe fondant fur ce que tout feu n'éclaire pas, & toute lumiére n'échauffe pas; c'eft comme fi on faifait deux ètres de chaque chofe qui peut fervir à deux ufages.

Ce feu eft dardé en tout fens du point rayonnant; c'eft ce qui fait qu'il eft aperçu de tous les côtés: il faut donc toujours le confidé-

rer

rer avec les Géomètres comme des lignes partant d'un centre à la circonférence. Ainfi tout
faifceau, tout amas, tout trait de rayons, venant du Soleil ou d'un feu quelconque, doit
être confideré comme un cône dont la bafe eft
fur notre prunelle, & dont la pointe eft dans le
feu qui le darde.

Cette matiére de feu s'élance du Soleil jufqu'à nous & jufqu'à *Saturne* &c. avec une rapidité qui épouvante l'imagination. Le calcul aprend
que, fi le Soleil eft à vingt-quatre-mille demi-
diamètres de la Terre, il s'enfuit que la lumiére
parcourt de cet Aftre à nous, en nombres ronds,
mille millions de pieds par feconde. Or un boulet d'une livre de balle pouffé par une demi-li-
vre de poudre, ne fait en une feconde que fix-
cent pieds; ainfi donc la rapidité d'un rayon
du Soleil eft, en nombre rond, feize-cent-foi-
xante-fix-mille-fix-cent fois plus forte que celle
d'un boulet de canon; il eft donc conftant que
fi un atome de lumiére était feulement la feize-
cent-milliéme partie à peu près d'une livre, il en
réfulterait néceffairement que des rayons de lumiére feraient l'effet du canon, & ne fuffent-
ils que mille milliards plus petits encore, un feul
moment d'émanation de lumiére détruirait tout
ce qui végète fur la furface de la Terre. De
quelle inconcevable petiteffe faut-il donc que
foient ces rayons, pour entrer dans nos yeux
fans nous bleffer?

Le Soleil qui nous darde cette matiére lumineufe en fept ou huit minutes, & les étoiles,
ces autres Soleils qui nous l'envoyent en plufieurs

fieurs années, en fourniffent éternellement, fans paraitre s'épuifer, à peu près comme le mufc élance fans cesse autour de lui des corps odoriferans, fans rien perdre fenfiblement de fon poids.

Enfin la rapidité avec laquelle le Soleil darde les rayons, est probablement en proportion avec fa groffeur, qui furpasse environ un million de fois celle de la Terre, & avec la vitesse dont ce corps de feu immenfe roule fur lui-même en vingt-cinq jours & demi.

Nous pouvons en passant conclure de la célérité avec laquelle la fubftance du Soleil s'échape ainfi vers nous en ligne droite, combien le plein de *Defcartes* est inadmissible. Car I. comment une ligne droite pourait-elle parvenir à nous à travers tant de millions de couches de matiére muës en ligne courbe, & à travers tant de mouvemens divers? II. Comment un corps fi délié pourait-il en fept ou huit minutes parcourir l'efpace de quatre-cent-mille fois trente-trois-millions de lieuës d'une étoile à nous, s'il avait à pénétrer dans cet efpace une matiére réfiftante? Il faudrait que chaque rayon dérangeât en un moment trente-trois-millions de lieuës de matiére fubtile quatre-cent-mille fois.

Remarquez encor que cette prétendue matiére fubtile réfifterait dans le plein abfolu, autant que la matiére la plus compacte. Ainfi un rayon d'une étoile aurait bien plus d'effort à faire, que s'il avait à percer un cone d'or, dont l'axe ferait treize milliaffes deux-cent milliards de lieuës.

Il

Il y a plus; l'expérience, ce vrai Maître de Philofophie, nous aprend que la lumiére, en venant d'un ·élément dans un autre élément, d'un milieu dans un autre milieu, n'y paffe pas toute entiére, comme nous le dirons: une grande partie eft réfléchie; l'air en fait rejaillir plus qu'il n'en tranfmet; ainfi il ferait impoffible qu'il nous vînt aucune lumiére des étoiles, elle ferait toute abforbée, toute répercutée, avant qu'un feul rayon pût feulement venir à moitié de nô-tre Atmofphère. Et que ferait-ce fi ce rayon avait encor tant d'autres Atmofphères à traverfer? Mais dans les chapitres où nous expliquerons les principes de la gravitation, nous verrons une foule d'argumens, qui prouvent que ce plein prétendu était un Roman.

Arrêtons-nous ici un moment, pour voir combien la vérité s'établit lentement chez les hommes. Il y a près de cinquante ans que *Rômer* avait démontré, par les obfervations fur les é-clipfes des fatellites de *Jupiter*, que la lumiére émane du Soleil à la Terre en fept minutes & demie ou environ; cependant non-feulement on foutient encor le contraire dans plufieurs livres de Phyfique; mais voici comme on parle dans un recueil en trois volumes, tiré des obferva-tions de toutes les Académies de l'Europe, imprimé en 1730. *page* 35. *Volume I.* „ Quel-„ ques-uns ont prétendu que d'un corps lumi-„ neux, comme le Soleil, il fe fait un écoule-„ ment continuel d'une infinité de petites par-„ ties infenfibles, qui portent la lumiére juf-„ qu'à nos yeux; mais cette opinion, qui fe „ ref-

„ reffent encor un peu de la vieille Philofophie,
„ n'eft pas foutenable. " Cette opinion eft pourtant démontrée de plus d'une façon : & loin de reffentir la vieille Philofophie, elle y eft directement contraire; car quoi de plus contraire à des mots vuides de fens, que tant de mefures, de calculs & d'expériences?

Il s'eft élevé d'autres contradicteurs, qui ont attaqué cette vérité de l'émanation & de la progreffion de la lumiére, avec les mèmes armes dont des hommes plus refpectés qu'éclairés oferent autrefois attaquer fi impérieufement & fi vainement le fentiment de *Galilée* fur le mouvement de la Terre.

Ceux qui combattent la raifon par l'autorité, employent l'Ecriture fainte, qui doit nous aprendre à bien vivre, pour en tirer des leçons de leur Philofophie. *Pluche* a fait réellement de *Moyfe* un Phyficien: fi c'eft fimplicité, il faut le plaindre: s'il croit avec cet artifice groffier rendre odieux ceux qui ne font pas de fon fentiment, il faut le plaindre davantage.

Les ignorants devraient fe fouvenir que ceux qui ont condamné *Galilée* fur un pareil prétexte, ont couvert leur patrie d'une honte que le nom de *Galilée* feul peut effacer. Il faut croire, difent-ils, que la lumiére du jour ne vient pas du Soleil, parce que felon la Genèfe DIEU créa la lumiére avant le Soleil.

Mais ces Meffieurs ne fongent pas que fuivant la Genèfe DIEU fépara auffi la lumiére des ténébres, & appella la lumière jour, & ténébres la nuit, & compofa un jour du foir &

du

du matin, &c. & tout cela avant que de créer le Soleil. Il faudrait donc, au compte de ces Phyſiciens, que le Soleil ne fît pas le jour, & que l'abſence du Soleil ne fît pas la nuit.

Ils ajoutent encor que DIEU ſépara les eaux des eaux, & ils entendent par cette ſéparation la mer & les nuages. Mais ſelon eux, il faudrait donc que les vapeurs qui forment les nuages ne fuſſent pas, comme elles le ſont, élevées par le Soleil. Car, ſelon la Genèſe, le Soleil ne fut créé qu'après cette ſéparation des eaux inférieures & ſupérieures ; or ils avouent que c'eſt le Soleil qui élève *ces eaux ſupérieures.* Les voilà donc en contradiction avec eux-mêmes. Nieront-ils le mouvement de la Terre, parce que *Joſué* commanda au Soleil de s'arrèter? Nieront-ils le dévelopement des germes dans la Terre, parce qu'il eſt dit, que le grain doit pourir avant que de lever. Il faut donc qu'ils reconnaiſſent, avec tous les gens de bon ſens, que ce n'eſt point des vérités de Phyſique qu'il faut chercher dans la Bible, & que nous devons y apprendre à devenir meilleurs, & non pas à connaître la Nature.

C H A-

CHAPITRE III.

LA PROPRIETÉ QUE LA LUMIERE

A DE SE RÉFLECHIR, N'ETAIT PAS VE-
RITABLEMENT CONNUE. ELLE N'EST
POINT RÉFLECHIE PAR LES PAR-
TIES SOLIDES DES CORPS, COM-
ME ON LE CROYAIT.

Aucun corps uni. Lumiére non réfléchie par les parties solides. Expériences décisives. Comment & en quel sens la lumiére rejaillit du vuide même. Comment on en fait l'expérience. Conclusion de cette expérience. Plus les pores font petits, plus la lumiére passe. Mauvaises objections contre ces vérités.

Ayant su ce que c'est que la lumiére, d'où elle nous vient, comment & en quel tems elle arrive à nous; voyons ses propriétés & ses effets ignorés jusqu'à nos jours. Le premier de ses effets, est qu'elle semble rejaillir de la surface solide de tous les objets, pour en aporter dans nos yeux les images.

Tous les hommes, tous les Philosophes, & les *Descartes* & les *Mallebranches*, & ceux qui se sont éloignés le plus des pensées vulgaires, ont également cru qu'en effet ce sont les surfa-
ces

ces folides des corps qui nous renvoyent les rayons. Plus une furface eft unie & folide, plus elle fait, dit-on, rejaillir de lumiére ; plus un corps a de pores larges & droits, plus il tranf- met de rayons à travers fa fubftance. Ainfi le miroir poli, dont le fond eft couvert d'une fur- face de vif-argent, nous renvoye tous les rayons ; ainfi ce même miroir fans vif-argent, ayant des pores droits & larges & en grand nombre, laiffe paffer une grande partie des rayons. Plus un corps a de pores larges & droits, plus il eft diaphane ; tel eft, difait-on, le dia- mant, telle eft l'eau elle-même ; voilà les idées généralement reçues, & que perfonne ne ré- voquait en doute. Cependant toutes ces idées font entiérement fauffes ; tant ce qui eft vrai- femblable, eft fouvent ce qui eft le plus éloigné de la vérité. Les Philofophes fe font jettés en cela dans l'erreur, de la même manière que le vulgaire y eft tout porté, quand il penfe que le Soleil n'eft pas plus grand qu'il le parait aux yeux. Voici en quoi confiftait cette erreur des Philofophes.

Il n'y a aucun corps dont nous puiffions unir véritablement la furface : cependant beaucoup de furfaces nous paraiffent unies & d'un poli parfait. Pourquoi voyons-nous uni & égal ce qui ne l'eft pas ? La fuperficie la plus égale, n'eft, par raport aux petits corps qui compo- fent la lumiére, qu'un amas de montagnes, de cavités & d'intervalles, de même que la poin- te de l'éguille la plus fine eft hériffée en effet d'éminences & d'afpérités que le microfcope dé-

cou-

couvre. Tous les faifceaux des rayons de lumiére qui tomberaient fur ces inégalités, fe réfléchiraient felon qu'ils y feraient tombés; donc étant inégalement tombés, ils ne fe réfléchiraient jamais réguliérement, donc on ne pourait jamais fe voir dans une glace. De plus le verre a probablement mille fois plus de pores que de matiére; cependant chaque point de la furface renvoye des rayons, donc ils ne font point renvoyés par le verre.

La lumiére qui nous aporte notre image de deffus un miroir, ne vient donc point certainement des parties folides de la fuperficie de ce miroir; elle ne vient point non plus des parties folides de mercure & d'étain étendues derrière cette glace. Ces parties ne font pas plus planes, pas plus unies que la glace même. Les parties folides de l'étain & du mercure font incomparablement plus grandes, plus larges que les parties folides conftituantes de la lumiére; donc fi les petites particules de lumiére tombent fur ces groffes parties de mercure, elle s'éparpilleront de tous côtés comme des grains de plomb tombant fur des platras. Quel pouvoir inconnu fait donc rejaillir vers nous la lumiére réguliérement? Il paraît déja que ce ne font pas les corps qui nous la renvoyent ainfi. Ce qui femblait le plus connu, le plus inconteftable chez les hommes, devient un myftère plus grand que ne l'était autrefois la pefanteur de l'air. Examinons ce problème de la nature, notre étonnement redoublera. On ne peut s'inftruire ici qu'avec furprife.

(Figu-

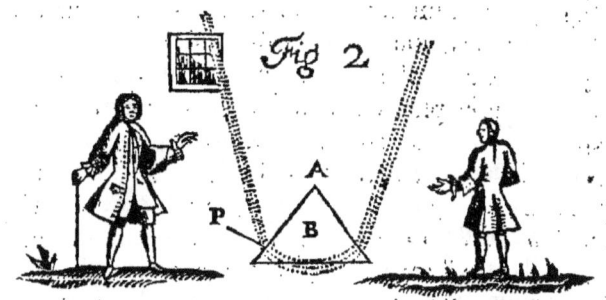

Fig 2.

Expofez dans une chambre obfcure ce criftal A, B (*Figure* 2.) aux rayons du Soleil, de façon que les traits de lumiére parvenus à fa fuperficie B, faffent un angle de plus de
quarante degrés avec la perpendicule P. La plûpart de ces rayons alors ne pénétre plus dans
l'air ; ils rentrent tous dans ce criftal à l'inftant
même qu'ils en fortent ; ils reviennent, comme vous voyez, en faifant une courbure infenfible.

Certainement ce n'eft pas la furface folide de
l'air qui les a repouffés dans ce verre ; plufieurs
de ces rayons entraient dans l'air auparavant,
quand ils tombaient moins obliquement ; pourquoi donc à une obliquité de quarante degrés
dix-neuf minutes, la plus grande partie de ces
rayons n'y paffe-t-elle plus ? Trouvent-ils à ce
degré plus de réfiftance, plus de matiére dans
cet air, qu'ils n'en trouvent dans ce criftal
qu'ils avaient pénétré ? Trouvent-ils plus de parties folides dans l'air à quarante degrés & un
tiers qu'à quarante ? L'air eft à peu près deux-

Mélanges, &c. G mille-

mille-quatre-cent fois plus rare, moins pefant, moins folide, que le criftal; donc ces rayons devaient paffer dans l'air avec deux-mille-quatre-cent fois plus de facilité, qu'ils n'ont pénétré l'épaiffeur du criftal. Cependant, malgré cette prodigieufe aparence de facilité, ils font repouffés; ils le font donc par une force, qui eft ici deux-mille-quatre-cent fois plus puiffante que l'air; ils ne font donc point repouffés par l'air; les rayons encore une fois ne font donc point réfléchis à nos yeux par les parties folides des corps. La lumiére rejaillit fi peu deffus les parties folides des corps, que c'eft en effet du vuide qu'elle rejaillit quelquefois; ce fait mérite une grande attention.

Vous venez de voir que la lumiére tombant à un angle de quarante degrés dix-neuf minutes fur du criftal, rejaillit prefque toute entiére de deffus l'air qu'elle rencontre à la furface ultérieure de ce criftal, que la lumiére y tombe à un angle moindre d'une feule minute; il en paffe encor moins hors de cette furface dans l'air.

Newton a affuré que fi l'on trouvait le fecret d'ôter l'air de deffous ce morceau de criftal, alors il ne pafferait plus de rayons, & que toute la lumiére fe réfléchirait. J'en ai fait l'expérience; je fis enchaffer un excellent prifme dans le milieu d'une platine de cuivre; j'appliquai cette platine au haut d'un récipient ouvert, pofé fur la machine pneumatique; je fis porter la machine dans ma chambre obfcure. Là recevant la lumiére par un trou fur le prifme, me, & la faifant tomber à l'angle requis, je pompai l'air très-longtems ; ceux qui étaient préfens virent qu'à mefure qu'on pompait l'air, il paffait moins de lumiére dans le récipient, & qu'enfin il n'en paffa prefque plus du tout. C'était un fpectacle très-agréable de voir cette lumiére fe réfléchir, par le prifme, toute entiére au plancher.

L'expérience démontre donc que la lumiére en ce cas rejaillit du vuide ; mais on fait bien que ce vuide ne peut avoir d'action. Que peut-on donc conclure de cette expérience ? deux chofes très-palpables ; la première, que la furface des folides ne renvoye pas la lumiére ; la feconde, qu'il y a dans les corps folides un pouvoir inconnu qui agit fur la lumiére ; & c'eft cette feconde proprieté que nous examinerons à fa place.

Il ne s'agit que de prouver ici que la lumiére ne nous eft point réfléchie par les parties folides. Voici encor une preuve de cette vérité. Tout corps opaque réduit en lame mince, laiffe paffer à travers fa fubftance des rayons d'une certaine efpèce, & réfléchit les autres rayons ; or fi la lumiére était renvoyée par les corps, tous les rayons, qui tombent également fur ces lames, feraient réfléchis fur ces lames. Enfin nous verrons que jamais fi étonnant paradoxe n'a été prouvé en plus de manières. Commençons donc par nous familiarifer avec ces vérités.

I. Cette lumiére, qu'on croit réfléchie par la furface folide des corps, rejaillit en effet fans avoir touché à cette furface.

II. La lumiére n'eft point renvoyée de

G 2   der-

derriére un miroir par la furface folide du vif-
argent ; mais elle eft renvoyée du fein des pores
du miroir, & des pores du vif-argent même.

III. Il ne faut point, comme on l'a penfé
jufques à préfent, que les pores de ce vif-argent foient très-petits pour réfléchir la lumiére ; au contraire, il faut qu'ils foient larges.

Ce fera encore un nouveau fujet de furprife
pour ceux qui n'ont pas étudié cette Philófo-
phie, d'entendre dire que le fecret de rendre
un corps opaque, eft fouvent d'élargir fes pores,
& que le moyen de le rendre tranfparent eft
de les étrecir. L'ordre de la nature paraîtra tout
changé en aparence : ce qui femblait devoir faire l'opacité, eft précifément ce qui opérera la
tranfparence ; & ce qui paraiffait rendre les corps
tranfparens, fera ce qui les rendra opaques. Cependant rien n'eft fi vrai, & l'expérience la plus
groffiére le démontre. Un papier fec, dont les
pores font très-larges, eft opaque ; nul rayon
de lumiére ne le traverfe : étréciffez ces pores en
l'imbibant ou d'eau ou d'huile, il devient tranfparent ; la même chofe arrive au linge, au fel.

Il eft bon d'aprendre au public qu'un homme qui a écrit depuis peu contre ces vérités,
avec beaucoup plus de hauteur & de mépris que
de connaiffance, a voulu railler *Newton* fur ces
découvertes. *Si le fecret*, dit-il, *de rendre un
corps tranfparent, eft d'étrécir fes pores, il faudra donc rendre les fenêtres plus petites pour avoir
plus de jour dans fa chambre &c.* Je répons qu'il
eft bien indécent de faire le plaifant quand on
prétend parler en Philofophe ; & que de tourner

Newton

Newton en ridicule eſt une entreprife trop forte:
je répons furtout, que ce très-mauvais plaiſant
devait fonger qu'il eſt vrai que de larges ou-
vertures, dont le jour ferait intercepté, ne rendraient pas de lumiére; & qu'un corps mince
percé d'une infinité de petits trous expoſés au
Soleil, nous éclaire beaucoup. Le papier huilé,
le linge mouillé, par exemple, font des corps
minces, dont l'huile ou l'eau ont retréci & rectifié les pores, & la lumiére paſſe à travers de
ces pores rendus plus droits; mais elle ne paſ-
ſera point à travers les plus grands cribles qui
ſe croiſeront & qui intercepteront les rayons.
Il faudrait, avant que de prendre le ton railleur,
être bien ſûr qu'on a raiſon.

Les mauvais raiſonnemens & les mauvaiſes
plaiſanteries qu'on a fait en France contre les
admirables découvertes de *Newton*, feraient la
honte de la nation, ſi ceux qui les ont faites
n'étaient pas l'opprobre de la Philoſophie.

Revenons & réſumons, qu'il y a donc des
principes ignorés qui opèrent ces merveilles,
qui font rejaillir la lumiére avant qu'elle ait
touché une furface, qui la renvoyent des pores du corps tranſparent, qui la ramènent du
milieu même du vuide. Nous ſommes invinci-
blement obligés d'admettre ces fruits, quelle qu'en
puiſſe être la cauſe.

CHA-

CHAPITRE IV.

DES MIROIRS, DES TELESCOPES:

DES RAISONS QUE LES MATHEMATIQUES DONNENT DES MYSTERES DE LA VI-SION; QUE CES RAISONS NE SONT POINT SUFFISANTES.

Miroir plan. Miroir convexe. Miroir concave. Explications géométriques de la vision. Nul raport immédiat entre les régles d'Optique & nos fenfations. Exemple en preuve.

L Es rayons qu'une puiffance, jufqu'à nos jours inconnue, fait rejaillir à vos yeux de deffus la furface d'un miroir, fans toucher à cette furface, & des pores de ce miroir fans toucher aux parties folides ; ces rayons, dis-je, retournent à vos yeux dans le même fens qu'ils font arrivés à ce miroir. Si c'eft votre vifage que vous regardez, les rayons partis de votre vifage parallélement & en perpendiculaire fur le miroir, y retournent de même qu'une balle qui rebondit perpendiculairement fur le plancher.

Fig. 3.

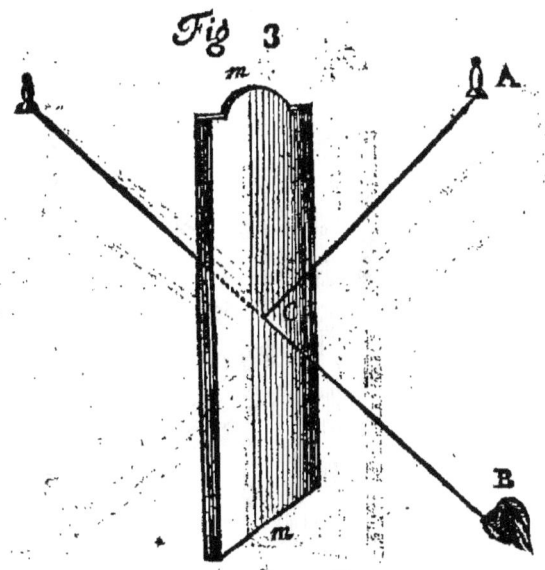

Fig. 3

Si vous regardez dans ce miroir *m*, (*Fig.* 3.)
un objet qui est à côté de vous comme A, il
arrive aux rayons partis de cet objet la même
chose qu'à une balle, qui rebondirait en B, où
est votre œil. C'est ce qu'on appelle l'angle d'incidence égal à l'angle de réflexion. La ligne
AC est la ligne d'incidence, la ligne CB est la ligne de réflexion. On fait assez, & le seul énon-
cé le démontre, que ces lignes forment des angles égaux sur la surface de la glace ; maintenant pourquoi ne vois-je l'objet ni en A, où il
est, ni dans C, dont viennent à mes yeux les
rayons, mais en D derrière le miroir même ?

　　　　Fig. 4.

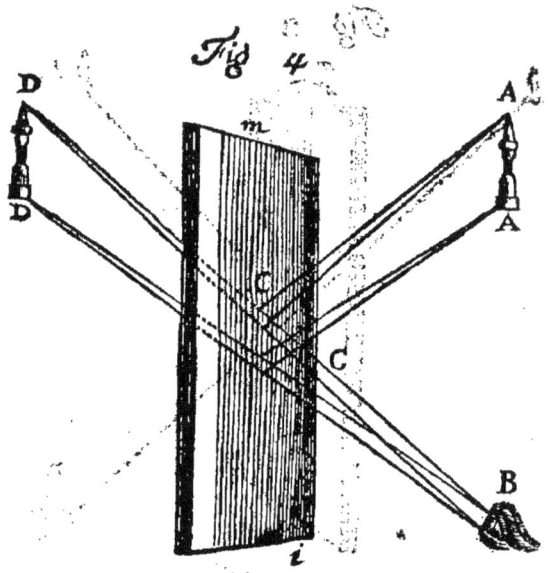

Fig. 4

La Géométrie vous dira (*Figure* 4.) : C'eſt
que l'angle d'incidence eſt égal à l'angle de réflexion : c'eſt que votre œil en B raporte l'objet
en D ; c'eſt que les objets ne peuvent agir ſur
vous qu'en ligne droite, & que la ligne droite
continuée dans votre œil B juſques derrière le
miroir en D, eſt auſſi longue que la ligne A C
& la ligne C B priſes enſemble. Enfin elle vous
dira encore : Vous ne voyez jamais les objets
que du point où les rayons commencent à diverger. Soit ce miroir *m i*. Les faiſceaux des
rayons, qui partent de chaque point de l'objet
A, commencent à diverger dès l'inſtant qu'ils
partent de l'objet ; ils arrivent ſur la ſurface du
mi-

miroir : là chacun de ces rayons tombe, s'écarte, & se réfléchit vers l'œil. Cet œil les raporte aux points D D au bout des lignes droites, où ces mêmes rayons se rencontreraient ; mais en se rencontrant aux points D D, ces rayons feraient la même chose qu'aux points A A ; ils commenceraient à diverger ; donc vous voyez l'objet A A aux points D D.

Ces angles & ces lignes servent sans doute à vous donner une intelligence de cet artifice de la Nature ; mais il s'en faut beaucoup qu'elles puissent vous aprendre la raison physique efficiente, pourquoi votre ame raporte sans hésiter l'objet au-delà du miroir à la même distance qu'il est au-deçà. Ces lignes vous représentent ce qui arrive, mais elles ne vous aprennent point pourquoi cela arrive.

Si vous voulez savoir comment un miroir convexe diminue les objets, & comment un miroir concave les augmente, ces lignes d'incidence & de réflexion vous en rendront la même raison.

Fig. 5.

Fig. 5

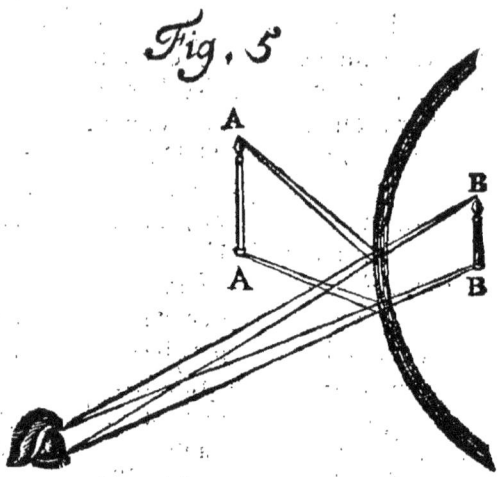

On vous dit : Ce cône de rayons qui diverge des points A A (*Figure* 5.) & qui tombe fur ce miroir convexe, y fait des angles d'incidence égaux aux angles de réflexion, dont les lignes vont dans votre œil. Or ces angles font plus petits que s'ils étaient tombés fur une furface plane ; donc s'ils font fupofés paffer en B, ils y convergeront bien plûtôt ; donc l'objet qui ferait en B B ferait plus petit. Or votre œil raporte l'objet en B B, aux points d'où les rayons commenceraient à diverger ; donc l'objet doit vous paraître plus petit, comme il l'eft en effet dans cette figure. Par la même raifon qu'il paraît plus petit, il vous paraît plus près, puifqu'en effet les points où aboutiraient les rayons B B font plus près du miroir que ne le font les rayons A A.

Fig. 6.

Fig. 6.

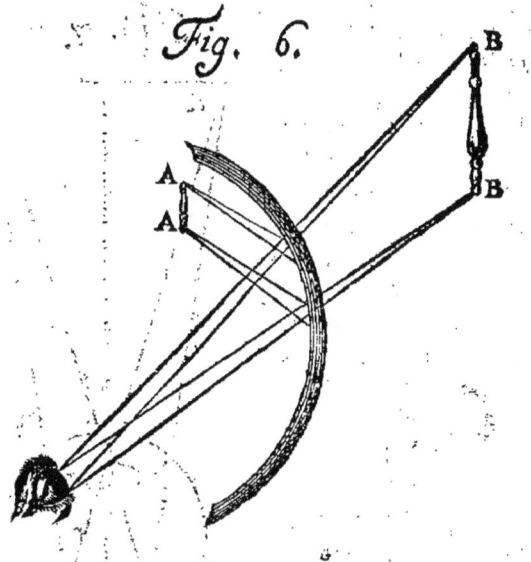

Par la raifon des contraires, vous devez voir
les objets plus grands & plus éloignés dans un
miroir concave, en plaçant l'objet affez près du
miroir (*Figure 6.*). Car les cônes des rayons
A A venant à diverger fur le miroir aux points
où ces rayons tombent, s'ils fe réfléchiffaient
à travers ce miroir, ils ne fe réuniraient qu'en
B B, donc c'eft en B B que vous les voyez. Or
B B eft plus grand & plus éloigné du miroir
que n'eft A A, donc vous verrez l'objet plus
grand, & plus loin.

Voilà en général ce qui fe paffe dans les rayons réfléchis à vos yeux ; & ce feul principe,
que l'angle d'incidence eft toujours égal à l'angle

gle de réflexion, eft le premier fondement de tous les myftères de la Catoptrique.

Maintenant il s'agit de favoir, comment les lunettes augmentent ces grandeurs, & raprochent ces diftances; enfin pourquoi les objets fe peignant renverfés dans vos yeux, vous les voyez cependant comme ils font.

A l'égard des grandeurs & des diftances, voici ce que les Mathématiques vous en aprendront. Plus un objet fera dans votre œil un grand angle, plus l'objet vous paraîtra grand : rien n'eft plus fimple. Cette ligne H K que vous voyez à cent pas, trace un angle dans l'œil A (*Figure* 7.) à deux cens pas, elle trace un angle la moitié plus petit dans l'œil B. (*Figure* 8.) Or l'angle qui fe forme dans votre *rétine*, & dont

Fig. 7.

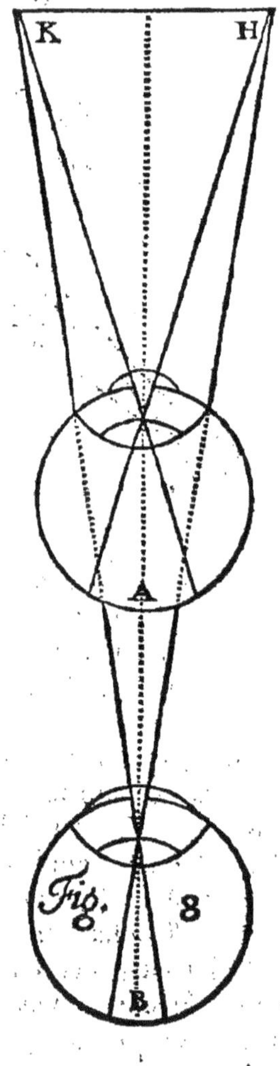

Fig. 8.

vôtre

Fig. 9.

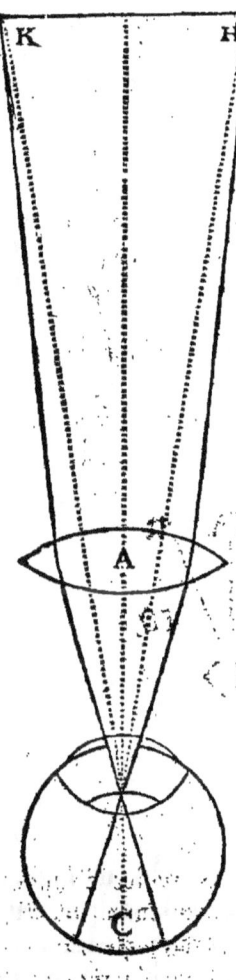

votre *rétine* eſt la baſe,
eſt comme l'angle dont
l'objet eſt la baſe. Ce
ſont des angles oppo-
ſés au ſommet : donc
par les premiéres no-
tions des élémens de la
Géométrie, ils ſont é-
gaux ; donc ſi l'angle
formé dans l'œil A eſt
double de l'angle for-
mé dans l'œil B, cet
objet doit paraître une
fois plus grand à l'œil
A qu'à l'œil B.

Maintenant pour que
l'œil étant en B voye
l'objet auſſi grand, que
le voit l'œil en A, il
faut faire enforte que
cet œil B reçoive un an-
gle auſſi grand que ce-
lui de l'œil A, qui eſt
une fois plus près. Les
verres d'un téleſcope
feront cet effet. (*Fi-
gure* 9.) Ne mettons
ici qu'un ſeul verre
pour plus de facilité,
& faiſons abſtraction
des autres effets de plu-
ſieurs verres. L'objet
H K envoye ſes rayons
à ce

à ce verre. Ils se réunissent à quelque distance du
verre. Concevons un verre taillé de sorte, que
ces rayons se croisent pour aller former dans l'œil
en C un angle aussi grand que celui de l'œil en A,
alors l'œil, nous dit-on, juge par cet angle. Il voit
donc alors l'objet de la même grandeur, que le
voit l'œil en A. Mais en A, il le voit à cent pas
de distance : donc en C, recevant le même angle, il le verra encore à cent pas de distance. Tout l'effet des verres de lunettes multipliés,
& des microscopes & des télescopes divers,
qui agrandissent les objets, consiste donc à faire voir les choses sous un plus grand angle.
L'objet A, B (*Figure* 10.) est vû par le moyen
de ce verre sous l'angle D, C, D, qui est bien
plus grand que l'angle A, C, B.

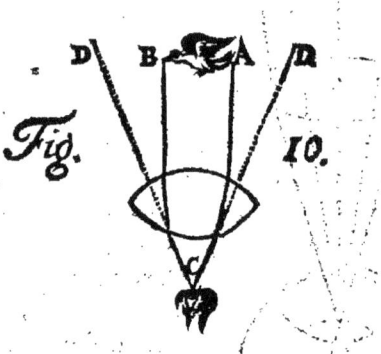

Fig. 10.

Vous demandez encore aux régles d'Optique,
pourquoi vous voyez les objets dans leur situa-
tion, quoiqu'ils se peignent renversés sur notre
rétine ? Le rayon qui part de la tête de cet
hom-

homme A (*Figure* 11.) vient au point inférieur de votre rétine A, fes pieds B font vûs
par les rayons B, B au point fupérieur de votre
rétine B. Ainfi cet homme eft peint réellement la tête en bas & les pieds en haut au fond
de vos yeux. Pourquoi donc ne voyez-vous pas
cet homme renverfé, mais droit, & tel qu'il
eft?

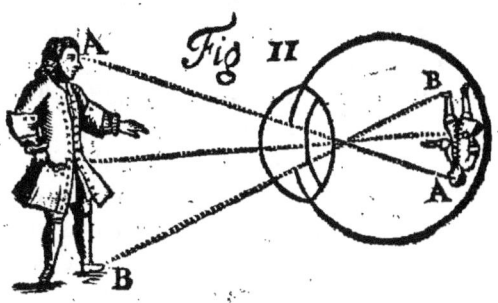

Pour réfoudre cette queftion, on fe fert de la
comparaifon de l'aveugle qui tient des bâtons
croifés avec lefquels il devine très-bien la pofition des objets. Car le point qui eft à gauche,
étant fenti par la main droite à l'aide du bâton,
il le juge auffi-tôt à gauche; & le point que fa
main gauche a fenti par l'entremife de l'autre
bâton, il le juge à droite fans fe tromper. Tous
les Maîtres d'Optique nous difent donc, que la
partie inférieure de l'œil raporte tout d'un coup
la fenfation à la partie fupérieure de l'objet,
& que la partie fupérieure de la rétine raporte auffi naturellement la fenfation à la partie
infé-

inférieure; ainſi on voit l'objet dans ſa ſituation véritable.

Mais quand vous aurez connu parfaitement
tous ces angles, & toutes ces lignes mathématiques, par leſquelles on ſuit le chemin de la lumiére juſqu'au fond de l'œil, ne croyez pas pour
cela ſavoir comment vous apercevez les grandeurs, les diſtances, les ſituations des choſes.
Les proportions géométriques de ces angles & de
ces lignes ſont juſtes, il eſt vrai; mais il n'y a
pas plus de raport entr'elles & nos ſenſations,
qu'entre le ſon que nous entendons & la grandeur, la diſtance, la ſituation de la choſe en-
tenduë. Par le ſon, mon oreille eſt frapée;
j'entens des tons, & rien de plus. Par la vûe,
mon œil eſt ébranlé; je vois des couleurs, & rien
de plus. Non ſeulement les proportions de ces
angles, & de ces lignes, ne peuvent en aucune
manière être la cauſe immédiate que je forme
des objets; mais en pluſieurs cas ces proportions ne s'accordent point du tout avec la façon
dont nous voyons les objets. Par exemple, un
homme vû à quatre pas, & à huit pas, eſt vû
de même grandeur. Cependant l'image de cet
homme, à quatre pas, eſt à très-peu de choſe
près double dans votre œil, de celle qu'il y trace à huit pas. Les angles ſont différens, & vous
voyez l'objet toujours également grand; donc
il eſt évident, par ce ſeul exemple, choiſi entre
pluſieurs, que ces angles & ces lignes ne ſont
point du tout la cauſe immédiate de la manière
dont nous voyons.

Avant donc que de continuer les recherches
que

que nous avons commencées fur la lumiére, &
fur les loix mécaniques de la Nature, vous
m'ordonnez de dire ici, comment les idées des
diftances, des grandeurs, des fituations, des
objets, font reçues dans nôtre ame. Cet examen
nous fournira quelque chofe de nouveau & de
vrai ; c'eft la feule excufe d'un livre.

CHAPITRE V.

COMMENT NOUS CONNAISSONS LES DISTANCES, LES GRANDEURS, LES FIGURES, LES SITUATIONS.

*Les angles ni les lignes optiques, ne peuvent nous
faire connaître les diftances. Exemple en preuve. Ces lignes optiques ne font connaître ni
les grandeurs ni les figures. Exemple en preuve. Preuve par l'expérience de l'aveugle-né,
par Chifelden. Comment nous connaiſſons les
diftances & les grandeurs. Exemple. Nous a-
prenons à voir comme à lire. La vûe ne peut
faire connaître l'étendue.*

Ommençons par la diftance. Il eft clair
qu'elle ne peut être aperçue immédiatement par elle-même ; car la diftance n'eft qu'u-
ne ligne de l'objet à nous. Cette ligne fe ter-
mine à un point ; nous ne fentons donc que ce
point ; & foit que l'objet exifte à mille lieues,

Mélanges, &c. H ou

ou qu'il foit à un pied, ce point eſt toujours le même. Nous n'avons donc aucun moyen immédiat pour apercevoir tout d'un coup la diſtance, comme nous en avons pour ſentir par l'attouchement, ſi un corps eſt dur ou mou; par le goût, s'il eſt doux ou amer; par l'ouïe, ſi de deux ſons l'un eſt grave & l'autre aigu. Car, qu'on y prenne bien garde, les parties d'un corps, qui cédent à mon doigt, ſont la plus prochaine cauſe de ma ſenſation de moleſſe; & les vibrations de l'air excitées par le corps ſonore, ſont la plus prochaine cauſe de ma ſenſation du ſon. Or ſi je ne puis avoir ainſi immédiatement une idée de diſtance, il faut donc que je connaiſſe cette diſtance par le moyen d'une autre idée intermédiaire: mais il faut au moins que j'aperçoive cette intermédiaire; car une idée que je n'aurai point, ne ſervira certainement pas à m'en faire avoir une autre. On dit, qu'une telle maiſon eſt à un mille d'une telle riviére; mais ſi je ne ſai pas où eſt cette riviére, je ne ſai certainement pas où eſt cette maiſon. Un corps céde aiſément à l'impreſſion de ma main; je conclus immédiatement ſa moleſſe. Un autre réſiſte; je ſens immédiatement ſa dureté. Il faudrait donc que je ſentiſſe les angles formés dans mon œil, pour en conclure immédiatement les diſtances des objets. Mais la plupart des hommes ne ſavent pas même ſi ces angles exiſtent: donc il eſt évident que ces angles ne peuvent être la cauſe immédiate de ce que vous connaiſſez les diſtances.

Celui qui, pour la prémiére fois de ſa vie, en-

entendrait le bruit du canon, ou le son d'un concert, ne pourait juger, fi on tire ce canon, ou fi on exécute ce concert, à une lieué, ou à trente pas. Il n'y a que l'expérience qui puisse l'accoutumer à juger de la distance, qui est entre lui & l'endroit d'où part ce bruit. Les vibrations, les ondulations de l'air portent un son à ses oreilles, ou plûtôt à son ame; mais ce bruit n'avertit pas plus son ame de l'endroit où le bruit commence, qu'il ne lui aprend la forme du canon ou des instrumens de musique. C'est la même chose précisément par raport aux rayons de lumiére qui partent d'un objet; ils ne nous aprennent point du tout où est cet objet.

Ils ne nous font pas connaître davantage les grandeurs, ni même les figures. Je vois de loin une petite tour ronde. J'avance, j'aperçois, & je touche un grand bâtiment quadrangulaire. Certainement ce que je vois, & ce que je touche, n'est pas ce que je voyais. Ce petit objet rond, qui était dans mes yeux, n'est point ce grand bâtiment quarré. Autre chose est donc, par raport à nous, l'objet mesurable & tangible, autre chose est l'objet visible. J'entens de ma chambre le bruit d'un carosse: j'ouvre la fenêtre, & je le vois; je descens, & j'entre dedans. Or ce carosse que j'ai entendu, ce carosse que j'ai vû, ce carosse que j'ai touché, sont trois objets absolument divers de trois de mes sens, qui n'ont aucun raport immédiat les uns avec les autres.

Il y a bien plus; il est démontré, comme je l'ai dit, qu'il se forme dans mon œil un angle

H 2   une

une fois plus grand, à très-peu de chofe près, quand je vois un homme à quatre pieds de moi, que quand je vois le même homme à huit pieds de moi. Cependant je vois toujours cet homme de la même grandeur. Comment mon fentiment contredit-il ainfi le mécanifme de mes organes ? L'objet eft réellement une fois plus petit dans mes yeux, & je le vois une fois plus grand. C'eft en vain qu'on veut expliquer ce myftère par le chemin, ou par la forme que prend le criftallin dans nos yeux. Quelque fuppofition que l'on faffe, l'angle fous lequel je vois un homme à quatre pieds de moi, eft toujours double de l'angle fous lequel je le vois à huit pieds ; & la Géométrie ne réfoudra jamais ce problème ; la Phyfique y eft également impuiffante ; car vous avez beau fuppofer que l'œil prend une nouvelle conformation, que le criftallin s'avance, que l'angle s'agrandit, tout cela s'opérera également pour l'objet qui eft à huit pas, & pour l'objet qui eft à quatre. La proportion fera toujours la même ; fi vous voyez l'objet à huit pas fous un angle de moitié plus grand, vous voyez auffi l'objet à quatre pas fous un angle de moitié plus grand ou environ. Donc ni la Géometrie ni la Phyfique ne peuvent expliquer cette difficulté.

Ces lignes & ces angles géométriques ne font pas plus réellement la caufe de ce que nous voyons les objets à leur place, que de ce que nous les voyons de telles grandeurs, & à telle diftance. L'ame ne confidère pas fi telle partie va fe peindre au bas de l'œil ; elle ne raporte
rien

rien à des lignes qu'elle ne voit point. L'œil
se baisse seulement, pour voir ce qui est près
de la Terre, & se relève pour voir ce qui est au-
dessus de la Terre. Tout cela ne pouvait être
éclairci, & mis hors de toute contestation,
que par quelque aveugle-né à qui on aurait donné le sens de la vûe. Car si cet aveugle, au moment qu'il eût ouvert les yeux, eût jugé des
distances, des grandeurs & des situations, il
eût été vrai que les angles optiques, formés tout
d'un coup dans sa rétine, eussent été les causes
immédiates de ses sentimens. Aussi le Docteur
Barclay assurait, après Mr. *Locke*, (& allant même en cela plus loin que *Locke*) que ni situa-
tion, ni grandeur, ni distance, ni figure, ne
serait aucunement discernée par cet aveugle,
dont les yeux recevraient tout d'un coup la
lumière.

Mais où trouver l'aveugle, dont dépendait
la décision indubitable de cette question ? Enfin
en 1729. Mr. *Chiselden*, un de ces fameux Chi-
rurgiens, qui joignent l'adresse de la main aux
plus grandes lumières de l'esprit, ayant imaginé qu'on pouvait donner la vûe à un aveugle-
né, en lui abaissant ce qu'on appelle des cata-
ractes, qu'il soupçonnait formées dans ses yeux,
presqu'au moment de sa naissance, il proposa
l'opération. L'aveugle eut de la peine à y con-
sentir. Il ne concevait pas trop, que le sens de
la vûe pût beaucoup augmenter ses plaisirs. Sans
l'envie, qu'on lui inspira d'apprendre à lire & à
écrire, il n'eût point désiré de voir. Il vérifiait
par cette indifférence, *qu'il est impossible d'être*

H 3   *mal-*

malheureux, par la privation des biens dont on n'a pas d'idée: vérité bien importante. Quoi qu'il en foit, l'opération fut faite & réuffit. Ce jeune homme d'environ quatorze ans, vit la lumiére pour la première fois. Son expérience confirma tout ce que *Locke* & *Barclay* avaient fi bien prévû. Il ne diftingua de longtems ni grandeur, ni fituation, ni même figure. Un objet d'un pouce, mis devant fon œil, & qui lui cachait une maifon, lui paraiffait auffi grand que la maifon. Tout ce qu'il voyait, lui femblait d'abord être fur fes yeux, & les toucher comme les objets du tact touchent la peau. Il ne pouvait diftinguer d'abord ce qu'il avait jugé rond à l'aide de fes mains, d'avec ce qu'il avait jugé angulaire; ni difcerner avec fes yeux, fi ce que fes mains avaient fenti être en haut ou en-bas, était en effet en-haut ou en-bas. Il était fi loin de connaître les grandeurs, qu'après avoir enfin conçu par la vûë, que fa maifon était plus grande que fa chambre, il ne concevait pas, comment la vûë pouvait donner cette idée. Ce ne fut qu'au bout de deux mois d'expérience, qu'il put apercevoir que les tableaux repréfentaient des corps folides. Et lorfqu'après ce long tâtonnement d'un fens nouveau en lui, il eut fenti que des corps, & non des furfaces feules, étaient peints dans les tableaux, il y porta la main; & fut étonné de ne point trouver avec fes mains ces corps folides, dont il commençait à apercevoir les repréfentations. Il demandait quel était le

trom-

trompeur , du fens du toucher , ou du fens de la vûe.

Ce fut donc une décifion irrévocable , que la manière dont nous voyons les chofes , n'eft point du tout la fuite immédiate des angles formés dans nos yeux. Car ces angles mathématiques étaient dans les yeux de cet homme, comme dans les nôtres ; & ne lui fervaient de rien fans le fecours de l'expérience & des autres fens.

Comment nous repréfentons - nous donc les grandeurs & les diftances ? De la même façon dont nous imaginons les paffions des hommes, par les couleurs qu'elles peignent fur leurs vifages, & par l'altération qu'elles portent dans leurs traits. Il n'y a perfonne, qui ne life tout d'un coup fur le front d'un autre, la douleur, ou la colère. C'eft la langue que la nature parle à tous les yeux ; mais l'expérience feule aprend ce langage. Auffi l'expérience feule nous aprend , que quand un objet eft trop loin, nous le voyons confufément & faiblement. De-là nous formons des idées, qui enfuite accompagnent toujours la fenfation de la vûe. Ainfi tout homme, qui, à dix pas, aura vû fon cheval haut de cinq pieds , s'il voit, quelques minutes après, ce cheval gros comme un mouton, fon ame , par un jugement involontaire, conclut à l'inftant que ce cheval eft très-loin.

Il eft bien vrai , que quand je vois mon cheval de la groffeur d'un mouton , il fe forme alors dans mon œil une peinture plus petite, un angle plus aigu ; mais c'eft - là ce qui accompagne, non ce qui caufe mon fentiment. De même il se fait un autre ébranlement dans mon cerveau, quand je vois un homme rougir de honte, que quand je le vois rougir de colère; mais ces différentes impreffions ne m'aprendraient rien de ce qui fe paffe dans l'ame de cet homme, fans l'expérience, dont la voix feule fe fait entendre.

Loin que cet angle foit la caufe immédiate de ce que je juge qu'un grand cheval eft très-loin, quand je vois ce cheval fort petit; il arrive au contraire, à tous les momens, que je vois ce même cheval également grand, à dix pas, à vingt, à trente, à quarante pas; quoique l'angle à dix pas foit double, triple, quadruple. Je regarde de fort loin, par un petit trou, un homme pofté fur un toit; le lointain & le peu de rayons m'empêchent d'abord de diftinguer fi c'eft un homme: l'objet me paraît très-petit, je crois voir une ftatuë de deux pieds tout au plus: l'objet fe remuë, je juge que c'eft un homme: & dès ce même inftant cet homme me parait de la grandeur ordinaire. D'où viennent ces deux jugemens fi différens ? Quand j'ai crû voir une ftatuë, je l'ai imaginée de deux pieds, parce que je la voyais fous un tel angle: nulle expérience ne pliait mon ame à démentir les traits imprimés dans ma rétine; mais dès que j'ai jugé que c'était un homme; la liaifon mife par l'expérience, dans mon cerveau, entre l'idée d'un homme & l'idée de la hauteur de cinq à fix pieds, me force, fans que j'y penfe, à imaginer, par un jugement foudain, que je vois un hom-

homme de telle hauteur, & à voir une telle hauteur en effet.

· Il faut absolument conclure de tout ceci, que les distances, les grandeurs, les situations, ne sont pas, à proprement parler, des choses visibles, c'est-à-dire, ne sont pas les objets propres & immédiats de la vûe. L'objet propre & immédiat de la vûe n'est autre chose que la lumiére colorée : tout le reste, nous ne le sentons qu'à la longue & par expérience. Nous aprenons à voir, précisément comme nous aprenons à parler & à lire. La différence est, que l'art de voir est plus facile, & que la Nature est également à tous notre maitre.

· Les jugemens soudains, presque uniformes, que toutes nos ames, à un certain âge, portent des distances, des grandeurs ; des situations, nous font penser, qu'il n'y a qu'à ouvrir les yeux, pour voir de la manière dont nous voyons. On se trompe ; il y faut le secours des autres sens. Si les hommes n'avaient que le sens de la vûe, ils n'auraient aucun moyen pour connaître l'étenduë en longueur, largeur & profondeur ; & un pur esprit ne la connaîtrait pas peut-être, à moins que DIEU ne la lui revélât. Il est très-difficile de séparer dans notre entendement l'extension d'un objet d'avec les couleurs de cet objet. Nous ne voyons jamais rien que d'étendu, & de-là nous sommes tout portés à croire, que nous voyons en effet l'étenduë. Nous ne pouvons guères distinguer dans notre ame ce jaune, que nous voyons dans un Louis d'or, d'avec ce Louis d'or dont nous voyons le jaune. C'est comme, me, lorfque nous entendons prononcer ce mot *Louis d'or*, nous ne pouvons nous empêcher d'attacher malgré nous l'idée de cette monnoie au fon que nous entendons prononcer.

Si tous les hommes parlaient la même langue, nous ferions toujours prêts à croire, qu'il y aurait une connexion néceffaire entre les mots & les idées. Or tous les hommes ont ici le même langage, en fait d'imagination. La Nature leur dit à tous : Quand vous aurez vû des couleurs pendant un certain tems, votre imagination vous repréfentera à tous, de la même façon, les corps auxquels ces couleurs femblent attachées. Ce jugement promt & involontaire que vous formerez, vous fera utile dans le cours de votre vie ; car s'il falait attendre, pour eftimer les diftances, les grandeurs, les fituations, de tout ce qui vous environne, que vous euffiez examiné des angles & des rayons vifuels, vous feriez morts avant que de favoir fi les chofes dont vous avez befoin, font à dix pas de vous, ou à cent-millions de lieues, & fi elles font de la groffeur d'un ciron, ou d'une montagne. Il vaudrait beaucoup mieux pour vous être nés aveugles.

Nous avons donc très-grand tort, quand nous difons que nos fens nous trompent. Chacun de nos fens fait la fonction à laquelle la Nature l'a deftiné. Ils s'aident mutuellement, pour envoyer à nôtre ame, par les mains de l'expérience, la mefure des connaiffances que nôtre être comporte. Nous demandons à nos fens ce qu'ils ne font point faits pour nous donner.

Nous

Nous voudrions que nos yeux nous fiffent connaître la folidité, la grandeur, la diftance, &c. mais il faut que le toucher s'accorde en cela avec la vûë, & que l'expériehce les feconde. Si le Pére *Mallebranche* avait envifagé la Nature par ce côté, il eût attribué peut-être moins d'erreurs à nos fens, qui font les feules fources de toutes nos idées.

Il ne faut pas fans doute étendre à tous les cas cette efpèce de Métaphyfique que nous venons de voir. Nous ne devons l'appeller au fecours, que quand les Mathématiques nous font infuffifantes ; & c'eft encor une erreur qu'il faut reconnaître dans le Pére *Mallebranche* ; il attribue, par exemple, à la feule imagination des hommes, des effets dont les feules régles d'Optique rendent raifon. Il croit que fi les Aftres nous paraiffent plus grands à l'Horifon qu'au Méridien, c'eft à l'imagination feule qu'il faut s'en prendre. Nous allons, dans le chapitre fuivant, expliquer ce Phénomène, qui depuis cent ans a exercé tant de Philofophes.

CHAPITRE VI.

POURQUOI LE SOLEIL ET LA LUNE PARAISSENT PLUS GRANDS A L'HORISON QU'AU MERIDIEN.

W *Allis* fut le premier qui crut que la longue interposition des terres, & même des nuages, fait paraitre le Soleil & la Lune plus grands à l'Horison qu'au Méridien. *Mallebranche* fortifia cette opinion de toutes les preuves que lui fournit la sagacité de son génie; *Regis* eut avec lui une dispute célèbre sur ce Phénomène; il l'attribuait aux réfractions qui se font dans les vapeurs de la Terre; & il se trompait, car les réfractions font précisément l'effet contraire à celui que *Regis* leur attribuait; mais le Pére *Mallebranche* ne se trompait pas moins, en soutenant, que l'imagination frapée de la longue étendue des terres & des nuages à notre Horison, se représente le même Astre plus grand au bout de ces terres & de ces nuées, que lorsqu'étant parvenu à son plus haut point, il est vû sans aucune interposition.

Les plus simples expériences démentent le système de *Mallebranche.* J'eus il y a quelques an-

années la curiofité d'examiner de fuite ce Phénomène. Je fis faire des tuyaux de carton de
fept à huit pieds de long, d'un demi-pied
de diamètre ; je fis regarder le Soleil à l'Horifon par plufieurs enfans, dont l'imagination
n'était point du tout accoutumée à juger de la
grandeur de l'Aftre par l'étendue qui paraît entre l'Aftre & les yeux. Ils ne voyaient pas
même ni le terrain ni les nuages. Le tube ne
leur laiffait que la vûe du Soleil, & tous le
virent beaucoup plus grand qu'à midi. Cette
expérience & plufieurs autres me détermi-
naient à imaginer une autre caufe ; & j'avais
déja le malheur de faire un fyftème, lorfque la folution mathématique de ce problème par Mr. *Smith* me tomba entre les mains,
& m'épargna les erreurs d'une hypothèfe.
Voici cette explication, qui mérite d'être é-
tudiée.

Il faut d'abord établir, que fuivant les régles
de l'Optique le Ciel nous doit paraître une voute furbaiffée. En voici une preuve familière.
Notre vûe s'étend diftinctement jufqu'au point
où les objets font dans notre œil un angle de
la huit-milliéme partie d'un pouce au moins,
felon les obfervations de *Houk*.

Fig. 12.

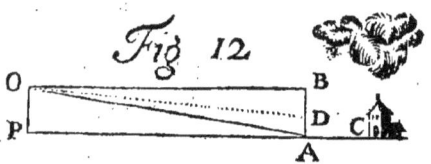

Fig 12.

Un homme O P , (*Fig.* 12.) haut de cinq pieds, regarde l'objet A B, auffi haut de cinq pieds, & diftant de vingt-cinq-mille pieds ; il le voit fous l'angle A, O, B ; mais cet angle A O, B, n'étant pas dans l'œil de la huit-milliéme partie d'un pouce, il ne le diftingue pas ; mais s'il regarde l'objet C, l'angle eft encor plus petit. Il le voit comme fi cet objet était en A D ; ainfi tout ce qui eft derrière C devient encor moins diftinct ; les maifons, les nuages qui feront derrière C, doivent paraître rafer l'Horifon vers C ; tous les nuages s'abaiffent donc pour nous à l'Horifon à la diftance de vingt-cinq-mille pieds, c'eft-à-dire à environ une lieue de trois-mille pas & deux tiers, & ils s'abaiffent par degrés : par conféquent tous les nuages qui s'élèvent en G (*Fig.* 13.) à environ trois quarts de lieue de hauteur, doivent nous paraître rafer notre Horifon. Ainfi au lieu de voir les nuages G G auffi hauts que le nuage N, nous voyons les nuages G G toucher la Terre, & le nuage N élevé environ à trois quarts de lieue au-deffus de nôtre tête ; nous ne devons donc voir le Ciel ni comme un platfond, ni comme un ceintre circulaire, mais comme une voute furbaiffée, dont le grand diamètre B B eft environ fix fois plus grand que le petit A , D.

Fig. 13.

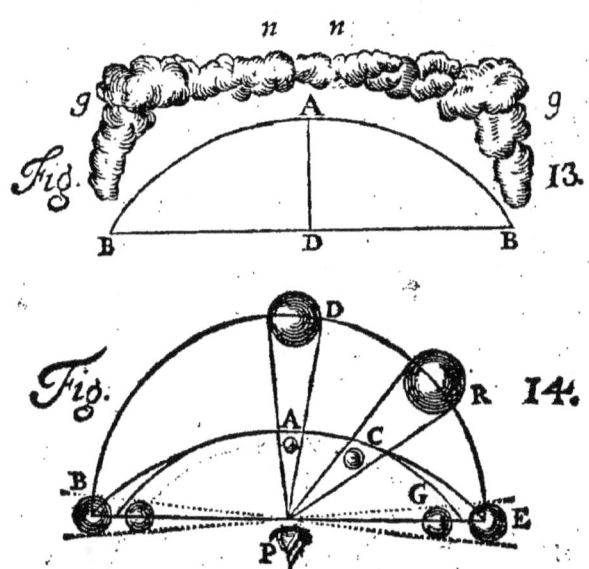

Nous voyons donc le Ciel en cette manière B, A, B (*Figure* 13.) & quand le Soleil ou
la Lune font en B à l'Horifon, ils nous paraiffent plus éloignés (à nous qui fommes en D)
d'environ un tiers, que quand ces Aftres font
en A ; or nous devons les voir fous les angles
qui viendront à nos yeux de B & de A. Il refte donc à examiner ces angles. (*Figure* 14.)
Il femblerait d'abord qu'ils devraient être plus
petits quand l'objet eft plus éloigné, & plus
grands quand il eft plus proche ; mais c'eft ici
tout le contraire. L'Aftre réel, l'Aftre tangible,
roule en B, D, R, E ; mais l'Aftre aparent va
dans la courbe B, A, C, G. Or les angles fe
forment par l'objet aparent. Tirez donc des angles

gles de l'œil qui eſt en P aux places réelles de l'A-
ſtre D, ces angles viendraient néceſſairement raſer les Aſtres aparens : vous voyez, par exemple,
que l'angle eſt conſidérablement grand à l'Horiſon en E, & qu'il devient aſſez petit en C;
la différence eſt plus grande au Méridien. L'Aſtre au Méridien a ſon diſque comme 3. & à
l'Horiſon à peu près comme 9. car les diamètres
de l'Aſtre ſont comme ſes diſtances aparentes ;
or la diſtance aparente de l'Aſtre eſt environ 9. à
l'Horiſon, & 3. au Méridien ; ainſi eſt ſa grandeur aparente.

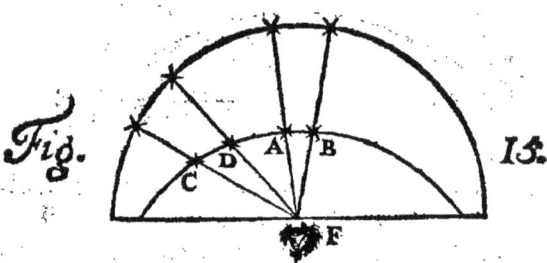

Fig. 15.

Cette vérité ſe confirme par une autre expérience d'un genre ſemblable. Regardez deux étoiles diſtantes entre elles réellement d'un dixiéme
de degré; elles vous paraiſſent beaucoup plus é-
loignées à l'Horiſon, & beaucoup plus raprochées
vers le Méridien. Ces deux étoiles toujours également diſtantes ſont vûes ſous l'angle F, C, D
vers l'Horizon (*Figure* 15.) lequel eſt beaucoup
plus grand que l'angle F, A, B au Méridien. Vous
voyez que cette différence aparente vient préciſément par la même raiſon que je viens de raporter.
Voici

Voici donc, selon cette régle, & selon les obfervations qui la confirment, les proportions
des grandeurs & des diftances aparentes du Soleil & de la Lune.

A l'Horifon ces Aftres font vûs de la grandeur . . . . . : 100

A quinze degrés au-deffus, de la grandeur 68

A trente degrés, de la grandeur . 50

A quatre - vingt - dix degrés, de la grandeur 30

De même deux étoiles quelconques, qui con-
fervent toujours entre elles leur même diftance,
paraiffent à l'Horifon éloignées l'une de l'autre
comme 100, & au Méridien comme 30 ; ce qui
eft toujours, comme vous voyez, la proportion
d'environ 9 à 3.

Cette théorie eft encor confirmée par une
autre obfervation. La Lune paraît confidérable-
ment plus grande en certains tems de l'année
qu'en d'autres; le Soleil paraît auffi plus grand
en Hyver qu'en Eté; & les différences de cette
grandeur aparente, étant plus fenfibles vers l'Horifon qu'au Méridien, elles font plus aifément
remarquées. La raifon de cette augmentation
de grandeur, c'eft que quand le diamètre de la
Lune & du Soleil paraît plus grand, ces
Aftres font en effet plus près de nous; le Soleil eft plus près de la Terre en Hyver qu'en
Eté, d'environ douze cent mille lieues; ainfi

en Hyver il paraît plus grand ; mais cette largeur de son disque est un peu diminuée par les réfractions de l'air épais. La Lune en Été est dans son Périgée ; ainsi elle paraît sous un plus grand diamètre, & la largeur de son disque à l'Horison est encor moins diminuée en Eté qu'en Hyver, parce que l'air dans l'Été est plus subtil & plus rare.

Ce Phénomène est donc entiérement du ressort de la Géomètrie & de l'Optique : & le Docteur *Smith* a la gloire d'avoir enfin trouvé la solution d'un problème sur lequel les plus grands génies avaient fait des systêmes inutiles.

CHA-

CHAPITRE VII.

DE LA CAUSE QUI FAIT BRISER LES RAYONS DE LA LUMIERE EN PASSANT D'UNE SUBSTANCE DANS UNE AUTRE; QUE CETTE CAUSE EST UNE LOI GENERALE DE LA NATURE INCONNUE AVANT NEWTON; QUE L'INFLEXION DE LA LUMIERE EST ENCOR UN EFFET DE CET-TE CAUSE, &c.

Ce que c'eſt que réfraction. Proportion des réfractions trouvée par Snellius. *Ce que c'eſt que ſinus de réfraction. Grande découverte de* Newton. *Lumiére briſée avant que d'entrer dans les corps. Examen de l'attraction. Il faut examiner l'attraction, avant que de ſe révolter contre ce mot. Impulſion & attraction également certaines & inconnuës. En quoi l'attraction eſt une qualité occulte. Preuves de l'attraction. Infléxion de la lumiére auprès des corps qui l'attirent.*

N Ous avons déja vû l'artifice preſque incompréhenſible de la réflexion de la lumiére, que l'impulſion connuë ne peut cauſer. Celui de la réfraction, dont nous allons reprendre l'examen, n'eſt pas moins ſurprenant.

Com-

Commençons par nous bien affermir dans une idée nette de la chose qu'il faut expliquer. Souvenons-nous bien, que quand la lumiére tombe d'une subftance plus rare, plus légére comme l'air, dans une fubftance plus pefante, plus denfe comme l'eau, & qui femble lui de-voir réfifter davantage, la lumiére alors quitte fon chemin, & fe brife en s'aprochant d'une per-pendicule, qu'on éléverait fur la furface de cet-te eau.

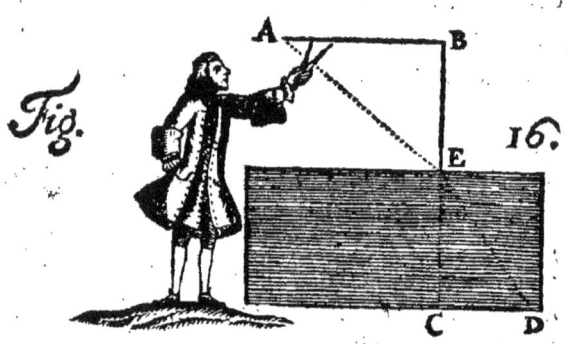

Pour avoir une idée bien nette de cette véri-té, (*Figure* 16.) regardez ce rayon qui tombe de l'air dans ce criftal. Vous favez comme il fe brife. Ce rayon A, E fait un angle avec cette perpendiculaire B, E, en tombant fur la furfa-ce de ce criftal. Ce mème rayon réfracté dans ce criftal, fait un autre angle avec cette mème perpendiculaire qui régle fa réfraction. Il fallut mefurer cette incidence & ce brifement de la lu-miére. Il femble que ce foit une chofe fort ai-fée ; cependant le Géomètre Arabe *Alhazen Vi-tellon*,

tellon, *Kepler* même, y échoüèrent. *Snellius Villebrod* eft le premier, au raport d'*Huygens* témoin oculaire, qui trouva cette proportion conftante, dans laquelle la lumiére fe rompt dans des milieux donnés. Il fe fervit des fécantes. *Defcartes* fe fervit enfuite des finus; ce qui eft précifément la même proportion, le même théorème, fous d'autres noms. Cette proportion eft très-aifée à entendre de ceux qui font le plus étrangers dans la Géométrie.

Plus la ligne A, B, que vous voyez, eft grande, plus la ligne C, D fera grande auffi. Cette ligne A, B eft ce qu'on appelle *finus* d'incidence. Cette ligne C, D eft le *finus* de la réfraction (*Figure* 16.) Ce n'eft pas ici le lieu d'expliquer en général ce que c'eft qu'un *finus*. Ceux qui ont étudié la Géométrie le favent affez. Les autres pouraient être un peu embaraffés de la définition. Il fuffit de bien favoir que ces deux *finus*, de quelque grandeur qu'ils foient, font toujours en proportion dans un milieu donné. Or cette proportion eft différente, quand la réfraction fe fait dans un milieu différent. La lumiére qui tombe obliquement de l'air dans du criftal, s'y brife de façon, que le *finus* de réfraction C, D eft au *finus* d'incidence A, B, comme 2. à 3. ce qui ne veut dire autre chofe, finon que cette ligne A, B eft un tiers plus grande dans l'air, en ce cas, que la ligne C, D dans ce criftal. Dans l'eau cette proportion eft de 3. à 4. Ainfi il eft palpable que dans tous les cas, dans toutes les obliquités d'incidence poffible, la force réfringente du criftal eft à celle de l'eau

I 3   com-

comme neuf eſt à huit ; il s'agit non ſeulement
de ſavoir la cauſe de la réfraction , mais celle de
toutes ces réfractions différentes. C'eſt là que les
Philoſophes ont tous fait des hypothèſes , & ſe
ſont trompés.

Enfin *Newton* ſeul a trouvé la véritable raiſon qu'on cherchait. Sa découverte mérite aſſû-
rément l'attention de tous les ſiécles. Car il ne
s'agit pas ici ſeulement d'une proprieté particu-
liére à la lumiére ; quoique ce fût déja beaucoup ;
nous verrons que cette proprieté apartient à tous
les corps de la nature. Conſidérez que les rayons
de la lumiére ſont en mouvement , que s'ils ſe
détournent en changeant leur courſe , ce doit
être par quelque loi primitive , & qu'il ne doit
arriver à la lumiére que ce qui arriverait à tous
les corps de même petiteſſe que la lumiére , toutes choſes d'ailleurs égales.

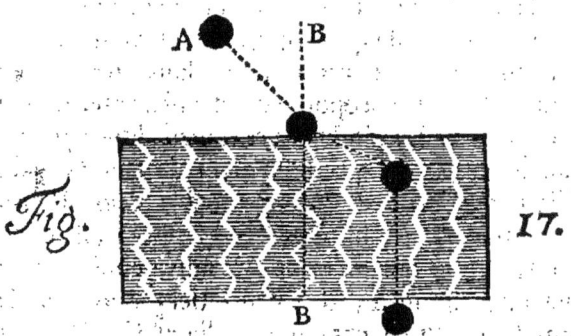

Qu'une balle de plomb A (*Figure* 17.) ſoit
pouſſée obliquement de l'air dans l'eau, il lui ar-
rivera d'abord le contraire de ce qui eſt arrivé à
ce rayon de lumiére ; car ce rayon délié paſſe
dans

dans des pores, & cette balle, dont la superficie
est large, rencontre la superficie de l'eau qui la
soutient. Cette balle s'éloigne donc d'abord de
la perpendiculaire B; mais lorsqu'elle a perdu
tout ce mouvement oblique qu'on lui avait imprimé, elle tombe alors, à peu près suivant une
perpendiculaire qu'on éleverait du point où elle
commence à descendre. Elle retarde, comme on
sait, sa chute dans l'eau, parce que l'eau lui
résiste; mais un rayon de lumière y augmente
au contraire sa célérité, parce que l'eau ne résiste pas aux rayons qui la pénètrent.

Il y a donc une force telle qu'elle soit, qui
agit entre les corps & la lumière.

Que cette attraction, que cette tendance existe, nous n'en pouvons douter: car nous avons
vû la lumière attirée par le verre, y rentrer sans
toucher à rien; or cette force agit nécessairement
en ligne perpendiculaire, la ligne perpendiculaire
étant le plus court chemin. Puisque cette force
existe, elle est dans toutes les parties du corps
qui l'exerce. Les parties de la superficie d'un
corps quelconque, éprouvent donc ce pouvoir,
avant qu'il pénètre l'intérieur de la substance,
avant qu'il parvienne au point où il est dirigé.
(*Figure* 18.) Ainsi dès que ce rayon est arrivé
près de la superficie du cristal, ou de l'eau, il
prend déja un peu en cette manière le chemin
de la perpendicule.

I 4   *Fig.* 18.

Fig. 18.

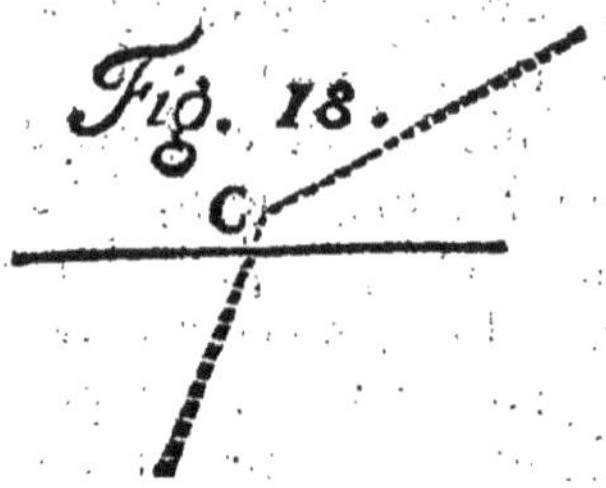

Il se brise déja un peu en C avant que d'entrer : plus il entre, plus il se brise ; parce que
plus il aproche, plus il est attiré. Il y a encore une raison importante pour laquelle le rayon s'infléchit nécessairement par une courbure
insensible, avant que de pénétrer en ligne droite
dans le cristal. C'est parce qu'il n'y a point d'angle rigoureux dans la nature, un mouvement
continu ne peut changer de direction qu'en passant par tous les degrés possibles de changement ;
il ne peut donc de la ligne droite passer tout
d'un coup en une autre ligne droite, sans tra-
cer une petite courbe qui joigne ces deux lignes
ensemble. Ainsi le principe de continuité établi par
Leibnitz & par l'attraction de *Newton* se réunissent dans ce phénomène. Ce rayon ne tombe
donc pas tout-à-fait perpendiculairement, &
ne suit pas sa première ligne droite oblique, en
traversant cette eau, ou ce verre ; mais il suit
une ligne qui participe des deux côtés, & qui
descend d'autant plus vite, que l'attraction de
cette eau, ou de ce cristal, est plus forte. Donc
loin que l'eau rompe les rayons de lumière, en
leur résistant, comme on le croyait, elle les
rompt

rompt en effet, parce qu'elle ne réfifte pas, &, au contraire, parce qu'elles les attire. Il faut donc dire que les rayons fe brifent vers la perpendiculaire, non pas quand ils paffent d'un milieu plus réfiftant, mais quand ils paffent *d'un milieu moins attirant dans un milieu plus attirant.* Obfervez qu'il ne faut jamais entendre par ce mot *attirant*, que le point vers lequel fe dirige une force reconnuë, une propriété inconteftable de la matiére, laquelle propriété eft très-fenfible entre la lumiére & les corps. Que l'on confidère que depuis l'an 1672. que *Newton* fit voir cette attraction, aucun Philofophe n'a pû imaginer une raifon plaufible de ce brifement de la lumiére.

Les uns vous difent; Le criftal réfracte les rayons de lumiére, parce qu'il leur réfifte; mais s'il leur réfifte, pourquoi ces rayons y entrent-ils plus facilement & avec plus de vîteffe? Les autres imaginent une matiére dans le criftal, qui ouvre de tous côtés des chemins plus faciles; mais fi ces chemins font fi faciles de tous côtés, pourquoi la lumiére n'y entre-t-elle pas fans fe détourner? Ceux-ci inventent des Atmofphères; ceux-là des tourbillons; tous leurs fyftèmes croulent par quelque endroit; il faut donc, je crois, s'en tenir aux découvertes de *Newton*, à cette attraction vifible; dont ni lui, ni aucun Philofophe, n'ont pû trouver la raifon.

Vous favez que beaucoup de gens, autant attachés à la Philofophie, ou plûtôt au nom de *Defcartes*, qu'ils l'étaient auparavant au nom d'*Ariftote*, fe font foulevés contre l'attraction.

tion. Les uns n'ont pas voulu l'étudier ; les autres l'ont méprisée, & l'ont insultée, après l'avoir à peine examinée ; mais je prie le lecteur de faire les trois réflexions suivantes.

I. Qu'entendons-nous par attraction ? Rien autre chose qu'une force par laquelle un corps s'aproche d'un autre, sans que l'on voye, sans que l'on connaisse aucune autre force qui le pousse.

II. Cette propriété de la matiére est établie par les meilleurs Philosophes en Angleterre, en Allemagne, en Hollande, & même dans plusieurs Universités d'Italie, où des loix un peu rigoureuses ferment quelquefois l'accès à la vérité. Le consentement de tant de savans hommes n'est-elle pas une raison puissante pour examiner au moins, si cette force existe ou non ?

III. L'on devrait songer que l'on ne connait pas plus la cause de l'impulsion, que de l'attraction. On n'a pas même plus d'idée de l'une de ces forces que de l'autre ; car il n'y a personne qui puisse concevoir pourquoi un corps a le pouvoir d'en remuer un autre de sa place. Nous ne concevons pas non plus, il est vrai, comment un corps en attire un autre, ni comment les parties de la matiére gravitent mutuellement, comme il sera prouvé. Aussi ne dit-on pas que *Newton* se soit vanté de connaître la raison de cette attraction. Il a prouvé simplement qu'elle existe ; il a vû dans la matiére des phénomènes constants, une propriété universelle. Si un homme trouvait un nouveau métal dans la terre, ce métal existerait-il moins, parce que l'on

ne

ne connaîtrait pas les premiers principes dont il ferait formé ?

On dit fouvent que l'attraction eft une qua-lité occulte. Si on entend par ce mot un principe réel dont on ne peut rendre raifon, tout l'Uni-vers eft dans ce cas. Nous ne favons ni com-ment il y a du mouvement, ni comment il fe communique, ni comment les corps font élaf-tiques, ni comment nous penfons, ni comment nous vivons, ni comment, ni pourquoi quelque chofe exifte ; tout eft qualité occulte. Si on en-tend par ce mot une expreffion de l'ancienne é-cole, un mot fans idée, que l'on confidère feu-lement que c'eft par les plus fublimes & les plus exactes démonftrations mathématiques que *New-ton* a fait voir aux hommes ce principe qu'on s'efforce de traiter de chimère.

Nous avons vû, que les rayons réfléchis d'un miroir ne fauraient venir à nous de fa furface. Nous avons expérimenté, que les rayons, tranf-mis dans du verre à un certain angle, revien-nent au lieu de paffer dans l'air ; & s'il y a du vuide derrière ce verre, les rayons qui étaient tranfmis auparavant reviennent de ce vuide à nous. Certainement il n'y a point là d'impulfion connue. Il faut de toute néceffité admettre un autre pouvoir ; il faut bien auffi avouer, qu'il y a dans la réfraction quelque chofe qu'on n'en-tendait pas jufqu'à préfent. Or quelle fera cet-te puiffance qui rompra ce rayon de lumière dans ce baffin d'eau ? Il eft démontré (comme nous le dirons au chapitre fuivant) que ce qu'on avait cru jufqu'à préfent un fimple rayon de lumière,

eft

eft un faifceau de plufieurs rayons, qui fe réfractent tous différemment. Si de ces traits de
lumiére contenus dans ce rayon, l'un fe réfracte,
par exemple, à quatre mefures de la perpendiculaire, l'autre fe rompra à trois mefures. Il eft
démontré que les plus réfrangibles, c'eft-à-dire,
par exemple, ceux qui en fe brifant au fortir
d'un verre, & en prenant dans l'air une nouvelle direction, s'aprochent moins de la perpendiculaire de ce verre, font auffi ceux qui fe réfléchiffent le plus aifément, le plus vîte. Il y a
donc déja bien de l'aparence que ce fera la même loi qui fera réfléchir la lumiére, & qui la fera réfracter.

Enfin, fi nous trouvons encor quelque nouvelle propriété de la lumiére, qui paraiffe devoir
fon origine à la force de l'attraction, ne devons-
nous pas conclure que tant d'effets appartiennent
à la même caufe? Voici cette nouvelle propriété qui fut découverte par le Pére *Grimaldi* Jéfuite vers l'an 1660. & fur laquelle *Newton* a
pouffé l'examen jufqu'au point de mefurer l'ombre d'un cheveu à des diftances différentes. Cette propriété eft l'inflexion de la lumiére. Non feulement les rayons fe brifent en paffant dans le
milieu dont la maffe les attire : mais d'autres rayons, qui paffent dans l'air auprès des bords de
ce corps attirant, s'aprochent fenfiblement de
ce corps, & fe détournent vifiblement de leur
chemin.

Fig. 19.

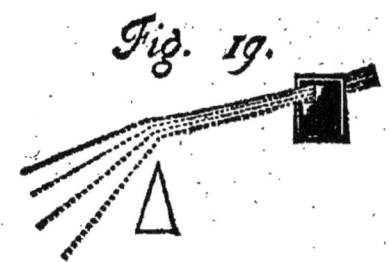

Fig. 19.

Mettez (*Figure* 19.) dans un endroit obſ-
cur cette lame d'acier, ou de verre aminci, qui
finit en pointe : expoſez-la auprès d'un petit trou
par lequel la lumiére paſſe ; que cette lumiére
vienne raſer la pointe de ce métal : vous verrez
les rayons ſe courber auprès en telle manière,
que le rayon qui s'aprochera le plus de cette
pointe, ſe courbera davantage, & que celui qui
en ſera le plus éloigné, ſe courbera moins à proportion. N'eſt-il pas de la plus grande vraiſemblance, que le même pouvoir qui briſe ces rayons, quand ils ſont dans ce milieu, les force à ſe détourner, quand ils ſont près de ce milieu ? Voilà donc la réfraction, la tranſparence,
la réflexion, aſſujetties à de nouvelles loix. Voilà une inflexion de la lumiére, qui dépend évidemment de l'attraction. C'eſt un nouvel Univers qui ſe préſente aux yeux de ceux qui veulent voir.

Nous montrerons bientôt qu'il y a une attraction évidente entre le Soleil & les Planètes,
une

une tendance mutuelle de tous les corps les uns vers les autres. Mais nous avertiſſons encor ici d'avance, que cette attraction, qui fait graviter les Planètes ſur nôtre Soleil, n'agit point du tout dans les mêmes raports que l'attraction des petits corps qui ſe touchent. Ce ſont même probablement des attractions de genres abſolument différens. Ce ſont de nouvelles & différentes proprietés de la lumiére & des corps que *Newton* a découvertes. Il ne s'agit pas ici de leur cauſe, mais ſimplement de leurs effets, ignorés juſqu'à nos jours. Qu'on ne croye point que la lumiére eſt infléchie vers le criſtal & dans le criſtal, ſuivant le même raport, par exemple, que *Mars* eſt attiré par le Soleil.

C H A-

CHAPITRE VIII.

SUITES DES MERVEILLES
DE LA REFRACTION DE LA LUMIERE. QU'UN
SEUL RAYON DE LA LUMIERE CONTIENT EN
SOI TOUTES LES COULEURS POSSIBLES ; CÉ
QUE C'EST QUE LA REFRANGIBILITE'.
DECOUVERTES NOU-
VELLES.

Imagination de Descartes *sur les couleurs. Erreur
de* Mallebranche. *Expérience & démonstration
de* Newton. *Anatomie de la lumière. Couleurs
dans les rayons primitifs. Vaines objections contre ces découvertes. Critiques encore plus vaines. Expérience importante.*

SI vous demandez aux Philosophes ce qui produit les couleurs, *Descartes* vous répondra,
que les *globules de ses élémens font déterminés à
tournoyer fur eux-mêmes, outre leur tendance au
mouvement en ligne droite, & que ce font les différens tournoyemens, qui font les différentes couleurs.* Mais ses élémens, ses globules, fon tournoyement, ont-ils même besoin de la pierre de
touche de l'expérience, pour que le faux s'en fas-
fe sentir ? Une foule de démonstrations anéantit
ces chimères.

Mallebranche vient à son tour, & vous dit:
Il est vrai, que Descartes *s'est trompé. Son tour-*
noyement

noyement de globules n'eſt pas ſoutenable ; mais ce ne ſont pas des globules de lumiére , ce ſont de petits tourbillons tournoyans de matiére ſubtile , capables de compreſſion , qui ſont la cauſe des couleurs ; & les couleurs conſiſtent, comme les ſons, dans des vibrations de preſſion. Et il ajoute : *Il me paraît impoſſible de découvrir par aucun moyen les raports exacts de ces vibrations* , c'eſt-à-dire , des couleurs. Vous remarquerez , qu'il parlait ainſi dans l'Académie des Sciences en 1699. & que l'on avait déja découvert ces proportions en 1675. ; non pas proportions de vibration de petits tourbillons , qui n'exiſtent point ; mais proportions de la réfrangibilité des rayons , qui contiennent les couleurs, comme nous le dirons bientôt. Ce qu'il croyait impoſſible était déja démontré aux yeux , reconnu vrai par le ſens , ce qui aurait bien déplu au Pére *Mallebranche.*

D'autres Philoſophes ſentant le faible de ces ſuppoſitions , vous diſent au moins avec plus de vraiſemblance : *Les couleurs viennent du plus ou du moins de rayons réfléchis des corps colorés. Le blanc eſt celui qui en réfléchit davantage ; le noir eſt celui qui en réfléchit le moins. Les couleurs les plus brillantes ſeront donc celles , qui vous aporteront plus de rayons. Le rouge , par exemple , qui fatigue un peu la vuë , doit être compoſé de plus de rayons , que le verd , qui la repoſe davantage.* Cette hypothéſe (déja ſuſpecte , puiſqu'elle eſt hypothéſe) ne paraît qu'une erreur groſſiére , dès qu'on a ſeulement conſidéré un tableau à un jour faible , & enſuite à un grand jour. Car on voit toujours les mêmes couleurs. Du
blanc ,

blanc, qui n'eſt éclairé que d'une bougie, eſt toujours blanc; & le verd éclairé de mille bougies,
ſera toujours verd.

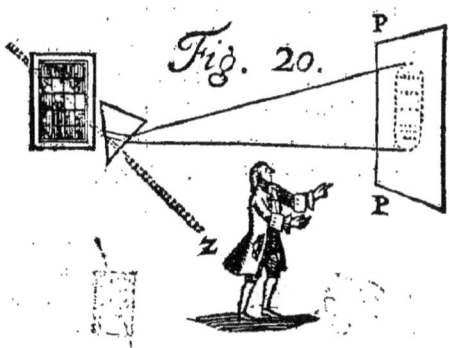

Fig. 20.

Adreſſez - vous enfin à *Newton.* Il vous dira :
Ne m'en croyez pas : n'en croyez que vos yeux
& les Mathématiques : mettez-vous dans une
chambre tout-à-fait obſcure, où le jour n'entre
que par un trou extrémement petit ; le rayon
de la lumiére viendra ſur du papier vous donner la couleur de la blancheur. Expoſez tranſ-
verſàlement à un rayon de lumiére ce priſme
de verre (*Figure* 20.) ; enſuite mettez à une
diſtance d'environ ſeize ou dix-ſept pieds une
feuille de papier PP vis-à-vis ce priſme. Vous
ſavez, que la lumiére ſe briſe en entrant de l'air
dans ce priſme ; vous ſavez qu'elle ſe briſe en
ſens contraire, en ſortant de ce priſme dans l'air.
Si elle ne ſe briſait pas ainſi, elle irait de ce trou
tomber ſur le plancher de la chambre Z. Mais,
comme il faut que la lumiére en s'échapant s'éloigne de la ligne Z, cette lumiére ira donc fraper
le papier. C'eſt là que ſe voit tout le ſecret de

Mélanges, &c.   K   la

la lumiére & des couleurs. Ce rayon, qui eſt
tombé ſur ce priſme n'eſt pas, comme on croyait,
un ſimple rayon ; c'eſt un faiſceau de ſept prin-
cipaux faiſceaux de rayons, dont chacun porte
en ſoi une couleur primitive, primordiale, qui
lui eſt propre. Des mélanges de ces ſept rayons
naiſſent toutes les couleurs de la nature ; & les
ſept réunis enſemble, réfléchis enſemble de deſ-
ſus un objet, forment la blancheur.

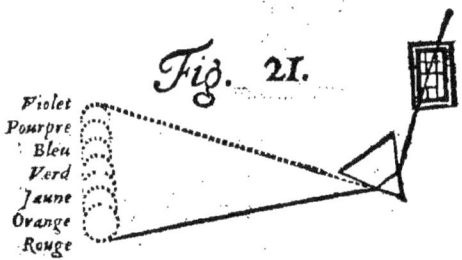

Fig. 21.

Violet
Pourpre
Bleu
Verd
Jaune
Orange
Rouge

Aprofondiſſez cet article admirable. Nous a-
vions déja inſinué, que les rayons de la lumiére
ne ſe réfractent pas, ne ſe briſent pas tous également ; ce qui ſe paſſe ici en eſt aux yeux une
démonſtration évidente. Ces ſept rayons de lumiére échapés du corps de ce rayon, qui s'eſt
anatomiſé au ſortir du priſme, viennent ſe placer, chacun dans leur ordre, ſur ce papier blanc,
chaque rayon occupant une ovale. Le rayon qui
a le moins de force pour ſuivre ſon chemin, le
moins de roideur, le moins de ſubſtance, s'écarte
plus dans l'air de la perpendiculaire du priſme.
Celui qui eſt plus fort (*Figure* 21.) le plus den-
ſe, le plus vigoureux, s'en écarte le moins. Voyez

yez-vous ces sept rayons, qui viennent se brifer
les uns au-deffus des autres? Chacun d'eux peint
fur ce papier la couleur primitive qu'il porte en
lui-même. Le premier rayon, qui s'écarte le
moins de cette perpendicule du prifme, eft couleur de feu, le fecond orangé, le troifiéme jaune, le quatriéme verd, le cinquiéme bleu, le
fixiéme pourpre; enfin celui qui s'écarte davantage de la perpendicule, & qui s'élève le dernier
au-deffus des autres, eft le violet. Un feul faifceau de lumiére, qui auparavant faifait la couleur blanche, eft donc un compofé de fept faifceaux, qui ont chacun leur couleur. L'affemblage de fept rayons primordiaux fait donc le blanc.

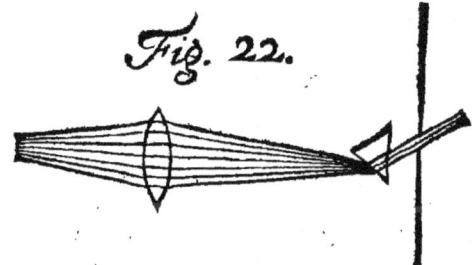

Fig. 22.

Si vous en doutez encore, prenez un des verres lenticulaires de lunette, qui raffemblent tous
les rayons à leur foyer: expofez ce verre au
trou par lequel entre la lumiére: vous ne verrez jamais à ce foyer qu'un rond de blancheur.
Expofez ce même verre au point, où il poura
raffembler tous les fept rayons partis du prifme:
il réunit, comme vous le voyez, ces fept rayons
dans fon foyer (*Figure* 22.). La couleur de ces
fept rayons réunis eft blanche; donc il eft dé-

K 2   mon-

montré que la couleur de tous les rayons réunis eft la blancheur. Le noir par conféquent fera le corps, qui ne réfléchira point de rayons.
Car lorfqu'à l'aide du prifme vous avez féparé
un de ces rayons primitifs, expofez-le à un miroir, à un verre ardent, à un autre prifme, jamais il ne changera de couleur, jamais il ne fe
féparera en d'autres rayons. Porter en foi une
telle couleur, eft fon effence; rien ne peut plus
l'altérer; & pour furabondance de preuve, prenez des fils de foie de différentes couleurs; expofez un fil de foie bleue, par exemple, au rayon rouge, cette foie deviendra rouge. Mettez-
la au rayon jaune, elle deviendra jaune; ainfi
du refte. Enfin ni réfraction, ni réflexion, ni aucun moyen imaginable ne peut changer ce rayon primitif, femblable à l'or que le creufet a
éprouvé, & encore plus inaltérable.

Cette propriété de la lumiére, cette inégalité
dans les réfractions de fes rayons, eft appellée
par *Newton* réfrangibilité. On s'eft d'abord révolté contre le fait, & on l'a nié longtems,
parce que Mr. *Mariote* avait manqué en France
les expériences de *Newton*. On aima mieux dire que *Newton* s'était vanté d'avoir vû ce qu'il
n'avait point vû, que de penfer que *Mariote* ne
s'y était pas bien pris pour voir, & qu'il n'a-
vait pas été affez heureux dans le choix des
prifmes qu'il employa. Enfuite même, lorfque
ces expériences ont été bien faites, & que la
vérité s'eft montrée à nos yeux, le préjugé
a fubfifté encor au point, que dans plufieurs
journaux & dans plufieurs livres faits depuis
l'année

l'année 1730. on nie hardiment ces mêmes expériences, que cependant on fait dans toute l'Europe. C'est ainsi qu'après la découverte de la circulation du sang, on soutenait encor des thèses contre cette vérité, & qu'on voulait même rendre ridicules ceux qui expliquaient la découverte nouvelle, en les appellant *Circulateurs*. Enfin quand on a été obligé de céder à l'évidence, on ne s'est pas rendu encore: on a vû le fait, & on a chicané sur l'expression: on s'est révolté contre le terme de réfrangibilité, aussibien que contre celui d'attraction, de gravitation. Eh qu'importe le terme, pourvû qu'il indique une vérité? Quand *Christophe Colomb* découvrit l'Isle Hispaniola, ne pouvait-il pas lui imposer le nom qu'il voulait? Et n'apartient-il pas aux inventeurs de nommer ce qu'ils créent, ou ce qu'ils découvrent? On s'est récrié, on a écrit contre des mots que *Newton* employe avec la précaution la plus sage pour prévenir des erreurs.

Il appelle ces rayons, rouges, jaunes, &c. des rayons *rubrifiques, jaunifiques*; c'est-à-dire, excitant la sensation de rouge, de jaune. Il voulait par-là fermer la bouche à quiconque aurait l'ignorance, ou la mauvaise foi, de lui imputer qu'il croyait, comme *Aristote*, que les couleurs sont dans les choses mêmes, dans ces rayons jaunes & rouges, & non dans notre ame. Il avait raison de craindre cette accusation. J'ai trouvé des hommes, d'ailleurs respectables, qui m'ont assuré que *Newton* était Péripatéticien, qu'il pensait que les rayons sont colorés en effet eux-mêmes, comme on pensait autrefois que le

K 3 feu

feu était chaud ; mais ces mêmes Critiques m'ont
affuré auffi que *Newton* était Athée. Il eft vrai,
qu'ils n'avaient pas lû fon livre, mais ils en a-
vaient entendu parler à des gens qui avaient
écrit contre fes expériences fans les avoir vûes.
Ce qu'on écrivit d'abord de plus doux contre
Newton, c'eft que fon fyftème eft une hypothèfe ; mais qu'eft-ce qu'une hypothèfe ? Une fuppofition. En vérité, peut-on appeller du nom de
fuppofition, des faits tant de fois démontrés ?
Eft-ce parce qu'on eft né en France qu'on rougit de recevoir la vérité des mains d'un Anglais ?
Ce fentiment ferait bien indigne d'un Philofophe. Il n'y a pour quiconque penfe, ni Français, ni Anglais : celui qui nous inftruit eft notre compatriote.

La réfrangibilité, & la réflexion dépendent
évidemment de la même caufe. Cette réfrangibilité que nous venons de voir, étant attachée
à la réfraction, doit avoir fa fource dans le même principe. La même caufe doit préfider au
jeu de tous ces refforts : c'eft-là l'ordre de la nature. Tous les végétaux fe nouriffent par les
mêmes loix ; tous les animaux ont les mêmes
principes de vie. Quelque chofe qui arrive
aux corps en mouvement, les loix du mouvement font invariables. Nous avons déja vû
que la réflexion, la réfraction, l'inflexion de
la lumiére, font les effets d'un pouvoir qui
n'eft point l'impulfion (au moins connuë :)
ce même pouvoir fe fait fentir dans la réfrangibilité ; ces rayons, qui s'écartent à des diftances différentes, nous avertiffent que le milieu

ieu dans lequel ils paſſent, agit ſur eux inégalement. Un faiſceau de rayons eſt attiré dans
le verre, mais ce faiſceau de rayons eſt compoſé de maſſes inégales. Ces maſſes ſont donc
inégalement attirées; ſi cela eſt, elles doivent
donc ſe réfléchir de ce priſme, dans le même
ordre qu'elles s'y ſont réfractées; le rayon le
plus réflexible doit être le plus réfrangible.

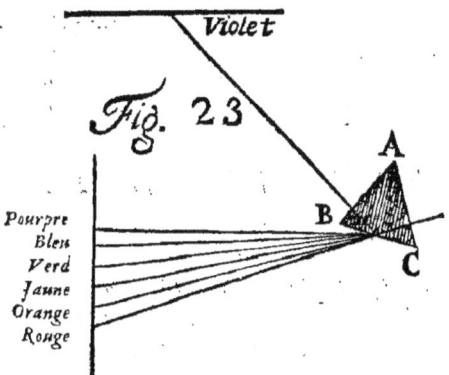

Ce priſme a envoyé ſur ce papier ces ſept
couleurs : tournez ce priſme ſur lui-même dans
le ſens A, B, C, (*Figure* 23.) vous aurez bientôt cet angle, ſelon lequel toute lumiére ſe réfléchira de dedans ce priſme au-dehors, au lieu de
paſſer ſur ce papier. Si-tôt que vous commencez
à aprocher de cet angle; voilà tout d'un coup
le rayon violet qui ſe détache de ce papier, &
que vous voyez ſe porter au plat-fond de la
chambre. Après le violet vient le pourpre,
le bleu; enfin le rouge quitte le dernier ce
papier, où il eſt peint, pour venir à ſon tour

ſe

ſe réfléchir ſur le plat-fond. Donc tout rayon eſt plus réflexible à meſure qu'il eſt plus réfrangible ; donc la même cauſe opère la réflexion & la réfrangibilité.

Or la partie ſolide du verre ne fait ni cette réfrangibilité, ni cette réflexion ; donc encore une fois ces propriétés ont leur naiſſance dans une autre cauſe que dans l'impulſion connue ſur la Terre. Il n'y a rien à dire contre ces expériences, il faut s'y ſoumettre, quelque rebelle que l'on ſoit à l'évidence.

CHAPITRE IX.

DE L'ARC-EN-CIEL;
QUE CE METEORE EST UNE SUITE NECESSAIRE DES LOIX DE LA REFRANGIBILITE'.

Mécaniſme de l'Arc-en-ciel inconnu à toute l'Antiquité. Ignorance d'Albert le Grand. L'Archevêque Antonio de Dominis eſt le premier qui ait expliqué l'Arc-en-ciel. Son expérience. Imitée par Deſcartes. La réfrangibilité unique raiſon de l'Arc-en-ciel. Explication de ce Phénomène. Les deux Arcs-en-ciel. Ce Phénomène vû toujours en demi-cercle.

L'Arc-en-ciel, ou l'Iris, eſt une ſuite néceſſaire des propriétés de la lumiére que nous venons d'obſerver. Nous n'avons rien dans les écrits

écrits des Grecs, ni des Romains, ni des Arabes, qui puisse faire penser qu'ils connussent les raisons de ce Phénomène. *Lucrèce* n'en dit rien; & par toutes les absurdités qu'il débite au nom d'*Epicure* sur la lumiére & sur la vision, il parait que son siécle, si poli d'ailleurs, était plongé dans une profonde ignorance en fait de Physique. On savait qu'il faut qu'une nuée épaisse se résolvant en pluye, soit exposée aux rayons du Soleil, & que nos yeux se trouvent entre l'Astre & la nuée pour voir ce qu'on appellait l'Iris, *mille trahit varios adverso sole colores;* mais voilà tout ce qu'on savait : personne n'imaginait ni pourquoi une nuée donne des couleurs, ni comment la nature & l'ordre des couleurs sont déterminés, ni pourquoi il y a deux Arcs-en-ciel l'un sur l'autre, ni pourquoi on voit toujours ces phénomènes sous la figure d'un demi-cercle.

Albert, qu'on a surnommé *le Grand*, parce qu'il vivait dans un siécle où les hommes étaient bien petits, imagina que les couleurs de l'Arc-en-ciel venaient d'une rosée qui est entre nous & la nuée, & que ces couleurs reçues sur la nuée, nous étaient envoyées par elle. Vous remarquerez encore, que cet *Albert le Grand* croyait, avec toute l'école, que la lumiére était un accident.

Enfin le célèbre *Antonio de Dominis* Archevêque de Spalatro en Dalmatie, chassé de son Evêché par l'Inquisition, écrivit vers l'an 1590. son petit Traité *De radiis Lucis & de Iride*, qui ne fut imprimé à Venise que vingt ans après. Il fut le premier qui fit voir que les rayons du Soleil,

leil, réfléchis de l'intérieur même des goutes de pluye, formaient cette peinture qui paraît en arc, & qui semblait un miracle inexplicable; il rendit le miracle naturel, ou plûtôt il l'expliqua par de nouveaux prodiges de la Nature. Sa découverte était d'autant plus singuliére, qu'il n'avait d'ailleurs que des notions très-fauffes de la manière dont fe fait la vifion. Il affûre dans fon livre que les images des objets font dans la prunelle, & qu'il ne fe fait point de réfraction dans nos yeux; chofe affez singuliére pour un bon Philofophe! Il avait découvert les réfractions alors inconnuës dans les goutes de l'Arc-en-ciel, &, il niait celles qui fe font dans les humeurs de l'œil, qui commençaient à être démontrées; mais laiffons fes erreurs pour examiner la vérité qu'il a trouvée.

Il vit, avec une fagacité alors bien peu commune, que chaque rangée, chaque bande de goutes de pluye qui forme l'Arc-en-ciel, devait renvoyer des rayons de lumiére fous différens angles: il vit que la différence de ces angles devait faire celle des couleurs: il fut mefurer la grandeur de ces angles: il prit une boule d'un criftal bien tranfparent, qu'il remplit d'eau; il la fufpendit à une certaine hauteur expofée aux rayons du Soleil. *Defcartes*, qui a fuivi *Antonio de Dominis*, qui l'a rectifié & furpaffé en quelque chofe, & qui aurait dû le citer, fit auffi la même expérience. Quand cette boule eft fufpenduë à telle hauteur que le rayon de lumiére, qui donne du Soleil fur la boule, fait avec le rayon allant de la boule à l'œil un angle de quaranté-deux degrés

deux

deux ou trois minutes, cette boule donne toujours une couleur rouge. Quand cette boule eſt ſuſpendué un peu plus bas, & que ces angles ſont plus petits, les autres couleurs de l'Arc-en-ciel paraiſſent ſucceſſivement de façon, que le plus grand angle, en ce cas, fait le rouge, & que le plus petit angle de quarante degrés dix-ſept minutes forme le violet. C'eſt-là le fondement de la connaiſſance de l'Arc-en-ciel; mais ce n'en eſt encor que le fondement.

La réfrangibilité ſeule rend raiſon de ce phénomene ſi ordinaire, ſi peu connu, & dont très-peu de commençans ont une idée nette: tâchons de rendre la choſe ſenſible à tout le monde. Suſpendons une boule de criſtal pleine d'eau, expoſée au Soleil: plaçons-nous entre le Soleil & elle; pourquoi cette boule m'envoye-t-elle des couleurs? & pourquoi certaines couleurs? Des maſſes de lumiére, des millions de faiſceaux, tombent du Soleil ſur cette boule: dans chacun de ces faiſceaux il y a des traits primitifs, des rayons homogènes, pluſieurs rouges, pluſieurs jaunes, pluſieurs verds, &c. tous ſe briſent à leur incidence dans la boule; chacun d'eux ſe briſe différemment & ſelon l'eſpece dont il eſt, & ſelon l'endroit dans lequel il entre. Vous ſavez déja que les rayons rouges ſont les moins réfrangibles; les rayons rouges d'un certain faiſceau déterminé iront donc ſe réunir dans un certain point déterminé au fond de la boule, tandis que les rayons bleus & pourpres du même faiſceau iront ailleurs. Ces rayons rouges ſortiront auſſi de la boule en un endroit,

&

& les verds, les bleus, les pourpres en un autre endroit. Ce n'eſt pas aſſez ; il faut examiner
les points où tombent ces rayons rouges en entrant dans cette boule, & en ſortant pour venir à votre œil.

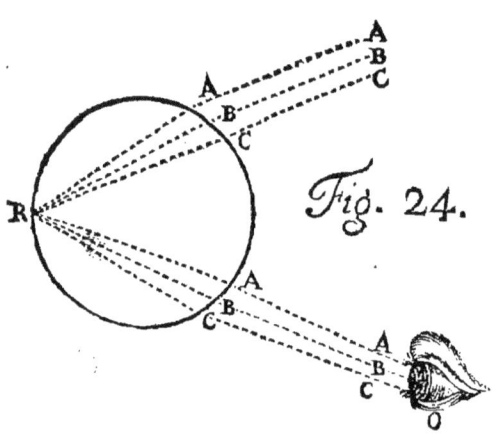

Fig. 24.

Pour donner à ceci tout le degré de clarté
néceſſaire, concevons cette boule telle qu'elle
eſt en effet, un aſſemblage d'une infinité de ſurfaces planes ; car le cercle étant compoſé d'u-
ne infinité de droites infiniment petites, la
ſphère n'eſt dans ſa circonférence qu'une infinité de ſurfaces. (*Figure* 24.) Des rayons
rouges A, B, C, viennent parallèles du Soleil ſur
ces trois petites ſurfaces. N'eſt-il pas vrai, que
chacun ſe briſe ſelon ſon degré d'incidence ?
N'eſt-il pas manifeſte que le rayon rouge A tombe plus obliquement ſur ſa petite ſurface, que
                                                    le

le rayon rouge B ne tombe fur la fienne? Ainfi
tous deux viennent au point R par différens chemins. Le rayon rouge C, tombant fur fa petite
furface encor moins obliquement, fe rompt
bien moins, & arrive auffi au point R en ne fe
brifant que très-peu. J'ai donc déja trois rayons
rouges; c'eft-à-dire, trois faifceaux de rayons
rouges, qui aboutiffent au même point R. A
ce point R chacun fait un angle de réflexion
égal à fon angle d'incidence ; chacun fe brife à
fon émergence de la boule, en s'éloignant de la
perpendiculaire de la nouvelle petite furface
qu'il rencontre, de même que chacun s'eft
rompu à fon incidence en s'aprochant de fa perpendicule ; donc tous reviennent parallèles,
donc tous entrent dans l'œil, felon l'ouverture
de l'angle propre aux rayons rouges. S'il y a
une quantité fuffifante de ces traits homogènes rouges pour ébranler le nerf optique, il eft
inconteftable que vous ne devez avoir que la
fenfation de rouge. Ce font ces rayons A, B, C,
qu'on nomme rayons vifibles, rayons efficaces
de cette goute ; car chaque goûte a fes rayons
vifibles.

Il y a des milliers d'autres rayons rouges,
qui venant fur d'autres petites furfaces de la boule, plus haut & plus bas, n'aboutiffent point en
R, ou qui tombés en ces mêmes furfaces à une
autre obliquité, n'aboutiffent point non plus en
R; ceux-là font perdus pour vous; ils viendront à un autre œil placé plus haut ou plus
bas.

Des

Des milliers de rayons orangés, verds, bleus, violets, font venus, à la vérité, avec les rouges vifibles fur ces furfaces A, B, C; mais vous ne pourez les recevoir; Vous en favez la raifon, c'eft qu'ils font tous plus réfrangibles que les rouges ; c'eft qu'en entrant tous au même point, chacun prend dans la boule un chemin différent ; tous rompus davantage, ils viennent au-deffous du point R, ils fe rompent auffi plus que les rouges en fortant de la boule. Ce même pouvoir qui les aprochait plus du perpendicule de chaque furface dans l'intérieur de la boule, les en écarte donc davantage à leur retour dans l'air : ils reviennent donc tous au-deffous de votre œil ; mais baiffez la boule, vous rendez l'angle plus petit. Que cet angle foit de quarante degrés environ dix-fept minutes, vous ne recevez que les objets violets.

Il n'y a perfonne qui fur ce principe ne conçoive très-aifément l'artifice de l'Arc-en-ciel ; imaginez plufieurs rangées, plufieurs bandes de goutes de pluye, chaque goute fait précifément le même effet que cette boule.

Fig. 25.

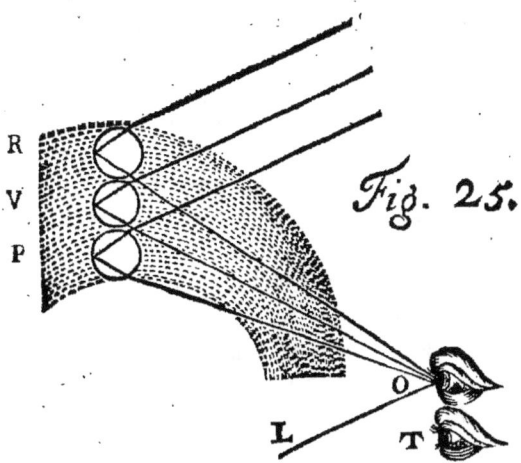

Fig. 25.

Jettez les yeux fur cet Arc, & , pour eviter la confufion, ne confidérez que trois rangées de goutes de pluye, trois bandes colorées. Il eft vifible que l'angle P, O, L, eft plus petit que l'angle V, O, L, & que l'angle R, O, L, eft le plus grand des trois. (*Figure* 25.) Ce plus grand angle des trois eft donc celui des rayons primitifs rouges ; cet autre mitoyen eft celui des primitifs verds ; ce plus petit P, O, L, eft celui des primitifs pourpres. Donc vous devez voir l'Iris rouge dans fon bord extérieur, verte dans fon milieu, pourpre & violette dans fa bande intérieure. Remarquez feulement que la derniére couche violette eft toujours teinte de la couleur blanchâtre de la nuée dans laquelle elle fe perd.

Vous concevez donc aifément que vous ne voyez ces goutes que fous les rayons efficaces parvenus à vos yeux après une réflexion & deux réfrac-

réfractions, & parvenus fous des angles déterminés. Que votre œil change de place, qu'au
lieu d'être en O il foit en T, ce ne font plus
les mêmes rayons que vous voyez : la bande
qui vous donnait du rouge vous donne alors
de l'orangé, ou du verd, ainfi du refte, & à
chaque mouvement de tête vous voyez une Iris
nouvelle.

Ce premier Arc-en-ciel bien conçu, vous aurez aifément l'intelligence du fecond, que l'on
voit d'ordinaire qui embraffe ce premier, &
qu'on appelle le faux Arc-en-ciel, parce que fes
couleurs font moins vives, & qu'elles font dans
un ordre renverfé. Pour que vous puilliez voir
deux Arcs-en-ciel, il fuffit que la nuée foit affez
étenduë & affez épaiffe. Cet arc qui fe peint fur
le premier & qui l'embraffe, eft formé de même par des rayons que le Soleil darde dans ces
goutes de pluye, qui s'y rompent, qui s'y réfléchiffent de façon, que chaque rangée des goutes vous envoye auffi des rayons primitifs ;
cette goute un rayon rouge, cette autre goute
un rayon violet. Mais tout fe fait dans ce grand
arc d'une manière oppofée à ce qui fe paffe dans
le petit ; pourquoi cela ? C'eft que votre œil qui
reçoit les rayons efficaces du petit arc venus du
Soleil dans la partie fupérieure des goutes, reçoit au contraire les rayons du grand arc venus
par la partie baffe des goutes.

Fig. 26.

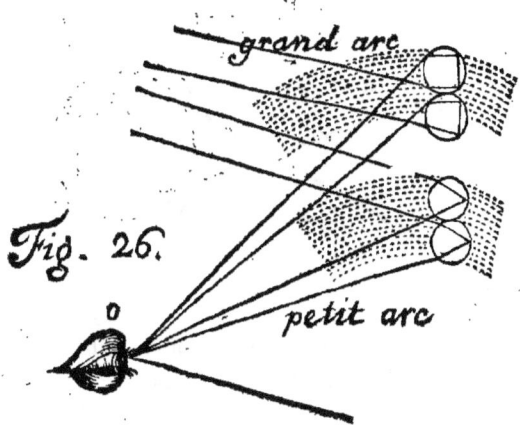

grand arc

Fig. 26.

o

petit arc

Vous apercevez que les goutes d'eau du petit arc reçoivent les rayons du Soleil par la partie fupérieure, par le haut de chaque goute (*Figure 26.*); les goutes du grand Arc-en-ciel, au contraire, reçoivent les rayons qui parviennent par leur partie baffe. Rien ne vous fera, je crois, plus facile que de concevoir comment les rayons fe réfléchiffent deux fois dans les goutes de ce grand Arc-en-ciel, & comment ces rayons deux fois réfractés, & deux fois réfléchis, vous donnent une Iris dans un ordre oppofé à la première, & plus affaiblie de couleur. Vous venez de voir que les rayons entrent ainfi dans la petite partie baffe des goutes d'eau de cette Iris extérieure.

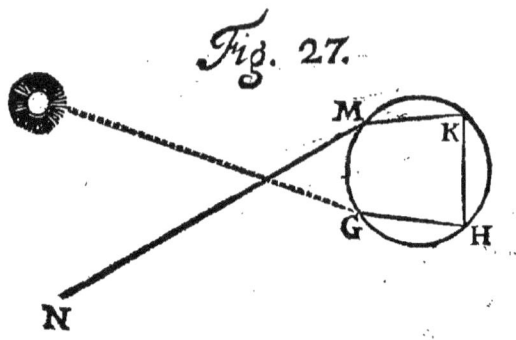

Fig. 27.

Une masse de rayons se présente à la surface
de la goute en G (*Figure* 27.); là une partie de
ces rayons se réfracte en-dedans, & une autre
s'éparpille en-dehors; voilà déja une perte de
rayons pour l'œil. La partie réfractée parvient
en H; une moitié de cette partie s'échape dans
l'air en sortant de la goute, & est encore per-
duë pour vous. Le peu qui s'est conservé dans
la goute, s'en va en K; là une partie s'échape
encore : troisiéme diminution. Ce qui en est res-
té en K s'en va en M, & à cette émergence en
M une partie s'éparpille encore : quatriéme diminution; & ce qui en reste parvient enfin dans
la ligne M, N. Voilà donc dans cette goute
autant de réfractions que dans les goutes du petit arc; mais il y a, comme vous voyez, deux
réflexions au lieu d'une dans ce grand arc. Il
se perd donc le double de la lumiére dans ce
grand arc, où la lumiére se réfléchit deux fois,
& il s'en perd la moitié moins dans le petit arc
intérieur, où les goutes n'éprouvent qu'une réflexion. Il est donc clair que l'Arc-en-ciel extérieur

rieur doit toujours être environ de moitié plus
faible en couleur que le petit arc intérieur. Il
eſt auſſi démontré, par ce double chemin que
font les rayons, qu'ils doivent parvenir à vos
yeux dans un ſens oppoſé à celui du premier
arc. Car votre œil eſt placé en O. (*Figure* 28.)
Dans cette place O, il reçoit les rayons les moins
réfrangibles de la première bande extérieure du
petit arc, & il doit recevoir les plus réfrangibles de la première bande extérieure de ce ſe-
cond arc; ces plus réfrangibles ſont les violets.
Voici donc les deux Arcs-en-ciel ici dans leur
ordre, en ne mettant que trois couleurs pour
éviter la confuſion.

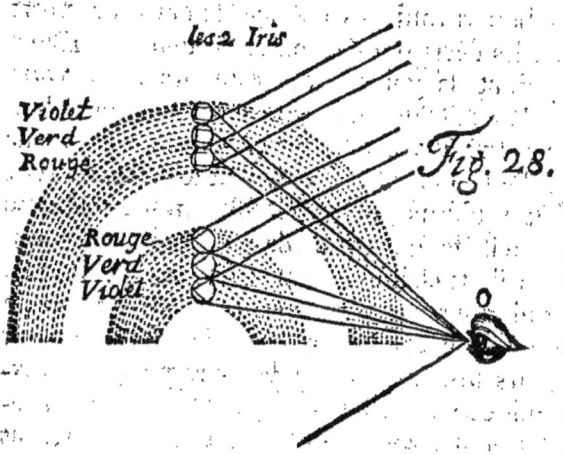

les 2 Iris

Violet
Verd
Rouge

Fig. 28.

Rouge
Verd
Violet

O

L 2   Fig. 29.

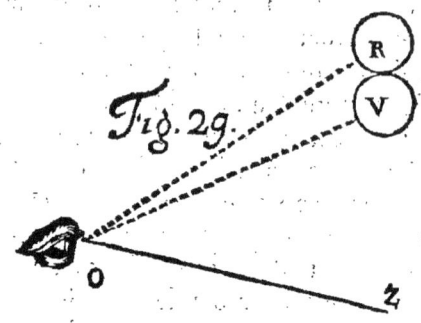

Il ne reſte plus qu'à voir pourquoi ces couleurs ſont toujours aperçues ſous une figure circulaire. Confidérez cette ligne O, Z, qui paſſe
par votre œil. Soient conçues ſe mouvoir ces
deux boules toujours à égale diſtance de votre
œil, elles décriront des baſes de cônes, (*Figure
29.*) dont la pointe ſera toujours dans votre
œil. Concevez que le rayon de cette goute d'eau
R, venant à votre œil O, tourne autour de
cette ligne O, Z, comme autour d'un axe,
faiſant toujours, par exemple, un angle avec
votre œil de quarante-deux degrés deux minutes; il eſt clair que cette goute décrira un cercle qui vous paraîtra rouge. Que cette autre
goute V ſoit conçue tourner de même, faiſant
toujours un autre angle de quarante degrés dix-
ſept minutes, elle formera un cercle violet; toutes les goutes qui ſeront dans ce plan formeront
donc un cercle violet, & les goutes qui ſont
dans le plan de la goute R feront un cercle rouge. Vous verrez donc cette Iris comme un cercle; mais vous ne voyez pas tout un cercle;
par-

parce que la Terre le coupe, vous ne voyez qu'un arc, une portion de cercle.

La plûpart de ces vérités ne purent encore être aperçûes ni par *Antonio de Dominis*, ni par *Defcartes* : ils ne pouvaient favoir pourquoi ces différens angles donnaient différentes couleurs ; mais c'était beaucoup d'avoir trouvé l'art. Les fineffes de l'art font rarement dûes aux premiers inventeurs. Ne pouvant donc deviner que les couleurs dépendaient de la réfrangibilité des rayons, que chaque rayon contenait en foi une couleur primitive, que la différente attraction de ces rayons faifait leur réfrangibilité, & opérait ces écartemens, qui font les différens angles, *Defcartes* s'abandonna à fon efprit d'invention pour expliquer les couleurs de l'Arc-en-ciel. Il y employa le *tournoyement* imaginaire de ces globules & *cette tendance au tournoyement* ; preuve de génie, mais preuve d'erreur. C'eft ainfi que pour expliquer la *fyftole* & la *diaftole* du cœur, il imagina un mouvement & une conformation dans ce vifcère, dont tous les Anatomiftes ont reconnu la fauffeté. *Defcartes* aurait été le plus grand Philofophe de la Terre, s'il eût moins inventé.

CHAPITRE X.

NOUVELLES DECOUVERTES SUR LA CAUSE DES COULEURS, QUI CONFIRMENT LA DOCTRINE PRECEDENTE. DEMONSTRATION, QUE LES COULEURS SONT OCCASIONNE'ES PAR L'EPAISSEUR DES PARTIES QUI COMPOSENT LES CORPS, SANS QUE LA LUMIERE SOIT REFLECHIE DE CES PARTIES.

Connaiſſance plus aprofondie de la formation des couleurs. Grandes vérités tirées d'une expérience commune. Expérience de Newton. *Les couleurs dépendent de l'épaiſſeur des parties des corps, ſans que ces parties réfléchiſſent elles-mêmes la lumière. Tous les corps ſont tranſparens. Preuve que les couleurs dépendent des épaiſſeurs, ſans que les parties ſolides renvoyent en effet la lumière.*

PAr tout ce qui a été dit juſqu'à préſent, il réſulte donc, que toutes les couleurs nous viennent du mélange des ſept couleurs primordiales que l'Arc-en-ciel & le priſme nous font voir diſtinctement.

Les corps les plus propres à réfléchir des rayons rouges, & dont les parties abſorbent ou laiſſent paſſer les autres rayons, ſeront rouges, & ainſi du reſte. Cela ne veut pas dire que les

par-

parties de ces corps réfléchiffent en effet les rayons rouges ; mais qu'il y a un pouvoir, une force jufqu'ici inconnue, qui réfléchit ces rayons d'auprès des furfaces & du fein des pores des corps.

Les couleurs font donc dans les rayons du Soleil, & rejailliffent à nous d'auprès des furfaces, & des pores, & du vuide. Cherchons à préfent en quoi confifte le pouvoir aparent des corps de nous réfléchir ces couleurs, ce qui fait que l'écarlate paraît rouge, que les prés font verds, qu'un ciel pur eft bleu ; car dire que cela vient de la différence de leurs parties, c'eft dire une chofe vague qui n'aprend rien du tout.

Un divertiffement d'enfant, qui femble n'avoir rien en foi que de méprifable, donna à Mr. *Newton* la première idée de ces nouvelles vérités que nous allons expliquer. Tout doit être pour un Philofophe un fujet de méditation, & rien n'eft petit à fes yeux. Il s'aperçut que dans ces bouteilles de favon, que font les enfans, les couleurs changent de moment en moment, en comptant du haut de la boule à mefure que l'épaiffeur de cette boule diminue, jufqu'à ce qu'enfin la pefanteur de l'eau & du favon qui tombe toujours au fond, rompe l'équilibre de cette fphère légère, & la faffe évanouïr. Il en préfuma que les couleurs pouraient bien dépendre de l'épaiffeur des parties qui compofent les furfaces des corps, & pour s'en affûrer il fit les expériences fuivantes.

Que deux criftaux fe touchent en un point : il n'importe qu'ils foient tous deux convexes ;

il

il suffit, que le premier le soit, & qu'il soit posé sur l'autre. Qu'on mette de l'eau entre ces deux verres pour rendre plus senfible l'expérience, qui se fait auffi dans l'air : qu'on presse un peu ces verres l'un contre l'autre, une petite tache noire transparente paraît au point du contact des deux verres : de ce point entouré d'un peu d'eau se forment des anneaux colorés dans le même ordre & de la même manière que dans la bouteille de savon : enfin en mesurant le diamètre de ces anneaux & la convexité du verre, *Newton* détermina les différentes épaiffeurs des parties d'eau qui donnaient ces différentes couleurs ; il calcula l'épaiffeur néceffaire à l'eau pour réfléchir les rayons blancs : Cette épaiffeur eft d'environ quatre parties d'un pouce divifé en un million, c'eft-à-dire, quatre-millioniémes d'un pouce ; le bleu azur & les couleurs tirant fur le violet dépendent d'une épaiffeur beaucoup moindre. Ainfi les vapeurs les plus petites qui s'élèvent de la Terre, & qui colorent l'air fans nuages, étant d'une très-mince furface, produifent ce bleu célefte qui charme la vûe.

D'autres expériences auffi fines ont encore appuyé cette découverte, que c'eft à l'épaiffeur des furfaces que font attachées les couleurs. Le même corps qui était verd, quand il était un peu épais, eft devenu bleu, quand il a été rendu affez mince pour ne réfléchir que les rayons bleus, & pour laiffer paffer les autres. Ces vérités d'une recherche fi délicate, & qui femblaient fe dérober à la vûe humaine, méritent bien d'être fuivies de près ; cette partie de la
Phi-

Philofophie eft un microfcope avec lequel nôtre efprit découvre des grandeurs infiniment petites.

Tous les corps font tranfparens ; il n'y a qu'à les rendre affez minces , pour que les rayons ne trouvant qu'une lame, qu'une feuille à traver-fer, paffent à travers cette lame. Ainfi quand l'or en feuilles eft expofé à un trou dans une chambre obfcure, il renvoye par fa furface des rayons jaunes qui ne peuvent fe tranfmetre à travers fa fubftance, & il tranfmet dans la cham-bre obfcure des rayons verds, de forte que l'or produit alors une couleur verte ; nouvelle con-firmation que les couleurs dépendent des diffé-rentes épaiffeurs. Une preuve encor plus forte, c'eft que dans l'expérience de ce verre conve-xe plan, touchant en un point un verre conve-xe, l'eau n'eft pas le feul élément qui dans des épaiffeurs diverfes donne diverfes couleurs : l'air fait le même effet, feulement les anneaux colo-rés qu'il produit entre les deux verres, ont plus de diamètre que ceux de l'eau. Il y a donc une proportion fecrète établie par la Nature entre la force des parties conftituantes de tous les corps, & les rayons primitifs, qui colorent les corps; les lames les plus minces donneront les couleurs les plus faibles, & pour donner le noir il faudra juftement la même épaiffeur, ou plûtôt la même tenuité, la même mincité, qu'en a la petite par-tie fupérieure de la boule de favon, dans laquel-le on apercevait un petit noir, ou bien la mê-me ténuité qu'en a le point de contact du ver-re convexe & du verre plat, lequel contact pro-duit auffi une tache noire.

Mais

Mais encore une fois, qu'on ne croye pas que les corps renvoyent la lumiére par leurs parties folides, fur ce que les couleurs dépendent de l'épaiffeur des parties. Il y a un pouvoir attaché à cette épaiffeur, un pouvoir qui agit auprès de la furface ; mais ce n'eft point du tout la furface folide qui repouffe, qui réfléchit. Il me femble que le lecteur doit être venu au point où rien ne doit plus le furprendre ; mais ce qu'il vient de voir méne encor plus loin qu'on ne penfe, & tant de fingularités ne font, pour ainfi dire, que les frontiéres d'un nouveau monde.

CHAPITRE XI.

SUITES DE CES DECOUVERTES;
ACTION MUTUELLE DES CORPS SUR LA LUMIERE.

Expérience très-finguliére. Conféquences de ces expériences. Action mutuelle des corps fur la lumiére. Toute cette théorie de la lumiére a raport avec la théorie de l'Univers. La matiére a plus de propriétés qu'on ne penfe.

LA réflexion de la lumiére, fon inflexion, fa réfraction, fa réfrangibité font connues, l'origine des couleurs eft découverte, & l'épaiffeur même des corps néceffaire pour occafionner certaines couleurs eft déterminée.

C'eft

C'eft une proprieté démontrée à l'efprit & aux yeux, que les furfaces folides ne font point ce qui réfléchit les rayons. Car fi les furfaces folides réfléchiffaient en effet, 1. le point où deux verres convexes fe touchent, réfléchirait, & ne ferait point obfcur. 2. Chaque partie folide qui vous donnerait une feule efpéce de rayons, devrait auffi vous renvoyer toutes les efpéces de rayons. 3. Les parties folides ne tranfmettraient point la lumiére en un endroit, & ne la réfléchiraient pas en un autre endroit; car étant toutes folides, toutes réfléchiraient. 4. Si les parties folides réfléchiffaient la lumiére, il ferait impoffible de fe voir dans un miroir, comme nous l'avons dit, puifque le miroir étant fillonné & raboteux, il ne pourait renvoyer la lumiére d'une manière réguliére. Il eft donc indubitable qu'il y a un pouvoir agiffant fur les corps fans toucher aux corps, & que ce pouvoir agit entre les corps & la lumiére. Enfin, loin que la lumiére rebondiffe fur les corps mêmes, & revienne à nous, il faut croire que la plus grande partie des rayons qui va choquer des parties folides y refte, s'y perd, s'y éteint.

Nous ne pofferons pas plus loin cette introduction fur la lumiére; peut-être en avons-nous trop dit dans de fimples élémens; mais la plûpart de ces vérités étaient alors nouvelles pour bien des lecteurs. Avant que de paffer à l'autre partie de la Philofophie, fouvenons-nous, que la théorie de la lumiére a quelque chofe de commun avec la théorie de l'Univers, dans laquelle nous allons entrer. Cette théorie eft, qu'il y a une efpéce

d'attrac-

d'attraction marquée entre les corps & la lumiére, comme nous en allons obferver une entre
tous les globes de notre Univers. Ces attractions
fe manifeftent par différens effets ; mais c'eft toujours une tendance des corps, les uns vers les
autres, découverte à l'aide de l'expérience & de
la Géomètrie.

Ces découvertes doivent au moins fervir à
nous rendre extrèmement circonfpects dans nos
décifions fur la nature & l'effence des chofes. Son-
geons que nous ne connaiffons rien du tout que
par l'expérience. Sans le toucher nous n'aurions
point d'idée de l'étendue des corps : fans les yeux,
nous n'aurions pû deviner la lumiére : fi nous
n'avions jamais éprouvé de mouvement, nous
n'aurions jamais crû la matiére mobile ; un très-
petit nombre de fens que Dieu nous a donnés,
fert à nous découvrir un très-petit nombre de
proprietés de la matiére. Le raifonnement fup-
plée aux fens qui nous manquent, & nous a-
prend encore que la matiére a d'autres attributs, comme l'attraction, la gravitation ; elle en a probablement beaucoup d'autres qui
tiennent à fa nature, & dont peut-être un jour
la Philofophie donnera quelques idées aux
hommes.

Pour moi j'avoue, que plus j'y réfléchis, plus
je fuis furpris qu'on craigne de reconnaître un
nouveau principe, une nouvelle propriété dans la
matiére. Elle en a peut-être à l'infini; rien ne fe reffemble dans la Nature. Il eft très-probable que le
Créateur a fait l'eau, le feu, l'air, la terre, les végétaux, les mineraux, les animaux &c. fur des
prin-

principes & des plans tous différens. Il eſt étrange
qu'on ſe révolte contre de nouvelles richeſſes
qu'on nous préſente ; car n'eſt-ce pas enrichir
l'homme, que de découvrir de nouvelles qualités
de la matiére dont il eſt formé ?

L E T T R E

D E   L' A U T E U R ,

Qui peut ſervir de dernier chapitre à la théorie
de la lumiére.

J'Aurais eu l'honneur de vous répondre plûtôt, Monſieur, ſans les maladies continuelles, qui exercent plus ma patience que *Newton*
n'exerce mon eſprit. Je crois, que vos doutes,
Monſieur, lui en auraient fait naître. Vous dites, que c'eſt dommage, qu'il ne ſe ſoit pas expliqué plus clairement ſur la raiſon qui fait que
la force attractive devient ſouvent repulſive, &
ſur la force par laquelle les rayons de lumiére
ſont dardés avec une ſi prodigieuſe célérité ; &
j'oſerais ajouter que c'eſt dommage, qu'il n'ait
pû ſavoir la cauſe de ces phénomenes. *Newton*,
le premier des hommes, n'était qu'un homme ;
& les premiers reſſorts que la Nature employe
ne ſont pas à notre portée, quand ils ne ſont

pas

pas soumis au calcul. On a beau supputer la force des mufcles, toutes les Mathématiques feront impuiffantes à nous aprendre pourquoi ces mufcles agiffent à l'ordre de notre volonté. Toutes les connaiffances que nous avons des Planétes ne nous aprendront jamais pourquoi elles tournent de l'Occident à l'Orient, plûtôt qu'au contraire. *Newton* pour avoir anatomifé la lumiére, n'en a pas découvert la nature intime. Il favait bien qu'il y a dans le feu élémentaire des propriétés, qui ne font point dans les autres élémens.

Il parcourt cent-trente-millions de lieuës en un quart d'heure. Il ne paraît pas tendre vers un centre comme les corps; mais il fe répand uniformément & également en tous fens, au contraire des autres élémens. Son attraction vers les objets qu'il touche, & fur la furface defquels il rejaillit, n'a nulle proportion avec la gravitation univerfelle de la matiére.

Il n'eft pas même prouvé que les rayons du feu élémentaire ne fe pénètrent pas les uns les autres. C'eft pourquoi *Newton* frapé de toutes ces fingularités, femble toujours douter, fi la lumiére eft un corps. Pour moi, Monfieur; fi j'ofe hazarder mes doutes, je vous avoue, que je ne crois pas impoffible, que le feu élémentaire foit un être à part, qui anime la Nature, & qui tient le milieu entre les corps, & quelque autre être que nous ne connaiffons pas; de même que certaines plantes organifées fervent de paffage du régne végétal au régne animal. Tout tend à nous faire croire, qu'il y a une chaîne d'êtres

qui

qui s'élévent par degrés. Nous ne connaiſſons qu'imparfaitement quelques anneaux de cette chaine immenſe ; & nous autres petits hommes, avec nos petits yeux & notre petite cervelle, nous diſtinguons hardiment toute la Nature en matiére & eſprit, en y comprenant Dieu, & en ne ſachant pas d'ailleurs un mot de ce que c'eſt au fonds que l'eſprit & la matiére. Je vous ex-poſe mes doutes, Monſieur, avec la même fran-chiſe, que vous m'avez communiqué les vôtres. Je vous félicite de cultiver la Philoſophie, qui doit nous aprendre à douter ſur tout ce qui n'eſt pas du reſſort des Mathématiques & de l'ex-périence, &c.

TROI-

TROISIEME PARTIE.

CHAPITRE I.

PREMIERES IDE'ES TOUCHANT LA PESANTEUR ET LES LOIX DE L'ATTRACTION : QUE LA MATIERE SUBTILE, LES TOURBILLONS ET LE PLEIN DOIVENT ETRE REJETTE'S.

Attraction. Expérience qui démontre le vuide & les effets de la gravitation. La pesanteur agit en raison des masses. D'où vient ce pouvoir de pesanteur. Il ne peut venir d'une prétendue matière subtile. Pourquoi un corps pese plus qu'un autre. Le système de Descartes ne peut en rendre raison.

UN lecteur sage, qui aura vû avec attention ces merveilles de la lumiére, convaincu par l'expérience qu'aucune impulsion connuë ne les opère, sera sans doute impatient d'observer cette puissance nouvelle dont nous avons parlé

parlé fous le nom d'attraction; qui agit fur tous les autres corps plus fenfiblement & d'une autre façon que les corps fur la lumière. Que les noms encore une fois ne nous effarouchent point; examinons fimplement les faits.

Je me fervirai toujours indifféremment des termes d'*attraction* & de *gravitation* en parlant des corps, foit qu'ils tendent fenfiblement les uns vers les autres; foit qu'ils tournent dans des orbes immenfes, autour d'un centre commun, foit qu'ils tombent fur la terre, foit qu'ils s'uniffent pour compofer des corps folides, foit qu'ils s'arrondiffent en goutes pour former des liquides. Entrons en matiére.

Tous les corps connus pèfent, & il y a longtems que la légéreté abfolue a été comptée parmi les erreurs reconnues d'*Arifote* & de fes fectateurs.

Depuis que la fameufe machine pneumatique a été inventée, on a été plus à portée de connaître la pefanteur des corps; car lorfqu'ils tombent dans l'air, les parties de l'air retardent fenfiblement la chûte de ceux qui ont beaucoup de furface & peu de volume; mais dans cette machine privée d'air, les corps abandonnés à la force, quelle qu'elle foit, qui les précipite fans obftacle, tombent felon tout leur poids.

La machine pneumatique inventée par *Otto Guerike*, fut bien-tôt perfectionnée par *Boyle*; on fit enfuite des récipiens de verre beaucoup plus longs, qui furent entiérement purgés d'air. Dans un de ces longs récipiens compofé de quatre tubes, le tout enfemble ayant huit pieds

de hauteur, on suspendit en haut, par un ressort, des piéces d'or, des morceaux de papier,
des plumes; il s'agissait de savoir ce qui arriverait, quand on détendrait le ressort. Les bons
Philosophes prévoyaient, que tout cela tomberait en même-tèms : le plus grand nombre assurait, que les corps les plus massifs tomberaient bien plus vîte que les autres : ce grand
nombre, qui se trompe presque toujours, fut
bien étonné, quand il vit dans toutes les expériences, l'or, le plomb, le papier & la plume
tomber également vîte, & arriver au fond du récipient en même tems.

Ceux qui tenaient encor pour le *Plein* de
Descartes, pour les prétendus effets de la matiére subtile, ne pouvaient rendre aucune bonne raison de ce fait; car les faits étaient leurs
écueils. Si tout était plein, quand on leur ac-
corderait qu'il pût y avoir alors du mouvement,
(ce qui est absolument impossible) au moins cette prétendue matière subtile remplirait exactement tout le récipient : elle y ferait en aussi
grande quantité que de l'eau, ou du mercure,
qu'on y aurait mis : elle s'opposerait au moins
à cette descente si rapide des corps : elle résiste-
rait à ce large morceau de papier, selon la surface de ce papier, & laisserait tomber la balle d'or
ou de plomb beaucoup plus vite. Mais ces chû-
tes se font au même instant; donc il n'y a rien
dans le récipient qui résiste; donc cette prétendue matiére subtile ne peut faire aucun effet sensible dans ce récipient; donc il y a une autre
force, qui fait la pesanteur. En vain dirait-on,
                                                    qu'il

qu'il eſt poſſible, qu'il reſte une matiére ſubtile dans ce récipient, puiſque la lumiére le pénètre; il y a bien de la différence. La lumiére, qui eſt dans ce vaſe de verre, n'en occupe
certainement pas la cent-milliéme partie; mais,
ſelon les *Cartéſiens*, il faut que leur matiére
imaginaire rempliſſe bien plus exactement le récipient, que ſi je le ſupoſais rempli d'or;
car il y a beaucoup de vuide dans l'or, & ils
n'en admettent point dans leur matière ſubtile.

Or par cette expérience la piéce d'or, qui pèſe cent-mille fois plus que le morceau de papier,
eſt deſcendue auſſi vite que le papier; donc la
force qui l'a fait deſcendre, a agi cent-mille fois
plus ſur lui que ſur le papier; de même qu'il
faudra cent fois plus de force à mon bras pour
remuer cent livres, que pour remuer une livre;
donc cette puiſſance qui opère la gravitation,
agit en raiſon directe de la maſſe des corps. Elle agit en effet tellement ſelon la maſſe des
corps, non ſelon les ſurfaces, qu'un morceau
d'or réduit en poudre deſcend dans la machine
pneumatique auſſi vite que la même quantité d'or
étendue en feüille. La figure des corps ne change ici en rien leur gravité; ce pouvoir de gravitation agit donc ſur la nature interne des corps,
& non en raiſon des ſuperficies.

On n'a jamais pû répondre à ces vérités preſ-
ſantes, que par une ſuppoſition auſſi chimérique que les tourbillons. On ſuppoſe que la matiére ſubtile prétendue, qui remplit tout le récipient, ne pèſe point. Etrange idée, qui devient

abſur

abfurde ici. Car il ne s'agit pas dans le cas préfent d'une matière qui ne pefe pas, mais d'une
matière qui ne réfifte pas. Toute matière réfifte
par fa force d'inertie. Donc fi le récipient était
plein, la matière quelconque qui le remplirait
réfifterait infiniment; cela paraît demontré en
rigueur.

Ce pouvoir ne réfide point dans la prétendue
matière fubtile, dont nous parlerons au chapitre fuivant; cette matière ferait un fluide. Tout
fluide agit fur les folides en raifon de leurs fu-
perficies; ainfi le vaiffeau préfentant moins de
furface par fa proue, fend la mer qui réfifterait
à fes flancs. Or quand la fuperficie d'un corps
eft le quarré de fon diamètre, la folidité de ce
corps eft le cube de ce même diamètre: le même pouvoir ne peut agir à la fois en raifon du
cube & du quarré: donc la pefanteur, la gravitation n'eft point l'effet de ce fluide. De plus,
il eft impoffible que cette prétendue matiére fubtile ait d'un côté affez de force, pour précipiter
un corps de cinquante-quatre-mille pieds de haut
en une minute, (car telle eft la chûte des corps)
& que de l'autre elle foit affez impuiffante, pour
ne pouvoir empêcher le pendule du bois le plus
léger de remonter de vibration en vibration dans
la machine pneumatique, dont cette matière i-
maginaire eft fuppofée remplir exactement tout
l'efpace. Je ne craindrai donc point d'affirmer,
que, fi l'on découvrait jamais une impulfion,
qui fût la caufe de la pefanteur des corps vers
un centre, en un mot la caufe de la gravitation, de l'attraction univerfelle, cette impulfion

ferait

ferait d'une toute autre nature que celle qui nous eft connuë.

Voilà donc une premiére vérité déja indiquée ailleurs, & prouvée ici : il y a un pouvoir qui fait graviter tous les corps en raifon directe de leur maffe.

Si l'on cherche actuellement, pourquoi un corps eft plus pefant qu'un autre, on en trouvera aifément l'unique raifon : on jugera que ce corps doit avoir plus de maffe, plus de matière fous une même étendue ; ainfi l'or pèfe plus que le bois, parce qu'il y a dans l'or bien plus de matière & moins de vuide que dans le bois.

Defcartes & fes fectateurs (s'il en peut avoir encore) foutiennent qu'un corps eft plus pefant qu'un autre fans avoir plus de matière : non contens de cette idée, ils la foutiennent par une autre auffi peu vraie : ils admettent un grand tourbillon de matière fubtile autour de notre globe ; & c'eft ce grand tourbillon, difent-ils, qui en circulant chaffe tous les corps vers le centre de la Terre, & leur fait éprouver ce que nous appellons pefanteur. Il eft vrai, qu'ils n'ont donné aucune preuve de cette affertion : il n'y a pas la moindre expérience, pas la moindre analogie, dans les chofes que nous connaiffons un peu, qui puiffe fonder une préfomption légère en faveur de ce tourbillon de matière fubtile ; ainfi de cela feul que ce fyftéme eft une pure hypothèfe, il doit être rejetté. C'eft cependant par cela feul qu'il a été accrédité. On concevait ce tourbillon fans effort ; on donnait une explication vague des chofes en prononçant ce mot

M 3 de

de matière fubtile ; & quand les Philofophes fen-
taient les contradictions & les abfurdités attachées à ce Roman philofophique, ils fongeaient
à le corriger plûtôt qu'à l'abandonner.

 Huyghens & tant d'autres y ont fait mille cor-
rections, dont ils avouaient eux-mêmes l'infuf-
fifance ; mais que mettrons-nous à la place des
tourbillons & de la matière fubtile ? Ce raifonnement trop ordinaire eft celui qui affermit
le plus les hommes dans l'erreur & dans le mauvais parti. Il faut abandonner ce que l'on voit
faux & infoutenable , auffi-bien quand on n'a rien
à lui fubftituer , que quand on aurait les démonftrations d'*Euclide* à mettre à la place. Une
erreur n'eft ni plus ni moins erreur , foit qu'on
la remplace ou non par des vérités ; devrais-je
admettre l'horreur du vuide dans une pompe ,
parce que je ne faurais pas encor par quel mé-
chanifme l'eau monte dans cette pompe ?

 Commençons donc, avant que d'aller plus
loin, par prouver que les tourbillons de matière fubtile n'exiftent pas : que le *Plein* n'eft pas
moins chimérique ; qu'ainfi tout ce fyftème, fondé fur ces imaginations, n'eft qu'un Roman ingénieux fans vraifemblance. Voyons ce que c'eft
que ces tourbillons imaginaires , & examinons
enfuite, fi le *Plein* eft poffible.

CHA-

CHAPITRE II.

QUE LES TOURBILLONS
DE DESCARTES, ET LE PLEIN SONT IMPOS-
SIBLES, ET QUE PAR CONSEQUENT IL Y
A UNE AUTRE CAUSE DE LA
PESANTEUR.

*Preuve de l'impossibilité des tourbillons. Preuves
contre le plein.*

DEscartes suppose un amas immense de particules insensibles, qui emporte la Terre
d'un mouvement rapide d'Occident en Orient,
& qui d'un Pole à l'autre se meut parallélement
à l'Equateur; ce tourbillon qui s'étend au-delà
de la Lune, & qui entraîne la Lune dans son
cours, est lui-même enchassé dans un autre
tourbillon plus vaste encore, qui touche à un
autre tourbillon sans se confondre avec lui, &c.

I. Si cela était, le tourbillon qui est supposé
se mouvoir autour de la Terre d'Occident en
Orient, devrait chasser les corps sur la Terre
d'Occident en Orient : or les corps en tombant
décrivent tous une ligne, qui étant prolongée
passerait, à peu près, par le centre de la Terre;
donc ce tourbillon n'existe pas.

II. Si les cercles de ce prétendu tourbillon se
mouvaient & agissaient parallélement à l'Equateur, tous les corps devraient tomber chacun

M 4   per-

perpendiculairement fous le cercle de cette matière fubtile auquel il répond : un corps en A
près du Pole P devrait, felon *Defcartes*, tomber
en R. Mais il tombe à peu près felon la ligne
A, B (*Figure* 30.) ce qui fait une différence
d'environ quatorze cent lieues ; car on peut
compter quatorze cent lieues communes de France du point R à l'Equateur de la Terre B ; donc
ce tourbillon n'exifte pas.

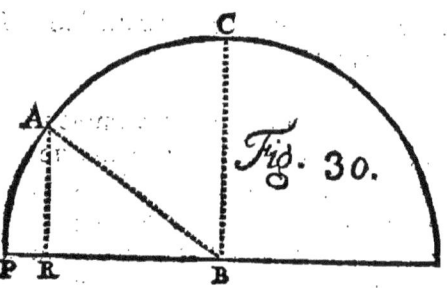

Fig. 30.

III. Si pour foutenir ce Roman des tourbillons on fe plaît encor à fuppofer qu'un fluide
qui tourbillonne ne tourne point fur fon axe ;
fi on imagine qu'il peut tourner dans des cercles qui tous auront pour centre le centre du
tourbillon même ; il n'y a qu'à faire l'expérience d'une goute d'huile, ou d'une groffe bulle d'air
enfermée dans une boule de criftal pleine d'eau ;
faites tourner la boule fur fon axe, vous verrez cette huile ou cet air s'arranger en cilindre
au milieu de la boule, & faire un axe d'un pole

le à l'autre ; car toute expérience , comme tout raifonnement , ruine les tourbillons.

IV. Si ce tourbillon de matière autour de la Terre , & ces autres prétendus tourbillons autour de *Jupiter* & de *Saturne* , &c. exiftaient , tous ces tourbillons immenfes de matière fubtile , roulant fi rapidement dans les directions différentes , ne pouraient jamais laiffer venir à nous , en ligne droite , un rayon de lumière dardé d'une étoile. Il eft prouvé que ces rayons arrivent en très-peu de tems par raport au chemin immenfe qu'ils font ; donc ces tourbillons n'exiftent pas.

V. Si ces tourbillons emportaient les Planètes d'Occident en Orient , les Comètes qui traverfent en tout fens ces efpaces d'Orient en Occident , & du Nord au Sud , ne les pouraient jamais traverfer. Et quand on fuppoferait que les Comètes n'ont point été en effet du Nord au Sud , ni d'Orient en Occident , on ne gagnerait rien par cette évafion ; car on fait que quand une Comète fe trouve dans la région de *Mars* , de *Jupiter* , de *Saturne* , elle va incomparablement plus vîte que *Mars* , que *Jupiter* , que *Saturne* ; donc elle ne peut être emportée par la même couche du fluide , qui eft fuppofé emporter ces Planètes ; donc ces tourbillons n'exiftent pas.

VI. Si ces fluides exiftaient , une minute fuffirait pour détruire tout mouvement dans les Aftres. *Newton* a démontré que tout corps qui fe meut uniformément dans un fluide de même denfité , perd la moitié de fon mouvement après

avoir

avoir parcouru trois de ſes diamètres. Cela eſt ſans aucune replique.

VII. Suppoſé encore, ce qui eſt impoſſible, que ces Planètes puſſent être mûës dans ces tourbillons imaginaires, elles ne pouraient ſe mouvoir que circulairement, puiſque ces tourbillons, à égales diſtances du centre, ſeraient également denſes ; mais les Planètes ſe meuvent dans des ellipſes ; donc elles ne peuvent être portées par des tourbillons ; donc &c.

VIII. La Terre a ſon orbite qu'elle parcourt entre celui de *Venus* & celui de *Mars* : tous ces orbites ſont elliptiques, & ont le Soleil pour centre : or quand *Mars*, & *Venus*, & la *Terre*, ſont plus près l'un de l'autre, alors la matière du torrent prétendu, qui emporte la Terre, ſerait beaucoup plus reſſerrée : cette matière ſubtile devrait précipiter ſon cours, comme un fleuve rétréci dans ſes bords, ou coulant ſous les arches d'un point : alors ce fluide devrait emporter la Terre d'une rapidité bien plus grande qu'en toute autre poſition ; mais au contraire c'eſt dans ce tems-là même que le mouvement de la Terre eſt plus ralenti.

Fig. 31.

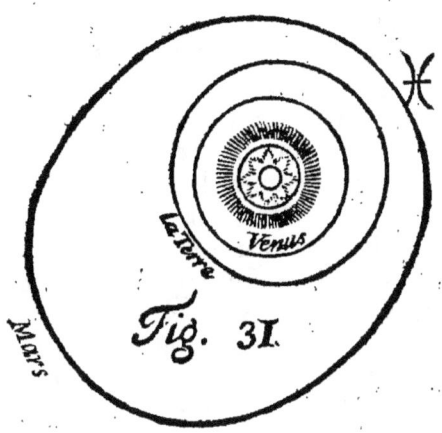

Quand *Mars* paraît dans le figne des poiffons, (*Figure* 31.) *Mars*, la *Terre* & *Venus* font à-peu-près dans cette proximité que vous voyez : alors le Soleil paraît retarder de quelques minutes, c'eft-à-dire que c'eft la Terre qui retarde ; il eft donc démontré impoffible qu'il y ait là un torrent de matière qui emporte les Planètes ; donc ce tourbillon n'exifte pas.

IX. Parmi des démonftrations plus recherchées, qui anéantiffent les tourbillons, nous choifirons celle-ci. Par une des grandes loix de *Kepler*, toute Planète décrit des aires égales en tems égaux : par une autre loi non moins fûre, chaque Planète fait fa révolution autour du Soleil en telle forte, que fi, par exemple, fa moyenne diftance au Soleil eft dix, prenez le cube be de ce nombre, ce qui fera mille, & le tems de la révolution de cette Planète autour du Soleil fera proportionné à la racine quarrée de ce nombre mille. Or s'il y avait des couches de matière qui portaffent des Planètes, ces couches ne pouraient fuivre ces loix; car il faudrait que les vîteffes de ces torrens fuffent à la fois réciproquement proportionnelles à leurs diftances au Soleil, & aux racines quarrées de ces diftances; ce qui eft incompatible.

X. Pour comble enfin, tout le monde voit ce qui arriverait à deux fluides circulants l'un vis-à-vis de l'autre. Ils fe confondraient néceffairement, & formeraient le chaos au lieu de le débrouiller. Cela feul aurait jetté fur le fyftème *Cartéfien* un ridicule qui l'eût accablé, fi le goût de la nouveauté, & le peu d'ufage où l'on était alors d'examiner, n'avaient prévalu.

Il faut prouver à préfent que le *Plein*, dans lequel ces tourbillons font fuppofés fe mouvoir, eft auffi impoffible que ces tourbillons.

1. Un feul rayon de lumière, qui ne pèfe pas, à beaucoup près, la cent-milliéme partie d'un grain, ou plutôt qui ne pèfe point du tout, aurait à déranger tout l'Univers, s'il avait à s'ouvrir un chemin jufqu'à nous à travers un efpace immenfe, dont chaque point réfifterait par lui-même, & par toute la ligne dont il ferait preffé.

2. Soient ces deux corps durs A, B, ils fe touchent par une furface, & font fupofés entourés d'un fluide qui les preffe de tous côtés : or, quand on les fépare, il eft clair, que la prétendue
due

duë matière fubtile arrive plus tôt au point A,
où on les fépare, qu'au point B, (*Figure* 32.)
Donc il y a un moment, où B fera vuide ; donc
même dans le fyftème de la matière fubtile, il
y a du vuide, c'eft-à-dire de l'efpace.

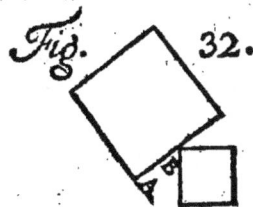

3. S'il n'y avait point de vuide & d'efpace,
il n'y aurait point de mouvement, même dans
le fyftème de *Defcartes*. Il fuppofe que Dieu créa
l'Univers plein & confiftant en petits cubes : foit
donc un nombre donné de cubes repréfentants
l'Univers, fans qu'il y ait entre eux le moindre
intervalle : il eft évident qu'il faut qu'un d'eux
forte de la place qu'il occupait ; car fi chacun refte dans fa place, il n'y a point de mouvement,
puifque le mouvement confifte à fortir de fa place, à paffer d'un point de l'efpace dans un autre point de l'efpace ; or qui ne voit que l'un
de ces cubes ne peut quitter fa place fans la laiffer vuide à l'inftant qu'il en fort ; car il eft clair,
que ce cube en tournant fur lui-même doit préfenter fon angle au cube qui le touche, avant
que l'angle foit brifé ? Donc alors il y a de l'efpace entre ces deux cubes, donc dans le fyftème de *Defcartes* même, il ne peut y avoir de
mouvement fans vuide.

4. Si

4. Si tout était plein, comme le veut *Descartes*, nous éprouverions nous-mêmes en marchant une réfiftance infinie, au lieu que nous n'éprouvons que celle des fluides dans lefquels nous fommes, par exemple, celle de l'eau, qui nous réfifte huit-cent-foixante fois plus que celle de l'air, celle du mercure qui réfifte environ quatorze-mille fois plus que l'air ; or les réfiftances des fluides font comme les quarrés des vitefles ; c'eft-à-dire, fi un homme parcourt dans une tierce un pied d'efpace de mercure, qui lui réfifte quatorze-mille fois plus que l'air, fi cet homme dans la feconde tierce a le double de cette vitefle, ce mercure, qui eft quatorze-mille fois plus denfe que l'air, réfiftera comme le quarré de deux ; la réfiftance fera bientôt infinie ; donc fi tout était plein, il ferait abfolument impoffible de faire un pas, de refpirer, &c.

5. On a voulu éluder la force de cette démonftration ; mais on ne peut répondre à une démonftration que par une erreur. On prétend que ce torrent infini de matière fubtile pénétrant tous les pores des corps, ne peut en arrêter le mouvement. On ne fait pas réflexion que tout mobile, qui fe meut dans un fluide, éprouve d'autant plus de réfiftance, qu'il oppofe plus de furface à ce fluide : or plus un corps a de trous, plus il a de furface : ainfi la prétendue matière fubtile en choquant tout l'intérieur d'un corps, s'oppoferait bien davantage au mouvement de ce corps, qu'en ne touchant que fa fuperficie extérieure ; & cela eft encor démontré en rigueur.

6. Dans

6. Dans le *Plein* tous les corps feraient également pefans ; il eft impoffible de concevoir qu'un corps pèfe fur moi, me preffe, que par fa maffe ; une livre de poudre d'or pèfe autant fur ma main, qu'un morceau d'or d'une livre. En vain les *Cartéfiens* répondent que la matière fubtile pénétrant les interftices des corps ne pèfe point, & qu'il ne faut compter pour pefant que ce qui n'eft point matière fubtile : cette opinion de *Defcartes* n'eft chez lui qu'une pure contradiction ; car felon lui cette prétendue matière fubtile fait feule la pefanteur des corps, en les repouffant vers la Terre ; donc elle pèfe elle-même fur ces corps ; donc, fi elle pèfe, il n'y a pas plus de raifon pourquoi un corps fera plus pefant qu'un autre, puifque tout étant plein, tout aura également de maffe, foit folide, foit fluide ; donc le *Plein* eft une chimère ; donc il y a du *vuide* ; donc rien ne fe peut faire dans la Nature fans vuide ; donc la pefanteur n'eft pas l'effet d'un prétendu tourbillon imaginé dans le *Plein*.

Nous venons de nous apercevoir, par l'expérience, dans la machine pneumatique, qu'il faut qu'il y ait une force qui faffe defcendre les corps vers le centre de la Terre, c'eft-à-dire, qui leur donne la pefanteur, & que cette force doit agir en raifon de la maffe des corps ; il faut maintenant voir quels font les effets de cette force ; car fi nous en découvrons les effets, il eft évident qu'elle exifte. N'allons donc point d'abord imaginer des caufes & faire des hypothèfes : c'eft le fûr moyen de s'égarer : fuivons pas à pas,

à pas ce qui ſe paſſe réellement dans la Nature ; nous ſommes des voyageurs arrivés à l'embouchure d'un fleuve, il faut le remonter avant
que d'imaginer où eſt ſa ſource.

C H A P I T R E   I I I.

GRAVITATION DEMONTRE'E PAR LA DECOUVERTE DE NEWTON. HISTOIRE DE CETTE DECOUVERTE. QUE LA LUNE PAR-COURT SON ORBITE PAR LA FORCE DE CETTE GRAVITATION.

Hiſtoire de la découverte de la gravitation. Pro-
cedé de Newton. Théorie tirée de ces découver-
tes. La même cauſe qui fait tomber les corps ſur
la Terre, dirige la Lune autour de la Terre.

TOut corps deſcend d'environ quinze pieds
dans la première ſeconde, en quelque endroit
de l'Univers qu'il ſoit placé. Nous voyons que la
chûte des corps s'accélère en retombant ſur nôtre globe ; ils tendent tous évidemment en retombant vers le centre de ce globe ; n'y a-t-il
point quelque puiſſance qui les attire vers ce
centre ? Et cette puiſſance n'augmente-t-elle pas
ſa force à meſure que ce centre eſt plus près ?
Déja *Copernic* avait eu quelque faible lueur de
cette idée. *Kepler* l'avait embraſſée, mais ſans
méthode. Le Chancelier *Bacon* dit formellement,
qu'il eſt probable qu'il y ait une attraction des

corps

corps au centre de la Terre, & de ce centre
aux corps. Il propofait dans fon excellent livre,
Novum fcientiarum Organum, qu'on fit des expériences avec des pendules fur les plus hautes
tours & aux profondeurs les plus grandes ; car,
difait-il, fi les mêmes pendules font de plus rapides vibrations au fond d'un puits, que fur une
tour, il faut conclure que la pefanteur, qui eft
le principe de fes vibrations, fera beaucoup plus
forte au centre de la Terre dont ce puits eft
plus proche. Il effaya auffi de faire defcendre
des mobiles de différentes élévations, & d'obferver s'ils defcendraient de moins de quinze pieds
dans la première feconde ; mais il ne parut jamais de variation dans ces expériences, les hauteurs & les profondeurs où on les faifait était
trop petites. On reftait donc dans l'incertitu-
de, & l'idée de cette force agiffant du centre
de la Terre demeurait un foupçon vague.

Defcartes en eut connaiffance : il en parle même en traitant de la pefanteur ; mais les expériences qui devaient éclaircir cette grande queftion manquaient encore. Le fyftème des tourbillons entraînait ce génie fublime & vafte ; il
voulait en créant fon Univers, donner la direction de tout à fa matière fubtile : il la fit la
difpenfatrice de tout mouvement & de toute
pefanteur ; petit à petit l'Europe adopta fon fyftème, malgré les proteftations de *Gaffendi*, qui
fut moins fuivi, parce qu'il était moins hardi.

Un jour en l'année 1666. *Newton* retiré à la
campagne, & voyant tomber des fruits d'un arbre, à ce que m'a conté fa niéce (Madame Con-
Mélanges, &c.   N   duit)

duit), fe laiffa aller à une méditation profonde fur la caufe qui entraîne ainfi tous les corps dans une ligne, qui, fi elle était prolongée, paffe-rait à peu près par le centre de la Terre. Quel-le eft, fe demandait-il à lui-même, cette for-ce qui ne peut venir de tous ces tourbillons imaginaires démontrés fi faux ? elle agit fur tous les corps à proportion de leurs maffes, & non de leurs furfaces; elle agirait fur le fruit qui vient de tomber de cet arbre, fût-il élevé de trois mille toifes, fût-il élevé de dix mille. Si cela eft, cette force doit agir de l'endroit où eft le globe de la Lune, jufqu'au centre de la Terre; s'il eft ainfi, ce pouvoir, quel qu'il foit, peut donc être le même que celui qui fait tendre les Planètes vers le Soleil, & que celui qui fait gra-viter les fatellites de *Jupiter* fur *Jupiter*. Or il eft démontré, par toutes les inductions tirées des loix de *Kepler*, que toutes ces Planètes fe-condaires pefent vers le centre de leurs orbites; d'autant plus qu'elles en font plus près, & d'au-tant moins qu'elles en font plus éloignées, c'eft-à-dire, réciproquement felon le quarré de leurs diftances. Un corps placé où eft la Lune qui circule autour de la Terre, & un corps placé près de la Terre, doivent donc tous deux pe-fer fur la Terre précifément fuivant cette loi.

Donc pour être affûré fi c'eft la même caufe qui retient les Planètes dans leurs orbites, & qui fait tomber ici les corps graves, il ne faut plus que des mefures, il ne faut plus qu'exa-miner quel efpace parcourt un corps grave en tombant fur la Terre, en un tems donné, &
quel

quel espace parcourrait un corps placé dans la région de la Lune en un tems donné. La Lune elle-même est ce corps, qui peut être considéré comme tombant réellement de son plus haut point du Méridien. Mais ce n'est pas ici une hypothèse qu'on ajuste comme on peut à un système ; ce n'est point un calcul où l'on doive se contenter de l'à-peu-près. Il faut commencer par connaître au juste la distance de la Lune à la Terre, & pour la connaître il est nécessaire d'avoir la mesure de notre globe.

C'est ainsi que raisonna *Newton* ; mais il s'en tint, pour la mesure de la Terre, à l'estime fautive des pilotes, qui comptaient soixante milles d'Angleterre, c'est-à-dire vingt lieues de France, pour un degré de latitude, au lieu qu'il fallait compter soixante-dix milles. Il y avait à la vérité une mesure de la Terre plus juste. *Norvood* Mathématicien Anglais avait en 1636. mesuré assez exactement un degré du Méridien ; il l'avait trouvé comme il doit être d'environ soixante & dix milles. Mais cette opération faite trente ans auparavant était ignorée de *Newton*. Les guerres civiles qui avaient affligé l'Angleterre, toujours aussi funestes aux Sciences qu'à l'Etat, avaient enseveli dans l'oubli la seule mesure juste qu'on eût de la Terre ; & on s'en tenait à cette estime vague des pilotes. Par ce compte la Lune était trop rapprochée de la Terre, & les proportions cherchées par *Newton* ne se trouvaient pas avec exactitude. Il ne crut pas qu'il lui fût permis de rien supléer, & d'accommoder la Nature à ses idées ; il voulait ac-

N 2   com-

commoder ſes idées à la Nature ; il abandonna donc cette belle découverte, que l'analogie avec les autres Aſtres rendait ſi vrai-ſemblable, & à laquelle il manquait ſi peu pour être démontrée ; bonne-foi bien rare, & qui ſeule doit donner un grand poids à ſes opinions.

Enfin ſur des meſures plus exactes priſes en France pluſieurs fois, & dont nous parlerons, il trouva la démonſtration de ſa théorie. Le degré de la Terre fut évalué à vingt-cinq de nos lieues ; la Lune ſe trouva à ſoixante demi-diamètres de la Terre, & *Newton* reprit ainſi le fil de ſa démonſtration.

La peſanteur ſur notre globe eſt en raiſon réciproque des quarrés des diſtances des corps peſans au centre de la Terre ; c'eſt-à-dire, que le corps qui péſe cent livres à un diamètre de la Terre ne péſera qu'une ſeule livre s'il eſt éloigné de dix diamètres.

La force qui fait la peſanteur ne dépend point des tourbillons de matiére ſubtile, dont l'exiſtence eſt démontrée fauſſe. Cette force, quelle qu'elle ſoit, agit ſur tous les corps, non ſelon leurs ſurfaces, mais ſelon leurs maſſes. Si elle agit à une diſtance, elle doit agir à toutes les diſtances ; ſi elle agit en raiſon inverſe du quarré de ces diſtances, elle doit toujours agir ſuivant cette proportion ſur les corps connus, quand ils ne ſont pas au point de contact ; je veux dire, le plus près qu'il eſt poſſible d'etre, ſans être unis. Si, ſuivant cette proportion, cetté force fait parcourir ſur notre globe cinquante-quatre-mille pieds en ſoixante ſecondes, un corps

corps qui fera environ à foixante rayons du centre de la Terre, devra en foixante fecondes tomber feulement de quinze pieds de Paris ou environ.

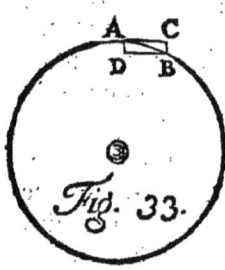

Fig. 33.

La Lune dans fon moyen mouvement eft éloignée du centre de la Terre d'environ foixante rayons du globe de la Terre : or par les mefures prifes en France on connaît combien de pieds contient l'orbite que décrit la Lune ; on fait par-là que dans fon moyen mouvement elle décrit cent-quatre-vingt-fept-mille neuf-cent-foixante-un pieds de Paris en une minute (*Figure* 33.) La Lune dans fon moyen mouvement, eft tombée de A, en B ; elle a donc obéi à la force de projectile, qui la pouffe dans la tangente A, C, & à la force, qui la ferait defcendre fuivant la ligne A, D, égale à B, C : ôtez la force qui la dirige de A, en C, reftera une force qui poura être évaluée par la ligne C, B : Cette ligne C, B, eft égale à la ligne A, D : mais il eft démontré que la courbe A, B, valant cent-quatre-vingt-fept-mille neuf-cent-foixante-un pieds, la ligne A, D, ou C, B, en

vau-

vaudra feulement quinze ; donc, que la Lune foit tombée en A, ou en D, c'eſt ici la même choſe, elle aurait parcouru quinze pieds en une minute de C, en B; donc, elle aurait parcouru quinze pieds auſſi de A, en D, en une minute. Mais en parcourant cet eſpace en une minute, elle fait préciſément trois-mille-ſix-cent fois moins de chemin qu'un mobile n'en ferait ici ſur la Terre : trois-mille-ſix-cent eſt juſte le quarré de ſa diſtance ; donc, la gravitation qui agit ainſi ſur tous les corps, agit auſſi entre la Terre & la Lune, préciſément dans ce raport de la raiſon inverſe du quarré des diſtances.

Mais ſi cette puiſſance qui anime les corps, dirige la Lune dans ſon orbite, elle doit auſſi diriger la Terre dans le ſien ; & l'effet qu'elle opère ſur la Planète de la Lune, elle doit l'opérer ſur la Planète de la Terre. Car ce pouvoir eſt partout le même : toutes les autres Planètes doivent lui être ſoumiſes ; le Soleil doit auſſi éprouver ſa loi : & s'il n'y a aucun mouvement des Planètes les unes à l'égard des autres, qui ne ſoit l'effet néceſſaire de cette puiſſance, il faut avouer alors que toute la Nature la démontre ; c'eſt ce que nous allons obſerver plus amplement.

C H A-

CHAPITRE IV.

QUE LA GRAVITATION ET L'AT-
TRACTION DIRIGENT TOUTES LES PLA-
NETES DANS LEUR COURS.

Comment on doit entendre la théorie de la pesan-
teur chez Descartes. Ce que c'est que la force
centrifuge, & la force centripète. Cette démon-
stration prouve que le Soleil est le centre de l'U-
nivers & non la Terre. C'est pour les raisons
précédentes que nous avons plus d'Eté que d'Hyver.

PResque toute la théorie de la pesanteur chez
Descartes est fondée sur cette loi de la Nature, que tout corps, qui se meut en ligne
courbe, tend à s'éloigner de son centre en une
ligne droite, qui toucherait la courbe en un
point. Telle est la fronde qui s'échape de la main
&c. Tous les corps en tournant avec la Terre
font ainsi un effort pour s'éloigner du centre;
mais la matière subtile faisant un bien plus
grand effort, repousse, disait-on, tous les autres
corps.

Il est aisé de voir que ce n'était point à la
matière subtile à faire ce plus grand effort, &
à s'éloigner du centre du tourbillon prétendu,
plûtôt que les autres corps; au contraire c'était
sa nature (supposé qu'elle existât) d'aller au
centre de son mouvement, & de laisser aller à la

N 4   cir-

circonférence tous les corps qui auraient eu plus de maſſe. C'eſt en effet ce qui arrive ſur une table qui tourne en rond ; lorſque dans un tube pratiqué dans cette table, on a mêlé pluſieurs poudres & pluſieurs liqueurs de peſanteurs ſpécifiques différentes ; tout ce qui a plus de maſſe s'éloigne du centre, tout ce qui a moins de maſſe s'en approche. Telle eſt la loi de la Nature ; & lorſque *Deſcartes* a fait circuler à la circonférence ſa prétendue matiére ſubtile, il a commencé par violer cette loi des forces centrifuges, qu'il poſait pour ſon premier principe. Il a eu beau imaginer que Dieu avait créé des dés tournans les uns ſur les autres : que la raclure de ces dés qui faiſait ſa matiére ſubtile, s'échapant de tous les côtés, acquérait par-là plus de viteſſe ; que le centre d'un tourbillon s'encroutait, &c. il s'en fallait bien que ces imaginations rectifiaſſent cette erreur.

Sans perdre plus de tems à combattre ces êtres de raiſon, ſuivons les loix de la Mécanique qui opére dans la Nature. Un corps qui ſe meut circulairement, prend à chaque point de la courbe qu'il décrit, une direction qui l'éloignerait du cercle, en lui faiſant ſuivre une ligne droite.

Cela eſt vrai. Mais il faut prendre garde que ce corps ne s'éloignerait ainſi du centre, que par cet autre grand principe : que tout corps étant indifférent de lui-même au repos & au mouvement, & ayant cette inertie qui eſt un attribut de la matiére, ſuit néceſſairement la ligne dans laquelle il eſt mû. Or tout corps, qui tourne

autour

autour d'un centre, fuit à chaque inftant une
ligne droite infiniment petite, qui deviendrait
une droite infiniment longue, s'il ne rencon-
trait point d'obftacles. Le réfultat de ce principe, réduit à fa jufte valeur, n'eft donc autre
chofe, finon qu'un corps qui fuit une ligne
droite, fuivra toujours une ligne droite; donc
il faut une autre force pour lui faire décrire
une courbe; donc cette autre force, par laquelle il décrit la courbe, le ferait tomber au centre à chaque inftant, en cas que ce mouvement
de projectile en ligne droite ceffât. A la vérité
(*Figure* 34.) de moment en moment ce corps
irait en A, en B, en C, s'il s'échapait.

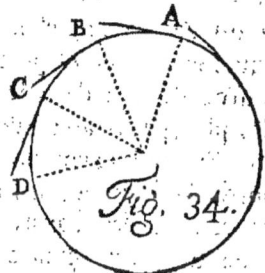

Fig. 34.

Mais auffi de moment en moment il retom-
berait de A, de B, de C, au centre; parce que
fon mouvement eft compofé de deux fortes de
mouvemens, du mouvement de projectile en ligne droite, & du mouvement imprimé auffi
en ligne droite, par la force centripète, force
par laquelle il irait au centre. Ainfi de cela
même que le corps décrirait ces tangentes A, B,
C, il eft démontré qu'il y a un pouvoir qui le retire

tire de ces tangentes à l'instant même qu'il les commence. Il faut donc absolument considérer tout corps se mouvant dans une courbe, comme mû par deux puiſſances, dont l'une eſt celle qui ferait parcourir des tangentes, & qu'on nomme la force centrifuge, ou plûtôt la force d'inertie, d'inactivité, par laquelle un corps ſuit toujours une droite s'il n'en eſt empêché ; & l'autre force qui retire le corps vers le centre, laquelle on nomme la force centripète, & qui eſt la véritable force.

De l'établiſſement de cette force centripète, il réſulte d'abord cette démonſtration, que tout mobile qui ſe meut dans un cercle, ou dans une elliſe, ou dans une courbe queleconque, ſe meut autour d'un centre auquel il tend. Il ſuit encor que ce mobile, quelques portions de courbe qu'il parcoure, décrira dans ſes plus grands arcs & dans ſes plus petits arcs, des aires égales en tems égaux. Si, par exemple, un mobile en une minute borde l'eſpace A, C, B (*Fig.* 35.) qui con iendra cent milles d'aire, il doit border en deux minutes un autre eſpace B, C, D, de deux cent milles.

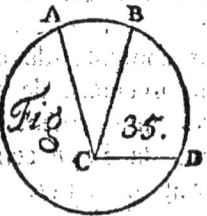

Cette loi inviolablement obſervée par toutes les

les Planètes, & inconnue à toute l'Antiquité, fut découverte il y a près de cent-cinquante ans par *Kepler*, qui a mérité le nom de *Législateur* en Astronomie; malgré ses erreurs philosophiques. Il ne pouvait savoir encor la raison de cette régle à laquelle les corps célestes sont assujettis. L'extrême sagacité de *Kepler* trouva l'effet dont le génie de *Newton* a trouvé la cause.

Je vai donner la substance de la démonstration de *Newton*: elle sera aisément comprise par tout lecteur attentif; car les hommes ont une Géométrie naturelle dans l'esprit, qui leur fait saisir les raports, quand ils ne sont pas trop compliqués.

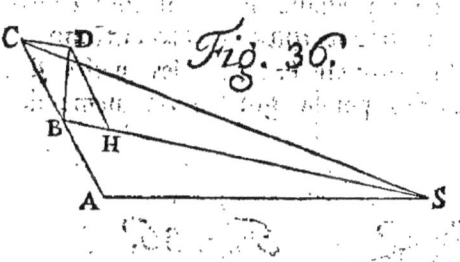

Fig. 36.

Que le corps A (*Figure 36.*) soit mû en B en un espace de tems très-petit; au bout d'un pareil espace, un mouvement également continué (car il n'y a ici nulle accélération) le ferait venir en C; mais en B, il trouve une force qui le pousse dans la ligne B, H, S; il ne suit donc ni ce chemin B, H, S, ni ce chemin A, B, C; tirez ce parallélogramme C, D, B, H, alors le mobile étant mû par la force B, C, &

par

par la force B, H, s'en va felon la diagonale B, D; or cette ligne B, D, & cette ligne B, A, conçues infiniment petites, font les naiffances d'une courbe, &c. donc ce corps fe doit mouvoir dans une courbe.

Il doit border des efpaces égaux en tems égaux; car l'efpace du triangle S, B, A, eft égal à l'efpace du triangle S, B, D: ces triangles font égaux; donc ces aires font égales; donc tout corps qui parcourt des aires égales en tems égaux dans une courbe, fait fa révolution autour du centre des forces auquel il tend; donc les Planètes tendent vers le Soleil, & non autour de la Terre. Car en prenant la Terre pour centre, leurs aires font inégales par raport aux tems; & en prenant le Soleil pour centre, ces aires fe trouvent toujours proportionnelles aux tems; fi vous en exceptez les petits dérangemens caufés par la gravitation même des Planètes.

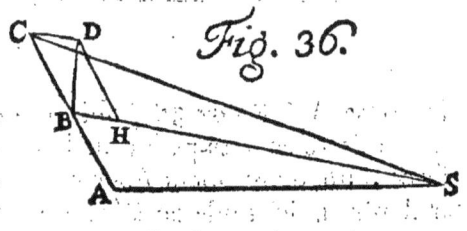

Fig. 36.

Fig. 37.

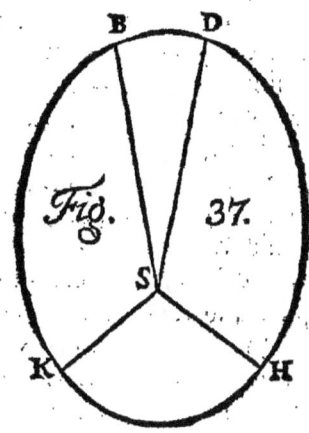

Pour bien entendre encor ce que c'eſt que
ces aires proportionnelles aux tems, & pour
voir d'un coup d'œil l'avantage que vous tirez
de cette connaiſſance, regardez la Terre emportée
dans ſon ellipſe autour du Soleil S ſon centre.
(*Fig.* 37.) Quand elle va de B, en D, elle
balaye un auſſi grand eſpace que quand elle
parcourt ce grand arc H, K: le ſecteur H, K,
regagne en largeur ce que le ſecteur B, S, D,
a en longueur. Pour faire l'aire de ces ſecteurs
égale en tems égaux, il faut que le corps vers
H, K, aille plus vite que vers B, D. Ainſi la
Terre, & toute Planète, ſe meut plus vite dans
ſon périhélie, qui eſt la courbe la plus voiſine
du Soleil S, que dans ſon aphélie, qui eſt la
courbe la plus éloignée de ce même foyer S.

On connaît donc quel eſt le centre d'une
Pla-

Planète, & quelle figure elle décrit dans son orbite, par les aires qu'elle parcourt; on connait
que toute Planète, lorsqu'elle est plus éloignée
du centre de son mouvement, gravite moins
vers ce centre. Ainsi la Terre étant plus près
du Soleil d'un trentiéme & plus, c'est-à-dire de
douze-cent-mille lieues, pendant notre Hyver
que pendant notre Eté, est plus attirée aussi en
Hyver; ainsi elle va plus vite alors par la raison
de sa courbe; ainsi nous avons huit jours &
demi d'Eté plus que d'Hyver; & le Soleil parait dans les signes Septentrionaux huit jours
& demi de plus que dans les Méridionaux. Puis
donc que toute Planète suit, par raport au Soleil, foyer de son orbite, cette loi de gravitation que la Lune éprouve par raport à la Terre, & à laquelle tous les corps sont soumis en
tombant sur la Terre, il est démontré que cette
gravitation, cette attraction, agit sur tous les
corps que nous connaissons.

Mais une autre puissante démonstration de
cette vérité est la loi que suivent respectivement
toutes les Planètes dans leurs cours & dans leurs
distances; c'est ce qu'il faut bien examiner.

CHA-

CHAPITRE V.

DEMONSTRATION DES LOIX
DE LA GRAVITATION, TIRE'E DES REGLES
DE KEPLER ; QU'UNE DE CES LOIX DE
KEPLER DEMONTRE LE MOUVEMENT
DE LA TERRE.

Grande régle de Kepler. *Fauſſes raiſons de cette loi admirable. Raiſon véritable de cette loi trouvée par* Newton. *Récapitulation des preuves de la gravitation. Ces découvertes de* Kepler & *de* Newton *ſervent à démontrer que c'eſt la Terre qui tourne autour du Soleil. Démonſtration du mouvement de la Terre tirée des mêmes loix.*

K*Epler* trouva encor cette admirable régle, dont je vai donner un exemple avant que de donner la définition, pour rendre la choſe plus ſenſible & plus aiſée.

Jupiter a quatre ſatellites, qui tournent autour de lui : le plus proche eſt éloigné de deux diamètres de *Jupiter* & cinq ſixiémes, & il fait ſon tour en quarante-deux heures ; le dernier tourne autour de *Jupiter* en quatre-cent-deux heures ; je veux ſavoir à quelle diſtance ce dernier ſatellite eſt du centre de *Jupiter*. Pour y parvenir je fais cette régle. Comme le quarré de quarante-deux heures, révolution du premier

mier fatellite, eft au quarré de quatre-cent-deux heures, révolution du dernier; ainfi le cube de deux diamètres & cinq fixiémes eft à un quatriéme terme. Ce quatriéme terme étant trouvé, j'en extrais la racine cube; cette racine cube fe trouve douze & deux tiers; ainfi je dis que le quatriéme fatellite eft éloigné du centre de *Jupiter* de douze diamètres de *Jupiter* & deux tiers. Je fais la même régle pour toutes les Planètes, qui tournent autour du Soleil. Je dis : *Vénus* tourne en deux-cent-vingt-quatre jours, & la Terre en trois-cent foixante-cinq; la Terre eft à trente millions de lieuës du Soleil, à combien de lieues fera *Vénus*? Je dis : comme le quarré de l'année de la Terre eft au quarré de l'année de *Vénus*, ainfi le cube de la diftance moyenne de la Terre eft à un quatriéme terme, dont la racine cubique fera environ vingt-un-million fept-cent-mille lieuës, qui font la diftance moyenne de *Vénus* au Soleil; j'en dis autant de la Terre & de *Saturne*, &c.

Cette loi eft donc, que le quarré d'une révolution d'une Planète eft toujours au quarré des révolutions des autres Planètes, comme le cube de fa diftance eft aux cubes des diftances des autres, au centre commun.

Kepler, qui trouva cette proportion, était bien loin d'en trouver la raifon. Moins bon Philofophe qu'Aftronome admirable, il dit, (au quatriéme livre de fon Epitome) que le Soleil a une ame, non pas une ame intelligente, *animum*; mais une ame végétante, agiffante, *animam*: qu'en tournant fur lui-même il attire à foi les Planètes;

mais

mais que les Planètes ne tombent pas dans le Soleil, parce qu'elles font aussi une révolution sur leur axe. En faisant cette révolution, dit-il, elles présentent au Soleil tantôt un côté ami, tantôt un côté ennemi : le côté ami est attiré, & le côté ennemi est repoussé ; ce qui produit le cours annuel des Planètes dans les ellipses.

Il faut avouer, pour l'humiliation de la Philosophie, que c'est de ce raisonnement si peu philosophique, qu'il avait conclu, que le Soleil devait tourner sur son axe : l'erreur le conduisit par hazard à la vérité ; il devina la rotation du Soleil sur lui-même plus de quinze ans avant que les yeux de *Galilée* la reconnussent à l'aide des télescopes.

Kepler ajoûte dans son même Epitome page 495. que la masse du Soleil, la masse de tout l'éther, & la masse des sphères des étoiles fixes, sont parfaitement égales ; & que ce sont les trois symboles de la Très-Sainte Trinité.

Le lecteur, qui, en lisant ces Elémens, aura vû de si grandes rêveries, à côté de si sublimes vérités, dans un aussi grand homme que *Kepler*, ne doit point en être surpris ; on peut être un génie en fait de calcul & d'observations, & se servir mal quelquefois de sa raison pour le reste ; il y a tels esprits qui ont besoin de s'appuyer sur la Géométrie, & qui tombent, quand ils veulent marcher seuls. Il n'est donc pas étonnant, que *Kepler*, en découvrant ces loix de l'Astronomie, n'ait pas connu la raison de ces loix.

Cette raison est, que la force centripète est précisément en proportion inverse du quarré de

la diſtance du centre de mouvement, vers lequel ces forces ſont dirigées ; c'eſt ce qu'il faut
ſuivre attentivement. Il faut bien entendre,
qu'en un mot cette loi de la gravitation eſt telle, que tout corps qui aproche trois fois plus
du centre de ſon mouvement, gravite neuf fois
davantage : que s'il s'éloigne trois fois plus, il
gravitera neuf fois moins ; & que s'il s'éloigne
cent fois plus, il gravitera dix-mille fois moins.
Un corps ſe mouvant circulairement autour d'un
centre, pèſe donc en raiſon inverſe du quarré
de ſa diſtance actuelle au centre, comme auſſi
en raiſon directe de ſa maſſe ; or il eſt démontré que c'eſt la gravitation qui le fait tourner autour de ce centre, puiſque ſans cette gravitation
il s'en éloignerait en décrivant une tangente.
Cette gravitation agira donc plus fortement ſur
un mobile, qui tournera plus vîte autour de
ce centre ; & plus ce mobile ſera éloigné, plus
il tournera lentement, car alors il péſera bien
moins.

Voilà donc cette loi de la gravitation en raiſon du quarré des diſtances, démontrée :

1°. Par l'orbite que décrit la Lune, & par
ſon éloignement de la Terre, ſon centre :

2°. Par le chemin de chaque Planète autour
du Soleil dans une ellipſe ;

3°. Par la comparaiſon des diſtances & des révolutions de toutes les Planètes autour de leur
centre commun.

Il ne ſera pas inutile de remarquer, que cette même règle de *Kepler*, qui ſert à confirmer
la découverte de *Newton* touchant la gravitation ,

tion, confirme auffi le fyftème de *Copernic* fur
le mouvement de la Terre. On peut dire, que
Kepler, par cette feule règle, a démontré ce
qu'on avait trouvé avant lui, & a ouvert le chemin aux vérités qu'on devait découvrir un
jour.

Car d'un côté, il eft démontré que fi la loi
des forces centripètes n'avait pas lieu, la régle de
Kepler ferait impoffible ; de l'autre, il eft démontré, que fuivant cette même règle, fi le Soleil
tournait autour de la Terre, il faudrait dire :
Comme la révolution de la Lune autour de la
Terre en un mois, eft à la révolution prétendue du Soleil autour de la Terre en un an, ainfi
la racine quarrée du cube de la diftance de la
Lune à la Terre, eft à la racine quarrée du cube de la diftance du Soleil à la Terre. Par ce
calcul on trouverait que le Soleil n'eft qu'à cinq-
cent-dix-mille lieues de nous ; mais il eft prouvé, qu'il en eft au moins à environ trente millions de lieues ; ainfi donc le mouvement de la
Terre a été démontré en rigueur par *Kepler*.
Voici encor une démonftration bien fimple tirée des mêmes théorèmes.

Si la Terre était le centre du mouvement du
Soleil, comme elle l'eft du mouvement de la Lune, la révolution du Soleil feroit de quatre - cent-
foixante - quinze ans, au lieu d'une année ; car
l'éloignement moyen où le Soleil eft de la Terre, eft à l'éloignement moyen où la Lune eft
de la Terre, comme trois-cent-trente-fept eft à
un : or le cube de la diftance de la Lune eft un,
le cube de la diftance du Soleil trente-huit-mil-

O 2   lions

lions deux - cent - foixante - douze-mille fept-cent-cinquante-trois : achevez la règle , & dites : Comme le cube un eft à ce nombre cube trente-huit-millions deux - cent - foixante - douze - mille fept-cent-cinquante-trois ; ainfi le quarré de vingt-huit, qui eft la révolution périodique de la Lune , eft à un quatriéme nombre : vous trouverez que le Soleil mettrait quatre-cent - foixante-quinze ans au lieu d'une année à tourner autour de la Terre ; il eft donc démontré que c'eft la Terre qui tourne.

Il femble d'autant plus à propos de placer ici ces démonftrations , qu'il y a encor des hommes deftinés à inftruire les autres en Italie , en Efpagne , & même en France, qui doutent, ou qui affectent de douter du mouvement de la Terre.

Il eft donc prouvé , par la loi de *Kepler* & par celle de *Newton*, que chaque Planète gravite vers le Soleil, centre de l'orbite qu'elles décrivent. Ces loix s'accompliffent dans les Satellites de *Jupiter* par raport à *Jupiter*, leur centre : dans les Lunes de *Saturne* par raport à *Saturne*, dans la nôtre par raport à nous : toutes ces Planètes fécondaires, qui roulent autour de leur Planète centrale , gravitent auffi avec leur Planète centrale vers le Soleil ; ainfi la Lune entrainée autour de la Terre par la force centripète, eft en même tems attirée par le Soleil , autour duquel elle fait auffi fa révolution. Il n'y a aucune variété dans le cours de la Lune, dans fes diftances de la Terre, dans la figure de fon orbite, tantôt aprochant de l'ellipfe , tantôt du cercle , &c. qui ne foit une fuite de la gravi-

vitation en raifon des changemens de fa diftance à la Terre, & de fa diftance au Soleil.

Si elle ne parcourt pas exactement dans fon
orbite des aires égales en tems égaux, Mr. *New-*
ton a calculé tous les cas, où cette inégalité fe
trouve : tous dépendent de l'attraction du Soleil;
il attire ces deux globes en raifon directe de
leurs maffes, & en raifon inverfe du quarré de
leurs diftances. Nous allons voir que la moindre variation de la Lune eft un effet néceffaire
de ces pouvoirs combinés.

CHAPITRE VI.

NOUVELLES PREUVES DE L'ATTRA-
CTION: QUE LES INEGALITE'S DU MOUVE-
MENT ET DE L'ORBITE DE LA LUNE SONT
NECESSAIREMENT LES EFFETS DE
L'ATTRACTION.

Exemple en preuve. Inégalités du cours de la Lu-
ne, toutes caufées par l'attraction. Déduction
de ces vérités. La gravitation n'eft point l'effet
du cours des Aftres, mais leur cours eft l'effet
de la gravitation. Cette gravitation, cette at-
traction peut être un premier principe établi
dans la Nature.

LA Lune n'a qu'un feul mouvement égal,
c'eft fa rotation autour d'elle-même fur fon
axe, & c'eft le feul dont nous ne nous apercevons pas : c'eft ce mouvement qui nous pré-

fente

sente toujours à-peu-près le même disque de la Lune ; desorte qu'en tournant réellement sur elle-même, elle paraît ne point tourner du tout, & avoir seulement un petit mouvement de balancement, de vibration, qu'elle n'a point, & que toute l'Antiquité lui attribuait. Tous ses autres mouvemens autour de la Terre sont inégaux ; & doivent l'être si la régle de la gravitation est vraye. La Lune dans son cours d'un mois est nécessairement plus près du Soleil dans un certain point, & dans un certain tems de son cours ; or dans ce point & dans ce tems, sa masse demeure la même : sa distance étant seulement changée, l'attraction du Soleil doit changer en raison renversée du quarré de cette distance : le cours de la Lune doit donc changer, elle doit donc aller plus vite en certain tems que l'attraction seule de la Terre ne la ferait aller ; or par l'attraction de la Terre elle doit parcourir des aires égales en temps égaux, comme vous l'avez déja observé au chapitre quatriéme.

On ne peut s'empêcher d'admirer avec quelle sagacité *Newton* a démêlé toutes ces inégalités, réglé la marche de cette Planète, qui s'était dérobée à toutes les recherches des Astronomes ; c'est-là surtout qu'on peut dire :

Nec propius fas est mortali attingere Divos.

Entre les exemples qu'on peut choisir, prenons celui-ci : Soit A, la Lune : (*Fig.* 38.) A, B, N, Q, l'orbite de la Lune : S, le Soleil : B, l'endroit où la Lune se trouve dans son dernier

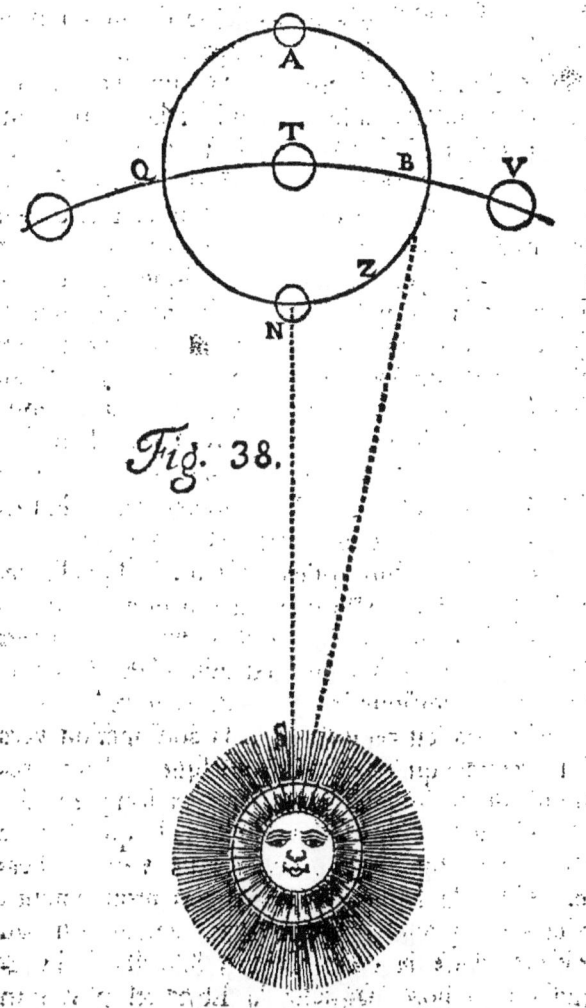

Fig. 38.

nier quartier. Elle eſt alors manifeſtement à la
même diſtance du Soleil qu'eſt la Terre. La différence

O 4

férence de l'obliquité de la ligne de direction de
la Lune au Soleil étant comptée pour rien, la
gravitation de la Terre & de la Lune vers le Soleil est donc la même. Cependant la Terre avance dans sa route annuelle de T en V, & la Lune dans son cours d'un mois avancé en Z : or
en Z, il est manifeste qu'elle est plus attirée par
le Soleil S, dont elle se trouve plus proche que
la Terre; son mouvement sera donc accéléré de
Z, vers N; l'orbite qu'elle décrit sera donc changée, mais comment sera-t-elle changée? en
s'aplatissant un peu, en devenant plus aprochan-
te d'une droite depuis Z, vers N; ainsi donc
de moment en moment la gravitation change le
le cours & la forme de l'ellipse, dans laquelle
se meut cette Planète. Par la même raison la Lune doit retarder son cours, & changer encor
la figure de l'orbite qu'elle décrit, lorsqu'elle re-
passe de la conjonction N, à son premier quartier Q; car puisque dans son dernier quartier
elle accélérait son cours en aplatissant sa courbe vers sa conjonction N, elle doit retarder ce
même cours, en remontant de la conjonction vers
son premier quartier. Mais lorsque la Lune re-
monte de ce premier quartier vers son plein A,
elle est alors plus loin du Soleil qui l'attire
d'autant moins, elle gravite plus vers la Terre. Alors la Lune accélérant son mouvement,
la courbe qu'elle décrit s'aplatit encor un peu
comme dans la conjonction; & c'est-là l'unique raison pour laquelle la Lune est plus loin
de nous dans ses quartiers, que dans sa conjonction & dans son opposition. La courbe
qu'el-

qu'elle décrit est une espèce d'ovale aprochant du cercle.

Ainsi donc le Soleil, dont elle s'aproche ou s'éloigne à chaque instant, doit à chaque instant varier le cours de cette Planète.

Elle a son apogée & son périgée, sa plus grande & sa plus petite distance de la Terre; mais les points, les places de cet apogée & de ce périgée, doivent changer. Elle a ses nœuds, c'est-à-dire, les points où l'orbite qu'elle parcourt rencontre précisément l'orbite de la Terre; mais ces nœuds, ces points d'intersection, doivent toujours changer aussi. Elle a son équateur incliné à l'équateur de la Terre; mais cet équateur, tantôt plus, tantôt moins attiré, doit changer son inclinaison.

Elle suit la Terre malgré toutes ces variétés: elle l'accompagne dans sa course annuelle; mais la Terre dans cette course se trouve d'un million de lieues plus voisine du Soleil en Hyver qu'en Eté. Qu'arrive-t-il alors indépendamment de toutes ces autres variations? L'attraction de la Terre agit plus pleinement sur la Lune en Eté: alors la Lune achève son cours d'un mois un peu plus vite; mais en Hyver, au contraire, la Terre elle-même plus attirée par le Soleil, & allant plus rapidement qu'en Eté, laisse ralentir le cours de la Lune: & les mois d'Hyver de la Lune sont un peu plus longs que les mois d'Eté. Ce peu que nous en disons suffira pour donner une idée générale de ces changemens.

Si quelqu'un faisoit ici la difficulté que j'ai entendu

tendu propofer quelquefois, comment la Lune
étant plus attirée par le Soleil, ne tombe pas a-
lors dans cet Aftre ? il n'a d'abord qu'à confidérer que la force de gravitation qui dirige la Lune autour de la Terre, eft feulement diminuée
ici par l'action du Soleil.

De ces inégalités du cours de la Lune, caufées par l'attraction, vous conclurez avec raifon, que deux Planètes quelconques, affez voi-
fines, affez groffes pour agir l'une fur l'autre
fenfiblement, ne pouront jamais tourner dans
des cercles autour du Soleil, ni même dans des
ellipfes abfolument réguliéres. Ainfi les courbes
que décrivent *Jupiter* & *Saturne*, éprouvent, par
exemple, des variations fenfibles, quand ces Aftres font en conjonction : quand, étant le plus
près l'un de l'autre qu'il eft poffible, & le plus
loin du Soleil, leur action mutuelle augmente, & celle du Soleil fur eux diminue.

Cette gravitation augmentée & affaiblie felon
les diftances, affignait donc néceffairement une
figure elliptique irréguliére au chemin de la plûpart des Planètes ; ainfi la loi de la gravitation
n'eft point l'effet du cours des Aftres, mais l'orbite qu'ils décrivent eft l'effet de la gravitation.
Si cette gravitation n'était pas comme elle eft
en raifon inverfe des quarrés des diftances, l'U-
nivers ne pourait fubfifter dans l'ordre où il
eft.

Si les Satellites de *Jupiter* & de *Saturne* font
leur révolution dans des courbes, qui font plus
aprochantes du cercle, c'eft qu'étant très-pro-
ches des groffes Planètes, qui font leur centre,

&

& très-loin du Soleil, l'action du Soleil ne peut changer le cours de ces satellites, comme elle change le cours de notre Lune ; il eft donc prouvé que la gravitation , dont le nom feul femblait un fi étrange paradoxe, eft une loi néceffaire dans la conftitution du Monde ; tant ce qui eft peu vraifemblable eft vrai quelquefois.

Il n'y a pas à préfent de bon Phyficien , qui ne reconnaiffe & la régle de *Kepler* , & la néceffité d'admettre une gravitation telle que *Newton* l'a prouvée ; mais il y a encor des Philofophes attachés à leurs tourbillons de matiére fubtile, qui voudraient concilier ces tourbillons imaginaires avec ces vérités démontrées. Nous avons déja vû combien ces tourbillons font inadmiffibles ; mais cette gravitation même ne fournit-elle pas une nouvelle démonftration contr'eux ? Car fuppofé que ces tourbillons exiftaffent, ils ne pouraient tourner autour d'un centre que par les loix de cette gravitation même ; il faudrait donc recourir à cette gravitation , comme à la caufe de ces tourbillons, & non pas aux tourbillons prétendus , comme à la caufe de la gravitation.

Si étant forcé enfin d'abandonner ces tourbillons imaginaires, on fe réduit à dire , que cette gravitation , cette attraction, dépend de quelqu'autre caufe connuë, de quelqu'autre propriété fecréte de la matiére , cela peut être fans doute ; mais cette autre propriété fera elle-même l'effet d'une autre propriété, ou bien fera une caufe primordiale, un principe établi par l'Auteur

teur de la Nature ; or pourquoi l'attraction de
la matiére ne fera-t-elle pas elle-même ce premier principe ? *Newton*, à la fin de son Optique dit, que peut-être cette attraction est l'effet d'un esprit extrémement élastique & rare répandu dans la Nature ; mais alors d'où viendrait
cette élasticité ? ne serait-elle pas aussi difficile à
comprendre que la gravitation, l'attraction, la
force centripète ? Cette force m'est démontrée ;
cet esprit élastique est à peine soupçonné ; je m'en
tiens là ; & je ne puis admettre un principe dont
je n'ai pas la moindre preuve, pour expliquer
une chose vraye & incompréhensible, dont toute la Nature me démontre l'existence.

CHA-

CHAPITRE VII.

NOUVELLES PREUVES ET NOUVEAUX EFFETS DE LA GRAVITATION : QUE CE POUVOIR EST DANS CHAQUE PARTIE DE LA MATIERE ; DECOUVERTES DEPENDAN-TES DE CE PRINCIPE.

Remarque générale & importante fur le principe de l'attraction. La gravitation, l'attraction eft dans toutes les parties de la matiére également. Calcul hardi & admirable de Newton.

REcueillons de toutes ces notions, que la force centripète, l'attraction, la gravitation, eft le principe indubitable & du cours des Pla-nétes, & de la chûte de tous les corps, & de cette pefanteur que nous éprouvons dans les corps. Cette force centripète fait graviter le Soleil vers le centre des Planètes, comme les Pla-nètes gravitent vers le Soleil, & attire la Ter-re vers la Lune, comme la Lune vers la Terre. Une des loix primitives du mouvement eft en-cor une nouvelle démonftration de cette vérité : cette loi eft que la réaction eft égale à l'action ; ainfi fi le Soleil gravite fur les Planètes, les Pla-nètes gravitent fur lui ; & nous verrons au com-mencement du chapitre fuivant en quelle ma-niére

niére cette grande loi s'opère, Or cette gravitation agiſſant neceſſairement *en raiſon directe de
la maſſe*, & le Soleil étant environ quatre-cent-
ſoixante-quatre fois plus gros que toutes les Planètes miſes enſemble, (ſans compter les ſatellites de *Jupiter*, & l'anneau & les Lunes de *Saturne*) il faut que le Soleil ſoit leur centre de
gravitation ; ainſi il faut qu'elles tournent toutes autour du Soleil.

Remarquons toujours ſoigneuſement que,
quand nous diſons que le pouvoir de gravitation agit *en raiſon directe des maſſes*, nous entendons toujours que ce pouvoir de la gravitation agit d'autant plus ſur un corps, que ce
corps a plus de parties ; & nous l'avons démontré en faiſant voir qu'un brin de paille deſcend
auſſi vîte dans la machine purgée d'air, qu'une
livre d'or. Nous avons dit, (en faiſant abſtraction de la petite réſiſtance de l'air) qu'une
balle de plomb, par exemple, tombe de quinze
pieds ſur la Terre en une ſeconde ; nous avons
démontré, que cette même balle tomberait de
quinze pieds en une minute, ſi elle était à ſoixante rayons de la Terre comme eſt la Lune ;
donc le pouvoir de la Terre ſur la Lune eſt au
pouvoir qu'elle aurait ſur une balle de plomb
tranſportée à l'élévation de la Lune, comme le
corps ſolide de la Lune ſerait avec le corps ſolide de cette petite balle. C'eſt en cette proportion que le Soleil agit ſur toutes les Planètes ;
il attire *Jupiter* & *Saturne*, & les ſatellites de
Jupiter & de *Saturne*, en raiſon directe de la
matiére ſolide, qui eſt dans les ſatellites de *Ju-*

piter

piter & de *Saturne*, & de celle qui eſt dans *Sa-*
turne & dans *Jupiter*.

De-là il découle une vérité inconteſtable, que
cette gravitation n'eſt pas ſeulement dans la maſſe totale de chaque Planète, mais dans chaque
partie de cette maſſe ; & qu'ainſi il n'y a pas un
atome de matière dans l'Univers, qui ne ſoit re-
vêtu de cette propriété.

Nous choiſirons ici la maniére la plus ſimple dont *Newton* a démontré, que cette gravitation eſt également dans chaque atome. Si
toutes les parties d'un globe n'avaient pas également cette propriété : s'il y en avait de plus
faibles & de plus fortes, la Planète en tournant
ſur elle-même préſenterait néceſſairement des côtés plus faibles, & enſuite des côtés plus forts à
pareille diſtance : ainſi les mêmes corps dans toutes les occaſions poſſibles éprouvant tantôt un
degré de gravitation, tantôt un autre à pareille
diſtance, la loi de la raiſon inverſe des quarrés
des diſtances & la loi de *Kepler* ſeraient toujours interverties ; or elles ne le font pas ; donc
il n'y a dans toutes les Planètes, aucune partie
moins gravitante qu'une autre. En voici encor
une démonſtration. S'il y avait des corps en
qui cette propriété fût différente, il y aurait des
corps qui tomberaient plus lentement & d'autres
plus vite dans la machine du vuide : or tous
les corps tombent dans le même tems, tous les
pendules mêmes font dans l'air de pareilles vibrations à égale longueur ; les pendules d'or, d'argent, de fer, de bois d'érable, de verre, font
leurs vibrations en tems égaux ; donc tous les
corps

corps ont cette propriété de la gravitation précifément dans le même degré, c'eſt-à-dire, précifément comme leurs maſſes ; de forte que la gravitation agit comme cent fur cent atomes, &
comme dix fur dix atomes.

De vérité en vérité on s'élève inſenſiblement
à des connaiſſances, qui ſemblaient être hors de
la ſphère de l'eſprit humain. *Newton* a oſé calculer, à l'aide des ſeules loix de la gravitation,
quelle doit être la peſanteur des corps dans
d'autres globes que le nôtre : ce que doit peſer
dans *Saturne*, dans le Soleil, le même corps que
nous appellons ici une livre ; & comme ces différentes peſanteurs dépendent directement de la
maſſe des globes, il a fallu calculer quelle doit
être la maſſe de ces Aſtres. Qu'on diſe après cela que la gravitation, l'attraction, eſt une qualité occulte : qu'on oſe appeller de ce nom une
loi univerſelle, qui conduit à de ſi étonnantes
découvertes.

C H A-

CHAPITRE VIII.

THEORIE DE NOTRE MONDE PLANETAIRE.

Démonstration du mouvement de la Terre autour du Soleil, tirée de la gravitation. Grosseur du Soleil. Il tourne sur lui - même autour du centre commun du Monde Planétaire. Il change toujours de place. Sa densité. En quelle proportion les corps tombent sur le Soleil. Idée de Newton sur la densité du corps de Mercure. Prédiction de Copernic sur les phases de Vénus.

LE SOLEIL.

LE Soleil est au centre de notre Monde Planétaire, & doit y être nécessairement. Ce n'est pas que le point du milieu du Soleil soit précisément le centre de l'Univers ; mais ce point central, vers lequel notre Univers gravite, est nécessairement dans le corps de cet Astre ; & toutes les Planètes, ayant reçu une fois le mouvement de projectile, doivent toutes tourner autour de ce point, qui est dans le Soleil. En voici la preuve.

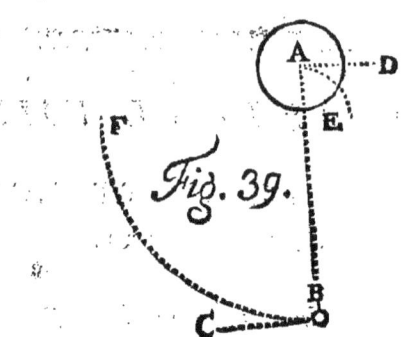

Fig. 39.

Soient ces deux globes A & B, le plus grand
repréſentant le Soleil (*Figure* 39.), le plus petit repréſentant une Planète quelconque. S'ils
ſont abandonnés l'un & l'autre à la loi de la
gravitation, & libres de tout autre mouvement,
ils ſeront attirés en raiſon directe de leurs maſſes : ils ſeront déterminés en ligne perpendiculaire l'un vers l'autre ; & A plus gros un million
de fois que B, ſe jettera vers lui un million de
fois plus vite que le globe B n'ira vers A.
Mais qu'ils ayent l'un & l'autre un mouvement
de projectile en raiſon de leurs maſſes, la Planète en B, C, le Soleil en A, D: alors la Planète obéit à deux mouvemens ; elle ſuit la ligne
B, C, & gravite en même tems vers le Soleil
ſuivant la ligne B, A ; elle parcourra donc la
ligne courbe B, F ; le Soleil de même ſuivra la ligne A, E ; & gravitant l'un vers l'autre, ils tour-
neront autour d'un centre commun. Mais le Soleil ſurpaſſant un million de fois la Terre en groſ-
ſeur, & la courbe A, E, qu'il décrit, étant un
million de fois plus petite que celle que décrit la
Ter-

Terre, ce centre commun eft néceffairement prefqu'au milieu du Soleil.

Il eft démontré encor par-là que la Terre &
les Planètes tournent autour de cet Aftre ; &
cette démonftration eft d'autant plus belle &
plus puiffante, qu'elle eft indépendante de toute obfervation, & fondée fur la Mécanique primordiale du Monde.

Si l'on fait le diamètre du Soleil égal à cent
diamètres de la Terre, & fi par conféquent il
furpaffe un million de fois la Terre en groffeur,
il eft quatre-cent-foixante-quatre fois plus gros
que toutes les Planètes enfemble, en ne comptant ni les fatellites de *Jupiter* ni l'anneau de
Saturne. Il gravite vers les Planètes, & les fait
graviter toutes vers lui ; c'eft cette gravitation
qui les fait circuler en les retirant de la tangente, & l'attraction que le Soleil exerce fur elles,
furpaffe celles qu'elles exercent fur lui, autant
qu'il les furpaffe en quantité de matière. Ne per-
dez jamais de vûe que cette attraction réciproque n'eft autre chofe que la loi des mobiles gra-
vitans tous, & tournans tous vers un centre
commun.

Le Soleil tourne donc fur ce centre commun,
c'eft-à-dire fur lui-même, vingt-cinq jours & demi ; fon point de milieu eft toujours un peu
éloigné de ce centre commun de gravité, & le
corps du Soleil s'en éloigne à proportion que
plufieurs Planètes en conjonctions l'attirent
vers elles ; mais quand toutes les Planètes fe trou-
veraient d'un côté & le Soleil d'un autre, le
centre commun de gravité du Monde Planetai-

re fortirait à peine du Soleil, & leurs forces réunies pouraient à peine déranger & remuer le
Soleil d'un diamètre entier. Il change donc réellement de place à tout moment, à mefure
qu'il eft plus ou moins attiré par les Planètes :
& ce pétit aprochement du Soleil rétablit le dérangement que les Planètes opèrent les unes fur
les autres ; ainfi le dérangement continuel de
cet Aftre entretient l'ordre de la Nature.

Quoiqu'il furpaffe un million de fois la Terre
en groffeur, il n'a pas un million plus de matiére. S'il était en effet un million de fois plus folide, plus plein que la Terre, l'ordre du Monde ne ferait pas tel qu'il eft : car les révolutions
des Planètes, & leurs diftances à leur centre, dépendent de leur gravitation, & leur gravitation
dépend en raifon directe de la quantité de la
matiére du globe où eft leur centre ; donc fi le
Soleil furpaffait à un tel excès notre Terre &
notre Lune en matiére folide, ces Planètes feraient beaucoup plus attirées, & leurs ellipfes
très-dérangées.

En fecond lieu, la matiére du Soleil ne peut
être comme fa groffeur ; car ce globe étant tout
en feu, la raréfaction eft néceffairement fort
grande, & la matiére eft d'autant moindre que
la raréfaction eft plus forte. Par les loix de la
gravitation il paraît que le Soleil n'a que deux-
cent-cinquante-mille fois plus de matiére que la
Terre ; or le Soleil un million plus gros n'étant
que le quart d'un million plus matériel, la Terre un million de fois plus petite aura donc à pro-
por-

portion quatre fois plus de matiére que le Soleil, & sera quatre fois plus dense.

Le même corps en ce cas, qui pése sur la surface de la Terre comme une livre, péserait sur la surface du Soleil comme trente-cinq livres ; mais cette proportion est de vingt-quatre à l'unité, parce que la Terre n'est pas en effet quatre fois plus dense, & que le diamètre du Soleil est ici supposé être cent fois celui de la Terre. Le même corps qui tombe ici de quinze pieds dans la première seconde, tombera d'environ quatre-cent-quinze pieds sur la surface du Soleil, toutes choses d'ailleurs égales.

Le Soleil perd toujours, selon *Newton*, un peu de sa substance, & serait dans la suite des siécles réduit à rien, si les Comètes qui tombent de tems en tems dans sa sphère, ne servoient à réparer ses pertes ; car tout s'altere & tout se répare dans l'Univers.

MERCURE.

Depuis le Soleil jusqu'à onze ou douze millions de nos lieues ou environ, il ne paraît aucun globe. A onze ou douze millions de nos lieues du Soleil est *Mercure* dans sa moyenne distance. C'est la plus excentrique de toutes les Planètes : elle tourne dans une ellipse qui la met dans son périhélie près d'un tiers plus près que dans son aphélie ; telle est à peu près la courbe qu'elle décrit.

Mercure est à peu près vingt-sept fois plus petit que la Terre ; il tourne autour du Soleil en

qua-

quatre-vingt-huit jours, ce qui fait son année.

Sa révolution sur lui-même qui fait son jour est inconnue; on ne peut affigner ni sa pesanteur, ni sa denfité. On fait feulement que fi *Mercure* eft précifément une Terre comme la nôtre, il faut que la matiére de ce globe foit environ huit fois plus denfe que la nôtre, pour que tout n'y foit pas dans un degré d'effervefcence, qui tuerait en un inftant des animaux de notre efpéce, & qui ferait évaporer toute matiére de la confiftence des eaux de notre globe.

Voici la preuve de cette affertion. *Mercure* reçoit environ fept fois plus de lumiére que nous, à raifon du quarré des diftances, parce qu'il eft environ deux fois & deux tiers plus près du centre de la lumiére & de la chaleur ; donc il eft fept fois plus échauffé, toutes chofes égales. Or, fur notre Terre la grande chaleur de l'Eté étant augmentée environ fept à huit fois, fait incontinent bouillir l'eau à gros bouillons; donc il faudrait que tout fût environ fept fois plus denfe qu'il n'eft, pour réfifter à fept ou huit fois plus de chaleur que le plus brûlant Eté n'en donne dans nos climats; donc *Mercure* doit être au moins fept fois plus denfe que notre Terre, pour que les mêmes chofes qui font dans notre Terre puiffent fubfifter dans le globe de *Mercure*, toutes chofes égales. Au refte, fi *Mercure* reçoit environ fept fois plus de rayons que notre globe, parce qu'il eft environ deux fois & deux tiers plus près du Soleil, par la même raifon le Soleil parait, de *Mercure*, environ fept fois plus grand, que de notre Terre.

VE-

Venus.

Après *Mercure* est *Vénus*, à vingt-un ou vingt-deux millions de lieues du Soleil dans sa distance moyenne; elle est grosse comme la Terre; son année est de deux-cent vingt-quatre jours. On ne sait pas encor ce que c'est que son jour, c'est-à-dire, sa révolution sur elle-même. De très-grands Astronomes croyent ce jour de vingt-cinq heures; d'autres le croyent de vingt-cinq de nos jours. On n'a pas pû encor faire des observations assez sûres, pour savoir de quel côté est l'erreur; mais cette erreur, en tout cas, ne peut être qu'une méprise des yeux, une erreur d'observation, & non de raisonnement.

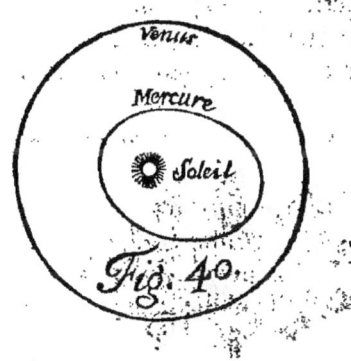

L'ellipse que *Vénus* parcourt dans son année, est moins excentrique que celle de *Mercure* (*Figure* 40.); on peut se former quelqu'idée du chemin de ces deux Planétes autour du Soleil par cette figure.

Il n'eſt pas hors de propos de remarquer ici, que *Vénus* & *Mercure* ont par raport à nous des phaſes différentes, ainſi que la Lune. On reprochait autrefois à *Copernic*, que dans ſon ſyſtème ces phaſes devaient paraître, & on concluait que ſon ſyſtème était faux, parce qu'on ne les apercevait pas. Si *Vénus* & *Mercure*, lui diſait-on, tournent autour du Soleil, & que nous tournions dans un plus grand cercle, nous devons voir *Mercure* & *Vénus*, tantôt pleins, tantôt en croiſſant, &c. mais c'eſt ce que nous ne voyons jamais. C'eſt pourtant ce qui arrive, leur diſait *Copernic*, & c'eſt ce que vous verrez, ſi vous trouvez jamais un moyen de perfectionner votre vûe. L'invention des téleſcopes, & les obſervations de *Galilée*, ſervirent bientôt à accomplir la prédiction de *Copernic*. Au reſte, on ne peut rien aſſigner ſur la maſſe de *Vénus*, & ſur la peſanteur des corps dans cette Planète.

CHAPITRE IX.

THÉORIE DE LA TERRE:
EXAMEN DE SA FIGURE.

JE m'étendrai davantage sur la théorie de la Terre. D'abord j'examinerai sa figure, qui résulte nécessairement des loix de l'attraction & de la rotation de ce globe sur son axe. Je ferai voir les mouvemens qu'elle a , & je finirai cette théorie de notre globe par les preuves les plus évidentes de la cause des marées, phénomène inexplicable jusqu'à *Newton*, & devenu le plus beau témoignage des vérités qu'il a enseignées: Je commence par la forme de notre globe.

DE LA FIGURE DE LA TERRE.

Histoire des opinions sur la figure de la Terre. Découverte de Richer, *& les suites. Théorie de* Huyghens. *Celle de* Newton. *Disputes en France sur la figure de la Terre.*

LES premiers Astronomes en Asie & en Egypte, s'aperçurent bientôt, par la projection de l'ombre de la Terre dans les éclipses de Lune, que la Terre est ronde ; les Hébreux,
qui

qui étaient de fort mauvais Physiciens, l'imaginèrent plate; ils se figuraient le Ciel comme un demi-ceintre, couvrant la Terre, dont ils ne connaissaient ni la figure, ni la grandeur, mais dont ils espéraient ètre tôt ou tard les maîtres. Cette imagination d'une Terre étroite & plate a longtems prévalu parmi les Chrètiens; chez beaucoup de Docteurs au quinziéme siécle, il était assez reçû que là Terre était plate & longue d'Orient en Occident, & fort étroité du Nord au Sud. Un Evèque d'Avila, qui écrivit en ce tems-là, traite l'opinion contraire d'hérésie & d'absurdité; enfin la raison, & le voyage de *Christophe Colomb*, rendirent à la Terre son ancienne forme sphérique; alors on passa d'une extrémité à l'autre. On crut la Terre une sphère parfaite, comme on crut ensuite que les Planètes faisaient leurs révolutions dans un vrai cercle.

Cependant dès qu'on commença à bien savoir que notre globe tourne sur lui-même en vingt-quatre heures, on aurait pû juger de cela seul, qu'une forme véritablement ronde ne saurait lui apartenir. Non seulement la force centrifuge élève considérablement les eaux dans la région de l'Equateur, par le mouvement de la rotation en vingt-quatre heures; mais elles y sont encor élevées d'environ vingt-cinq pieds deux fois par jour par les marées; il serait donc impossible que les Terres vers l'Equateur ne fussent perpétuellement inondées; or elles ne le font pas; donc la région de l'Equateur est beaucoup plus élevée à proportion que le reste de la

Terre ; donc la Terre eſt un ſphéroïde élevé à l'Equateur, & ne peut être une ſphère parfaite ; cette preuve ſi ſimple avait échapé aux plus grands génies, parce qu'un préjugé univerſel permet rarement l'examen.

On ſait qu'en 1672. *Richer* dans un voyage à la Cayenne près de la Ligne, entrepris par l'ordre de *Louis XIV.* ſous les auſpices de *Colbert*, le père de tous les Arts ; *Richer*, dis-je, parmi beaucoup d'obſervations, trouva que le pendule de ſon horloge ne faiſait plus ſes oſcillations, ſes vibrations auſſi fréquentes que dans la latitude de Paris, & qu'il falait abſolument racourcir le pendule d'une ligne & de plus d'un quart. La Phyſique & la Géométrie n'étaient pas alors à beaucoup près ſi cultivées qu'elles le ſont aujourdhui ; quel homme eût pû croire que de cette remarque ſi petite en aparence, & que d'une ligne de plus ou de moins, puſſent ſortir les plus grandes vérités Phyſiques ? On trouva d'abord qu'il falait néceſſairement que la peſanteur fût moindre ſous l'Equateur dans notre latitude, puiſque la ſeule peſanteur fait l'oſcillation d'un pendule. Par conſéquent puiſque la peſanteur des corps eſt d'autant moins forte que ces corps ſont plus éloignés du centre de la Terre, il falait abſolument que la région de l'Equateur fût beaucoup plus élevée que la nôtre, plus éloignée du centre ; ainſi la Terre ne pouvait être une vraie ſphère.

Beaucoup de Philoſophes firent à propos de ces découvertes, ce que font tous les hommes, quand il faut changer ſon opinion ; on diſputa
ſur

fur l'expérience de *Richer* ; on prétendit que
nos pendules ne faifaient leurs vibrations moins
promtes vers l'Equateur, que parce que la chaleur allongeait ce métal ; mais on vit, que
la chaleur du plus brulant Eté l'allonge d'une
ligne fur trente pieds de longueur ; & il s'agiffait ici d'une ligne & un quart, d'une ligne &
demie, ou même de deux lignes, fur une ver-
ge de fer longue de trois pieds huit lignes.

Quelques années après, Meffieurs *Varin*,
Deshayes, *Feuillée*, *Couplet*, répétèrent vers l'E-
quateur la même expérience du pendule ; il le
falut toujours racourcir, quoique la chaleur fût
très-fouvent moins grande fous la ligne même
qu'à quinze ou vingt degrés de l'Equateur. Cette expérience a été confirmée de nouveau par
les Académiciens que *Louis XV.* a envoyés au
Pérou, qui ont été obligés, vers Quito, fur des
montagnes où il gelait, de racourcir le pendule
à fecondes d'environ deux lignes (*).

A peu près au même tems, les Académiciens, qui ont été mefurer un arc du Méridien
au Nord, ont trouvé qu'à Pello, par-delà le
cercle polaire, il faut allonger le pendule pour
avoir les mêmes ofcillations qu'à Paris ; par conféquent la pefanteur eft plus grande au cercle
polaire que dans les climats de la France, comme elle eft plus grande dans nos climats que
vers l'Equateur. Si la pefanteur eft plus grande
au Nord, le Nord eft donc plus près du centre de la Terre que l'Equateur ; la Terre eft donc
aplatie vers les Poles.

Jamais

(*) Ceci était écrit en 1736.

Jamais l'expérience & le raisonnement ne concoururent avec tant d'accord à prouver une vérité. Le célèbre *Huyghens*, par le calcul des forces centrifuges, avait prouvé que la pesanteur devait être moins grande à l'Equateur qu'aux régions polaires, & que par conséquent la Terre devait être un sphéroïde aplati aux Poles. *Newton* par les principes de l'attraction avait trouvé les mêmes raports à peu de chose près ; il faut seulement observer qu'*Huyghens* croyait, que cette force inhérente aux corps qui les détermine vers le centre du globe, cette gravité primitive est partout la même. Il n'avait pas encor vû les découvertes de *Newton* ; il ne considérait donc la diminution de la pesanteur que par la théorie des forces centrifuges. L'effet des forces centrifuges diminue la gravité primitive sous l'Equateur. Plus les cercles, dans lesquels cette force centrifuge s'exerce, deviennent petits, plus cette force cède à celle de la gravité : ainsi sous le Pole même, la force centrifuge qui est nulle, doit laisser à la gravité primitive toute son action. Mais ce principe d'une gravité toujours égale, tombe en ruine par la découverte que *Newton* a faite, & dont nous avons tant parlé dans cet ouvrage, qu'un corps transporté, par exemple, à dix diamètres du centre de la Terre, pése cent fois moins qu'à un diamètre.

C'est donc par les loix de la gravitation combinées avec celles de la force centrifuge, qu'on fait voir véritablement, quelle figure la Terre doit avoir. *Newton* & *Grégori* ont été si sûrs de

cette

cette théorie, qu'ils n'ont pas hésité d'avancer, que les expériences sur la pesanteur étaient plus sûres pour faire connaître la figure de la Terre, qu'aucune mesure géographique.

Louïs XIV. avait signalé son Régne par cette Méridienne, qui traverse la France ; l'illustre *Dominique Cassini* l'avait commencée avec *Monsieur* son fils ; il avait en 1701. tiré du pied des Pyrenées à l'Observatoire une ligne aussi droite qu'on le pouvait, à travers les obstacles presque insurmontables que les hauteurs des montagnes, les changemens de la réfraction dans l'air, & les altérations des instrumens opposaient sans cesse à cette vaste & délicate entreprise ; il avait donc en 1701. mesuré six degrés dix-huit minutes de cette Méridienne. Mais de quelque endroit que vînt l'erreur, il avait trouvé les degrés vers Paris, c'est-à-dire, vers le Nord, plus petits que ceux qui allaient aux Pyrenées vers le Midi ; cette mesure démentait & celle de *Norvood* & la nouvelle théorie de la Terre applatie aux Poles. Cependant cette nouvelle théorie commençait à être tellement reçue, que le Sécretaire de l'Académie n'hésita point dans son histoire de 1701. à dire que les mesures nouvelles prises en France prouvaient que la Terre est un sphéroïde dont les poles sont applatis. Les mesures de *Dominique Cassini* entraînaient à la vérité une conclusion toute contraire ; mais comme la figure de la Terre ne faisait pas encor en France une question, personne ne releva pour lors cette conclusion fausse. Les degrés du Méridien de Collioure à Paris passèrent pour
exac-

exactement mesurés, & le Pole qui par ces mesures devait nécessairement être allongé, passa
pour applati.

Un Ingénieur nommé Mr. *des Roubais*, étonné de la conclusion, démontra que par les mesures prises en France, la Terre devait être un
sphéroïde oblong, dont le Méridien qui va d'un
Pole à l'autre, est plus long que l'Equateur, &
dont les Poles sont allongés (*). Mais de tous
les Physiciens à qui il adressa sa dissertation,
aucun ne voulut la faire imprimer, parce qu'il
semblait que l'Académie eût prononcé, & qu'il
paraissait trop hardi à un particulier de réclamer.
Quelque tems après, l'erreur de 1701. fut reconnuë; on se dédit, & la Terre fut allongée, par
une juste conclusion tirée d'un faux principe.
La Méridienne fut continuée sur ce principe de
Paris à Dunkerque; on trouva toujours les degrés du Méridien plus petits en allant vers le
Nord. Environ ce tems-là des Mathématiciens,
qui faisaient les mêmes opérations à la Chine,
furent étonnés de voir de la différence entre leurs
degrés, qu'ils pensaient devoir être égaux, &
& de les trouver après plusieurs vérifications
plus petits vers le Nord que vers le Midi. C'é-
tait encor une puissante raison pour croire le
sphéroïde oblong, que cet accord des Mathématiciens de France & de ceux de la Chine. On
fit plus encor en France, on mesura des parallèles à l'Equateur. Il est aisé de comprendre,
que sur un sphéroïde oblong, nos degrés de lon-
gitude

(*) Son mémoire est dans le Journal litteraire.

gitude doivent être plus petits que fur une fphère. Mr. de Caffini trouva le parallèle qui paffe
par Saint-Malo, plus court de mille trente-fept
toifes, qu'il n'aurait dû être dans l'hypothèfe
d'une Terre fphérique. Ce degré était donc incomparablement plus court, qu'il n'eût été fur
un fphéroïde à poles allongés.

Toutes ces fauffes mefures prouvèrent qu'on
avait trouvé les degrés, comme on avait voulu
les trouver : elles renverfèrent pour un tems en
France la démonftration de *Newton* & d'*Huyghens* ; & on ne douta pas, que les Poles ne fuffent d'une figure toute oppofée à celle dont on
les avait crûs d'abord.

Enfin les nouveaux Académiciens, qui allèrent au cercle polaire en 1736. ayant vu par
d'autres mefures, que le degré était dans ces
climats beaucoup plus long qu'en France, on
douta entr'eux & Meffieurs *Caffini*. Mais bientôt après on ne douta plus ; car les mèmes Aftronomes qui revenaient du Pole examinèrent
encor ce degré mefuré en 1677. par *Picard* au
Nord de Paris ; ils vérifièrent que ce degré eft
de cent-vingt-trois toifes plus long que *Picard*
ne l'avait déterminé. Si donc *Picard*, avec fes
précautions, avait fait fon degré de cent-vingt-
trois toifes trop court, il était fort vraifemblable, qu'on eût enfuite trouvé les degrés vers
le Midi plus longs qu'ils ne devaient ètre. Ainfi
la première erreur de *Picard*, qui fervait de fondement aux mefures de la Méridienne, fervait
auffi d'excufe aux erreurs prefque inévitables,
que de très-bons Aftronomes avaient pû com-
met-

mettre dans ce grand ouvrage. Les Académiciens, revenus du Pole, avaient pour eux dans
cette difpute la théorie & la pratique. L'une &
l'autre furent confirmées par un aveu que fit en
1740. à l'Académie le petit-fils de l'illuftre *Caffini*, héritier du mérite de fon pére & de fon grand-
pére. Il venait d'achever la mefure d'un parallèle
à l'Equateur; il avoua qu'enfin cette mefure, prife
avec tout le foin qu'exigeait la difpute, donnait
la Terre applatie. Cet aveu courageux doit terminer la querelle honorablement pour tous les
partis. On voit par tant de mefures différentes, combien il eft aifé de fe tromper. L'épaiffeur d'un cheveu fur nôtre Planète répond dans
le Ciel à des millions de lieues. *Newton* était bien
plus affuré de l'aplatiffement du Pole par fes
démonftrations, qu'on ne peut l'être de la quantité de cet aplatiffement avec le fecours des meilleurs quarts de cercle.

Au refte la différence de la fphère au fphéroïde ne donne point une circonférence plus grande
ou plus petite: car un cercle changé en ovale n'augmente ni ne diminuë de fuperficie. Quant à la différence d'un axe à l'autre, elle n'eft pas de fept
lieues. Différence immenfe pour ceux qui prennent parti, mais infenfible pour ceux qui ne confidèrent les mefures du globe terrefte que par les
ufages utiles qui en réfultent. Il n'y a aucun Géographe qui pût, dans une carte, faire apercevoir
cette différence; ni aucun pilote qui pût jamais
favoir, s'il fait route fur un fphéroide ou fur une
fphère. Mais entre les mefures qui faifaient le
fphéroide oblong, & celles qui le faifaient appla-

Mélanges &c.   Q   ti,

ti, la différence était d'environ cent lieuës, & a-
lors elle intéreſſait la navigation.

CHAPITRE X.

DE LA PERIODE DE VINGT-CINQ-
MILLE NEUF-CENT-VINGT ANNE´ES, CAU-
SE´E PAR L'ATTRACTION.

Mal-entendu général dans le langage de l'Aſtrono-
mie. Hiſtoire de la découverte de cette période.
Peu favorable à la Chronologie de Newton.
Explication donnée par des Grecs. Recherches
ſur la cauſe de cette période.

SI la figure de la Terre eſt un effet de la gravitation, de l'attraction, ce principe puiſſant de la Nature eſt auſſi la cauſe de tous les
mouvemens de la Terre, dans ſa courſe annuelle. Elle a dans cette courſe un mouvement, dont
la période s'accomplit en près de vingt-ſix-mil-
le ans; c'eſt cette période, qu'on appelle la pré-
ceſſion des Equinoxes; mais pour expliquer ce
mouvement & ſa cauſe, il faut reprendre les
choſes d'un peu plus loin.

Le langage vulgaire en fait d'Aſtronomie,
n'eſt qu'une contre-vérité perpétuelle. On dit
que les étoiles font leur révolution ſur l'Equateur, que le Soleil chaque jour tourne avec elles autour de la Terre d'Orient en Occident;
que

que cependant les étoiles, par un autre mouvement opposé au Soleil, tournent lentement d'Occident en Orient ; que les Planètes font ftationnaires & retrogrades. Rien de tout cela n'eft vrai ; on fait, que toutes ces aparences font caufées par le mouvement de la Terre. Mais on s'exprime toujours comme fi la Terre était immobile, & on retient le langage vulgaire, parce que le langage de la vérité démentirait trop nos yeux & les préjugés reçus, plus trompeurs encor que la vûe.

Mais jamais les Aftronomes ne s'expriment d'une manière moins conforme à la vérité, que quand ils difent dans tous les almanacs ; *Le Soleil entre au Printems dans un tel degré du Belier* : *L'Eté commence avec le figne du Cancer, l'Automne avec la Balance.* Il y a longtems que tous ces fignes ont de nouvelles places dans le Ciel, par raport à nos faifons ; & il ferait tems de changer la manière de parler, qu'il faudra bien changer un jour : car en effet notre Printems commence, quand le Soleil fe lève, avec le Taureau, notre Eté avec le Lion, notre Automne avec le Scorpion, notre Hyver avec le Verfeau ; ou pour parler plus exactement, nos faifons commencent quand la Terre dans fa route annuelle eft dans les fignes oppofés aux fignes qui fe lèvent avec le Soleil.

Hipparque fut le premier qui chez les Grecs s'aperçut que le Soleil ne fe levait plus au Printems dans les fignes, où il s'était levé autrefois. Cet Aftronome vivait environ foixante ans avant notre Ere vulgaire ; une telle découverte faite

Q 2   fi

fi tard, & qui devait avoir été faite beaucoup plus tôt, prouve que les Grecs n'avaient pas fait de grands progrès en Aftronomie. On compte, (mais c'eft un feul Auteur qui le dit, au deuxiéme fiécle,) qu'au tems du voyage des Argonautes l'Aftronome *Chiron* fixa le commencement du Printems, c'eft-à-dire, le point, où l'écliptique de la Terre coupait l'Equateur, au quinziéme degré du Bélier. Il eft conftant, que plus de cinq-cent années après, *Méton* & *Euctemon* obfervèrent que le Soleil au commencement de l'Eté entrait dans le huitiéme degré du Cancer, & par conféquent l'Equinoxe du Printems n'était plus au quinziéme degré du Bélier, & le Soleil était avancé de fept degrés vers l'Orient depuis l'expédition des Argonautes. C'eft fur ces obfervations faites cinq-cent ans après, par *Meton* & *Euctemon*, un an avant la guerre du Péloponèfe, que *Newton* a fondé en partie fon fyftème de la réformation de toute la Chronologie; & c'eft fur quoi je ne puis m'empêcher de foumettre ici mes fcrupules aux lumiéres des gens éclairés.

Il me parait, que fi *Meton* & *Euctemon* euffent trouvé une différence auffi palpable, que celle de fept degrés, entre le lieu du Soleil au tems de *Chiron*, & celui du tems où ils vivaient, ils n'auraient pû s'empêcher de découvrir cette précefion des Equinoxes, & la période qui en réfulte. Il n'y avait qu'à faire une fimple règle de trois, & dire : Si le Soleil avance environ de fept degrés, en cinq cent & quelques années, en combien d'années achévera-t-il le cercle entier ?

tier ? La période était toute trouvée. Cependant
on n'en connut rien jufqu'au tems d'*Hipparque*.
Ce filence me fait croire que *Chiron* n'en avait
point tant fû que l'on dit ; & que ce n'eft qu'a-
près coup que l'on crut, qu'il avait fixé l'Equinoxe du Printems au quinziéme degré du Bélier. On s'imagina qu'il l'avait fait, parce qu'il
l'avait dû faire. *Ptolemée* n'en dit rien dans fon
Almagefte : & cette confidération pourait à mon
avis ébranler un peu la Chronologie de *Newton*.

Ce ne fut point par les obfervations de *Chiron*,
mais par celles d'*Ariftille* & de *Metou* comparées
avec les fiennes propres, qu'*Hipparque* commença à foupçonner une viciffitude nouvelle dans le
cours du Soleil. *Ptolemée* plus de deux-cent-cinquante ans après *Hipparque* s'affura du fait,
mais confufément. On croyait que cette révolution était d'un degré en cent années ; & c'eft
d'après ce faux calcul que l'on compofait la grande année du Monde de trente-fix-mille années.
Mais ce mouvement n'eft réellement que d'un
degré ou environ en foixante & douze ans, &
la période n'eft que de vingt - cinq - mille neuf-
cent - vingt années ; felon les fupputations les
plus reçûes. Les Grecs, qui n'avaient point
de notion de l'ancien fyftème connu autrefois
dans l'Afie & renouvellé par *Copernic*, étaient
bien loin de foupçouner que cette période apar-
tenait à la Terre. Ils imaginaient je ne fai quel
premier mobile, qui entraînait toutes les étoiles, les Planètes & le Soleil, en vingt-quatre heures, autour de la Terre : enfuite un Ciel de criftal, qui tournait lentement en trente-fix-mille

Q 3   ans

ans d'Occident en Orient , & qui faifait je ne
faï comment rétrograder les étoiles malgré ce
premier mobile ; toutes les autres Planètes , &
le Soleil lui-même, faifaient leur révolution annuelle , chacun dans fon Ciel de criftal ; & cela
s'appellait de la Philofophie. Enfin on reconnut
dans le fiécle paffé que cette préceffion des Equinoxes , cette longue période , ne vient que d'un
mouvement de la Terre , dont l'Equateur d'année en année coupe l'Ecliptique en des points
différens , comme on va l'expliquer.

Avant que d'expofer ce mouvement , & d'en
faire voir la caufe, qu'il me foit encor permis
de rechercher, quelle pourait être la raifon de
cette période.

Quelque audace qu'il y ait à déterminer les
raifons du Créateur , on femble du moins excu-
fable d'ofer dire qu'on devine l'utilité des autres
mouvemens de notre globe.

S'il parcourt d'année en année, dans fon
grand orbe , environ cent-quatre-vingt-dix-huit
millions de lieues au moins autour du Soleil,
cette courfe nous amène les faifons. S'il tourne en vingt-quatre heures fur lui-même, la diftribution des jours & des nuits eft probablement
un des objets de cette rotation ordonnée par le
Maitre de la Nature. Il me parait qu'il y a encor une autre raifon néceffaire de ce mouvement
journalier , c'eft que fi la Terre ne tournait pas
fur elle-même, elle n'aurait aucune force centrifuge ; toutes fes parties preffées vers le centre , par la force centripète, acquerraient une adhéfion,

héfion, une dureté invincible, qui rendrait notre globe ftérile.

En un mot on comprend aifément l'utilité
de tous les mouvemens de la Terre ; mais pour
ce mouvement du Pole en vingt-cinq-mille neuf-
cent-vingt années, je n'y découvre aucun ufage fenfible ; il arrive de ce mouvement que notre étoile polaire ne fera plus un jour notre
étoile polaire, & il eft prouvé qu'elle ne l'a
pas toujours été ; l'Equinoxe, & les Solftices
changent ; le Soleil n'eft plus à notre égard dans
le Bélier à l'Equinoxe du Printems, quoi qu'en
difent tous les almanacs ; il eft dans le Taureau,
& avec le tems il fera dans le Verfeau. Mais
qu'importe ? ce changement ne produit ni faifons
nouvelles, ni diftribution nouvelle de chaleur &
de lumiére ; tout refte dans la Nature fenfiblement égal. Quelle eft donc la caufe de cette période de vingt-cinq-mille neuf-cent-vingt années, fi
longue, & en même tems fi inutile en aparence ?

Dans toutes les machines compofées que nous
voyons, il y a toujours quelque effet qui par
lui-même ne produit pas l'utilité qu'on retire de
la machine, mais qui eft une fuite néceffaire de
fa compofition ; par exemple, dans un moulin à
eau, il fe perd une grande partie de l'eau qui
tombe fur les aubes ; cette eau que le mouvement de la roue éparpille de tous côtés ne fert
en rien à la machine, mais c'eft un effet indif-
penfable du mouvement de la roue. Le bruit que
fait un marteau n'a rien de commun avec les
corps que le marteau façonne fur l'enclume ;
mais il eft impoffible que l'ébranlement de l'en-

Q 4   clume

dume n'accompagne pas cette action. La vapeur qui s'exhale d'une liqueur que nous faifons bouillir, en fort néceffairement, fans contribuer en rien à l'ufage que nous faifons de cette liqueur ; & celui qui juge que tous ces effets font néceffaires, quoiqu'ils ne foient fouvent d'aucune utilité fenfible, en juge bien.

S'il nous eft permis de comparer un moment les œuvres de Dieu à nos faibles ouvrages, on peut dire que dans cette machine immenfe il a arrangé les chofes de façon que plufieurs effets s'enfuivent indifpenfablement, fans être pourtant d'aucune utilité pour nous. Cette période de vingt-cinq-mille neuf-cent-vingt années paraît tout-à-fait dans ce cas ; elle eft un effet néceffaire de l'attraction du Soleil & de la Lune.

Etoile polaire.

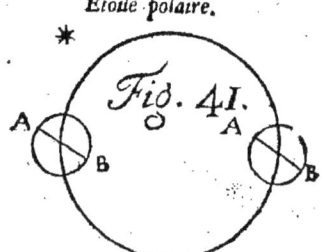

Pour fe faire une idée nette de ce mouvement périodique de vingt-cinq-mille neuf-cent-vingt ans, concevons d'abord la Terre (*Figure 41.*) portée annuellement fur fon grand axe, A, B, parallèle à lui-même autour du Soleil. Cet axe porté d'Occident en Orient, femble toujours dirigé vers cette étoile polaire ; la Terre dans la moitié de fa courfe annuelle, c'eft-à-dire, fi l'on

l'on veut , du Printems à l'Automne , a fait environ quatre-vingt-dix-huit millions de lieuës ;
mais cet efpace n'eft rien par raport à l'extrème
éloignement de cette étoile , qu'elle regarderait
toujours également , fi cet axe de la Terre était
toujours dans le même fens A, B, que vous le
voyez. Mais cet axe ne perfifte pas dans cette pofition ; & au bout d'un très-grand nombre d'années , cet axe conçû fur cette ligne de l'Ecliptique ,
n'eft plus dans la fituation A, B. Il ne regarde plus
fon mouvement de parallélifme ; il n'eft plus dirigé vers cette étoile polaire. Cette différente direction n'eft prefque rien par raport à l'immenfe
étenduë des Cieux ; mais c'eft beaucoup par raport au mouvement de notre Pole.

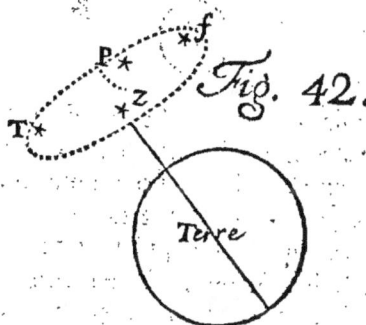

Fig. 42.

Imaginez donc ce petit globe de la Terre faifant fa très-petite révolution d'environ cent quatre-vingt-dix-huit millions de lieues , qui n'eft
qu'un point, dans l'efpace immenfe rempli d'é-
toiles fixes. Son Pole qui répond à cette étoile
polaire en P, (*Figure* 42.) au bout de foixante-
douze ans fera éloigné d'un degré. Dans fix-mil-
le

le cinq-cent ans ce Pole regardera l'étoile T, &
au bout d'environ treize mille ans répondra à
l'étoile qui est en Z ; succeffivement notre axe
de Z ira en *f* & retournera en P ; de façon
qu'au bout de vingt-cinq-mille neuf-cent-vingt
ans, ou à peu près ; nous aurons la même étoile
polaire qu'aujourdhui.

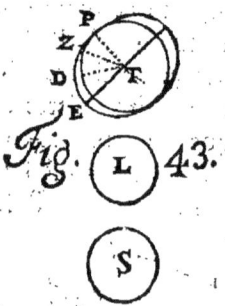

Fig. 43.

Après avoir expofé la figure de cette révolution de notre axe, il fera aifé d'en connaître
la raifon phyfique. Souvenons-nous qu'en parlant des inégalités du cours de la Lune, *Newton* a démontré qu'elles dépendent toutes de l'attraction du Soleil & de la Terre combinées enfemble. C'eft cette attraction, cette gravitation,
qui change continuellement la pofition de la Lune, comme on l'a déja vû au chapitre VI; réciproquement l'attraction du Soleil & celle de la Lune
agiffant fur la Terre, changent continuellement
la pofition de notre globe. Ne perdons pas de
vûe que la Terre eft beaucoup plus haute à l'E-
quateur que vers les Poles. Imaginez (*Figure*
43.) la Terre T, la Lune en L, le Soleil en S.

Si

Si la Terre & la Lune tourniaient toujours dans
le plan de l'Equateur, il eſt conſtant que cette
élévation des terres D, E, ſerait toujours également attirée ; mais quand la Terre n'eſt pas
dans les Equinoxes, cette partie élevée, E, par
exemple, eſt attirée par le Soleil & par la Lune, que je ſuppoſe en cette ſituation. Alors il
arrive ce qui doit arriver à une boule, qui,
chargée inégalement, roulerait ſur un plan ;
elle vacillerait, elle inclinerait. Concevez cette partie D tombée vers E par l'attraction du
Soleil ; elle ne peut aller de D en E, qu'en même tems le Pole terreſtre P ne change de ſituation, & n'aille de P en Z ; mais ce Pole ne
peut tomber de P en Z, que l'Equateur de la
Terre ne réponde à une autre partie du Ciel
qu'à celle à qui il répondait auparavant ; ainſi
les points de l'Equinoxe & du Solſtice répondent ſucceſſivement, au bout de ſoixante - douze
ans, à un degré différent dans le Ciel ; ainſi l'E-
quinoxe arrivait, du tems d'*Hipparque*, autrefois quand le Soleil paraiſſait être dans le premier point du Bélier, c'eſt-à-dire, quand la
Terre entrait réellement dans la Balance, ſigne
oppoſé au Bélier, & ce même Equinoxe arrive
de nos jours quand le Soleil parait être dans le
Taureau ; c'eſt-à-dire, quand la Terre eſt dans
le Scorpion, ligne oppoſée au Taureau. Par-là,
toutes les conſtellations ont changé de place ;
le Taureau ſe trouve où était le Bélier, les Gemeaux ſont où était le Taureau.

Cette gravitation, qui eſt l'unique cauſe de
la révolution de vingt-cinq-mille neuf-cent-vingt
ans

ans dans notre globe, est aussi la cause de la révolution lunaire de dix - neuf ans, qu'on appelle le Cicle lunaire, & de la révolution des apsides de la Lune en neuf ans. Il arrive à la Lune, tournant autour de la Terre, précisément la même chose qu'à cette élévation de notre globe vers l'Equateur; de sorte qu'on peut considérer la Lune comme si c'était une élévation, un anneau tenant à la Terre; & on peut pareillement considérer cette éminence de l'Equateur, comme un anneau de plusieurs Lunes.

- On sent bien que le Soleil doit avoir plus de part que la Lune à ce mouvement de la Terre, qui fait la précession des Equinoxes. L'action du Soleil est à celle de la Lune en ce cas précisément comme celle de la Lune est à celle du Soleil dans les marées.

Le lecteur soupçonne sans doute, que puisque les mers se soulèvent à l'Equateur, le Soleil & la Lune, qui agissent sur cet Equateur, agissent plus sensiblement sur les marées. Le Soleil contribue comme trois à peu près à ce mouvement de la précession des Equinoxes, & la Lune comme un. Dans les marées, au contraire, le Soleil n'agit que comme un, & la Lune comme trois; calcul étonnant réservé à notre siécle, & accord parfait des loix de la gravitation que toute la Nature conspire à démontrer.

C H A-

CHAPITRE XI.

DU FLUX ET DU REFLUX.
QUE CE PHENOMENE EST UNE SUITE NE-CESSAIRE DE LA GRAVITATION.

Les prétendus tourbillons ne peuvent être la cau-se des marées. Preuve. La gravitation est la seule cause évidente des marées.

SI les tourbillons de matiére subtile ont ja-mais eu quelque air de vraisemblable en leur faveur, c'est dans le flux & le reflux de l'Océan. Que les eaux s'enfoncent sous les Tropiques, quand elles s'élèvent vers les Poles, c'est que l'air, dit-on, les presse sous les Tropiques. Mais pourquoi l'air y presse-t-il plus qu'ailleurs ? C'est qu'il est lui-même plus pressé, c'est que le chemin de la matiére subtile est rétréci par le passage de la Lune. Le comble à cette vraisemblance était encor, que les marées sont plus hautes à la nouvelle & pleine Lune qu'aux quadratures, & qu'enfin le retour des marées à chaque Méridien, suit à peu près le retour de la Lune à chaque Méridien. Ce qui paraît si vraisemblable, est pourtant en effet très-impossible. On a déja fait voir que ce tourbillon de matiére subtile ne peut subsister ; mais quand même

même il exifterait, malgré toutes les contradictions qui l'anéantiffent, il ne pourait en aucune manière caufer les marées.

1°. Dans la fuppofition de ce prétendu tourbillon de matiére fubtile, toutes les lignes pref-
feraient vers le centre de notre globe également; ainfi la Lune devrait preffer également
dans fes quartiers, & dans fon plein, fuppofé
qu'elle preffât. Ainfi il n'y aurait point de
marée.

2°. Par une auffi forte raifon, aucun corps
entraîné par un fluide quelconque, ne peut certainement preffer ce fluide plus que ne ferait un
pareil volume de ce fluide; un corps en équilibre dans l'eau, tient lieu d'un pareil volume
d'eau. Qu'on mette dans un vivier cent pieds
cubiques d'eau de plus, ou bien cent poiffons
nageants entre deux eaux, chacun d'un pied
cubique; ou qu'on mette un feul poiffon avec
quatre-vingt-dix-neuf pieds d'eau de plus dans
le vivier; cela eft abfolument égal; le fond du
vivier n'en fera ni plus ni moins chargé dans
aucun de ces cas. Ainfi, qu'il y eût une Lune
au-deffus de nos mers, ou cent Lunes, cela eft
adfolument égal dans le fyftème imaginaire des
tourbillons & du plein; aucune de ces Lunes
ne doit être confidérée que comme une égale
quantité de matiére fluide.

Fig. 44.

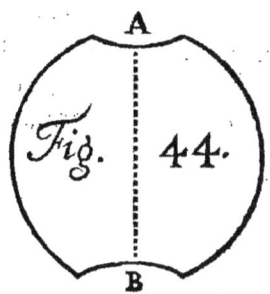

3°. Le flux arrive dans la circonférence de l'Océan sous un même Méridien en même tems dans les points opposés; la Mer (*Figure* 44.) s'enfonce à la fois en A, & en B. Or supposé que la Lune pût presser le prétendu torrent de matiére subtile sur l'Océan A, les eaux alors s'éléveraient en B, au lieu de s'enfoncer; car la pesanteur vers le centre dans ce système, est l'effet de la prétendue matiére subtile. Or ce flui-de imaginaire, pressant en A les eaux sur la Ter-re, doit élever les eaux sur lesquelles elle pres-se moins; or sur quelles eaux pressera-t-elle moins que sur B? Que veut-on dire, quand on prétend que B s'enfonce aussi par le contre-coup? Depuis quand, lorsqu'on frape sur un côté d'un corps quel qu'il puisse ètre, enfonce-t-on en de-dans le côté opposé? Pressez une vessie assez remplie d'air, s'enfoncera-t-elle aussi à un bout, quand vous l'enfoncerez à l'autre? ne s'élévera-t-elle pas au contraire par le bout opposé au côté frapé?

4°. Si cette pression chimérique avait lieu, l'air pressé sous les Tropiques, ne ferait-il pas

alors

alors monter le mercure dans le baromètre ?
Mais au contraire, le mercure est toujours un
peu plus bas dans la Zone torride que vers les
Poles. Ce qui paraissait si vraisemblable devient
donc impossible à l'examen.

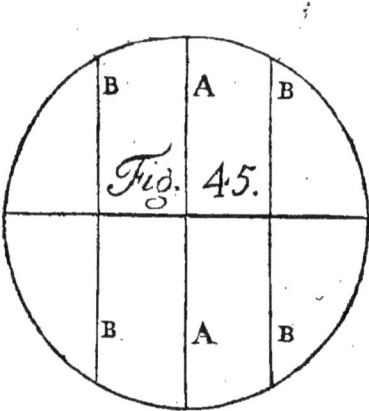

Fig. 45.

La gravitation, ce principe si reconnu, si démontré, cette force si inhérente dans tous les
corps, se déploye ici d'une maniére bien sensible : elle est la cause évidente de toutes les marées ; ceci sera bien facile à comprendre. La Terre tourne sur elle-même ; les eaux qui l'entou-
rent tournent avec elle ; le grand cercle de tout
sphéroïde tournant sur son axe, est celui qui a
le plus de mouvement ; la force centrifuge augmente à mesure que ce cercle est grand. Ce cercle A (*Figure* 45.) éprouve plus de force centrifuge que les cercles B ; les eaux de la mer
s'élévent donc vers l'Equateur par cette seule
force centrifuge ; & non seulement les eaux,
                                              mais

mais les terres qui font vers l'Equateur, font élevées auffi néceffairement.

Cette force centrifuge emporterait toutes les parties de la Terre & de la Mer, fi la force centripète fon antagonifte ne les attirait vers le centre de la Terre ; or toute Mer qui eft au-delà des Tropiques vers les Poles, ayant moins de force centrifuge, parce qu'elle tourne dans un bien plus petit cercle, elle obéit davantage à la force centripète ; elle gravite donc plus vers la Terre ; elle preffe cette même Mer Océane qui s'étend vers l'Equateur, & contribue encor un peu, par cette preffion, à l'élévation de la Mer fous la ligne. Voilà l'état où eft l'Océan, par la feule combinaifon des forces centrales. Maintenant, que doit-il arriver par l'attraction de la Lune & du Soleil ? Cette élévation conftante des eaux entre les Tropiques doit encor augmenter, fi cette élévation fe trouve vis-à-vis quelque Globe qui l'attire. Or la région des Tropiques de notre Terre, eft toujours fous le Soleil & fous la Lune ; donc l'élévation du Soleil & de la Lune doit faire quelque effet fur ces Tropiques.

1. Si le Soleil & la Lune exercent une action fur ces eaux qui font en ces régions, cette action doit être plus grande dans le tems où la Lune fe trouve plus vis-à-vis du Soleil, c'eft-à-dire, en oppófition & en conjonction, en pleine & nouvelle Lune, que dans les quartiers ; car dans les quartiers, étant plus oblique au Soleil, elle doit agir d'un côté, quand le Soleil agit de l'autre ; leurs actions doivent fe nuire, & l'une doit diminuer l'autre ; auffi les marées

Mélanges &c.　　　R　　　font-

font-elles plus hautes dans les ʃyzygées que dans les quadratures.

2. La Lune étant nouvelle, ʃe trouvant du même côté que le Soleil, doit agir d'autant plus ʃur la Terre, qu'elle l'attire à peu près dans le même ʃens que le Soleil l'attire. Les marées doivent donc être un peu plus fortes, toutes choʃes égales, dans la conjonction que dans l'oppoʃition ; & c'eʃt ce que l'on éprouve.

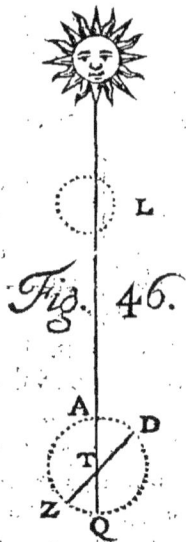

Fig. 46.

3. Les plus hautes marées de l'année doivent arriver aux Equinoxes, & être plus hautes dans la nouvelle Lune que dans la pleine. Tirez (*Figure* 46.) une ligne du Soleil paʃʃant près de la Lune L, & arrivant ʃur l'Equateur de la Terre. L'Equateur A, Q, eʃt attiré preʃque dans la

la même ligne par ces Globes ; les eaux doivent
s'élever plus qu'en tout autre tems ; & comme
elles ne peuvent s'élever que par degrés, leur
plus grande élévation n'eſt pas préciſément au
moment de l'Equinoxe , mais un jour ou deux
après en D, Z.

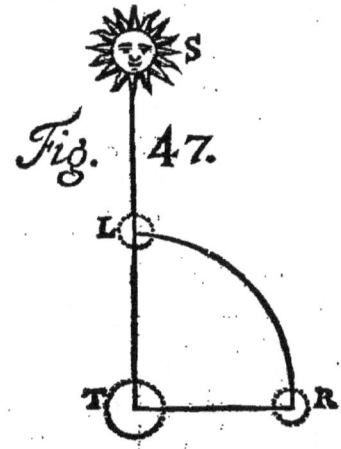

Fig. 47.

4. Si par ces loix les marées de la nouvelle
Lune à l'Equinoxe ſont les plus hautes de l'année, les marées dans les quadratures après l'E-
quinoxe doivent ètre les plus baſſes de l'année ;
car le Soleil eſt encor à-peu-près ſur l'Equateur ;
mais la Lune s'en trouve alors fort loin, comme vous le voyez. Car la Lune L, (*Figure* 47.)
en huit jours ſera vers R. Alors il arrive à l'O-
céan la mème choſe qu'à un poids tiré par deux
puiſſances agiſſant perpendiculairement à la fois
ſur lui, & qui n'agiſſent plus qu'obliquement ;
ces deux puiſſances n'ont plus la mème force, le
Soleil n'ajoute plus à la Lune le pouvoir qu'il y

R 2   ajouajoûtait, quand la Lune, la Terre & le Soleil étaient presque dans la même perpendiculaire.

5. Par les mêmes loix nous devons avoir des marées plus fortes immédiatement avant l'Equinoxe du Printems qu'après, & au contraire plus fortes immédiatement après l'Equinoxe d'Automne qu'avant. Car si l'action du Soleil aux Equinoxes ajoûte à l'action de la Lune, le Soleil doit d'autant plus ajoûter d'action que nous serons plus près de lui; or nous sommes plus près du Soleil avant le vingt & un Mars à l'Equinoxe qu'après, & nous sommes au contraire plus près du Soleil après le vingt & un Septembre qu'avant ce tems; donc les plus hautes marées, année commune, doivent arriver avant l'Equinoxe du Printems, & après celui d'Automne, comme l'expérience le confirme.

Ayant prouvé que le Soleil conspire avec la Lune aux élévations de la Mer, il faut savoir quelle quantité de concours il y aporte. *Newton* & d'autres ont calculé, que l'élévation moyenne dans le milieu de l'Océan est douze pieds; le Soleil en élève deux & un quart, & la Lune huit & trois quarts.

Au reste, ces marées de la Mer Océane semblent être, aussi-bien que la précession des Equinoxes, & que la période de la Terre en vingt-cinq-mille neuf-cent ans, un effet nécessaire des loix de la gravitation, sans que la cause finale en puisse être assignée; car de dire, avec tant d'Auteurs, que Dieu nous donne les marées pour la commodité de notre commerce, c'est oublier que les hommes ne commercent au loin

par

par l'Océan, que depuis deux-cent-cinquante ans;
c'est hazarder beaucoup encor, que de dire, que
le flux & le reflux rendent les ports plus avan-
tageux; & quand il ferait vrai, que les marées de
l'Océan fuſſent utiles au Commerce, doit-on
dire, que Dieu les envoye dans cette vûë? Combien la Terre & les Mers ont-elles fubfifté de
fiécles avant que nous fiſſions fervir la navigation à nos nouveaux befoins? ,, Quoi, difait un
Philofophe ingénieux, ,,parce qu'au bout d'un
,, nombre prodigieux d'années, les beficles ont
,, été enfin inventées, doit-on dire, que Dieu a
,, fait nos nez pour porter des lunettes? " Les
mêmes Auteurs aſſûrent auſſi que le flux & le
reflux font ordonnés de Dieu, de peur que la
Mer ne croupiſſe, & ne fe corrompe: Ils ou-
blient encor que la Méditerranée ne croupit point,
quoiqu'elle n'ait point de marée. Quand on ofe
aſſigner ainfi les raifons de tout ce que Dieu a
fait, on tombe dans d'étranges erreurs. Ceux
qui fe bornent à calculer, à pefer, à mefurer,
fe trompent fouvent eux-mêmes: que fera-ce
de ceux qui ne veulent que deviner?

On ne pouſſera pas ici plus loin les recherches fur la gravitation. Cette doctrine était encor toute nouvelle en France, quand l'Auteur
l'expofa en 1736. Elle ne l'eft plus; il faut fe
conformer au tems. Plus les hommes font de-
venus éclairés, moins il faut écrire.

C H I A-

CHAPITRE XII.

CONCLUSION.

COncluons en prenant ici la fubftance de tout ce que nous avons dit dans cet ouvrage.

1. Qu'il y a un pouvoir actif, qui imprime à tous les corps une tendance les uns vers les autres.

2. Que par raport aux Globes Céleftes, ce pouvoir agit en raifon renverfée des quarrés des diftances au centre du mouvement, & en raifon directe des maffes; & on appelle ce pouvoir attraction par raport au centre, & gravitation par raport aux corps qui gravitent vers ce centre.

3. Que ce même pouvoir fait defcendre les mobiles fur notre Terre, en tendant vers le centre.

4. Que la même caufe agit entre la lumiére & les corps, comme nous l'avons vû, fans qu'on fache en quelle proportion.

A l'égard de la caufe de ce pouvoir, fi inutilement recherchée & par *Newton* & par tous ceux qui l'ont fuivi, que peut-on faire de mieux que de traduire ici ce que *Newton* dit à la derniére page de fes *Principes* ? Voici comme il s'explique en Phyficien auffi fublime qu'il eft Géomètre

mètre profond. „ J'ai jufqu'ici montré la force
„ de la gravitation par les Phénomènes Céleftes
„ & par ceux de la Mer; mais je n'en ai nul-
„ le-part affigné la caufe. Cette force vient d'un
„ pouvoir qui pénètre au centre du Soleil & des
„ Planètes, fans rien perdre de fon activité, &
„ qui agit, non pas felon la quantité des fuper-
„ ficies des particules de matiére, comme font
„ les caufes mécaniques, mais felon la quanti-
„ té de matiére folide ; & fon action s'étend à
„ des diftances immenfes, diminuant toujours
„ exactement felon le quarré des diftances &c. „
C'eft dire bien nettement, bien expreffément,
que l'attraction eft un principe, qui n'eft point
mécanique. Et quelques lignes après il dit ; „ Je
„ ne fais point d'hypothèfes, *Hypothefes non fin-*
„ *go*.   Car ce qui ne fe déduit point des Phé-
„ nomènes eft une hypothèfe ; & les hypothèfes,
„ foit Métaphyfiques, foit Phyfiques, foit des
„ fuppofitions de qualités occultes, foit des fup-
„ pofitions de mécaniques, n'ont point lieu
„ dans la Philofophie expérimentale.
Je ne dis pas que ce principe de la gravitation foit le feul reffort de la Phyfique ; il y a
probablement bien d'autres fecrets que nous n'a-
vons point arrachés à la Nature, & qui conf-
pirent avec la gravitation à entretenir l'ordre de
l'Univers. La gravitation, par exemple, ne rend
raifon ni de la rotation des Planètes fur leurs
propres centres, ni de la détermination de
leurs orbes en un fens plûtôt qu'en un autre,
ni des effets furprenans de l'élafticité, de l'élec-

R 4

tricité,

tricité, du magnétifme. Il viendra un tems
peut-être, où l'on aura un amas affez grand
d'expériences pour reconnaître quelques autres
principes cachés. Tout nous avertit que la
matiére a beaucoup plus de propriétés que nous
n'en connaiffons. Nous ne fommes encor
qu'au bord d'un Océan immenfe. Que de chofes reftent à découvrir! mais auffi que de chofes font à jamais hors de la fphère de nos connaiffances!

REMAR-

REMARQUES

SUR

LES PENSÉES

DE Mr. PASCAL.

REMARQUES

SUR

LES PENSÉES

DE Mr. PASCAL.

 Oici des Remarques critiques, que j'ai faites depuis longtems, sur les Penfées de Mr. *Pafcal*. Ne me comparez point ici, je vous prie, à *Ezechias*, qui voulut faire brûler tous les livres de *Salomon*. Je refpecte le génie & l'éloquence de *Pafcal*; mais plus je les refpecte, plus je fuis perfuadé, qu'il aurait lui-même corrigé beaucoup de ces Penfées, qu'il avait jettées au hazard fur le papier, pour les examiner enfuite; & c'eft en admirant fon génie, que je combats quelques-unes de fes idées.

Il me paraît, qu'en général l'efprit, dans lequel Mr. *Pafcal* écrivit ces Penfées, était de montrer l'homme dans un jour odieux. Il s'acharne à nous peindre tous méchans & malheureux. Il écrit contre la Nature humaine, à peu

près

près comme il écrivait contre les Jéfuites. Il im-
pute à l'effence de notre nature, ce qui n'appartient qu'à certains hommes; il dit éloquem-
ment des injures au Genre humain. J'ofe prendre le parti de l'humanité contre ce Mifantro-
pe fublime. J'ofe affurer, que nous ne fommes
ni fi méchans, ni fi malheureux, qu'il le dit.
Je fuis de plus très - perfuadé, que s'il avait fuivi dans le livre, qu'il méditait, le deffein qui
paraît dans fes Penfées, il aurait fait un livre
plein de paralogifmes éloquens & de fauffetés
admirablement déduites. On dit même, que
tous ces livres, qu'on a fait depuis peu pour
prouver la Religion Chrètienne, font plus ça-
pables de fcandalifer que d'édifier. Ces Auteurs
prétendent-ils en fçavoir plus que JESUS-CHRIST
& fes Apôtres? C'eft vouloir foutenir un chêne en l'entourant de rofeaux; on peut écarter
ces rofeaux inutiles, fans craindre de faire tort
à l'arbre. J'ai choifi avec difcrétion quelques
Penfées de *Pafcal*. J'ai mis les réponfes au bas.
Au refte, on ne peut trop répéter ici, combien il ferait abfurde & cruel de faire une affaire de parti de cet examen des Penfées de *Pafcal*. Je n'ai de parti que la vérité. Je penfe,
qu'il eft très - vrai, que ce n'eft pas à la Métaphyfique de prouver la Religion Chrètienne,
& que la raifon eft autant au-deffous de la foi,
que le fini eft au-deffous de l'infini. Il ne s'a-
git ici que de raifon; & c'eft fi peu de chofe chez
les hommes, que cela ne vaut pas la peine de
fe fâcher.

I. PEN-

I. PENSÉE DE PASCAL.

Les grandeurs & les miseres de l'homme sont tellement visibles, qu'il faut nécessairement que la véritable Religion nous enseigne qu'il y a en lui quelque grand principe de grandeur, & en même-tems quelque grand principe de misère: Car il faut que la véritable Religion connaisse à fond notre nature; c'est-à-dire, qu'elle connaisse tout ce qu'elle a de grand & tout ce qu'elle a de misérable; & la raison de l'un & de l'autre: il faut encor qu'elle nous rende raison des étonnantes contrarietés qui s'y rencontrent.

1. Cette manière de raisonner paraît fausse & dangereuse; car la fable de *Promethée* & de *Pandore*, les Androgines de *Platon*, les dogmes des anciens Egyptiens, & ceux de *Zoroastre*, rendraient aussi-bien raison de ces contrarietés apparentes. La Religion Chrètienne n'en demeurera pas moins vraye, quand même on n'en tirerait pas ces conclusions ingénieuses, qui ne peuvent servir qu'à faire briller l'esprit. Il est nécessaire, pour qu'une Religion soit vraye, qu'elle soit Révélée; & point du tout qu'elle rende raison de ces contrarietés prétendues; elle n'est pas plus faite pour vous enseigner la Métaphysique que l'Astronomie.

I I.

Qu'on examine sur cela toutes les Religions du Monde, & qu'on voye, s'il y en a une autre que la Chrètienne, qui y satisfasse. Sera-ce celle qu'en-
sei-

ſeignaient les *Philoſophes*, *qui nous propoſent pour tout bien, un bien qui eſt en nous? Eſt-ce là le vrai bien?*

2. Les Philoſophes n'ont point enſeigné de Religion : ce n'eſt pas leur Philoſophie, qu'il s'agit de combatre. Jamais Philoſophe ne s'eſt dit inſpiré de DIEU ; car dès-lors il eût ceſſé d'être Philoſophe, & il eût fait le Prophète. Il ne s'agit pas de ſçavoir, ſi JESUS-CHRIST doit l'emporter ſur *Ariſtote* ; il s'agit de prouver, que la Religion de JESUS-CHRIST eſt la véritable, & que celles de *Mahomet*, de *Zoroaſtre*, de *Confucius*, d'*Hermes*, & toutes les autres, ſont fauſſes. Il n'eſt pas vrai que les Philoſophes nous ayent propoſé pour tout bien, un bien qui eſt en nous. Liſez *Platon*, *Marc-Aurèle*, *Epictète* ; ils veulent qu'on aſpire à mériter d'être rejoint à la Divinité dont nous ſommes émanés.

III.

Et cependant ſans ce myſtère, le plus incompréhenſible de tous, nous ſommes incompréhenſibles à nous-mêmes. Le nœud de notre condition prend ſes retours & ſes plis dans l'abîme du péché originel ; de ſorte que l'homme eſt plus inconcevable ſans ce myſtère, que ce myſtère eſt inconcevable à l'homme.

3. Quelle étrange explication ! L'homme eſt inconcevable, ſans un myſtère inconcevable. C'eſt bien aſſez de ne rien entendre à notre origine, ſans l'expliquer par une choſe qu'on n'entend pas. Nous ignorons comment l'homme nait, comment il croit, comment il digère, comment

il

il penfe, comment fes membres obéiffent à fa volonté. Serai-je bien reçu à expliquer ces obfcurités par un fyftème inintelligible ? Ne vaut-il pas mieux dire, Je ne fai rien ? Un myftère ne fut jámais une explication, c'eft une chofe Divine & inexplicable.

Qu'aurait répondu Mr. *Pafcal* à un homme qui lui aurait dit : Je fçai, que le myftère du péché originel eft l'objet de ma foi, & non de ma raifon ; je connais fort bien fans myftère ce que c'eft que l'homme ; je vois qu'il vient au monde comme les autres animaux ; que l'accouchement des méres eft plus douloureux à mefure qu'elles font plus délicates ; que quelquefois des femmes & des animaux femelles meurent dans l'enfantement ; qu'il y a quelquefois des enfans mal organifés, qui vivent privés d'un ou deux fens, & de la faculté du raifonnement ; que ceux qui font le mieux organifés, font ceux, qui ont les paffions les plus vives ; que l'amour de foi-même eft égal chez tous les hommes, & qu'il leur eft auffi néceffaire que les cinq fens ; que cet amour-propre nous eft donné de Dieu pour la confervation de notre être, & qu'il nous a donné la Religion pour régler cet amour-propre ; que nos idées font juftes, ou inconféquentes ; obfcures, ou lumineufes, felon que nos organes font plus ou moins folides, plus ou moins déliés, & felon que nous fommes plus ou moins paffionnés ; que nous dépendons en tout de l'air qui nous environne, des alimens que nous prenons, & que dans tout cela il n'y a rien de contradictoire.

L'homme à cet égard n'eft point une énigme,

com-

comme vous vous le figurez, pour avoir le plaisir de la deviner. L'homme paraît être à sa place dans la Nature, supérieur aux animaux, auxquels il est semblable par les organes, inférieur à d'autres êtres, auxquels il ressemble probablement par la pensée. Il est, comme tout ce que nous voyons, mêlé de mal & de bien, de plaisir & de peine. Il est pourvu de passions pour agir, & de raison pour gouverner ses actions. Si l'homme était parfait, il serait DIEU ; & ces prétendues contrariétés, que vous appellez contradictions, sont les ingrédiens nécessaires, qui entrent dans le composé de l'homme, qui est comme le reste de la Nature ce qu'il doit être. Voilà ce que la raison peut dire ; ce n'est donc point la raison, qui apprend aux hommes la chûte de la Nature humaine, c'est la foi seule à laquelle il faut avoir recours.

IV.

Suivons nos mouvemens, observons-nous nous-mêmes, & voyons, si nous n'y trouverons pas les caractères vivans de ces deux natures.

Tant de contradictions se trouveraient-elles dans un sujet simple ?

Cette duplicité de l'homme est si visible, qu'il y en a qui ont pensé, que nous avions deux ames ; un sujet simple leur paraissant incapable de telles & si soudaines variétés, d'une présomtion démesurée à un horrible abatement de cœur.

4. Cette pensée est prise entièrement de *Montagne*, ainsi que beaucoup d'autres. Elle se trouve au Chapitre de l'inconstance de nos actions.

Mais

Mais le fage *Montagne* s'explique en homme qui
doute. Nos diverfes volontés, ne font point des
contradictions de la Nature, & l'homme n'eft
point un fujet fimple. Il eft compofé d'un nombre innombrable d'organes. Si un feul de ces organes eft un peu altéré, il eft néceffaire, qu'il
change toutes les impreffions du cerveau, & que
l'animal ait de nouvelles penfées & de nouvelles volontés. Il eft très-vrai, que nous fommes
tantôt abattus de trifteffe, tantôt enflés de pré-
fomtion : & cela doit être, quand nous nous
trouvons dans des fituations oppofées. Un animal que fon maître careffe & nourit, & un autre qu'on égorge lentement & avec adreffe pour
en faire une diffection, éprouvent des fentimens
bien contraires; ainfi faifons-nous; & les différences qui font en nous, font fi peu contradic-
toires, qu'il ferait contradictoire qu'elles n'exiftaffent pas. Les foux, qui ont dit, que nous
avions deux ames, pouvaient par la même raifon nous en donner trente ou quarante; car
un homme dans une grande paffion a fouvent
trente ou quarante idées différentes de la même
chofe, & doit néceffairement les avoir felon que
cet objet lui parait fous différentes faces. Cette
prétendue duplicité de l'homme eft une idée auffi
abfurde que métaphyfique; j'aimerais autant dire, que le chien, qui mord & qui careffe, eft
double; que la poule, qui a tant de foin de fes
petits, & qui enfuite les abandonne jufqu'à les
méconnaitre, eft double; que la glace, qui repréfente des objets différens, eft double; que l'arbre, qui eft tantôt chargé, tantôt dépouillé de

Mélanges &c.   S   feuilfeullles , eſt double. J'avoue, que l'homme . eſt inconcevable en un ſens ; mais tout le reſte de la Nature l'eſt auſſi ; & il n'y a pas plus de con-tradictions apparentes dans l'homme que dans tout le reſte.

V.

Ne point parier que DIEU *eſt, c'eſt parier qu'il n'eſt pas. Lequel prendrez-vous donc? Peſons le gain & la perte, en prenant le parti de croire que* DIEU *eſt. Si vous gagnez, vous gagnez tout ; ſi vous per-dez, vous ne perdez rien. Pariez donc qu'il eſt, ſans héſiter. Oui, il faut gager ; mais je gage peut-être trop. Voyons, puiſqu'il y a pareil ha-zard de gain & de perte, quand vous n'auriez que deux vies à gager pour une, vous pouriez encor gager.*

5. Il eſt évidemment faux de dire : Ne point parier que DIEU eſt, c'eſt parier qu'il n'eſt pas ; car celui qui doute & demande à s'éclair-cir, ne parie aſſurément ni pour ni contre. D'ailleurs, cet article paraît un peu indécent & puérile : cette idée de jeu , de perte & de gain , ne convient point à la gravité du ſu-jet. De-plus, l'intérêt que j'ai à croire une cho-ſe, n'eſt pas une preuve de l'exiſtence de cette choſe. Vous me promettez l'Empire du Mon-de, ſi je crois que vous avez raiſon. Je ſou-haite alors de tout mon cœur, que vous ayez raiſon ; mais juſqu'à ce que vous me l'ayez prou-vé, je ne puis vous croire. Commencez, pou-rait-on dire à *Paſcal* , par convaincre ma raiſon : j'ai intérêt, ſans doute, qu'il y ait un DIEU ;

mais

mais ſi dans votre ſyſtême DIEU n'eſt venu que
pour ſi peu de perſonnes, ſi le petit nombre des
élus eſt ſi effrayant, ſi je ne puis rien du tout
par moi-même, dites-moi, je vous prie, quel
intérêt j'ai à vous croire? N'ai-je pas un intérêt
viſible à être perſuadé du contraire? De quel
front oſez-vous me montrer un bonheur infini, auquel d'un million d'hommes un ſeul à peine a droit d'aſpirer? Si vous voulez me convaincre, prenez-vous-y d'une autre façon, & n'al-
lez pas tantôt me parler de jeu de hazard, de
pari, de croix & de pile, & tantôt m'effrayer
par les épines, que vous ſemez ſur le chemin,
que je veux & que je dois ſuivre. Votre raiſon-
nement ne ſervirait qu'à faire des Athées, ſi la
voix de toute la Nature ne nous criait, qu'il y
a un DIEU, avec autant de force, que ces ſubti-
lités ont de faibleſſe.

V I.

En voyant l'aveuglement & les miſères de l'hom-
me, & ces contrariétés étonnantes, qui ſe décou-
vrent dans ſa nature, & regardant tout l'Uni-
vers muet, & l'homme ſans lumière, abandonné à
lui-même, & comme égaré dans ce recoin de l'U-
nivers, ſans ſçavoir qui l'y a mis, ce qu'il y eſt ve-
nu faire, ce qu'il deviendra en mourant; j'entre
en effroi, comme un homme, qu'on aurait emporté
endormi dans une Isle déſerte & effroyable, &
qui ſe réveillerait ſans connaître où il eſt, & ſans
avoir aucun moyen d'en ſortir; & ſur cela j'ad-
mire comment on n'entre pas en déſeſpoir d'un ſi
miſérable état.

6. En

6. En lifant cette réflexion, je reçois une lettre d'un de mes amis ; qui demeure dans un pays fort éloigné *. Voici fes paroles :

„ Je fuis ici comme vous m'y avez laiffé, ni
„ plus gai, ni plus trifte, ni plus riche, ni plus
„ pauvre, jouiffant d'une fanté parfaite, ayant
„ tout ce qui rend la vie agréable ; fans amour,
„ fans avarice, fans ambition & fans envie ; &
„ tant que cela durera, je m'appellerai hardi-
„ ment un homme très - heureux.

Il y a beaucoup d'hommes auffi heureux que lui : Il en eft des hommes comme des animaux ; tel chien couche & mange avec fa maîtreffe ; tel autre tourne la broche, & eft tout auffi content ; tel autre devient enragé, & on le tue. Pour moi, quand je regarde Paris ou Londres, je ne vois aucune raifon pour entrer dans ce défefpoir dont parle Mr. *Pafcal* ; je vois une ville qui ne reffemble en rien à une Isle déferte ; mais peuplée, opulente, policée, & où les hommes font heureux autant que la Nature humaine le comporte. Quel eft l'homme fage, qui fera plein de défefpoir ; parce qu'il ne fçait pas la nature de fa penfée, parce qu'il ne connait que quelques attributs de la matiére, parce que DIEU ne lui a pas révélé fes fecrets ? Il faudrait autant fe défefpérer de n'avoir pas quatre pieds & deux aîles. Pourquoi nous faire horreur de notre être ? Notre exiftence n'eft point fi malheureufe, qu'on veut nous le faire accroire. Regarder l'Univers com-

* Il a depuis été Ambaffadeur, & eft devenu un homme très-confidérable. Sa lettre eft de 1728. elle exifte en original.

comme un cachot , & tous les hommes comme des criminels qu'on va exécuter , eft l'idée d'un fanatique. Croire que le Monde eft un lieu de délices où l'on ne doit avoir que du plaifir , c'eft la rêverie d'un Sibarite. Penfer que la Terre , les hommes & les animaux , font ce qu'ils doivent être dans l'ordre de la Providence , eft je , croi , d'un homme fage.

VII.

Les Juifs penfent, que DIEU *ne laiffera pas éternellement les autres Peuples dans ces ténèbres ; qu'il viendra un Libérateur pour tous ; qu'ils font au monde pour l'annoncer ; qu'ils font formés ex- prés pour être les Hérauts de ce grand avénement , & pour appeller tous les Peuples à s'unir à eux dans l'attente de ce Libérateur.*

7. Les Juifs ont toujours attendu un Libéra- teur ; mais leur Libérateur eft pour eux , & non pour nous ; ils attendent un Meffie , qui rendra les Juifs Maîtres des Chrétiens. Et nous efpé- rons , que le Meffie réunira un jour les Juifs aux Chrétiens. Ils penfent précifément fur cela le contraire de tout ce que nous penfons.

VIII.

La Loi par laquelle ce peuple eft gouverné , eft tout enfemble la plus ancienne Loi du monde , la plus parfaite , & la feule qui ait été gardée fans interruption dans un Etat. C'eft ce que Philon Juif montre en divers lieux , & Jofeph admirablement contre Appion , *où il fait voir qu'elle eft fi ancien- ne , que le nom même de Loi n'a été connu des plus*

S 3 *an-*

anciens, que plus de mille ans après ; enforte qu'Ho-
mère, qui a parlé de tant de Peuples, ne s'en eft
jamais fervi ; & il eft aifé de juger de la perfection
de cette Loi par fa fimple lecture, où l'on voit,
qu'on y a pourvu à toutes chofes avec tant de fa-
geffe, tant d'équité, tant de jugement, que les plus
anciens Légiflateurs Grecs & Romains en ayant
quelque lumiére, en ont emprunté leurs principales
loix ; ce qui parait par celles qu'ils appellent des
Douze Tables, & par les autres preuves que Jo-
feph en donne.

8. Il eft très-faux, que la Loi des Juifs foit
la plus ancienne, puifqu'avant *Moïfe* leur Légif-
lateur, ils demeuraient en Egypte, le pays de
la Terre le plus renommé par fes fages Loix,
felon lefquelles les Rois étaient jugés après la
mort. Il eft très-faux, que le nom de Loi n'ait
été connu qu'après *Homère* : il parle des loix de
Minos dans l'*Odyffée.* Le mot de Loi eft dans
Héfiode, & quand le nom de Loi ne fe trouverait ni dans *Héfiode* ni dans *Homère*, cela ne
prouverait rien. Il y avait d'anciens Royaumes,
des Rois & des Juges ; donc il y avait des Loix.
Celles des Chinois font bien antérieures à
Moyfe.

Il eft encor très-faux, que les Grecs & les
Romains ayent pris des loix des Juifs. Ce ne
peut être dans les commencemens de leurs Ré-
publiques ; car alors ils ne pouvaient connaître
les Juifs. Ce ne peut être dans le tems de leur
grandeur ; car alors ils avaient pour ces Barbares un mépris connu de toute la Terre. Voyez
comme *Cicéron* les traite en parlant de la prife

de

de Jérusalem par *Pompée*. *Philon* avoue qu'a-
vant la traduction des Septante aucune Nation
ne connut leurs livres.

I X.

Ce peuple est encor admirable dans sa sincéri-
té. Ils gardent avec amour & fidélité le livre où
Moïse déclare qu'ils ont toûjours été ingrats en-
vers DIEU, *& qu'il sçait, qu'ils le feront encor*
plus après sa mort ; mais qu'il appelle le Ciel & la
Terre à témoin contr'eux ; qu'il le leur a assez dit ;
qu'enfin DIEU *s'irritant contr'eux, les disperfera*
par tous les Peuples de la Terre : que comme ils
l'ont irrité en adorant des Dieux qui n'étaient
point leurs Dieux, il les irritera en appellant un
Peuple qui n'était pas son Peuple. Cependant ce
livre, qui les déshonore en tant de façons, ils le
conservent aux dépens de leur vie : c'est une sincé-
rité, qui n'a point d'exemple dans le Monde, ni
sa racine dans la Nature.

9. Cette sincérité a partout des exemples, &
n'a sa racine que dans la Nature. L'orgueil de
chaque Juif est intéressé à croire, que ce n'est
point sa détestable politique, son ignorance des
Arts, sa grossiéreté, qui l'a perdu ; mais que
c'est la colère de DIEU qui le punit ; il pense avec satisfaction qu'il a falu des miracles
pour l'abattre, & que sa nation est toûjours la
bien-aimée de DIEU, qui la châtie. Qu'un Pré-
dicateur monte en chaire, & dise aux Français :
Vous êtes des misérables, qui n'avez ni cœur ni
conduite ; vous avez été batus à Hochstet & à
Ramilly, parce que vous n'avez pas sçu vous dé-

fendre : il se fera lapider. Mais s'il dit : „ Vous „ êtes des Catholiques chéris de Dieu ; vos „ péchés infâmes avaient irrité l'Eternel, qui vous „ livra aux Hérétiques à Hochstet & à Ramil- „ ly ; mais quand vous êtes revenus au Sei- „ gneur, alors il a béni votre courage à De- „ nain „ ; ces paroles le feront aimer de l'auditoire.

X.

S'il y a un Dieu, *il ne faut aimer que lui, & non les créatures.*

10. Il faut aimer, & très-tendrement, les créatures ; il faut aimer sa patrie, sa femme, son pére, ses enfans ; il faut si bien les aimer, que Dieu nous les fait aimer malgré nous. Les principes contraires sont propres à faire des raisonneurs inhumains ; & cela est si vrai, que *Pascal* abusant de ce principe, traitait sa sœur avec dureté, & rebutait ses services, de peur de paraître aimer une créature ; c'est ce qui est écrit dans sa vie. S'il falait en user ainsi, quelle ferait la societé humaine ?

X I.

Nous naissons injustes ; car chacun tend à soi ; cela est contre tout ordre. Il faut tendre au général, & la pente vers soi est le commencement de tout désordre en guerre, en police, en œconomie, &c.

11. Cela est selon tout ordre ; il est aussi impossible qu'une société puisse se former & subsister sans amour-propre, qu'il ferait impossible

de

de faire des enfans fans concupifcence, de fonger à fe nourir fans apetit. C'eft l'amour de
nous-mêmes, qui affifte l'amour des autres;
c'eft par nos befoins mutuels que nous fommes
utiles au Genre humain; c'eft le fondement de
tout commerce; c'eft l'éternel lien des hommes;
fans lui il n'y aurait pas eu un Art inventé, ni
une fociété de dix perfonnes formée. C'eft cet
amour-propre, que chaque animal a reçu de la
Nature, qui nous avertit de refpecter celui des
autres. La Loi dirige cet amour-propre, & la
Religion le perfectionne. Il eft bien vrai, que
DIEU aurait pû faire des créatures uniquement
attentives au bien d'autrui. Dans ce cas les Mar-
chands auraient été aux Indes par charité, &
le maçon eût fcié de la pierre pour faire plaifir
à fon prochain. Mais DIEU a établi les chofes
autrement; n'accufons point l'inftinct qu'il nous
donne, & faifons-en l'ufage qu'il commande.

X I I.

Le fens caché des Prophéties ne pouvait in-
duire en erreur, & il n'y avait qu'un peuple auffi
charnel que celui-là, qui s'y pût méprendre.

Car quand les biens font promis en abondance,
qui les empêchait d'entendre les véritables biens,
finon leur cupidité, qui déterminait ce fens aux
biens de la Terre?

12. En bonne foi le peuple le plus fpirituel
de la Terre l'aurait-il entendu autrement? Ils
étaient efclaves des Romains; ils attendaient
un Libérateur, qui les rendrait victorieux, &
qui ferait refpecter Jérufalem dans tout le Monde;

de; comment, avec les lumiéres de leur raifon, pouvaient-ils voir ce vainqueur, ce Monarque, dans un de leurs concitoyens né dans l'obſcurité, dans la pauvreté, & condamné au fuplice des efclaves? Comment pouvaient-ils entendre, par le nom de leur Capitale, une Jéruſalem céleſte, eux à qui le Décalogue n'avait pas feulement parlé de l'immortalité de l'ame? Comment un peuple ſi attaché à la Loi pouvait-il ſans une lumiére fupérieure reconnaître dans les Prophéties, qui n'étaient pas leur Loi, un DIEU caché fous la figure d'un Juif circoncis, qui par ſa Religion nouvelle a détruit & rendu abominable la Circonciſion & le Sabbat, fondemens facrés de la Loi Judaïque? Adorons DIEU ſans vouloir percer ſes myſtères.

XIII.

Le tems du premier avénement de JESUS-CHRIST *eſt prédit; le tems du fecond ne l'eſt point, parce que le premier devait être caché; au-lieu que le fecond doit être éclatant, & tellement manifeſte, que fes ennemis même le reconnaîtront.*

13. Le tems du fecond avénement de JE-SUS-CHRIST a été prédit encor plus clairement que le premier. *Paſcal* avait apparemment oublié, que JESUS-CHRIST dans le chapitre vingt-un de *Saint Luc* dit expreſſément: ,, Lorſque ,, vous verrez une armée environner Jéruſalem, ,, fçachez que la déſolation eſt proche. Jéruſa- ,, lem fera foulée aux pieds, & il y aura des ſi- ,, gnes dans le Soleil & dans la Lune & dans ,, les étoiles; les flots de la Mer feront un

,, très-

„ très-grand bruit. Les vertus des Cieux fe-
„ ront ébranlées, & alors ils verront le Fils de
„ l'Homme, qui viendra fur une nuée, avec une
„ grande puiffance & une grande majefté. Cet-
„ te génération ne paffera pas que ces chofes ne
„ foient accomplies. „ Cependant la génération
paffa, & ces chofes ne s'accomplirent point.
En quelque tems que *St. Luc* ait écrit, il eft
certain, que *Titus* prit Jérufalem, & qu'on ne
vit ni de fignes dans les étoiles, ni le Fils de
l'Homme dans les nues. Mais enfin fi ce fecond
avénement n'eft point arrivé, fi cette prédiction
ne s'eft point accomplie, c'eft à nous de nous
taire, de ne point interroger la Providence, &
de croire tout ce que l'Eglife enfeigne.

XIV.

Le Meffie, felon les Juifs charnels, doit être
un grand Prince temporel. Selon les Chrétiens
charnels, il eft venu nous difpenfer d'aimer DIEU*,*
& nous donner les Sacremens, qui opèrent tout
fans nous: ni l'un ni l'autre n'eft la Religion
Chrétienne, ni Juive.

14. Cet article eft bien plûtôt un trait de fa-
tire qu'une réflexion chrétienne. On voit que
c'eft aux Jéfuites qu'on en veut ici; mais en
vérité aucun Jéfuite a-t-il jamais dit, que
JESUS-CHRIST eft *venu nous difpenfer d'aimer*
DIEU? La difpute fur l'amour de DIEU eft une
pure difpute de mots, comme la plûpart des
autres querelles fcientifiques, qui ont caufé des
haines fi vives & des malheurs fi affreux. Il
paraît encor un autre défaut dans cet article;
c'eft

c'eſt qu'on y ſuppoſe, que l'attente d'un Meſſie était un point de Religion chez les Juifs:
ç'était ſeulement une idée conſolante répandue
parmi cette nation. Les Juifs eſpéraient un Libérateur ; mais il ne leur était pas ordonné d'y
croire comme un article de foi. Toute leur Religion était renfermée dans les Livres de la Loi.
Les Prophètes n'ont jamais été regardés par les
Juifs comme Légiſlateurs.

X V.

Pour examiner les Prophéties, il faut les enten-
dre ; car ſi l'on croit qu'elles n'ont qu'un ſens,
il eſt ſûr que le Meſſie ne ſera point venu ; mais
ſi elles ont deux ſens, il eſt ſûr qu'il ſera venu en
JESUS-CHRIST.

15. La Religion Chrètienne, fondée ſur la
vérité même, n'a pas beſoin de preuves dou-
teuſes. Or ſi quelque choſe pouvait ébranler les
fondemens de cette ſainte & raiſonnable Religion, c'eſt ce ſentiment de Mr. *Paſcal.* Il veut,
que tout ait deux ſens dans l'Ecriture ; mais un
homme, qui aurait le malheur d'être incrédu-
le, pourait lui dire : Celui qui donne deux ſens
à ſes paroles, veut tromper les hommes, & cette duplicité eſt toûjours punie par les Loix :
Comment donc pouvez-vous ſans rougir admettre dans DIEU, ce qu'on déteſte dans les
hommes ? Que dis-je ? avec quel mépris & avec
quelle indignation ne traitez-vous pas les Ora-
cles des Payens, parce qu'ils avaient deux ſens ?
Qu'une Prophétie ſoit accomplie à la lettre, o-
ferez-vous ſoutenir, que cette Prophétie eſt
fauſſe,

fauſſe, parce qu'elle ne ſera vraye qu'à la lettre, parce qu'elle ne répondra pas à un ſens myſtique qu'on lui donnera? Non ſans doute, cela ſerait abſurde. Comment donc une Prophétie, qui n'aura pas été réellement accomplie, deviendra-t-elle vraye dans un ſens myſtique? Quoi! de vraye, vous ne pouvez pas la rendre fauſſe; & de fauſſe, vous pouriez la rendre vraye? Voilà une étrange difficulté. Il faut s'en tenir à la foi ſeule dans ces matiéres; c'eſt le ſeul moyen de finir toute diſpute.

XVI.

La diſtance infinie des corps aux eſprits, figure la diſtance infiniment plus infinie des eſprits à la charité; car elle eſt ſurnaturelle.

16. Il eſt à croire, que Mr. *Paſcal* n'aurait pas employé ce galimathias dans ſon ouvrage, s'il avait eu le tems de le faire.

XVII.

Les faibleſſes les plus apparentes ſont des forces à ceux qui prennent bien les choſes. Par exemple, les deux Généalogies de St. Matthieu & de St. Luc; il eſt viſible, que cela n'a pas été fait de concert.

17. Les éditeurs des Penſées de *Paſcal* auraient-ils dû imprimer cette penſée, dont l'expoſition ſeule eſt peut-être capable de faire tort à la Religion? A quoi bon dire, que ces Généalogies, ces points fondamentaux de la Religion Chrètienne, ſe contrarient entiérement, ſans dire en quoi elles peuvent s'accorder? Il falait pré-
ſen-

fenter l'antidote avec le poifon. Que penferait-
on d'un Avocat, qui dirait : Ma partie fe contredit ; mais cette faibleffe eft une force pour
ceux qui favent bien prendre les chofes. Que
dirait-on à deux témoins qui fe contrediraient ?
on leur dirait, *V*ous n'êtes pas d'accord, mais
certainement l'un de vous deux fe trompe.

XVIII.

Qu'on ne nous reproche donc plus le manque de
clarté, puifque nous en faifons profeffion ; mais que
l'on reconnaiffe la vérité de la Religion, dans le
peu de lumière que nous en avons, & dans l'in-
différence que nous avons de la connaitre.

18. Voilà d'étranges marques de vérité qu'apporte *Pafcal*. Quelles autres marques a donc le
menfonge ? Quoi ! il fuffirait pour être cru de dire, *Je fuis obfcur, je fuis inintelligible* ! Il ferait
bien plus fenfé de ne préfenter aux yeux que les
lumières de la foi, au lieu de ces ténébres d'é-
rudition.

XIX.

S'il n'y avait qu'une Religion, DIEU *ferait trop*
manifefte.

19. Quoi ! Vous dites, que s'il n'y avait qu'u-
ne Religion, DIEU ferait trop manifefte ? Eh !
oubliez-vous que vous dites fouvent, qu'un
jour il n'y aura qu'une Religion ? Selon vous,
DIEU fera donc trop manifefte.

XX.

Je dis, que la Religion Juive ne confiftait en aucu-
ne

ne de ces chofes , mais feulement en l'amour de DIEU ;
& que DIEU reprouvait toutes les autres chofes.

20. Quoi ! DIEU réprouvait tout ce qu'il or-
donnait lui-même avec tant de foin aux Juifs,
& dans un détail fi prodigieux ? N'eft-il pas plus
vrai de dire, que la Loi de *Moïfe* confiftait &
dans l'amour & dans le culte ? Ramener tout
à l'amour de DIEU, fent peut-être moins l'a-
mour de DIEU, que la haine que tout Janfenif-
te a pour fon prochain Molinifte.

XXI.

La chofe la plus importante à la vie, c'eft le
choix d'un métier ; le hazard en difpofe ; la coutume fait les maçons, les foldats, les couvreurs.

21. Qui peut donc déterminer les foldats, les
maçons & tous les ouvriers méchaniques, finon
ce qu'on appelle hazard & la coutume ? Il n'y
a que les Arts de génie auxquels on fe détermine de foi-même ; mais pour les métiers que
tout le monde peut faire, il eft très-naturel &
très-raifonnable que la coutume en difpofe.

XXII.

Que chacun examine fa penfée, il la trouvera
toujours occupée au paffé & à l'avenir. Nous ne
penfons prefque point au préfent ; & fi nous y penfons, ce n'eft que pour en prendre la lumière pour
difpofer l'avenir. Le préfent n'eft jamais notre but ;
le paffé & le préfent font nos moyens ; le feul avenir eft notre objet.

22. Il eft faux, que nous ne penfions point
au préfent ; nous y penfons en étudiant la Nature,

ture, & en faisant toutes les fonctions de la vie, nous pensons aussi beaucoup au futur. Remercions l'Auteur de la Nature, de ce qu'il nous donne cet instinct, qui nous emporte sans cesse vers l'avenir. Le trésor le plus précieux de l'homme est cette espérance, qui nous adoucit nos chagrins, & qui nous peint des plaisirs futurs dans la possession des plaisirs présens. Si les hommes étaient assez malheureux, pour ne s'occuper jamais que du présent, on ne sémerait point, on ne bâtirait point, on ne planterait point, on ne pourvoirait à rien, on manquerait de tout au milieu de cette fausse jouïssance. Un esprit comme Mr. *Pascal* pouvait-il donner dans un lieu commun aussi faux que celui-là ? La Nature a établi que chaque homme jouïrait du présent en se nourissant, en faisant des enfans, en écoutant des sons agréables, en occupant sa faculté de penser & de sentir ; & qu'en sortant de ces états, souvent au milieu de ces états même, il penserait au lendemain, sans quoi il périrait de misère aujourdhui. Il n'y a que les enfans & les imbéciles, qui ne pensent qu'au présent ; faudrat-il leur ressembler ?

XXIII,

Mais quand j'y ai regardé de plus près, j'ai trouvé que cet eloignement, que les hommes ont du repos, & demeurer avec eux-mêmes, vient d'une cause bien effective ; c'est-à-dire, du malheur naturel de notre condition faible & mortelle, & si misérable, que rien ne nous peut consoler, lorsque rien ne nous empêche d'y penser, & que nous ne voyons que nous.

23.

23. Ce mot *ne voir que nous*, ne forme aucun fens. Qu'eft-ce qu'un homme, qui n'agirait point, & qui eft fuppofé fe contempler ? Non-feulement je dis, que cet homme ferait un imbécile, inutile à la focieté; mais je dis, que cet homme ne peut exifter. Car cet homme que contemplerait-il ? fon corps, fes pieds, fes mains, fes cinq fens ? Ou il ferait un idiot, ou bien il ferait ufage de tout cela. Refterait-il à contempler fa faculté de penfer ? Mais il ne peut contempler cette faculté, qu'en l'exerçant. Ou il ne penfera à rien, ou bien il penfera aux idées qui lui font déja venues, ou il en compofera de nouvelles; or il ne peut avoir d'idées que du dehors. Le voilà donc néceffairement occupé, ou de fes fens, ou de fes idées; le voilà donc hors de foi, ou imbécile. Encor une fois, il eft impoffible à la Nature humaine de refter dans cet engourdiffement imaginaire; il eft abfurde de le penfer, il eft infenfé d'y prétendre. L'homme eft né pour l'action, comme le feu tend en haut, & la pierre en bas. N'être point occupé, & n'exifter pas, eft la même chofe pour l'homme. Toute la différence confifte dans les occupations douces ou tumultueufes, dangereufes ou utiles.

XXIV.

Les hommes ont un inftinct fecret, qui les porte à chercher le divertiffement & l'occupation au-dehors, qui vient du reffentiment de leur mifère continuelle; & ils ont un autre inftinct, qui refte de la grandeur de leur première nature, qui leur

·Mélanges &c.   T   *fait*

*fait connaître, que le bonheur n'est en effet que
dans le repos.*

24. Cet inſtinct ſecret étant le premier prin-
cipé & le fondement néceſſaire de la ſocieté, il
vient plûtôt de la bonté de DIEU, & il eſt plûtôt l'inſtrument de notre bonheur, qu'il n'eſt le
reſſentiment de notre miſère. Je ne ſçai pas ce
que nos premiers péres faiſaient dans le Paradis
terreſtre ; mais ſi chacun d'eux n'avait penſé
qu'à ſoi, l'exiſtence du Genre-humain était bien
hazardée. N'eſt-il pas abſurde de penſer, qu'ils
avaient des ſens parfaits, c'eſt-à-dire, des inſtrumens d'action parfaits, uniquement pour la
contemplation ? Et n'eſt-il pas plaiſant que des
têtes penſantes puiſſent imaginer, que la pareſſe
eſt un titre de grandeur, & l'action un rabaiſ-
ſement de notre nature ?

X X V.

C'eſt pourquoi lorſque Cineas *diſait à* Pyrrhus,
*qui ſe propoſait de jouïr du repos avec ſes amis,
après avoir conquis une grande partie du Monde,
qu'il ferait mieux d'avancer lui-même ſon bonheur, en jouïſſant dès-lors de ce repos, ſans l'aller
chercher par tant de fatigues. Il lui donnait un
conſeil, qui recevait de grandes difficultés, & qui
n'était gueres plus raiſonnable que le deſſein de ce
jeune ambitieux. L'un & l'autre ſuppoſait, que
l'homme ſe pût contenter ſoi-même, & de ſes biens
préſens, ſans remplir le vuide de ſon cœur d'eſpé-
rances imaginaires ; ce qui eſt faux.* Pyrrhus *ne
pouvait être heureux, ni devant ni après avoir
conquis le Monde.*

25.

*25. L'exemple de *Cinéas* eft bon dans les Satyres de *Defpréaux*, mais non dans un livre philofophique. Un Roi fage peut être heureux chez lui; & de ce qu'on nous donne *Pyrrhus* pour un fou, cela ne conclut rien pour le refte des hommes.

X X V I.

On doit donc reconnaître, que l'homme eft fi malheureux, qu'il s'ennuyerait même, fans aucune caufe étrangère d'ennui, par le propre état de fa condition.

26. Ne ferait-il pas auffi vrai de dire, que l'homme eft fi heureux en ce point, & que nous avons tant d'obligation à l'Auteur de la Nature, qu'il a attaché l'ennui à l'inaction, afin de nous forcer par-là à être utiles au prochain & à nous-mêmes?

X X V I I.

D'où vient que cet homme, qui a perdu depuis peu fon fils unique, & qui accablé de procès & de querelles, était ce matin fi troublé, n'y penfe plus maintenant? Ne vous en étonnez pas: il eft tout occupé à voir par où paffera un cerf, que fes chiens pourfuivent avec ardeur depuis fix heures. Il n'en faut pas davantage pour l'homme; quelque plein de trifteffe qu'il foit, fi l'on peut gagner fur lui de le faire entrer en quelque divertiffement, le voilà heureux pendant ce tems-là.

27. Cet homme fait à merveille; la diffipation eft un remède plus fûr contre la douleur, que le quinquina contre la fiévre; ne blâmons

T 2 point

point en cela la Nature, qui eft toûjours prête à nous fecourir. *Louis XIV.* allait à la chaffe le jour qu'il avait perdu quelqu'un de fes enfans, & il faifait fort fagement.

XXVIII.

Qu'on s'imagine un nombre d'hommes dans les chaînes, & tous condamnés à la mort, dont les uns étant chaque jour égorgés à la vuë des autres, ceux qui reftent voyent leur propre condition dans celle de leurs femblables, & fe regardant les uns les autres avec douleur & fans efpérance, attendent leur tour. C'eft l'image de la condition des hommes.

28. Cette comparaifon affûrément n'eft pas jufte. Des malheureux enchaînés, qu'on égorge l'un après l'autre, font malheureux, non-feulement parce qu'ils fouffrent, mais encor parce qu'ils éprouvent ce que les autres hommes ne fouffrent pas. Le fort naturel d'un homme n'eft ni d'être enchaîné, ni d'être égorgé; mais tous les hommes font faits comme les animaux, les plantes, pour croître, pour vivre un certain tems, pour produire leur femblable, & pour mourir. On peut dans une fatyre montrer l'homme tant qu'on voudra du mauvais côté; mais pour peu qu'on fe ferve de fa raifon, on avouera, que de tous les animaux l'homme eft le plus parfait, le plus heureux, & celui qui vit le plus longtems; car ce qu'on dit des cerfs & des corbeaux n'eft qu'une fable. Au lieu donc de nous étonner & de nous plaindre du malheur & de la briéveté de la vie, nous devons nous

étonner

étonner & nous féliciter de notre bonheur & de
fa durée. A ne raifonner qu'en Philofophe, j'o-
fe dire qu'il y a bien de l'orgueil & de la témérité à prétendre, que par notre nature nous devons être mieux que nous ne fommes.

XXIX.

Car enfin fi l'homme n'avait pas été corrompu,
il jouïrait de la vérité & de la félicité avec affû-
rance, &c. tant il eft manifefte, que nous avons
été dans un degré de perfection, dont nous fom-
mes tombés.

29. Il eft fûr par la foi & par notre Révélation, fi au-deffus des lumiéres des hommes,
que nous fommes tombés; mais rien n'eft moins
manifefte par la raifon. Car je voudrais bien
fçavoir, fi Dieu ne pouvait pas, fans déroger à
fa juftice, créer l'homme tel qu'il eft aujourdhui;
& ne l'a-t-il pas même créé pour devenir ce
qu'il eft ? L'état préfent de l'homme n'eft-il pas
un bienfait du Créateur ? Qui vous a dit, que
Dieu vous en devait davantage? Qui vous a
dit, que votre être exigeait plus de connoiffan-
ces & plus de bonheur? Qui vous a dit, qu'il
en comporte davantage? Vous vous étonnez,
que Dieu ait fait l'homme fi borné, fi ignorant, fi peu heureux; que ne vous étonnez-
vous, qu'il ne l'ait pas fait plus borné, plus
ignorant, plus malheureux? Vous vous plai-
gnez d'une vie fi courte & fi infortunée? Re-
merciez Dieu de ce qu'elle n'eft pas plus courte & plus malheureufe. Quoi donc? felon vous,
pour raifonner conféquemment, il faudrait,

T 3   que

que tous les hommes accusassent la Providence, hors les Métaphysiciens, qui raisonnent sur le péché originel !

X X X.

Le péché originel est une folie devant les hommes ; mais on le donne pour tel.

30. Par quelle contradiction trop palpable dites-vous donc que ce péché originel est *manifeste*? Pourquoi dites-vous, que tout nous en avertit? Comment peut-il en même tems être folie, & être démontré par la raison?

X X X I.

Les sages parmi les Payens, qui ont dit, qu'il n'y a qu'un DIEU, *ont été persécutés, les Juifs haïs, les Chrétiens encor plus.*

31. Ils ont été quelquefois persécutés, de même que le ferait aujourdhui un homme, qui viendrait enseigner l'adoration d'un DIEU indépendante du Culte reçu. *Socrate* n'a pas été condamné pour avoir dit, *il n'y a qu'un* DIEU, mais pour s'être élevé contre le Culte extérieur du pays, & pour s'être fait des ennemis puissans fort mal-à-propos. A l'égard des Juifs, ils étaient haïs, non parce qu'ils ne croyaient qu'un DIEU, mais parce qu'ils haïssaient ridiculement les autres Nations ; parce que c'étaient des barbares, qui massacraient sans pitié leurs ennemis vaincus ; parce que ce vil peuple superstitieux, ignorant, privé des Arts, privé du Commerce, méprisait les Peuples les plus policés. Quant aux Chrétiens, ils étaient haïs des
Payens,

Payens, parce qu'ils tendaient à abattre la Religion de l'Empire, dont ils vinrent enfin à bout;
comme les Proteſtans ſe ſont rendus les Maîtres
dans les mêmes pays où ils furent longtems
haïs, perſécutés & maſſacrés.

XXXII.

Combien les lunettes nous ont-elles découvert
d'Aſtres, qui n'étaient point pour nos Philoſophes
d'auparavant? On attaquait hardiment l'Ecritu-
re, ſur ce qu'on y trouve, en tant d'endroits, du
grand nombre des étoiles: il n'y en a que 1022.
diſait-on, nous le ſçavons.

32. Il eſt certain, que la Sainte Ecriture, en
matiére de Phyſique, s'eſt toûjours proportion-
née aux idées reçues; ainſi elle ſuppoſe, que la
Terre eſt immobile, que le Soleil marche, &c.
Ce n'eſt point du tout par un rafinement d'Aſtronomie, qu'elle dit que les étoiles ſont innombrables: mais pour s'abaiſſer aux idées vulgaires. En effet, quoique nos yeux ne découvrent qu'environ 1022. étoiles, & encor avec
bien de la peine, cependant quand on regarde
le Ciel fixement, la vuë eſt éblouïe & égarée:
on croit alors en voir une infinité. L'Ecriture
parle donc ſelon ce préjugé vulgaire; car elle
ne nous a pas été donnée pour faire de nous des
Phyſiciens, & il y a grande apparence, que
DIEU ne révéla ni à *Abacuc*, ni à *Baruc*, ni à
Michée, qu'un jour un Anglais, nommé *Flam-*
ſtead, mettrait dans ſon catalogue près de 3000.
étoiles aperçuës avec le téléſcope. Voyez, je
vous prie, quelle conſéquence on tirerait du ſen-

T 4

timent

timent de *Pascal*. Si les Auteurs de la Bible ont parlé du grand nombre des étoiles en connaissance de cause, ils étaient donc inspirés sur la Physique. Et comment de si grands Physiciens ont-ils pu dire, que la Lune s'est arrêtée à midi sur Aïalon, & le Soleil sur Gabaon dans la Palestine ? qu'il faut, que le bled pourisse pour germer & produire, & cent autres choses semblables ? Concluons donc, que ce n'est pas la Physique, mais la Morale qu'il faut chercher dans la Bible ; qu'elle doit faire des Chrétiens, & non des Philosophes.

XXXIII.

Est-ce courage à un homme mourant d'aller dans la faiblesse & dans l'agonie affronter un DIEU *tout-puissant & éternel.*

33. Cela n'est jamais arrivé, & ce ne peut être que dans un violent transport au cerveau qu'un homme dise, Je croi un DIEU, & je le brave.

XXXIV.

Je crois volontiers les histoires dont les témoins se font égorger.

34. La difficulté n'est pas seulement de sçavoir, si on croira des témoins qui meurent pour soutenir leur déposition, comme ont fait tant de fanatiques ; mais encor si ces témoins sont effectivement morts pour cela, si on a conservé leurs dépositions, s'ils ont habité les pays où on dit qu'ils sont morts. Pourquoi *Joseph*, né dans le tems de la mort du CHRIST, *Joseph* ennemi d'*Hé-*

rode,

rode, *Joseph* peu attaché au Judaïsme, n'a-t-il pas dit un mot de tout cela ? Voilà ce que Mr. *Pascal* eût débrouillé avec succès.

XXXV.

Les sciences ont deux extrémités, qui se touchent. La première est la pure ignorance naturelle où se donnent tous les hommes en naissant. L'autre extrémité est celle où arrivent les grandes ames, qui ayant parcouru tout ce que les hommes peuvent sçavoir, trouvent qu'ils ne sçavent rien, & se rencontrent dans cette même ignorance d'où ils étaient partis.

35. Cette pensée paraît un sophisme, & la fausseté consiste dans ce mot d'*ignorance*, qu'on prend en deux sens différens. Celui qui ne sçait ni lire ni écrire, est un ignorant; mais un Mathématicien, pour ignorer les principes cachés de la Nature, n'est pas au point d'ignorance, dont il était parti, quand il commença à apprendre à lire. Mr. *Newton* ne sçavait pas pourquoi l'homme remue son bras quand il le veut; mais il n'en était pas moins sçavant sur le reste. Celui qui ne sçait point l'Hébreu, & qui sçait le Latin, est sçavant par comparaison avec celui qui ne sçait que le Français.

XXXVI.

Ce n'est pas être heureux que de pouvoir être réjoui par le divertissement; car il vient d'ailleurs & de dehors : Ainsi il est dépendant, & par conséquent sujet à être troublé par mille accidens qui font les afflictions inévitables.

36.

36. C'eft comme fi on difait : *C'eft n'être pas
malheureux que de pouvoir être accablé de douleur,
car elle vient d'ailleurs.* Celui-là eft actuellement
heureux qui a du plaifir, & ce plaifir ne peut
venir que de dehors ; nous ne pouvons guère
avoir de fenfations ni d'idées que par les objets extérieurs ; comme nous ne pouvons nourir notre corps, qu'en y faifant entrer des fubftances étrangères, qui fe changent en la nôtre.

XXXVII.

*L'extrême efprit eft accufé de folie, comme l'ex-
trême défaut ; rien ne paffe pour bon que la médiocrité.*

37. Ce n'eft point l'extrême efprit, c'eft l'ex-
trême vivacité & volubilité de l'efprit, qu'on accufe de folie ; l'extrême efprit eft l'extrême juf-
teffe, l'extrême fineffe, l'extrême étendue oppofée diamétralement à la folie. L'extrême *défaut
d'efprit* eft un manque de conception, un vuide d'idées ; ce n'eft point la folie, c'eft la ftu-
pidité. La folie eft un dérangement dans les
organes, qui fait voir plufieurs objets trop
vîte, ou qui arrête l'imagination fur un feul
avec trop d'application & de violence. Ce
n'eft point non-plus la médiocrité, qui paffe
pour bonne, c'eft l'éloignement des deux vices oppofés, c'eft ce qu'on appelle jufte milieu
& non médiocrité. On ne fait cette remarque, &
quelques autres dans ce goût, que pour donner
des idées précifes. C'eft plûtôt pour éclaircir que
pour contredire.

XXXVIII.

XXXVIII.

*Si notre condition était véritablement heureuse,
il ne faudrait pas nous divertir d'y penser.*

38. Notre condition est précisément de penser aux objets extérieurs avec lesquels nous
avons un rapport nécessaire. Il est faux, qu'on
puisse détourner un homme de penser à la condition humaine ; car à quelque chose qu'il applique son esprit, il l'applique à quelque chose de
lié nécessairement à la condition humaine ; & encor une fois penser à soi avec abstraction des choses naturelles, c'est ne penser à rien, je dis à
rien du tout ; qu'on y prenne bien garde. Loin
d'empêcher un homme de penser à sa condition,
on ne l'entretient jamais que des agrémens de
sa condition ; on parle à un savant de réputation & de science ; à un Prince de ce qui a rapport à sa grandeur : à tout homme on parle de
plaisir.

XXXIX.

*Les grands & les petits ont mêmes accidens,
mêmes fâcheries & mêmes passions. Mais les uns
sont au haut de la roue, & les autres près du centre, & ainsi moins agités par les mêmes mouvemens.*

39. Il est faux, que les petits soient moins
agités que les grands. Au contraire leurs déses-
poirs sont plus vifs, parce qu'ils ont moins de
ressource. De cent personnes qui se tuent à Londres & ailleurs, il y en a quatre-vingt-dix-neuf
du bas peuple, & à peine une d'une condition
rele-

relevée. La comparaiſon de la rouë eſt ingénieu-
ſe & fauſſe.

XL.

On n'aprend pas aux hommes à être honnêtes-
gens, & on leur aprend tout le reſte; & ce-
pendant ils ne ſe piquent de ſçavoir que la ſeule
choſe qu'ils n'apprennent point.

 40. On apprend aux hommes à être honnêtes-gens, & ſans cela peu parviendraient à l'ê-
tre. Laiſſez votre fils dans ſon enfance prendre
tout ce qu'il trouvera ſous ſa main, à quinze
ans il volera ſur le grand chemin. Louez - le d'a-
voir dit un menſonge, il deviendra faux témoin.
Flatez ſa concupiſcence, il ſera ſûrement débau-
ché. On apprend tout aux hommes, la vertu,
la Religion.

XLI.

Le ſot projet qu'a eu Montagne *de ſe peindre,*
& cela non pas en paſſant & contre ſes maximes,
comme il arrive à tout le monde de faillir, mais
par ſes propres maximes, & par un deſſein pre-
mier & principal ! Car de dire des ſotiſes par ha-
zard & par faibleſſe, c'eſt un mal ordinaire; mais
d'en dire à deſſein, c'eſt ce qui n'eſt pas ſuppor-
table, & d'en dire de telles que celle-là.

 41. Le charmant projet que *Montagne* a eu
de ſe peindre naïvement, comme il a fait ! Car il
a peint la Nature humaine. Si *Nicole* & *Mal-*
lebranche avaient toujours parlé d'eux - mêmes,
ils n'auraient pas réuſſi. Mais un Gentilhom-
me campagnard du temps de *Henri III.* qui eſt
                                                 ſavant

ſavant dans un ſiécle d'ignorance, Philoſophe parmi des fanatiques, & qui peint ſous ſon nom nos faibleſſes & nos folies, eſt un homme qui ſera toûjours aimé.

XLII.

Lorſque j'ai conſidéré d'où vient qu'on ajoûte tant de foi à tant d'impoſteurs, qui diſent, qu'ils ont des remèdes, juſqu'à mettre ſouvent ſa vie entre leurs mains, il m'a paru que la véritable cauſe eſt, qu'il y a de vrais remèdes : car il ne ſerait pas poſſible, qu'il y en eût tant de faux, & qu'on y donnât tant de créance, s'il n'y en avait de véritables. Si jamais il n'y en avait eu, & que tous les maux euſſent été incurables, il eſt impoſſible, que les hommes ſe fuſſent imaginé, qu'ils en pouraient donner, & encor plus, que tant d'autres euſſent donné créance à ceux qui ſe fuſſent vantés d'en avoir : de même que ſi un homme ſe vantait d'empêcher de mourir, perſonne ne le croirait, parce qu'il n'y a aucun exemple de cela. Mais comme il y a eu quantité de remèdes, qui ſe ſont trouvés véritables, par la connaiſſance même des plus grands-hommes, la créance des hommes s'eſt pliée par-là; parce que la choſe ne pouvant être niée en général (puiſqu'il y a des effets particuliers qui ſont véritables) le peuple, qui ne peut pas diſcerner leſquels d'entre ces effets particuliers ſont les véritables, les croit tous. De même ce qui fait qu'on croit tant de faux effets de la Lune, c'eſt qu'il y en a de vrais, comme le flux de la Mer.

Ainſi il me paraît auſſi évident, qu'il n'y a tant de faux Miracles, de fauſſes Révélations, de ſortileges, léges, que parce qu'il y en a de vrais.

42. La solution de ce problème est bien aisée. On vit des effets Physiques extraordinaires, des fripons les firent passer pour des Miracles. On vit des maladies augmenter dans la pleine Lune, & des sots crurent que la fiévre était plus forte, parce que la Lune était pleine. Un malade qui devait guérir, se trouva mieux le lendemain qu'il eut mangé des écrevisses, & on conclut que les écrevisses purifiaient le sang, parce qu'elles sont rouges étant cuites.

Il me semble que la Nature humaine n'a pas besoin du vrai pour tomber dans le faux. On a imputé mille fausses influences à la Lune, avant qu'on imaginât le moindre rapport véritable a- vec le flux de la Mer. Le premier homme qui a été malade, a cru sans peine le premier Charla- tan; personne n'a vu de loups - garoux, ni de sorciers, & beaucoup y ont cru; personne n'a vu de transmutation de métaux, & plusieurs ont été ruinés par la créance de la pierre philoso- phale. Les Romains, les Grecs, les Payens, ne croyaient - ils donc aux faux Miracles, dont ils étaient inondés, que parce qu'ils en avaient vu de véritables ?

XLIII.

Le port régle ceux qui sont dans un vaisseau; mais où trouverons-nous ce point dans la Morale?

43. Dans cette seule maxime reçue de toutes les Nations ; NE FAITES PAS A AUTRUI CE QUE VOUS NE VOUDRIEZ PAS QU'ON VOUS FIT.

XLIV.

XLIV.

Ils aiment mieux la mort que la paix : les au-
tres aiment mieux la mort que la guerre. Toute
opinion peut être préférée à la vie dont l'amour
paraît si fort & si naturel.

44. C'est des Catalans que *Tacite* a dit en exa-
gérant, *Ferox gens nullam esse vitam sine armis*
putat. Ce peuple féroce croit que ne pas combatre c'est ne pas vivre. Mais il n'y a point de
nation dont on ait dit, & dont on puisse dire,
elle aime mieux la mort que la guerre.

XLV.

A mesure qu'on a plus d'esprit, on trouve qu'il
y a plus d'hommes originaux. Les gens du com-
mun ne trouvent pas de différence entre les hommes.

45. Il y a très-peu d'hommes vraiment originaux : presque tous se gouvernent, pensent
& sentent par l'influence de la coutume & de
l'éducation. Rien n'est si rare qu'un esprit qui
marche dans une route nouvelle ; mais parmi
cette foule d'hommes qui vont de compagnie,
chacun a de petites différences dans la démar-
che, que les vues fines aperçoivent.

XLVI.

La mort est plus aisée à suporter sans y penser,
que la pensée de la mort sans péril.

46. On ne peut pas dire, qu'un homme sup-
porte la mort aisément ou malaisément, quand
il n'y pense point du tout. Qui ne sent rien,
ne suporte rien.

XLVII.

XLVII.

Tout notre raisonnement se réduit à céder au sentiment.

47. Notre raisonnement se réduit à céder au sentiment , en fait de goût , non en fait de science.

XLVIII.

Ceux qui jugent d'un ouvrage par régle , font à l'égard des autres , comme ceux qui ont une montre à l'égard de ceux qui n'en ont point. L'un dit. Il y a deux heures que nous sommes ici : l'autre dit, Il n'y a que trois quarts-d'heure ; je regarde ma montre, je dis à l'un , Vous vous ennuyez , & à l'autre , Le tems ne vous dure guéres.

48. En ouvrage de goût, en Musique , en Poësie , en Peinture, c'est le goût qui tient lieu de montre ; & celui qui n'en juge que par régles, en juge mal.

XLIX.

César était trop vieux, ce me semble, pour s'aller amuser à conquérir le Monde : cet amusement était bon à Alexandre : *c'était un jeune-homme , qu'il était difficile d'arrêter ; mais* César *devait être plus mûr.*

49. L'on s'imagine d'ordinaire, qu'*Alexandre & César* sont sortis de chez eux dans le dessein de conquérir la Terre ; ce n'est point cela. *Alexandre* succeda à *Philippe* dans le Généralat de la Grèce , & fut chargé de la juste entreprise de venger les Grecs des injures du Roi de Perse ; il
battit

battit l'ennemi commun, & continua ſes con-
quétes juſqu'à l'Inde; parce que le Royaume de
Darius s'étendait juſqu'à l'Inde; de même que
le Duc de *Marlborough* ſerait venu juſqu'à Lyon
ſans le Maréchal de *Villars*. A l'égard de *Céſar*,
il était un des premiers de la République : il ſe
brouilla avec *Pompée*, comme les Janſéniſtes a-
vec les Moliniſtes, & alors ce fut à qui s'ex-
terminerait; une ſeule bataille, où il n'y eut
pas dix mille hommes de tués, décida de tout.
Au reſte, la penſée de Mr. *Paſcal* eſt peut-être
fauſſe en un ſens. Il falait la maturité de *Céſar*
pour ſe démèler de tant d'intrigues, & il eſt peut-
être étonnant qu'*Alexandre*, à ſon âge, ait renoncé au plaiſir pour faire une guerre ſi penible.

L.

C'eſt une plaiſante choſe à conſidérer, de ce qu'il
y a des gens dans le monde, qui ayant renoncé à
toutes les Loix de DIEU & de la Nature, s'en
ſont fait eux-mêmes, auxquelles ils obéïſſent exactement, comme, par exemple, les voleurs, &c.

50. Cela eſt encor plus utile que plaiſant à
conſidérer; car cela prouve, que nulle ſociété
d'hommes ne peut ſubſiſter un ſeul jour ſans
loix. Il en eſt de toute ſociété comme du jeu,
il n'y en a point ſans régle.

L I.

L'homme n'eſt ni Ange, ni bète: & le malheur
veut que, qui veut faire l'Ange, fait la bète.

51. Qui veut détruire les paſſions au-lieu de
les régler, veut faire l'Ange.

Mélanges &c. V. LII.

L I I.

*Un cheval ne cherche point à se faire admirer
de son compagnon : on voit bien entr'eux quelque
sorte d'émulation à la course ; mais c'est sans conséquence ; car étant à l'étable, le plus pesant &
le plus mal étrillé ne cède pas pour cela son avoine à
l'autre. Il n'en est pas de même parmi les hommes ;
leur vertu ne se satisfait pas d'elle-même, & ils
ne sont point contens, s'ils n'en tirent avantage
contre les autres.*

52. L'homme le plus mal-taillé ne céde pas
non-plus son pain à l'autre ; mais le plus fort
l'enlève au plus faible : & chez les animaux &
chez les hommes, les gros mangent les petits.
Mr. *Pascal* a très-grande raison de dire, que ce
qui distingue l'homme des animaux, c'est qu'il
recherche l'aprobation de ses semblables : &
c'est cette passion qui est la mére des talents &
des vertus.

L I I I.

*Si l'homme commençait par s'étudier lui-même,
il verrait combien il est incapable de passer outre.
Comment se pourait-il faire qu'une partie connût
le tout ? Il aspirera peut-être à connaître au moins
les parties avec lesquelles il a de la proportion ;
mais les parties du Monde ont toutes un tel rapport
& un tel enchaînement l'une avec l'autre, que je
crois impossible de connaître l'une sans l'autre &
sans le tout.*

53. Il ne faudrait point détourner l'homme
de chercher ce qui lui est utile par cette consi-

dération,

dération, qu'il ne peut tout connaître.

Non poſſis oculis quantum contendere Lynceus ;
Non tamen idcirco contemnas lippus inungi.

Nous connaiſſons beaucoup de vérités: nous avons trouvé beaucoup d'inventions utiles : conſolons-nous de ne pas ſçavoir les rapports, qui peuvent être entre une araignée & l'anneau de *Saturne*, & continuons à examiner ce qui eſt à notre portée.

L I V.

Si la foudre tombait ſur les lieux bas, les Poë-
tes & ceux qui ne ſçavent raiſonner que ſur les
choſes de cette nature, manqueraient de preuves.

54. Une comparaiſon n'eſt preuve ni en Poéſie, ni en Proſe: elle ſert en Poéſie d'embelliſſement, & en Proſe elle ſert à éclaircir & à rendre les choſes plus ſenſibles. Les Poëtes, qui ont comparé les malheurs des grands à la foudre qui frape les montagnes, feraient des comparaiſons contraires, ſi le contraire arrivait.

L V.

C'eſt la compoſition d'eſprit & de corps, qui a
fait que preſque tous les Philoſophes ont confondu
es idées des choſes, & attribué aux corps ce qui
n'appartient qu'aux eſprits, & aux eſprits ce qui
ne peut convenir qu'aux corps.

55. Si nous ſçavions ce que c'eſt qu'eſprit, nous pourions nous plaindre de ce que les Philoſophes lui ont attribué ce qui ne lui appartient pas ; mais nous ne connaiſſons ni l'eſprit,

V 2   ni

ni le corps ; nous n'avons aucune idée de l'un, & nous n'avons que des idées très-imparfaites de l'autre; donc nous ne pouvons fçavoir quelles font leurs limites.

L V I.

Comme on dit, beauté poëtique, on devrait dire, beauté géométrique, & beauté médicinale ; cependant on ne le dit point, & la raifon en eft, qu'on fçait bien, quel eft l'objet de la Géométrie, & quel eft l'objet de la Médecine ; mais on ne fçait pas en quoi confifte l'agrément qui eft l'objet de la Poëfie. On ne fçait ce que c'eft que ce modèle naturel, qu'il faut imiter, & à faute de cette connaiffance on a inventé de certains termes bizarres : Siècle d'or, merveille de nos jours, fatal laurier, bel aftre, &c. *& on appelle ce jargon beauté poëtique. Mais qui s'imaginera une femme vétue fur ce modèle, verra une jolie Demoifelle toute couverte de miroirs & de chaînes de laiton.*

57. Cela eft très-faux : on ne doit point dire beauté géométrique, ni beauté médicinale ; parce qu'un théorème & une purgation n'affectent point les fens agréablement, & qu'on ne donne le nom de beauté qu'aux chofes qui charment les fens, comme la Mufique, la Peinture, l'Eloquence, la Poéfie, l'Architecture réguliére, &c. La raifon, qu'apporte Mr. *Pafcal,* eft toute auffi fauffe : on fçait très-bien, en quoi confifte l'objet de la Poefie : il confifte à peindre avec force, netteté, délicateffe & harmonie; la Poéfie eft l'éloquence harmonieufe. Il falait que Mr. *Pafcal* eût bien peu de goût,

pour

pour dire, que *fatal laurier*, *bel aftre*, & autres fottifes, font des beautés poëtiques ; & il
falait que les éditeurs de ces penfées fuffent des
perfonnes bien peu verfées dans les belles-let-
tres, pour imprimer une réflexion fi indigne de
fon illuftre Auteur.

LVII.

On ne penfe point dans le monde pour fe con-
naître en vers, fi l'on n'a mis l'enfeigne de Poëte ;
ni pour être habile en Mathématiques, fi l'on n'a
mis celle de Mathématicien : mais les vrais honnê-
tes-gens ne veulent point d'enfeigne.

57. A ce compte il ferait donc mal d'avoir
une profeffion, un talent marqué, & d'y excel-
ler ? *Virgile*, *Homère*, *Corneille*, *Newton*, le
Marquis *de l'Hopital*, mettaient un enfeigne.
Heureux celui, qui réuffit dans un Art, & qui
fe connaît aux autres !

LVIII.

Le Peuple a les opinions très-faines, par exem-
ple, d'avoir choifi le divertiffement & la chaffe
plûtôt que la Poëfie, &c.

58. Il femble que l'on ait propofé au Peuple
de jouer à la boule, ou de faire des vers. Non ;
mais ceux qui ont des organes groffiers, cher-
chent des plaifirs où l'ame n'entre pour rien ;
& ceux qui ont un fentiment plus délicat, veulent des plaifirs plus fins ; il faut que tout le
monde vive.

LIX.

Quand l'Univers écraferait l'homme, il ferait
V 3 *en-*

encor plus noble que ce qui le tuë, parce qu'il fait qu'il meurt, & l'avantage que l'Univers a fur lui, l'Univers n'en fait rien.

59. Que veut dire ce mot *noble?* Il eſt bien vrai que ma penſée eſt autre choſe, par exemple, que le globe du Soleil: mais eſt-il bien prouvé, qu'un animal, parce qu'il a quelques penſées, eſt plus *noble* que le Soleil, qui anime tout ce que nous connaiſſons de la Nature? Eſt-ce à l'homme à en décider? Il eſt Juge & partie. On dit qu'un ouvrage eſt ſupérieur à un autre, quand il a coûté plus de peine à l'ouvrier, & qu'il eſt d'un uſage plus utile; mais en a-t-il moins coûté au Créateur de faire le Soleil, que de paitrir un petit animal haut d'environ cinq piés, qui raiſonne bien ou mal? Qui des deux eſt le plus utile au Monde, ou de cet animal, ou de l'Aſtre qui éclaire tant de globes? Et en quoi quelques idées reçues dans un cerveau ſont-elles préférables à l'Univers matériel?

L X.

Qu'on choiſiſſe telle condition qu'on voudra, & qu'on y aſſemble tous les biens & les ſatisfactions qui ſemblent pouvoir contenter un homme; ſi celui qu'on aura mis en cet état eſt ſans occupation & ſans divertiſſement, & qu'on le laiſſe faire réflexion ſur ce qu'il eſt, cette félicité languiſſante ne le ſoutiendra pas.

60. Comment peut-on aſſembler tous les biens & toutes les ſatisfactions autour d'un homme,

&

& le laisser en même tems sans occupation &
sans divertissement ? N'est-ce pas là une contradiction bien sensible ?

LXI.

*Qu'on laisse un Roi tout seul, sans aucune satis-
faction des sens, sans aucun soin dans l'esprit,
sans compagnie, penser à soi tout à loisir, & l'on
verra qu'un Roi, qui se voit, est un homme plein
de misères, & qui les ressent comme les autres.*

61. Toujours le même sophisme. Un Roi,
qui se recueille pour penser, est alors très-occupé ;
mais s'il n'arrêtait sa pensée que sur soi, en disant à soi-même, Je régne, & rien de plus, ce
serait un idiot.

LXII.

Toute Religion, qui ne reconnaît point JESUS-
CHRIST, *est notoirement fausse, & les Miracles
ne lui peuvent de rien servir.*

62. Qu'est-ce qu'un Miracle ? Quelque idée
qu'on s'en puisse former, c'est une chose que
DIEU seul peut faire. Or, on suppose ici, que
DIEU peut faire des Miracles pour le soutien d'u-
ne fausse Religion : ceci mérite bien d'être ap-
profondi ; chacune de ces questions peut fournir
un volume.

LXIII.

*Il est dit, Croyez à l'Eglise ; mais il n'est pas
dit, Croyez aux Miracles, à cause que le dernier
est naturel, & non pas le premier. L'un avait
besoin de précepte, & non pas l'autre.*

V 4

63.

63. Voici, je pense, une contradiction. D'un côté les Miracles en certaines occasions ne doivent servir de rien ; & de l'autre on doit croire nécessairement aux Miracles ; c'est une preuve si convaincante, qu'il n'a pas même falu recommander cette preuve. C'est assurément dire le pour & le contre, & d'une manière bien dangereuse.

LXIV.

Je ne vois pas, qu'il y ait plus de difficulté de croire à la Résurrection des corps & à l'enfantement de la Vierge, qu'à la Création. Est-il plus difficile de reproduire un homme, que de le produire?

64. On peut trouver, par le seul raisonnement, des preuves de la Création ; car en voyant, que la matière n'existe pas par elle-même, & n'a pas le mouvement par elle-même &c. on parvient à connaître, qu'elle doit être nécessairement créée ; mais on ne parvient point, par le raisonnement, à voir qu'un corps toujours changeant doit être ressuscité un jour, tel qu'il était dans le tems même qu'il changeait. Le raisonnement ne conduit point non-plus à voir, qu'un homme doit naître sans germe. La Création est donc un objet de la raison ; mais les deux autres Miracles sont un objet de la foi.

Ce

Ce 10. *Mai* 1743.

J'Ai lû depuis peu des penfées de *Pafcal*, qui n'avaient point encor paru. Le Pére *des Mollets* les a eues écrites de la main de cet illuftre Auteur, & on les a fait imprimer: elles me paraiffent confirmer ce que j'ai dit, que ce grand génie avait jetté au hazard toutes ces idées, pour en réformer une partie, & employer l'autre, &c.

Parmi ces derniéres penfées, que les éditeurs des œuvres de *Pafcal* avaient rejettées du recueil, il me parait qu'il y en a beaucoup qui méritent d'être confervées. En voici quelques-unes, que ce grand homme eût dû, ce me femble, corriger.

I.

Toutes les fois qu'une propofition eft inconcevable, il ne la faut pas nier à cette marque, mais examiner le contraire: & fi on le trouve manifeftement faux, on peut affirmer le contraire; tout incompréhenfible qu'il eft.

1. Il me femble, qu'il eft évident, que les deux contraires peuvent être faux. Un bœuf vole au Sud avec des ailes, un bœuf vole au Nord fans ailes; vingt-mille Anges ont tué hier vingt-mille hommes, vingt-mille hommes ont tué hier
vingt-

vingt-mille Anges. Ces propositions font évidemment fauſſes.

II.

Quelle vanité que la Peinture, qui attire l'admiration par la reſſemblance des choſes, dont on n'admire pas les originaux.

2. Ce n'eſt pas dans la bonté du caractère d'un homme que conſiſte aſſurément le mérite de ſon portrait, c'eſt dans la reſſemblance. On admire *Céſar* en un ſens, & ſa ſtatue ou image ſur toile, en un autre ſens.

III.

Si les Médecins n'avaient des ſoutanes & des mules, ſi les Docteurs n'avaient des bonnets quarrés & des robes très-amples, ils n'auraient jamais eu la conſidération qu'ils ont dans le monde.

3. Cependant les Médecins n'ont ceſſé d'être ridicules, n'ont acquis une vraye conſidération, que depuis qu'ils ont quitté ces livrées de la pedanterie : les Docteurs ne ſont reçus dans le monde parmi les honnêtes-gens, que quand ils ſont ſans bonnet quarré & ſans argumens. Il y a même des pays où la Magiſtrature ſe fait reſpecter ſans pompe. Il y a des Rois Chrètiens très-bien obéis, qui négligent la cérémonie du Sacre & du Couronnement. A meſure que les hommes aquiérent plus de lumiére, l'appareil devient plus inutile ; ce n'eſt guéres que pour le bas peuple, qu'il eſt encor quelquefois

quefois nécessaire, *ad populum phaleras.*

IV.

Selon ces lumières naturelles, s'il y a un Dieu, *il est infiniment incompréhensible, puisque n'ayant ni parties ni bornes, il n'a aucun rapport à nous : nous sommes donc incapables de connaître, ni ce qu'il est, ni s'il est.*

4. Il est étrange, que *Pascal* ait cru, qu'on pouvait deviner le péché originel par la raison, & qu'il dise, qu'on ne peut connaître par la raison, si Dieu est. C'est apparemment la lecture de cette pensée, qui engagea le Pére *Hardouin* à mettre *Pascal* dans sa liste ridicule des Athées. *Pascal* eût manifestement rejetté cette idée, puisqu'il la combat en d'autres endroits. En effet, nous sommes obligés d'admettre des choses, que nous ne concevons pas : *J'existe, donc quelque chose existe de toute éternité,* est une proposition évidente : cependant comprenons-nous l'Eternité ?

V.

Croyez-vous, qu'il soit impossible, que Dieu *soit infini, sans parties ? Oui : je veux donc vous faire voir une chose infinie & indivisible, c'est un point se mouvant partout d'une vitesse infinie : car il est en tous lieux, & tout entier dans chaque endroit.*

5. Il y a là quatre faussetés palpables : 1. Qu'un point mathématique existe seul. 2. Qu'il se meuve à droite & à gauche en même tems. 3. Qu'il se meuve d'une vitesse infinie ; car il n'y a vitesse si grande, qui ne puisse être augmentée.

mentée. 4. Qu'il foit tout entier partout.

VI.

Homére a fait un Roman, qu'il donne pour tel. Perfonne ne doutait, que Troye & Agamemnon n'avaient non plus été, que la pomme d'or.

6. Jamais aucun Ecrivain n'a revoqué en doute la guerre de Troye. La fiction de la pomme d'or ne détruit pas la vérité du fonds du fujet. L'Ampoule apportée par une colombe, & l'Oriflamme par un Ange, n'empéchent pas que *Clovis* n'ait en effet régné en France.

VII.

Je n'entreprendrai pas de prouver ici par des raifons naturelles, ou l'exiftence de DIEU, ou la Trinité, ou l'immortalité de l'ame ; parce que je ne me fentirais pas affez fort pour trouver dans la Nature de quoi convaincre des Athées endurcis.

7. Encor une fois, eft-il poffible que ce foit *Pafcal*, qui ne fe fente pas affez fort pour prouver l'exiftence de DIEU ?

VIII.

Les opinions relâchées plaifent tant aux hommes naturellement, qu'il eft étrange qu'elles leur déplaifent.

8. L'expérience ne prouve-t-elle pas au contraire, qu'on n'a de crédit fur l'efprit des Peuples, qu'en leur propofant le difficile, l'impoffible même, à faire & à croire. Les Stoïciens furent refpectés, parce qu'ils écrafaient la Nature

ture humaine. Ne propofez que des chofes rai-
fonnables, tout le monde répond, Nous en fa-
vions autant. Ce n'eft pas la peine d'être infpi-
ré pour être commun. Mais commandez des
chofes dures, impraticables; peignez la Divinité toujours armée de foudres; faites couler le
fang devant les Autels; vous ferez écouté de
la multitude, & chacun dira de vous: Il faut
qu'il ait bien raifon, puifqu'il débite fi hardiment des chofes fi étranges.

Je ne vous envoye point mes autres remarques fur les Penfées de Mr. *Pafcal*, qui entraî-
neraient des difcuffions trop longues. On a voulu donner pour des loix, des penfées que *Pafcal* avait probablement jettées fur le papier comme des doutes. Il ne falait pas croire démontré
ce qu'il aurait refuté lui-mème.

TABLE

TABLE
DES PIECES
CONTENUES DANS CE VOLUME;

Avec une Table des Matiéres par Chapitres, pour
les Elémens de *Newton*, &c.

MICRO-

Mélanges &c. X *cun*

X 3 CHAP.

CH.

Fin de la Table.